Susanne Mischke
Wölfe und Lämmer

Zu diesem Buch

Es könnte die perfekte Idylle sein. Ein alter norddeutscher Gutshof, abgeschieden und malerisch gelegen zwischen Feldern und Wiesen. Doch seine vier Bewohner machen sich gegenseitig das Leben schwer: Hannes, der begehrte TV-Richter, stolpert über seine zahlreichen Bewunderinnen, dabei wäre Barbara nur allzu gern die einzige Frau in seinem Leben. Und dann ist da noch Robin, der verhinderte Schriftsteller, für den nicht die anderen Frauen das Problem sind, sondern Klara, seine eigene. Die nämlich findet ihre Wolfshunde viel interessanter als ihren Mann. Unvermittelt bricht eines Tages eine junge Frau in diese nicht ganz so heile Welt ein: Nasrin. Sie sei in Todesangst und auf der Flucht vor ihrer Familie, behauptet sie. Die vier nehmen sie auf – und jeder von ihnen hat dafür sein eigenes Motiv. Doch ist Nasrin die, die sie zu sein vorgibt? Warum will sie sich wirklich auf dem alten Gutshof verstecken? Als die vier schließlich herausfinden, wer Nasrin wirklich ist, gibt es schon die erste Leiche ...

Susanne Mischke wurde 1960 in Kempten geboren und lebt heute bei Hannover. Sie war lange Präsidentin der deutschen »Sisters in Crime«, und erschrieb sich mit ihren fesselnden Kriminalromanen eine große Fangemeinde. 2001 wurde ihr für ihr Buch »Wer nicht hören will, muß fühlen« die »Agathe«, der Frauen-Krimi-Preis der Stadt Wiesbaden, verliehen. Zuletzt erschienen von ihr »Liebeslänglich« und »Der Tote vom Maschsee«. Weiteres zur Autorin: www.susannemischke.de

Susanne Mischke
Wölfe und Lämmer

Kriminalroman

Piper München Zürich

Mehr über unsere Autoren und Bücher:
www.piper.de

Von Susanne Mischke liegen bei Piper im Taschenbuch vor:
Mordskind
Die Eisheilige
Wer nicht hören will, muß fühlen
Schwarz ist die Nacht
Die Mörder, die ich rief
Das dunkle Haus am Meer
Wölfe und Lämmer
Karriere mit Hindernissen
Liebeslänglich

Mix
Produktgruppe aus vorbildlich bewirtschafteten
Wäldern und anderen kontrollierten Herkünften
www.fsc.org Zert.-Nr. GFA-COC-1223
© 1996 Forest Stewardship Council

Originalausgabe
1. Auflage Januar 2005
4. Auflage Mai 2008
© 2005 Piper Verlag GmbH, München
Umschlag/Bildredaktion: Büro Hamburg
Isabel Bünermann, Heike Dehning,
Charlotte Wippermann, Katharina Oesten
Foto Umschlagvorderseite: Oliver von Quast/Karen Brandt,
Fotografen-Repräsentanz
Foto Umschlagrückseite: Jens Niebuhr
Satz: EDV-Fotosatz Pfeifer/Verlagsservice G. Pfeifer, Germering
Papier: Munken Print von Arctic Paper Munkedals AB, Schweden
Druck und Bindung: CPI – Clausen & Bosse, Leck
Printed in Germany   ISBN 978-3-492-24236-3

»You can get much farther with a kind word and a gun
than you can with a kind word alone.«
Al Capone

Prolog

Den zerbrochenen Spaten trug er wie eine Trophäe zum Geräteschuppen. Der Frühlingstag war kalt, aber er schwitzte unter seinem Arbeitskittel. Seine Kehle war trocken und die Hose zu eng. Schuld daran war der kleine Zettel in der Hosentasche, der Zettel mit der unmißverständlichen Botschaft: 14 Uhr, Geräteschuppen, alles, was du willst! Das war ihm nicht mehr aus dem Kopf gegangen. Er malte sich aus, wie es sein würde. Dort, wo er vorher zwei Jahre lang gewesen war, wäre sowas unmöglich gegangen, aber hier war alles viel lockerer. Bei der Gartenarbeit war man relativ unbeobachtet, wenn man es darauf anlegte, dann konnte man sogar abhauen. Aber das wollte er gar nicht. Wenn er keinen Scheiß baute, dann war in einem halben Jahr Schluß, dann wäre er frei. Er wollte, nein, er mußte nur um zwei Uhr in diesem verdammten Schuppen sein. Also hatte er vorhin den Stiel des Spatens auf einen Stein donnern lassen. Das Holz war sofort geborsten.

»Hol dir einen neuen aus dem Schuppen, und paß nächstens ein bißchen auf«, hatte der Typ, der für die Gartengeräte zuständig war, gebrummt und war wieder hinter seiner Motorfräse hergelaufen.

Für einen flüchtigen Moment bekam er Angst. Womöglich war das eine Falle, vielleicht wartete da drin eine Schwuchtel auf ihn, oder zwei oder drei. Denn die Botschaft war klar, nicht aber von wem sie stammte. Seine Bedenken wurden zerstreut, als er sich dem Ziel näherte. In der Tür stand ein Mädchen. Er sah nur das lange, dunkle Haar und ihren Körper, ein bißchen mager, aber unter den gegebenen Umständen durfte man nicht wählerisch sein. Unter dem T-Shirt zeichneten sich die Brüste ab. Ihr Gesicht sah er nicht, es lag im Schatten einer Baseball-Kappe, und auf das Gesicht kam es schließlich nicht an. Sie verschwand in der Tür, als sie ihn kommen sah. Er mußte sich zurückhalten, um die letzten Meter nicht zu rennen. Das würde auffallen. Er trat durch die Tür. Sein Blut kochte. Drinnen war es dunkel, er sah nichts, auch nicht das Blatt der Schaufel, das die Luft durchschnitt und gegen seine Stirn donnerte.

Als er zu sich kam, saß er in einem Wagen. Der Wagen stand. Draußen waren Bäume, ein Wald. Sein Kopf tat weh, er wollte sich bewegen, aber etwas hielt ihn auf dem Sitz fest. Klebebänder. Er war mit Klebeband an den Sitz gefesselt, unfähig sich zu rühren. Vor dem Wagen sah er das Mädchen. Sie hatte einen Kanister in der Hand und schüttete Benzin über den Wagen und durch das offene Seitenfenster. Er konnte es riechen, das Benzin. Er öffnete den Mund zu einem Schrei. Sie lächelte. Dann riß sie ein Streichholz an und warf es unter den Wagen.

I.

Der Nebel drang zwischen den Bäumen hindurch und hielt die kleine Gruppe in seiner feuchten Umklammerung, so daß die Stimmen und das Lachen wie durch Mullbinden gedämpft klangen. Jonas hatte etwas am Boden gefunden, das er dringend untersuchen mußte. Die anderen hatten sein Fehlen bemerkt und waren stehengeblieben.

»Was gibt es denn da, Jonas?« fragte Raphael mit einem unterdrückten Seufzen.

»Losung vom Schwarzwild«, erklärte Jonas. »Winterlosung, um genau zu sein.« Er hatte seine Digitalkamera umhängen, ein Geschenk seiner Eltern zu seinem neunten Geburtstag vor drei Wochen, am ersten März. Jetzt fotografierte er damit die schwarzbraunen Knollen.

»Alter, ich halt's nicht aus! Der knipst Scheiße!« krähte Daniel.

»Das ist keine Scheiße, sondern Losung. Bei Wild heißt es Losung«, erklärte Jonas ernst. »Stimmt's Raphael?«

Der nickte. »Wenn du es sagst. Aber jetzt bleib bitte bei der Gruppe, sonst verlieren wir dich.« Raphael, der sechzehnjährige Gruppenleiter, hatte zu einem »morgendlichen Erkundungsgang« aufgerufen. Auf dem Rückweg sollte jeder der acht Jungen einen Armvoll Holz sammeln, damit sie ihre Jurte wieder heizen konnten. In der letzten Nacht war das Feuer ausgegangen, Jonas hatte im Schlafsack gefroren.

Seit er vor zwei Jahren den Pfadfindern beigetreten war, war er allmählich zu einem Experten geworden, was Wald und Natur betraf. Er konnte alle Bäume identifizieren, auch im Winter. Er wußte die Namen der Sträucher, Farne und Wildblumen. Er erkannte, ob über der Lichtung ein Bussard kreiste, ein schwarzer Milan oder eine Kornweihe. Wenn er nicht mit dem Mikroskop seines Vaters experimentierte, las er Bücher oder Internetseiten über Tiere und Pflanzen. War das eine Misteldrossel, die da eben gerufen hatte? Oder doch eine Wacholderdrossel? Wenn die da vorne bloß mal ruhig sein könnten! Jonas blieb erneut stehen und horchte. Vergeblich. Es war nichts anzufangen mit den anderen. Sie trampelten durch den Wald, sahen nichts, hörten nichts, lärmten und verscheuchten damit das Wild. Die Wildtiere, die in den heimischen Wäldern und Feldern vorkamen, kannte Jonas alle. Sogar so ausgefallene wie das Mauswiesel oder den Siebenschläfer. Er wußte, wie sie lebten, was sie fraßen, und er erkannte ihre Spuren und Hinterlassenschaften. Das da zum Beispiel, was aussah wie ein Klumpen aus einem Staubsaugerbeutel, das war ein Bussardgewölle. Er fotografierte es für seine Sammlung. Etwas weiter vorn hatte sich ein Hase erleichtert, aber Bilder von Hasenkötteln hatte er schon genug. Doch dort, in diesem Schneerest, das könnte eine Fuchsspur sein. Jonas ging auf den Schneeflecken zu, der sich unterhalb des Trampelpfades am Fuß einer kahlen Eiche befand. Es war März, und diese Wochenend-Freizeit war die erste in dem Jahr. Jonas beugte sich über die Spur. Sie war noch nicht alt, vielleicht einen Tag, und gut erhalten, denn es hatte gestern nacht leichten Frost gegegeben. Er beugte sich weiter hinunter. Die Abdrücke sahen aus wie die eines großen Hundes, aber eine Hundespur hatte immer versetzte Abdrücke. Nur trabende Füchse schnürten so, daß die Pfoten auf einer Linie lagen. Doch die Trittsiegel waren viel zu groß für einen Fuchs. Für alle Fälle machte Jonas zwei Fotos von der Spur. Dann fiel ihm etwas ein. Das kleine Buch mit den Fährten, Tierlosungen und Vogelflugschemen steckte, wie immer, in der Innentasche seiner Jacke. Und wirklich: Es gab eine solche Spur in seinem Fährtenbuch.

Jonas haßte es, wenn im Wald herumgebrüllt wurde, deshalb rannte er den anderen hinterher. Aber das war nicht der einzige Grund, der ihn rennen ließ, so schnell er konnte. Wo waren sie nur? Lief er eigentlich in die richtige Richtung? Er blieb stehen, keuchte. Ganz weit weg glaubte er ihre Stimmen zu hören. Er lief weiter, er wollte raus aus diesem Wald, nur raus. Am Waldrand holte er sie ein. Sie hatten mit Holzsammeln begonnen, und ausnahmsweise war Jonas froh, daß sie so lärmten. Atemlos stolperte er auf sie zu.

»Jonas, du solltest doch bei der Gruppe bleiben, verdammt!«

»Ihr ratet nie, was ich eben gefunden habe«, stieß Jonas hervor.

»Yetischeiße?« fragte einer.

»Eine Spur«, sagte Jonas. »Eine Spur, die ...« Er unterbrach sich und verstummte.

»Ja, was nun?« fragte Daniel.

»Ach, nichts.«

Robin starrte auf die leere Bildschirmseite und wartete auf das Aufzucken der ersten Worte. Heute morgen, in der Phase zwischen Schlaf und Erwachen, hatte er den Satz gefunden, den so wichtigen ersten Satz. Glasklar hatte er ihn formuliert, er hätte geschworen, ihn nie mehr zu vergessen, wie eine fette Schlagzeile hatte er vor seinem inneren Auge gestanden. Deshalb hatte er ihn auch nicht aufgeschrieben. Dann hatte sich Klara an seinen Körper gedrückt und versucht, seine Morgenerektion auszunutzen. Auch dabei hatten der Satz und die Idee dahinter noch deutlich vor ihm gestanden. Jetzt war alles weg. Seine Finger lagen auf der Tastatur wie Sprinter vor dem Start, doch die Worte, die allen anderen die Richtung hätten weisen sollen, waren unwiederbringlich verloren. Als hätte sich mit dem mühsam abgetrotzten Orgasmus auch sein Hirn entleert. So ging das nicht weiter. Klara mußte wieder in ihrer Wohnung schlafen, immer, ohne Ausnahme. Das hatte er ihr heute morgen auch gesagt, und prompt war sie eingeschnappt gewesen.

»Man kann nicht so leben als ob man verheiratet wäre und nebenbei einen großen Roman schreiben«, hatte er ihr erklärt. Sein Körper wußte das und tat das einzig Richtige: Er bündelte die Kräfte. Von Impotenz konnte überhaupt keine Rede sein.

Die Standuhr intonierte eine Variation des Big-Ben-Glockenspiels. Viertel vor zwei. Sein Blick glitt resigniert vom Bildschirm nach draußen. Die große Kastanie vor dem Erkerfenster trieb Knospen aus. Sie sahen klebrig aus und prall, als könnten sie jeden Moment mit einem Knall aufplatzen. Obszön, fand

Robin. Er mochte den Frühling nicht, diese strotzende Fruchtbarkeit. Er war ein Herbsttyp. Sehnsüchtig erinnerte er sich an das magische Glitzern der Spinnweben in den kahlen Ackerfurchen, das Seidengefühl von Kastanien auf der Handfläche, den Geruch des Laubes. Er liebte das Absterbende, das Vergängliche, das Graue. Den November.

Er schob die Tastatur von sich fort wie einen Teller mit schlechtem Essen, stand auf und schleuste sich zwischen einer Gruppe von Stühlen und einem ovalen Tisch hindurch, vorbei an der Anrichte. Dann stieß er sich, nicht zum erstenmal, seinen rechten Hüftknochen an der Marmorplatte der Kommode. Auf ihr hatte die Stereoanlage Platz gefunden. Robin legte eine CD ein. Er öffnete die Balkontür. Sie wurde von zwei Bodenvasen flankiert und führte auf einen kleinen Romeo-und-Julia-Austritt mit verschnörkeltem Holzgeländer. Für ein Bauernhaus war die Architektur reichlich verschroben, aber Robin gefiel gerade das. Sein Haus. Ein richtiges Haus, kein affiges Loft, wie es Hannes aus der Scheune gemacht hatte. Spanische Keramik, Edelstahlgeländer, Bambusparkett. Lieber Himmel! Bloß gut, daß Robin auf diese ganze Lifestylescheiße gut verzichten konnte. Nein, es war kein Verzicht. Ein Marmorbad würde ihn als Künstler viel zu sehr korrumpieren. Ihm war klar: Wirklich gute Schriftsteller erzielten selten hohe Verkaufszahlen. Er mußte der Möglichkeit ins Auge sehen, mit seinem Schaffen niemals wohlhabend zu werden. Da war es gut, wenigstens ein Haus zu besitzen. Und ein bißchen Land. Er betrat den Balkon, gerade als die ersten Klänge des Triumphmarsches aus *Aida* ertönten. Obwohl es nicht ganz den Tatsachen entsprach, fühlte sich Robin als Gutsherr. Weit hinten zog Arnes Trecker seine Bahnen. Die umliegenden Felder gehörten zum Gut, waren jedoch verpachtet. Bauer Gamaschke, Arnes Vater, baute auf ihnen Zuckerrüben an und Getreide, mit dem er seine zweihundert Schweine fütterte. Das Getreide spitzelte bereits grasähnlich aus der Erde, von den Rüben war noch nichts zu sehen. Die Luft war schwer wie das Parfum einer Kokotte, mit einer süßlichen Kopfnote, einem Herzton aus feuchter Erde und einem Hauch Schweinemist im Abgang.

Robin genoß die Aussicht, wobei er das unsichtbare Orchester dirigierte, das zu seinen Füßen im Garten saß. In Robins Garten gab es lediglich Beerensträucher und ein paar alte Strauchrosen. Was sonst noch wuchs, wurde zweimal im Jahr mit der Sense gekürzt. Er hatte Klara gebeten, keine weiteren Pflanzungen vorzunehmen, und bis auf ein Kräuterbeet neben der Eingangstreppe schien sie sich an die Weisung zu halten. Kräuter waren zu ertragen, sie waren dezent, nützlich, und manche rochen sogar gut.

Dann verfing sich sein Blick in Hannes' Garten, und er hörte auf mit seinem imaginären Taktstock zu fuchteln.

Barbara mußte im Herbst unzählige Zwiebeln im Erdreich versenkt haben, und nun hatten sie die Bescherung: In brüllenden Farben explodierten Hunderte von Tulpen, Hyazinthen stanken zum Himmel, Narzissen neigten ihre Köpfe in krankem Gelb über den phosphorgrünen Rasen. Das war nun also der kreative Rahmen, in dem sich sein Innerstes nach außen kehren und in Worte kleiden sollte. Angewidert verzog er den Mund. Konnte man denn nicht ein klein wenig Rücksicht auf sein ästhetisches Empfinden nehmen? So was hätte man doch besprechen können, mit ihm, dem Erben des ganzen Anwesens.

Als die Pläne, den Gutshof zu renovieren, Gestalt angenommen hatten, war Robin davon ausgegangen, daß Hannes das Landleben bald satt haben würde. Wahrscheinlich brauchte er nur einen Abstellplatz für seine alten Autos und ein vorzeigbares Domizil, in das er Frauen und Fernsehfuzzis locken konnte. Hier, in der niedersächsischen Weltabgeschiedenheit, so hatte Robin spekuliert, würde es ihm auf Dauer sicherlich zu fade werden. Daß Hannes Barbara inzwischen fest auf dem Gut installiert hatte, deutete Robin als Anzeichen einer Midlifecrisis. Nicht, daß an Barbara etwas auszusetzen gewesen wäre. Wie ihre Vorgängerinnen war auch sie jung, blond und niedlich. Niemals betrat Barbara unaufgefordert seine Wohnung, aber dennoch lenkte es ihn von seiner Arbeit ab, wenn sie draußen herumpusselte oder gar mit Klara auf der Terrasse saß und *Café latte* trank. Was hatten die beiden zu reden und zu lachen? Etwa über ihn?

Robins Blick wanderte über das Pflaster des Hofes, dessen Basaltgrau er als erholsam empfand. Er mochte auch die zwei grimmigen Gargoyles aus Stein, die den Eingang zur ehemaligen Scheune flankierten. Aber irgend etwas war anders als gestern. Da! Diese zwei protzigen Terrakottakübel. Bestückt mit lilafarbenen Stiefmütterchen standen sie zwischen dem Eingang und dem Stall, der nun als Garage diente. Also zwar eindeutig im Herrschaftsbereich von Hannes und Barbara, aber genau in seinem Blickfeld. Das war überhaupt die Crux an der Sache: Mochte sein eigener Garten noch so dezent gehalten sein, von seinem Schreibtisch aus blickte er genau auf Barbaras hemmungslos verwirklichte Hausfrauenträume. Er hatte schon erwogen, Schlaf- und Arbeitszimmer zu tauschen. Das Schlafzimmer ging nach Osten, mit Blick auf die Felder und die Windräder auf dem Vörjer Berg. Aber das Morgenlicht auf dem Bildschirm würde seine Arbeit erschweren, es sei denn, er verbarrikadierte sich hinter Jalousien. Was hätte er dann von der Landschaft? Außerdem befand sich hinter dem Haus der Zwinger, und den wollte er ebensowenig vor Augen haben.

Robin stellte die Musik ab und schlängelte sich durch seine Wohnzimmereinrichtung in die Küche. Er machte Wasser heiß und brühte sich eine Tasse Pulverkaffee auf. Dabei kam ihm eine Idee, wie man diesem lila Kraut da unten beikommen könnte.

Der Bus überquerte die Kreuzung und scherte gleich darauf an der Haltestelle aus. Barbaras Blick fiel auf die Reklame eines Umzugsunternehmens, ohne daß die Worte zu ihr durchdrangen. Sie war zu sehr in Gedanken, zu freudig erregt. Nur eine Formsache, hatte die Leiterin gesagt, aber auch Formsachen konnten schließlich schiefgehen. Übermorgen würde der Ausschuß für Kinder, Jugend, Frauen und Soziales der Gemeinde beraten und über ihr Schicksal entscheiden. Nun ja, nicht gerade über ihr Schicksal, aber doch ... Sie zuckte zusammen, als hinter ihr gehupt wurde. Die Ampel zeigte grün, und der Kuhfänger eines Jeeps drohte ihren Polo von der Straße zu schieben. Hastig legte sie den Gang ein und gab Gas. Im Anfahren sah sie aus dem Augenwinkel heraus den Umriß eines Menschen auf sich zukommen, bremste, aber da war die Person auch schon aus ihrem Blickfeld verschwunden. Barbara stieß einen erschrockenen Laut aus und würgte den Motor ab. Sie hatte doch grün gehabt, oder? Sie mußte aussteigen und nachsehen, aber sie zögerte. Die Frau – sie glaubte, daß es eine Frau gewesen war – mußte direkt vor ihrem Wagen zu Fall gekommen sein. Hatte Barbara sie angefahren? Umgefahren? Sie hätte doch zumindest einen Schlag spüren müssen, aber sie hatte nichts gespürt, gar nichts.

Gott sei Dank! Die Gestalt rappelte sich auf. Es war eine junge Frau, sie schaute dem davonfahrenden Bus hinterher. Der Fahrer des Jeeps war ausgestiegen und sprach das Mädchen an: »Sind Sie verletzt?«

Das Mädchen schüttelte den Kopf, klaubte ihre schäbige Sporttasche auf und stolperte hinüber zur Haltestelle. Hinter ihnen hatte sich eine kleine Schlange gebildet, irgend jemand hupte.

»Glück gehabt«, sagte der Vorstadtcowboy zu Barbara, die das Seitenfenster heruntergelassen hatte und zu dem Mädchen hinübersah. Sie saß auf der Bank der Bushaltestelle und rieb ihr rechtes Knie. In ihrem schwarzen Pullover, mit den schwarzen Haaren und dem schmalen, blassen Gesicht mit der hervorstechenden Nase sah sie aus wie ein trauriger Rabenvogel.

»Sie sollten ihr Ihre Personalien geben. Sonst kann sie Ihnen noch eine Fahrerflucht anhängen.« Der Mann zückte seine Brieftasche und reichte ihr eine Visitenkarte durch das Wagenfenster. »Hier. Falls Sie einen Zeugen brauchen.« Er war ein kräftiger Typ in den Vierzigern. Sein mausgraues Haar wies tiefe Schneisen auf, der Rest war blond gesträhnt. »Womöglich fällt ihr später ein, Sie zu verklagen. Mit denen muß man vorsichtig sein.« Er warf dem Mädchen an der Haltestelle einen mißtrauischen Blick zu. Die versteckte ihr Gesicht hinter einem Vorhang aus dunklen Locken.

Fahrerflucht? Verklagen? Es war doch gar nichts passiert. Verwirrt setzte Barbara den Wagen bis zur Bushaltestelle vor.

Dort hielt sie an und atmete tief durch. Der Jeep rauschte vorbei. Barbara stieg aus und fragte über das Dach ihres Wagens hinweg: »Kann ich Sie irgendwohin bringen?«

Die Angesprochene reagierte nicht. Irgendwie kam sie Barbara bekannt vor.

»Der nächste Bus kommt erst in einer Stunde.«

Das Mädchen hob das Kinn. In dem Moment hatte Barbara eine kleine Erleuchtung.

»Nasrin?«

Ein verwirrter Blick aus großen, hellbraunen Augen. Barbara hatte die Augen dunkler in Erinnerung, aber Nasrin hatte sie damals immer schwarz geschminkt.

»Du kennst mich nicht mehr, oder? Vom Kindergarten? Du hast immer deinen kleinen Bruder abgeholt. Ich war die Leiterin seiner Gruppe.«

Das Mädchen lächelte, wie man jemandem zulächelt, der nicht merken soll, daß man sich beim besten Willen nicht mehr an ihn erinnert.

»Barbara Klein«, half ihr Barbara auf die Sprünge. »Ich war damals noch etwas dicker.«

Der Wahrheitsgehalt dieser Aussage war schwer nachzuprüfen, denn der Kleinwagen versperrte die Sicht auf Barbaras Körperformen. Die hatten sich jedoch tatsächlich verändert, seit Barbara viermal die Woche ins Fitneß-Studio ging. Das Mädchen schwieg noch immer, und Barbara dachte: Ich bin aufdringlich. Ich sollte weiterfahren und sie in Ruhe lassen.

Da stand das Mädchen auf und kam langsam auf den Wagen zu. Auch sie schien abgenommen zu haben, die Jeans waren ihr zwei Nummern zu groß, und auch der Pullover schlotterte an ihr.

»Wohin möchtest du?«

»Zur S-Bahn.« Sie behielt ihre Tasche auf dem Schoß und legte den Gurt an.

»Weetzen oder Linderte?«

»Egal.«

Sie zuckelten durch das Dorf, vor sich einen Traktor, der ein Gestänge mit vielen Eisendornen hinter sich herzog. Eine Egge, ein Pflug? Barbara kannte sich mit Landmaschinen nicht aus. Sie waren lediglich lästige Hindernisse auf den engen Straßen. Auch jetzt wagte sie nicht, das breite Fahrzeug zu überholen. In gemächlichem Tempo passierten sie die Kirche, einen Bauernhof, überquerten einen Bach, und dann näherten sie sich auch schon dem Ortsende.

»Wie geht es Nail? Kommt er gut zurecht in der Schule? Ist er immer noch so aufgeweckt?«

»Ja.«

Barbara hatte die Rotznase nie leiden können, weder ihn noch die anderen. Dabei hatte sie die Stelle mit den besten Vorsätzen angetreten. Aber sie hatte es nie geschafft, die Respektlosigkeiten zu ignorieren, mochte sie sich selbst auch noch so oft einreden, daß die Kinder nichts dafür konnten, daß sie milieugeschädigt waren, weil sie aus problematischen sozialen Verhältnissen stammten. Die Unflätigkeiten sämtlicher Sprachen, ob sie sie nun verstand oder nicht, gruben sich dennoch immer tiefer in ihr Herz.

Hinter dem Ortsschild »Holtensen« wurde die schnurgerade Straße noch schmaler. Wolkenschatten rasten über die Felder. Traktoren rissen den Boden auf. Es roch dumpf nach Erde. Das Mädchen war still. Menschen, die nicht redeten, verunsicherten Barbara. Sie fing an, die Leere mit Fragen auszufüllen.

»Wohnt ihr immer noch in Linden?«

»Ja.«

Barbara seufzte. »Manchmal vermisse ich es. Es war da so lebendig.«

Das türkisch dominierte Multi-Kulti-Viertel bildete mit seinen zahlreichen Studentenkneipen und Szenelokalen quasi das Kreuzberg von Hannover.

»Was macht dein älterer Bruder?«

»Nichts.«

Also kriminell. Besser nicht weiterfragen.

»Und was führt dich aufs Land?« fragte sie das Mädchen.

»Ich wollte eine Freundin besuchen.«

»Ach ja?«

»Sie war nicht da.«

Konnte das im Kommunikationszeitalter von E-Mail und Handy noch vorkommen? Andererseits benahmen sich Leute in Nasrins Alter oft nicht ganz rational.

Ihre Beifahrerin schwieg erneut. Als hätte Barbara sie gekidnappt, so steif aufgerichtet hockte sie auf der Sitzkante, schaute konzentriert aus dem Fenster und schien auf eine Gelegenheit zur Flucht zu lauern. Die war nun gekommen, denn vor dem Bahnübergang Linderte/Holtensen gab es einen kleinen Stau. Die Schranke war unten. Das Mädchen löste den Gurt.

»Bleib sitzen, das ist noch nicht die Bahn. Die kommt erst um Viertel nach.«

Im Radio lief Werbung, es war kurz vor zwei.

»Das nervt.« Das Mädchen blieb sitzen, stellte jedoch das Radio ab, was Barbara als Aufforderung verstand, selbst für die Unterhaltung ihres Fahrgastes zu sorgen.

»Ich komme gerade von einem Bewerbungsgespräch. Vielleicht kriege ich eine Halbtagsstelle in Wennigsen, als Schwangerschaftsvertretung. Besser als nichts. Ich bin momentan arbeitslos.«

Ein langer Güterzug donnerte in Richtung Hameln vorbei.

»Anfangs war es okay, es gibt ja viel im Haus zu tun, und dann der Garten ... Aber jetzt reicht es langsam, nach einem Jahr. So lange wohnen wir jetzt schon auf dem Land. Es ist ein altes Gut von 1880, die Renovierung hat fast ein Jahr gedauert. Es liegt mitten in den Feldern, das heißt, ein kleiner Wald ist noch ...«

»Ist es weit von hier?« stemmte sich Nasrin gegen den Redefluß.

»Nein. Möchtest du es sehen?« Sie wies auf den Rücksitz. Dort stand ein Korb, aus dem es schon die ganze Zeit süßlich roch. »Butterkuchen aus der Landbäckerei. Wenn du Lust hast, mache ich uns Kaffee, und dann bring ich dich später zur Bahn. Oder hast du es eilig?« Die Schranke hob sich, Barbara legte den Gang ein.

Das Mädchen warf ihr Haar nach hinten und lehnte sich zurück. Sie schien ihren Widerstand aufzugeben.

»Nein, überhaupt nicht.«

Klara stand am Fenster. Der Laminatboden verströmte Kälte, und es zog durch den Rahmen, von dem der himmelblaue Anstrich abblätterte. Sie schaute auf die Dächer von Linden. Ein ähnlicher Blick wie aus Robins alter Wohnung in der Bennostraße, gleich um die Ecke. Für einen Moment war ihr, als hätte es die letzten Monate nicht gegeben, und wenn sie sich umdrehte, würde Robin in der Tür stehen, sie ansehen und etwas Kryptisches sagen, und dann würden sie sich in eines der Straßencafés setzen und Milchkaffee trinken. Ihr altes Stadtleben. Jetzt, im nachhinein, glaubte sie zu wissen, daß sie damals glücklich gewesen waren. Aber es gab kein Zurück, also sparte sie sich besser derlei sentimentale Gedanken. Nur Menschen ohne Zukunft hatten es nötig, in Erinnerungen zu schwelgen.

Mario reichte ihr eine Selbstgedrehte, als sie sich wieder zu ihm auf das Bett setzte und ihre eiskalten Füße unter die Decke schob. Eine Weile rauchten sie stumm und konzentriert vor sich hin, zelebrierten ihr *post coitum triste*, als gäbe es sonst nichts auf der Welt.

Mario drückte seine Zigarette aus und gab Klara ein paar laute, schmatzende Küsse auf den Hals. Sie konnte seine naßkalte Spucke spüren. Sie war unruhig. Daß sie hier war, hatte sich so ergeben. Seltsamerweise mußte sie dabei nicht an Robin denken, sondern an ihre Mutter. Wenn die sie hier sehen könnte, würde sie ihre Lippen zusammenpressen wie die Bügel ihres Portemonnaies.

Mario schlang seine Beine um ihre und streichelte ihr Haar. Das würde sie vermissen: die Art, wie er ihr Haar streichelte, es mit den Fingern nach oben kämmte und Strähne für Strähne fallen ließ. Und das gemeinsame Rauchen, denn abgesehen von diesen Gelegenheiten rauchte Klara nie.

Zeit zu gehen. Im Aufstehen küßte sie ihn heftig auf den Mund.

Sie duschte kalt. Er hatte vergessen, den Boiler für sie anzustellen. In der Küche gammelten die Reste dessen vor sich hin, was Mario Frühstück nannte. Klara trank Wasser aus der Leitung. Sie war zwar hungrig, aber die verschrumpelten Croissants reizten sie nicht.

»Warum gehst du nicht von ihm fort? Ziehst zu mir?« hörte sie Mario sagen, und etwas in ihr krampfte sich zusammen. Sie hörte im Geist Robins Stimme: *Was hältst du davon, aufs Land zu ziehen? Hannes renoviert die Scheune für sich, und wir beide wohnen im alten Gutshaus ...*

»Mein Geld steckt da drin«, sagte Klara und ging ins Schlafzimmer. Es war warm geworden, in der Mansarde roch es wie auf einem Dachboden im Sommer. Ihre Kleidung hing ordentlich über einem Stuhl.

»Du lebst also mit ihm zusammen, weil du Geld verlieren würdest, wenn du ihn verläßt?« Er war ihr nachgegangen und stand in der Tür.

»Wir leben nicht richtig zusammen.«

Weißt du, das alte Haus ist vom Schnitt her eigentlich für zwei Wohnungen prädestiniert. Wir sollten darüber nachdenken, ob wir wenigstens für den Anfang ...

»Dann kann ich ja mal vorbeikommen«, sagte Mario aufmüpfig.

Sie sah ihn an, seine geraden Wimpern über den dunklen Augen, die kräftige Nase. Seine Oberlippe blutete von ihrem Kuß, er tupfte sie mit Klopapier ab.

»Nein, das kannst du nicht.« Manchmal kam sich Klara vor wie seine Mutter. Das mochte auch an den zwölf Jahren liegen, die Mario jünger war. Bis heute hatte Mario nie irgendwelche Forderungen gestellt. Ein pflegeleichter Liebhaber, der sich nicht in ihr Privatleben einmischte. In letzter Zeit hatten sie sich jedoch wenig gesehen, und wenn Klara jetzt an das Feuer der ersten Wochen zurückdachte, war ihr das Ganze zunehmend unverständlich. Sie war nicht mehr die Klara, die unter Robins Kälte litt und sich mit Trotzaffären tröstete. Inzwischen gab es Wichtigeres in ihrem Leben.

»Du liebst ihn doch sowieso nicht mehr, oder?« Marios Stimme sollte sachlich klingen, aber sie zitterte leicht. Ahnte er, was sie ihm sagen wollte, wozu sie ursprünglich gekommen war? Klara schlüpfte in ihre Bluse. Sie war weder willens noch in der Lage, seine Frage zu beantworten.

»Geht es nun zurück auf deinen Landsitz?«

»Nein, ich habe noch etwas im Institut zu erledigen.« Eine kleine Lüge. Dort war sie vorhin schon gewesen. Seit Jahresbeginn arbeitete sie nur noch als freie Mitarbeiterin am Institut für Biometrie, Epidemiologie und Informationsverarbeitung der Tiermedizinischen Hochschule Hannover. Hauptsächlich beschäftigte sie sich mit ihrer Doktorarbeit. Mario hatte davon keine Ahnung, er wußte eigentlich kaum etwas von ihr, aber wozu auch?

Vor dem großen Spiegel im Flur überprüfte sie den Sitz des Hosenanzugs. Das matte Weiß brachte ihr dunkles Haar gut zur Geltung. Mit Sorgfalt zog sie ihre Lippen nach. Es war eine Weile her, daß sie sich gut angezogen und geschminkt hatte.

Mario hatte inzwischen seine Jeans und ein grellorangefarbenes T-Shirt mit einem aggressiven Graffitti-Aufdruck angezogen. Er hielt sie mit einer pathetischen Geste an den Schultern fest und sah ihr in die Augen. Hoffentlich schmierte er kein Blut von seiner Lippe an ihre Kleidung.

»Klara. Ich liebe dich!«

Auch das noch. Klara fühlte sich an eine Filmszene erinnert. *Die Reifeprüfung*? Die Situation kam ihr irgendwie bekannt vor. Vielleicht wäre alles anders gekommen, wenn Mario nackt geblieben wäre. Einem Nackten konnte man nicht weh tun, oder jedenfalls nicht so leicht.

»Mach bitte meine Jacke nicht schmutzig.«

»Ich soll deine Jacke nicht schmutzig machen?« rezitierte er schockiert. »Klara, du bist die erste Frau, der ich so etwas sage. Ich meine, bei der ich es ernst meine ...«

»Du bist ja auch erst zweiundzwanzig«, gab Klara zu bedenken. Er stand ihr noch immer gegenüber, mit den Pumps überragte sie ihn knapp. Ihr Magen knurrte. Nicht mal etwas Anständiges zum Frühstück hatte er besorgt, und so einer faselte von Liebe.

»Es ist vorbei«, sagte Klara, »ich will das nicht mehr.«

»Du machst Schluß mit mir? Einfach so? Du mit mir?«

Herrje! Verletzter Mannesstolz, wie ungeschickt von ihr. Diplomatie war noch nie Klaras Stärke gewesen. Einen Moment lang war sie überrascht und fasziniert von der Dynamik, mit der Marios Stimmungsumschwung vor sich ging. Sein weicher Mund dehnte sich zu einem zynischen Halblächeln, in seinem Blick lag nun etwas Verschlagenes. Eine Aura der Gemeinheit ging plötzlich von ihm aus. Das war also das andere Gesicht ihres Romantikers. Sie nahm ihre Aktentasche und klapperte hastig und mit viel Radau die abgewetzte Treppe des Mietshauses hinunter. Sie war hohe Schuhe nicht gewohnt.

Im dritten Stockwerk stand die mittlere der drei Türen offen, und eine junge Frau in sehr legerer Kleidung trat ihr entgegen.

»So, jetzt reichts mir!«

Klara blieb stehen. Ein Kinderwagen blockierte den Weg zur nächsten Treppe. »Kann ich mal durch?« fragte sie, im Glauben, die Mutter hätte mit dem Klammeraffen gesprochen, der an ihrer Hand zerrte.

»Meine Tochter kann nicht schlafen.«

War sie irre? Das strähnige Haar und der verzerrte Mund in ihrem aufgedunsenen Gesicht verstärkten den Eindruck. Klara hatte die Frau noch nie gesehen, aber die Stimme kannte sie.

»*Ritalin*«, riet Klara.

Die Frau hob den Zeigefinger der freien Hand zur Decke.

»Könnten Sie in Zukunft da oben etwas leiser vögeln? Man hört Sie durch's ganze Haus, und das am hellichten Tag.«

Offenbar zog sie die Authentizität gewisser Laute, die häufig lediglich der Beschleunigung der Vorgänge gedient hatten, keineswegs in Zweifel.

»Es tut mir leid«, sagte Klara ehrlich. »Es kommt bestimmt nicht wieder vor. Würden Sie mich jetzt vorbeilassen, ich habe es eilig.«

Aber die Frau schien lange auf diesen Moment gewartet zu haben, jetzt wollte sie ihn auskosten. »Meine Tochter ist schon ein paarmal vom Mittagsschlaf aufgewacht und wollte wissen, was da oben los ist.«

Klara betrachtete das Kind, das an der Hand der Mutter herumzappelte. Es trug ein verkleckertes Hemd und eine Windel und hatte einen rosaroten Propeller auf dem Kopf. Wie alt mochte es sein? Zwei? Drei? Stellten so kleine Kinder solche Fragen?

»Und, haben Sie's ihr erklärt?«

Obwohl Klara weder gelacht noch gegrinst hatte, keifte die Frau: »Das finde ich nicht witzig! Und die anderen Hausbewohner auch nicht!«

Demnach hatte also schon ein Meinungsaustausch zum Thema stattgefunden. Armer Mario.

Jetzt linste ein älteres Mädchen aus der Tür – fünf? sechs? – strähnigblond und ebenso teiggesichtig wie die Mutter.

»Wissen Sie«, sagte Klara, »und ich habe mich beim Vögeln schon oft gefragt, was bei Ihnen hier unten los ist. Brüllen Sie nur, oder schlagen Sie auch zu?«

Sie nutzte die Verblüffung ihrer Gegnerin und strebte mit solcher Entschlossenheit auf die Treppe zu, daß die Frau den Kinderwagen wegzog, damit er nicht von Klara die Treppe hinuntergestoßen wurde.

»Schlampe!« zischte sie und knallte die Tür zu.

Mütter, dachte Klara: eine volkswirtschaftliche Notwendigkeit, aber eine Plage für die Mitmenschen. Sie nahm die Stufen bis ins Erdgeschoß langsamer. Unten, bei den Briefkästen, lehnte sie sich einen Moment gegen die senfgelb gestrichene Wand und holte tief Atem.

Als sie auf den Gehweg trat, brauchte sie einen Moment, um sich zu erinnern, wo sie ihr Auto geparkt hatte. Es stand eine Straße weiter, in Linden mußte man nehmen, was man bekam. Sie war mit dem nächsten Gedanken schon zu Hause, als sie hörte, wie oben ein Fenster aufgerissen wurde. Gab Mutter Courage eine Zugabe? Aber es war Marios Stimme: »Bleib stehen, du Miststück!«

Klara beschloß, das Gegenteil zu tun, aber schon traf sie der Schwall an Schläfe und Wange und lief ihr den Hals hinunter, über die Bluse und in den BH hinein. Wenigstens hat er lauwarmes Wasser genommen, dachte sie, und bemerkte im selben Moment den scharfen Geruch.

»Du kannst deine Sachen im Wagen lassen, hier klaut niemand«, kicherte Barbara, als sich das eiserne Tor mit dem Niedersachsenpferd hinter ihnen schloß. Nasrin stieg aus und nahm ihre Tasche aus dem Wagen. Aus dem Schatten des Gebäudes löste sich ein Mann und strebte mit eiligen Schritten und eingezogenem Kopf auf die Tür zu, als hätte er keine Berechtigung, sich hier draußen aufzuhalten.

»Hallo, Robin!«

Er blieb stehen. Er war ähnlich gekleidet wie die Besucherin, mit Jeans und einem zu weiten Pullover. Nur war seiner weinrot, nicht schwarz. Er war mittelgroß, feingliedrig und hatte ein schmales Gesicht mit großen, silbergrauen Augen, das eigentlich blaß war, sich aber in diesen Momenten vom Hals herauf der Farbe seines Pullovers anglich. Zögernd kam er näher.

»Nasrin, das ist Robin. Robin – Nasrin. Eine alte Bekannte aus Lindener Zeiten.«

Das Mädchen nickte ihm zu und sagte artig: »Hallo.«

Robin vollführte eine schmierenkomödiantische Verbeugung, wobei ihm der Wasserkocher in seiner rechten Hand etwas hinderlich war.

»Willkommen, willkommen. Dies ist zwar nicht der Anus des Planeten, aber man kann ihn von hier aus schon sehr gut sehen.«

»Was machst du mit dem Ding da?«

Robin schaute den Behälter an, als wäre er ihm soeben aus der Hand gewachsen.

»Töten. Morden.« Dazu schnitt er eine Fratze.

Barbara schnaufte ungeduldig.

»Ich habe von dort oben ...«, er deutete auf seinen Balkon, »... Ameisen auf dem Pflaster gesehen.«

»Ameisen? Wo denn?« Barbara konnte weder Ameisen, noch ausgegossenes Wasser entdecken. »Hörst du auch manchmal Stimmen?« fragte sie.

»Ich muß zugeben: Die feindlichen Horden sind nicht mehr aufzuspüren.« Robin grinste das Mädchen an. Sie mied seinen Blick.

»Du kannst zum Kaffee rüberkommen, es gibt Butterkuchen«, sagte Barbara.

»Butterkuchen«, wiederholte Robin Silbe für Silbe. »Zehntausend Kalorien. Pro Stück. Aber eßt nur, Kinder, eßt. Auf daß eure schroffen Formen anschwellen und Zeugnis ablegen von holder Weiblichkeit.« Mit schmerzvollem Ausdruck deutete er auf Barbara. »Als ich sie traf, erinnerte sie mich an ein Lebkuchenherz, so weich, süß und wohlgerundet. Leider ist aus dem süßen Lebkuchen eine dürre Salzstange geworden.«

Das Mädchen sah diskret auf den Boden und lächelte nachsichtig.

»Robin, hör auf, dich wie ein Arsch aufzuführen.«

Robin verdrückte sich mit beleidigtem Gesichtsausdruck.

»Er ist Schriftsteller«, meinte Barbara entschuldigend.

Die Besucherin sah sich um. Das verwinkelte Haus, das Robin verschluckt hatte, stand im östlichen Teil des Grundstücks. Im Norden erstreckten sich die ehemaligen Stallungen, nahezu fensterlos, aber mit drei breiten, grün gestrichenen Holztoren, auf der Westseite befand sich die ehemalige Scheune. Alle Gebäude waren aus rotbraunem Backstein, mit Fachwerk durchsetzt, typisch für alte Gehöfte in dieser Gegend. Im Süden wurde der Hof von einem Zaun mit Eisenspitzen begrenzt, in dessen Mitte sich das Tor befand, durch das sie gerade hindurchgefahren waren. Dahinter konnte man die lange, gerade Zufahrt sehen, die in die Landstraße mündete. Platanen auf den letzten hundert Metern verliehen dem Ganzen einen Hauch von Noblesse.

Barbara war dem Blick des Mädchens gefolgt und erklärte: »Hannes sagt immer: Wir haben eine Auffahrt von einem halben Kilometer.«

Im östlichen Teil wuchs entlang des Zaunes dichtes, hohes Gebüsch. Offenbar legten die Bewohner großen Wert auf Abgeschiedenheit.

Barbara ging auf die Scheune zu und schloß die Haustür auf. Nasrin folgte ihr. Sie durchquerten eine Diele, dann standen sie in einem lichten Raum, von Balken durchzogen. Man konnte bis unter das Dach sehen. Das ehemalige Scheunentor bildete das Fenster nach Süden, Jalousien filterten das Sonnenlicht. Durch das Geländer der Galerie streckte eine graue Katze ihren Kopf vor und spähte nach unten, verschwand aber sofort wieder, als sie die Fremde sah.

Vor dem Kaffee war eine Besichtigungsrunde zu absolvieren. Beeindruckend war das schneeweiße Bad mit der Wanne, in der eine Großfamilie Platz gefunden hätte. Jemand mußte krank sein, denn ein Glasregal barg zahlreiche Medikamente und Pillenfläschchen. Nasrins Blick saugte sich an der Sammlung fest, was Barbara nicht entging. War das Mädchen vielleicht drogenabhängig?

»Vitaminpräparate und so was«, erklärte Barbara vorsichtshalber.

»Sie müssen sortiert werden.«

»Wie? Ja, das kann schon sein.« Barbara lächelte unsicher und drängte das Mädchen sanft aus dem Badezimmer. Die Schlafzimmertür stand offen und erlaubte einen Blick auf die Kohlezeichnung eines kopulierenden Paares über einem breiten, ungemachten Bett. Ein weißer Schaukelstuhl war mit Kleidung behangen.

»Kleidung gehört in die Schränke«, stellte die Besucherin fest.

»Äh, nun ja, ich wußte nicht, daß heute Besuch kommt«, antwortete Barbara und beschloß, die Hausbesichtigung an dieser Stelle abzubrechen. Leider aber stand die hinterste Tür auf der Galerie sperrangelweit offen, und Nasrin steuerte unaufgefordert darauf zu. Es war ein kleineres Zimmer mit Möbeln verschiedener Stilrichtungen, das seine Bestimmung noch nicht gefunden zu haben schien. Es herrschte ein Durcheinander, für das sich die Dame des Hauses gleich entschuldigen zu müssen meinte: »Momentan ist das unsere Rumpelkammer.«

Das Mädchen wandte sich ab. Ihr Gesicht spiegelte Entsetzen und Resignation, so kam es Barbara jedenfalls vor.

Unten, auf der Ablage der Edelstahlküche, lockte der Butterkuchen. Aber noch war es nicht soweit. Barbara bestand darauf, das »Gästehäuschen«, wie sie es nannten, vorzuführen. Es war ein winziges Häuschen mit steilem Dach, das sich an das rechte Ende des Stallgebäudes anschmiegte. Die Grundfläche war mit etwas Hanfartigem ausgelegt und maß etwa fünf mal vier Meter, es gab zwei größere Fenster zum Hof und ein kleineres Badezimmerfenster nach hinten hinaus. Alle Möbel waren aus weiß lackiertem Holz, dazu blauweißkarierte Gardinen, ein ebenfalls in diesen Tönen gehaltenes Duschbad.

»Alles Ikea«, verriet Barbara. Das Gästehaus war aufgeräumt, denn hier gab es gar nichts Überflüssiges, das herumstehen oder -liegen konnte. Vielleicht machte das den schlechten Eindruck von vorhin wieder wett, hoffte Barbara und zeigte auf eine Klappe in der Decke. »Da oben ist noch ein Speicher. Das Häuschen diente früher als Sattelkammer, jetzt ist es Gästehaus. Es waren aber noch nicht viele Gäste da.«

Seit der Einweihungsparty im letzten Herbst war kein Besuch mehr gekommen, und selbst da hatten etliche der Eingeladenen abgesagt. »Offenbar ist es gerade angesagt, so zu wohnen, daß die Wegbeschreibung eine halbe Faxrolle verbraucht«, hatte jemand genörgelt.

Geheizt wurde mit einem gußeisernen Kaminofen. »Der ist aus Finnland.« Ein Stapel kleingehackter Holzscheite lag in einem geflochtenen Korb.

»Schön«, stellte Nasrin fest, und Barbara nickte erleichtert.

Als sie über den Hof zurückgingen, stand Robin am Fenster des Erkers, wich aber rasch zurück, als das fremde Mädchen in seine Richtung sah.

Dann, endlich, die Terrasse: Teak auf Naturstein, sattes Grün vor rotem Backstein, zierliche Silbergäbelchen auf weißblauem Meißner. Nasrin aß das zweite Stück Kuchen, langsam und konzentriert, mit exakt gleichen Abständen zwischen jedem Bissen, während Barbara erzählte: »Hannes hat letzten Sommer plötzlich den Gärtner in sich entdeckt und ein wenig übertrieben. Ich hätte es lieber etwas dezenter gehabt, außerdem kann ich Narzissen nicht leiden. Aber sie verblühen ja zum Glück bald wieder. Möchtest du noch Kuchen?«

»Nein. Sonst bleibt nicht genug für Robin übrig.«

»Der kommt nicht. Er wollte diese Woche mit seinem neuen Roman beginnen, das hat er großartig angekündigt. Als ob jemand von uns ihn bisher davon abgehalten hätte. Also, wenn du mich fragst ...« Barbara winkte ab, spießte ein Stückchen Kuchen auf, schob es sich in den Mund und redete kauend weiter: »... sein Verhängnis ist, daß vor Jahren einmal ein winziger Verlag, der inzwischen schon nicht mehr existiert, ein Buch von ihm gedruckt hat. Ich glaube, es wurden keine tausend Stück davon verkauft, aber in einigen obskuren Literaturzeitschriften, so Dinger, die in Szenekneipen herumliegen, wurde er als *der Melancholiker der Generation X* bezeichnet. Seither hält er sich für ein Jahrhunderttalent. Und benimmt sich auch so«, fügte sie hinzu. »Du solltest diese Wohnung sehen.« Sie schüttelte den Kopf, führte das Thema aber nicht näher aus, sondern fuhr fort: »Seine Freundin ist auch übergeschnappt. Kündigt ihre Anstellung als Biologin an der TiHo, angeblich, um ihre Doktorarbeit zu schreiben. In Wirklichkeit, damit sie sich um einen Haufen junger Hunde kümmern kann. Wo sie bloß heute so lange bleibt? So lange hat sie sie noch nie alleine gelassen. Aber ich mische mich da nicht ein, sie ist furchtbar eigen mit ihren Hunden. Und nicht nur mit ihren Hunden«, setzte Barbara hinzu. »Ihre Mutter ist eine *von Rüblingen.*« Barbara spitzte bei den letzten Worten affektiert die Lippen. »Sie war mal hier. So eine Perlenkettenfrau. Das krasse Gegenteil von Klara. Zwanzig Minuten hat es gedauert, dann hatten sie sich in der Wolle.«

Barbara leerte ihre Tasse und schaute ihre junge Besucherin abwartend an. Sie hatte so gar nichts von einem unreifen Teenager. Etwas Melancholisches ging von ihr aus, und etwas Dunkles, Geheimnisvolles.

»Gehst du noch zur Schule?«

»Nein.«

»Was machst du?«

»Ich bin ...« In diesem Augenblick hörte man von nebenan ein Geräusch. Ein langgezogener, tierischer Heulton, schrill und tief zugleich, dem sofort ein ähnlicher folgte, und noch einer, ein schauriger Kanon. Nasrin richtete sich auf und sah Barbara mit erschrockenen Augen an. Barbara fuhr wie von einer Nadel gestochen in die Höhe und rannte ins Haus.

»Himmel, schon fünf nach drei!« rief sie, warf sich auf das Ledersofa und griff nach der Fernbedienung.

Entgegen ihrer Gewohnheit sah Klara nicht als erstes nach den Hunden, sondern hastete, kaum daß sie auf den Hof geprescht war, in ihre Wohnung und ins Bad. Sie riß sich die Kleider vom Leib und warf die ganze Ladung in die Umzugskiste, die ihr als Wäschetonne diente. Sie würde die Sachen wegwerfen, beschloß sie, als sie unter der Dusche stand.

Klara seifte sich gerade zum drittenmal ein, als sie einen dunklen Umriß hinter der von Dampf beschlagenen Glaswand wahrnahm. Eine Hand preßte sich von außen an die Scheibe, die Flasche mit dem Duschgel knallte auf ihren großen Zeh. Sie schob die Wand zurück. Robin grinste. Falls er sich über ihre Reinigung zu dieser ungewöhnlichen Zeit wunderte, ließ er nichts davon durchblicken, sondern bemerkte: »Er war schon ein Schelm, der alte Hitchcock. Ich wette, seit *Psycho* haben Generationen von Frauen dieses ungute Gefühl beim Duschen.«

Ich werde ihm den Schlüssel abnehmen, beschloß Klara. Er war es schließlich, der zwei getrennte Wohnungen wollte. Dann also richtig.

Robin wartete im Wohnzimmer. Es lag genau unter seinem, wirkte aber doppelt so groß. Ein Sofa, drei Bücherregale und ein Schreibtisch mit Drehsessel und PC hatten hier Platz gefunden. Auf einem großen Tisch daneben standen noch ein Computer, ein Drucker, Scanner, Fax, Telefon und weitere, undefinierbare Geräte. Dazwischen herrschte Kabelverhau. Als Couchtisch diente ein Umzugskarton. Überhaupt lagerte noch viel von Klaras Besitz in Kartons. Nicht daß sie zum Purismus neigte. Sie hatte sich in dem knappen Jahr einfach noch nicht aufgerafft, sich um ihre Einrichtung zu kümmern. Eher fuhr sie an einem Tag vierhundert Kilometer, um ein ganz spezielles Hundefutter zu besorgen. Das Wenige, was an Möbeln vorhanden war, stammte aus ihrer alten Mansarde im Zooviertel, das inzwischen gerne »Kanzlerviertel« genannt wurde. Eine leihweise Überlassung von Einrichtungsgegenständen aus dem Erbe von Robins Eltern hatte sie kategorisch, wenn nicht sogar eine Spur hysterisch, abgelehnt.

Klaras Wohnung sah nicht aus wie die einer Frau, fand Robin. Der einzige Wandschmuck war ein Rentierfell, und darüber hing ein Gewehr, von dem Robin wußte, daß es kein Ziergegenstand war.

In ein Handtuch gewickelt, kam Klara aus dem Bad. Robin lehnte mit verschränkten Armen in der Wohnzimmertür und sah ihr nach, als sie an ihm vorbeiging. Klara wurde ein wenig flau im Magen. Warum lungerte er hier herum? Ahnte er etwas? Ausgerechnet jetzt, wo die Sache vorbei war? Zu Beginn der Affäre war Klara nicht besonders vorsichtig gewesen. Vielmehr hatte sie sich gesagt, daß es Robin ganz recht geschähe, sollte er davon erfahren. Nun, da ihre Sinne nicht mehr libidinös getrübt waren, sah sie ihren Exliebhaber mit anderen Augen: ein schmalbrüstiger, dezent sächselnder BWL-Student, der sich die Haare schwärzte und gerne den feurigen Südländer gab. Das Ganze war Klara im nachhinein höchstpeinlich. *Niemals* durfte Robin von Mario erfahren. Nicht seine Eifersucht fürchtete sie, sondern seine Verachtung.

Im Schlafzimmer waren die Jalousien halb geschlossen. Auf einem kaum benutzten Bügelbrett stapelten sich Pullover, T-Shirts und Unterwäsche, der Rest hing auf einem dieser beweglichen Kleiderständer, wie sie auch in Boutiquen stehen.

»Barbara hat Besuch«, sagte Robin. Er war ihr gefolgt und lehnte nun in der Schlafzimmertür.

»Ein Kerl?« fragte Klara.

»Eine Türkin. Glaube ich.«

Wir sind schon richtige Landeier geworden, dachte Klara. In der Stadt hätte Robin den Besuch garantiert nicht einmal erwähnt, während er hier wie ein aufgescheuchtes Huhn angerannt kam, um die Sensation zu verkünden. Sie schlüpfte in eine Bundeswehrhose und streifte sich ein nicht mehr ganz sauberes, graugrünes Sweatshirt über.

»Ist Krieg?« fragte Robin. Er folgte Klara in die Küche. Ein barbarischer Gestank nagelte ihn im Türrahmen fest. Mit der Hand vor Mund und Nase sah er zu, wie Klara faustgroße Brocken von etwas Undefinierbarem vom Abtropf der Spüle nahm und in eine Schüssel warf.

»Pansen«, lächelte Klara. »Stinkt ein bißchen, ist aber das Allerbeste.«

»Kriegen Sie es wieder vorgekaut oder müssen sie heute selber ran?« Robin ging durch die Küche und riß das Fenster auf.

»Aus dem Alter sind sie doch längst raus.«

»Hallelujah«, frohlockte Robin zum Fenster hinaus. »Du wirst es nicht glauben, aber ich fand es immer ein klein wenig vulgär.«

»Ich habe dich auch schon Tartar essen sehen«, entgegnete Klara. Sie war Vegetarierin. *Eingefleischte Vegetarierin*, wie Robin gerne formulierte.

»Es kostet Überwindung, eine Frau zu küssen, die rohes Fleisch zerkaut und es ihren Welpen vor die Füße kotzt.«

»Ich kann mich nicht erinnern, wann wir uns in letzter Zeit geküßt hätten.«

»Eben. Sie treibt sich übrigens im Garten herum.«

»In welchem Garten?« fragte Klara alarmiert und eilte ins Schlafzimmer, um durch die Jalousien zu spähen. Die fremde Person stand am Gitter des Zwingers. Klara konnte sie im Profil sehen.

»Ich finde, sie sieht nicht wie eine Türkin aus.«

»Stimmt«, sagte Robin. »Das Kopftuch fehlt.« Er war neben sie getreten. »Sie sieht dir ähnlich.«

»Nicht die Bohne!«

»Nur daß sie natürlich fast deine Tochter sein könnte.«

Klara revanchierte sich auf der Stelle: »Was macht dein großes Werk? Wie lautet der richtungsweisende erste Satz?«

Robin ignorierte die Frage. Beide spähten durch die Jalousie nach draußen, und Klara murmelte: »Was, zum Teufel, hat sie da wieder angeschleppt?«

Alle Prozeßbeteiligten erhoben sich, als Richter Johannes Frenzen im Namen des Volkes das Urteil verkündete: Sechzehn Monate Jugendstrafe, für zwei Jahre zur Bewährung ausgesetzt. Er forderte die Anwesenden auf, sich zu setzen, und verlas die Urteilsbegründung. Der Jugendliche war nicht vorbestraft, er hatte aus seiner Sicht aus hehren Motiven gehandelt, nämlich um seinem pleite gegangenen Vater aus der Klemme zu helfen. Jedoch blieb ein Überfall ein Überfall, auch wenn die

Pistole nicht echt gewesen war, was die Kassiererin der Tankstelle schließlich nicht hatte wissen können. Der Jugendliche hatte sich während der Verhandlung ehrlich zerknirscht bei der jungen Frau entschuldigt, was ihm positiv angerechnet wurde.
»Und aus!« tönte es durch den Gerichtssaal. Sofort kam Bewegung auf. Die sechs Kameras schrammten über das Parkett, daß die Dielen knarrten, Darsteller, Kameraleute, Assistenten, Kabelhilfen und Beleuchter wuselten durcheinander, der Angeklagte stand auf und stürzte zum Richtertisch. »Kann ich bitte ein Autogramm haben?«

Hannes erfüllte ihm den Wunsch. Der Junge war gut gewesen, nicht so hölzern wie die meisten, und auf jeden Fall natürlicher als Lemming, dieser Schmierenkomödiant von einem Anwalt. Von der Reinecke, diesem Fischweib, gar nicht zu reden. Er entfernte das Mikrofon, das auf der Innenseite des Kragens seiner Robe angeklemmt und mit dem Sender verbunden war, den er am Bund seiner dünnen Leinenhose trug. Er sehnte sich danach, die Robe endlich ausziehen zu können. Draußen war ein lauer Tag, und im Studio war es unerträglich heiß. Er mußte unbedingt noch einmal den Einbau einer neuen Klimaanlage anmahnen.

Die überfallene Tankstellenkassiererin bahnte sich einen Weg zu seinem Platz. Sie war höchstens zwanzig und sogar für einen privaten Sender sehr grell geschminkt. Offenbar hatte sie schon geahnt, daß es warm werden könnte, denn ein bauchfreies Oberteil mit Spaghettiträgern und eine Art Lendenschurz brachten ihren telegenen Körperbau zur Geltung. Höchste Zeit, wieder einmal das Thema *Erscheinungsbild der weiblichen Prozeßbeteiligten* anzuschneiden, dachte Hannes, sonst würden sie demnächst in Unterwäsche erscheinen. Selbst auf die Gefahr hin, daß ihm der CvD wie neulich antworten sollte: »Wir sind das Fernsehgericht, Hannes, nicht das Jüngste.«

Hannes war überzeugt: Ohne seine gelegentlichen Interventionen würde das Niveau der Show ins Unerträgliche sinken. Viel fehlte bis dahin ohnehin nicht mehr.

»Wie läuft das jetzt so, geht man noch wohin, was trinken?« fragte die Darstellerin, wobei sie sich keck mit einer Hinterbacke auf den Richtertisch setzte und ihm ihre hochgezurrten Brüste wie Orden entgegenwölbte.

Nun war es durchaus nicht so, daß Hannes jedem Rock nachstieg. Es waren die Frauen, die wie verrückt hinter seiner Robe her waren. Auch jetzt gab er den Zugeknöpften: »*Man* geht vielleicht in die Caféteria. Fragen Sie doch den Kollegen Lemming, der zeigt Ihnen sicher gern den Weg.«

»Ich würde aber viel lieber mit Ihnen gehen.« Ihr Bauchnabelpiercing hatte die Form einer glitzernden Schlange.

Hannes lächelte milde. »Das geht leider nicht, ich habe gleich noch eine weitere Sendung aufzuzeichnen und muß mich vorbereiten.« Das stimmte. In einer knappen Stunde würde er den nächsten Fall verhandeln: sexuelle Nötigung einer minderjährigen Ladendiebin durch einen Kaufhausdetektiv.

Die junge Dame gehörte zur hartnäckigen Sorte. »Wie wäre es denn hinterher? Oder heute abend?«

»Vielleicht ein andermal«, sagte er und wühlte dabei in seiner Aktentasche, als sei er tatsächlich ein Staatsbeamter im Dienst. Das Mädchen lächelte tapfer und manövrierte ihr Hinterteil erneut geschickt zwischen Menschen und Gerätschaften hindurch. Hannes konnte beobachten, wie sie Lemming vor der Tür um ein Autogramm bat. Netter Hintern, dachte er gerade, als er den Blick der Reinecke auf sich gerichtet fühlte.

»Wirklich Hannes, ich finde das so toll, daß du überhaupt nicht auf Primärreize reagierst.«

Hannes sah sie an. Ein paar Falten hatten sich ins Make-up gegraben. Ihr Teint war, wie immer, sehr braun und das Haar sehr blond.

»Meinst du nicht, daß du es manchmal ein bißchen übertreibst? Einen Zeugen derart niederzubrüllen ...«

Ihr Grinsen erstarb. »Irgend jemand muß schließlich auch ein paar Emotionen rüberbringen. Außerdem stand im Skript: *heftig*.«

»Seit wann halten wir uns an das Skript?«

»Du kannst dich ja beim CvD beschweren, dann läßt er es vielleicht rausschneiden.«

Aha. Auf Kieferle war also auch kein Verlaß. Neulich war Hannes der Kragen geplatzt, und er hatte den CvD ersucht, Sabrina Reineckes ordinärem Mundwerk Einhalt zu gebieten. Als ob sich eine Staatsanwältin in einer Verhandlung jemals so aufführen würde. Nicht einmal sie selbst täte das, wenn sie in einem realen Gerichtssaal stünde. Jemand mußte ihr endlich klarmachen, daß dies eine Gerichtssendung war, und keine Schmuddeltalkshow. *Seine* Gerichtssendung, im übrigen, die seinen Namen trug: *Richter Johannes Frenzen.*

»Was willst du? Das Nachmittagspublikum ist dasselbe wie bei Kiesbauer«, hatte der Chef vom Dienst, Kieferle, geantwortet. »Die selben Menschen, die selben Probleme. Die bügelnde Hausfrau will Leidenschaft, Skandale, Gefühle. Es muß menscheln.«

Damit es richtig menschelte, setzte man auf Laiendarsteller. »Hölzern, aber authentisch«, fanden der CvD und die beiden Chefs der Produktionsfirma *Prado-Film*, Jochen Prader und Thomas Doran. Ähnliches galt für die Staatsanwälte und Verteidiger. Sie waren, genau wie Hannes, keine Schauspieler, sondern professionelle Juristen. Allerdings hatte man ihnen ein paar Intensivkurse verpaßt. Der Erfolg der Sendung gab dem CvD recht. Und der Mißerfolg auf der anderen Seite: Eine Viererstaffel Neunzigminüter mit Johannes Frenzen und einigen Profischauspielern war an vier aufeinanderfolgenden Donnerstagen zur Prime Time gesendet worden. Zwei verzwickte Mordfälle, ein Totschlag und ein Betrugsfall. Johannes Frenzens Sprungbrett ins Abendprogramm. Die Quoten der ersten beiden Sendung waren so lala, sanken dann aber rasch ins Bodenlose. Während sich Lemmings grottendämliche Anwaltsserie, das Konkurrenzprogramm, tapfer hielt. Dienstags, 20:15 Uhr. Heute war es also wieder soweit. Ein unerträglicher Gedanke. In der nächsten Staffel hatte die Reinecke eine Gastrolle. Gönnerhaft hatte man ihm dasselbe angeboten, was Hannes selbstverständlich abgelehnt hatte. Allenfalls eine Gastrolle im *Tatort* hätte er akzeptiert. Nein, er durfte sich nicht verzetteln und billig verkaufen, für seinen Neustart mußte es schon etwas Besonderes sein, etwas nie Dagewesenes. Nur fehlte es im Moment an einem brauchbaren Konzept. *Prado-Film* schien nicht allzu viele Anstrengungen zu unternehmen, ihn dauerhaft ins Abendprogramm zu schleusen, und von Seiten des Senders kam ebenfalls kein verlockendes Angebot.

Wenn nicht bald etwas geschieht, dachte Hannes, werden Frank Lemming und Sabrina Reinecke in Kürze populärer sein als ich.

Er ließ die Reinecke stehen, wechselte ein paar freundschaftliche Worte mit Helga, der Protokollantin. Außer ihm selbst war sie die einzige, die in jeder Sendung zugegen war. Verteidigung und Staatsanwaltschaft wechselten. Zum Glück. Vier Produktionstage in der Woche mit Lemming und Reinecke wären nicht zu ertragen.

Er ging in die Garderobe und zog endlich seine Robe aus. Darunter trug er ein behördengrünes Polohemd, das Schweißflecken unter den Armen aufwies. Die Schminke war hinüber, er würde nachher noch einmal in die Maske gehen müssen.

Er wusch sich Gesicht, Hals und Achseln mit kaltem Wasser und zog ein frisches Hemd aus dem Spind. Schon besser. Er goß sich einen Schluck Kognak in ein Wasserglas, setzte sich vor den Spiegel und sog den Duft des Getränks ein.

Sabrina Reinecke war für Hannes eine besondere Enttäuschung und ein Beweis für die sehr kurze Halbwertszeit der Tugend Dankbarkeit. Als sie noch beide am Landgericht Hannover arbeiteten, hatte er die Frau zwar als hartnäckig in der Sache, aber dennoch als angenehme Kollegin empfunden. Sonst hätte er sie gewiß nicht in seine Sendung geholt. Ein Kuckucksei! Wie so ein bißchen Bekanntheit – von Ruhm konnte gar keine Rede sein – einen Menschen verändern konnte. Er selbst war doch auch auf dem Teppich geblieben. Jedenfalls sah er aus wie ein netter Kerl. Also war er auch einer, oder?

Hannes sah auf die Uhr. Ein Kaffee in einer Bar um die Ecke war noch drin. Danach würde man weitersehen. Die Bauchnabelgepiercte lauerte ihm vor der Tür zur Tiefgarage auf.

»Ich bin's, Vanessa. Man nennt mich Nessie.«

Hannes lächelte schicksalsergeben. Wortlos folgte sie ihm in die Tiefgarage zu seinem Wagen. Es war ein neuer Audi S6, graphitmetallic, mit allen Extras. Er hielt dem Mädchen die Tür auf und setzte sich hinter das Steuer. Die Innenbeleuchtung blieb gerade so lange an, daß er die Schenkel betrachten konnte, die ihn, wenn er wollte, heute nacht in den Schlaf schaukeln würden. Als er sich von diesem Anblick löste und durch die Windschutzscheibe sah, bemerkte er einen dunklen Flecken auf seiner Seite, der in etwa die Umrisse von Italien hatte, ohne Sizilien.

»Die Scheibe ist ja total dreckig«, stellte das Mädchen fest und inspizierte die Scheibe von innen mit zusammengekniffenen Augen.

Hannes stellte den Scheibenwischer an, aber der Fleck verschwand nicht, lediglich die Konturen verschwammen.

»Verdammt!«

Er stieg aus. Die trüben Funzeln der Garage spendeten nur trübes Licht. Ein dunkler Belag war auf der Windschutzscheibe. Seine Begleiterin war ebenfalls ausgestiegen. Ehe Hannes sie daran hindern konnte, fuhr sie prüfend über die Scheibe. Dann starrte sie auf ihre Hand und begann zu kreischen. Etwas Rotes, Klebriges haftete an ihren Fingern.

In Klaras großzügigem Zwinger gab es zwei Hütten, einen Unterstand, einen Teich, Baumstämme und ein paar große, gerundete Felsbrocken. Vor den Hütten lagen abgenagte Hölzer und zerrissene Tierfelle. Man mußte sehr nah herantreten, um die Tiere ganz zu sehen, denn der Metallgitterzaun war über zwei Meter hoch und so bepflanzt, daß die Hunde ihre Umgebung durch einige Lücken im Grün beobachten konnten, während man, wenn man hineinspähte, aus der Entfernung nur vorbeihuschende Schatten sah. Seit die Fremde am Gitter stand, war drinnen alles erstarrt. Zwei von ihnen thronten wie Sphinxe auf je einem Findling. Ihr Fell war grau und blaßgelb auf der Bauchseite. Sie besaßen das weiche Gesicht junger Hunde, doch ihre Haltung war majestätisch, der Blick aufmerksam und klug. Ihre bernsteinfarbenen Augen standen katzenhaft schräg und waren schwarz umrahmt, als hätte man einen Lidstrich um sie gezogen. Ein weiterer hockte vor einer der Hütten und hielt die

Nase in die Luft. Hinter den Baumstämmen kauerte ein vierter und schaute ebenfalls in die Richtung, aus der der fremde Menschengeruch kam. Seine Haltung drückte Unsicherheit aus. Er war kleiner als die anderen, und sein Fell war mondfarben. Plötzlich hoben alle vier ihre Nasen noch ein Stück höher, witterten, dann sprangen die zwei Sphinxen von ihren Felsen und stellten sich vor die Tür. Die anderen verharrten auf ihren Plätzen, der Helle leckte sich die Nase und winselte.

»Bleib da stehen!«

Das Mädchen fuhr herum. Klara kam auf den Zwinger zu. Sie trug eine Schüssel im Arm. Die Hunde begannen zu jaulen. Klara schob die zwei schweren Eisenriegel zurück und betrat den Zwinger.

»Ist ja gut, ich weiß, ich bin spät dran, nun macht mir bloß keine Szene!«

Sie leerte die Schüssel aus. Die drei grauen Tiere stürzten sich sofort auf die hingeworfenen Brocken. Der Helle schlich mit eingezogenem Schwanz um sie herum und schnappte sich verstohlen eine kleines Stück, das ihm am nächsten lag. Klara verließ den Zwinger und verriegelte sorgfältig die Tür. Die Besucherin stand noch immer da wie eingefroren.

»Was machst du hier?« fragte Klara, ohne die Meute aus den Augen zu lassen.

»Barbara ...« Sie verstummte.

»Barbara ...«, wiederholte Klara aufmunternd, als spräche sie zu einer Dementen.

»Sie sieht gerade fern, so eine Gerichtsshow, die finde ich dämlich. Da bin ich ein wenig rumgelaufen.«

Klara verkniff sich ein Grinsen. »Kennst du Barbaras Lebensabschnittsgefährten?«

Kopfschütteln.

»Kennst du Barbara überhaupt näher?«

»Vom Kindergarten.«

»Wie heißt du?«

»Nasrin.«

»Ich bin Klara. Die beiden da vorn sind Shiva und Drago, die hier heißt Ruska, und der helle Merlin.«

»Vorhin haben sie geheult wie Wölfe«

»Es sind Wolfshunde«, erklärte Klara. »Aber ich sage immer, es seien Schäferhunde. Das klingt nach Kommissar Rex. Bei Wolfshund denken die Leute gleich an Rotkäppchen.«

»Wieviel Wolf?« fragte Nasrin.

»Die letzte Einkreuzung erfolgte Mitte der 60er Jahre.« Es klang wie eine einstudierte Formel.

Merlin versuchte, an einen größeren Brocken der Delikatesse heranzukommen, wurde aber von Shiva angeknurrt. Er zog den Schwanz ein und trollte sich.

»Sind sie gefährlich?«

»Kein Wolfshund und auch kein Wolf ist auch nur halb so gefährlich, wie das, was heutzutage als sogenannter Kampfhund in der Gegend herumläuft. Aber sie sind scheu. Sie können aus Angst zubeißen, wenn man sie erschreckt.«

Merlin versuchte sein Glück bei Drago. In geduckter Haltung schwänzelte er demütig um ihn herum, während er ihm mit der Schnauze gegen die Lefzen stupste. Drago spie gönnerhaft einen Batzen aus. Merlin stürzte sich gierig darauf. Als die Tafel aufgehoben war, gingen die Tiere entspannt diversen Zerstreuungen nach. Drago zerfetzte einen Hasenbalg, Shiva trank aus dem Teich, Ruska lag auf der Seite und döste. Nur Merlin schnüffelte verzweifelt den Boden ab.

»Sind sie nicht wunderschön«, sagte Klara leise und mehr zu sich selbst.

»Ich glaube, der Helle ist nicht satt geworden.«

»Mag sein. Merlin ist der Omega-Rüde.«

»Der was?«

»Shiva und Drago sind Alphas. Die Leittiere. Omega ist der, auf dem alle rumhacken.«

»Wie gemein.« Ein anklagender Blick traf Klara.

»Das ist ein natürliches Rudelverhalten.«

»Aber das hier ist nicht die Natur«, rief das Mädchen, nun plötzlich voller Leidenschaft. »Das ist ein Käfig! In der Natur würde er doch abhauen, wenn alles auf ihm rumhackt. Das würde ich jedenfalls tun. Wenn ich Merlin wäre«, setzte sie etwas ruhiger hinzu.

»Und wer beschützt dich dann?«

»Ich mich selbst.«

»Ganz allein? Ein unerfahrener, schwächlicher, auffallend heller Hund?«

»Ich würde mir ein anderes Rudel suchen. Eins, in dem sie netter zu mir sind.«

»Nenn mir einen Grund, warum ein fremdes Rudel netter zu dir sein sollte.«

»Vielleicht, weil sie von Natur aus netter sind.«

»Die Natur ist nicht nett«, stellte Klara fest.

»Dann eben, weil ich anders bin, eine Abwechslung.«

»Eher ein Grund, dich zu töten.«

Nasrin dachte ein paar Sekunden nach, dann trumpfte sie auf: »Oder weil es dort mehr zu fressen gibt.«

»Du meinst, eine Gesellschaft, die im Luxus lebt, kann sich Schwächlinge erlauben?«

»Vielleicht sind sie einfach kultivierter und bringen nicht gleich alles um, was ihnen fremd erscheint.«

Allmählich driftete das Gespräch aus dem grünen Bereich, registrierte Klara und sagte, um das Thema abzuschließen: »Degeneration ist immer der Anfang vom Ende.«

»Möglicherweise ist Merlin ja gar kein Schwächling, sondern nur im falschen Rudel«, entgegnete das Mädchen trotzig.

»Mag sein«, räumte Klara ein. »Aber jetzt, nach dem Fressen, hätten sie gerne ihre Ruhe.«

Wenigstens war sie nicht schwer von Begriff und entfernte sich. Klara nahm sich vor, ein ernstes Wort mit Barbara zu reden. Es ging einfach nicht, daß sie alles, was sich irgendwo herumtrieb, anschleppte und hier frei herumlaufen ließ.

Ein lautes Motorengeräusch hallte von den Wänden wieder. Robin trat vor die Tür, als Arne gerade auf den Hof sprang und stolz ausrief: »Das ist er.«

Vor ihnen stand eine Maschine von der Größe eines Einfamilienhauses.

»Der neue Mähdrescher«, erkannte Robin. Die beiden Männer umkreisten bewundernd das Monstrum. Sechs Bauern aus

der Umgebung hatten sich für diese Anschaffung zusammengetan. Arne klärte Robin über die technischen Details auf.
»Sieben Meter Schnittbreite. Halogenbeleuchtung.«
»Und was machst du damit?«
»Korn.«
»Jetzt?«
»Oh, Mann! Ich wollte nur eine Proberunde drehen und ihn dir zeigen, kapiert?«
Robin fühlte sich geehrt.

Hannes und er hatten sich nach dem Erwerb des Gutshofes mit Arne und seinem Vater zusammengesetzt, um die Übernahme der Pachtverträge zu verhandeln. Die beiden Gamaschkes waren die ersten Bauern, die Robin persönlich kennengelernt hatte. Umgekehrt war es für die Gamaschkes die erste Bekanntschaft mit einem Schriftsteller. Von Hannes, dem »Fernsehrichter«, ganz zu schweigen.

Die Verhandlungen waren rasch erledigt gewesen, Hannes hatte den Preis für das Ackerland an der untersten Grenze angesetzt. Robin hatte er danach erklärt: »Ich hätte mehr verlangen können, das Land hat immerhin einen neunziger Bodenwert, im Schnitt. Aber auf dem Land ist gute Nachbarschaft lebenswichtig.«

Robin, dem ein neunziger Bodenwert wenig sagte, hatte dem zugestimmt.

Gegenseitige Neugier hatte Arne und Robin im Lauf der Zeit aufeinander zugetrieben. Robin bewunderte, wie Arne diese riesigen Maschinen bewegte und Pflanzen zum Wachsen brachte.

»Du bist hier der Herr über Leben und Tod«, hatte er einmal gesagt.

Arne amüsierten solche Aussprüche. Tätigkeiten und Dinge, die für ihn ganz normal, waren, sah Robin aus einem völlig anderen Blickwinkel. Arne bewunderte hingegen in Robin den Intellektuellen, für den er ihn hielt. Und was die Nachbarschaftshilfe betraf: Hannes hatte recht behalten. Es verging kaum eine Woche, in der Arne nicht um Hilfe bei irgendeinem Problem gebeten wurde. Egal ob die Dachrinne leckte, ein

Baum gefällt oder ein Felsbrocken versetzt werden mußte, Arne war mit Rat und Tat sowie mit schwerem Gerät zur Stelle. Außer einem gemeinsamen Bier nach getaner Arbeit akzeptierte er nie eine Bezahlung, nicht einmal, nachdem er Klara eine Woche lang jeden Abend beim Bau des Zwingers geholfen hatte.

Anders als Robin hätte Hannes angesichts des neuen Mähdreschers bestimmt ein paar kluge Fragen gestellt, so wie im letzten Herbst, als sie den gewaltigen Rübenroder bewundert hatten. Hannes war zwar ebenso ein Stadtkind wie Robin, hatte aber einen Onkel, der Pferde und Gemüse züchtete, und ein ausgeprägtes Interesse an technischen Dingen. In Robins Familie hatte es nie Landwirte gegeben. Seine Eltern führten ein Geschäft für Schreibwaren der gehobenen Klasse in einer 1b-Lage der Hannoveraner Innenstadt. Ferien hieß für Robin Berge. Wandern, Bergsteigen, Skilaufen. Seine Eltern und die von Hannes, die Frenzens, hatten sich bei einem Diavortrag des Alpenvereins kennengelernt. Als sie das erste Mal zusammen in Urlaub fuhren, war Robin acht und Hannes doppelt so alt. Trotzdem verstanden sie sich von Anfang an gut und stellten sich Fremden gegenüber als Brüder vor. Manchmal sagte sogar irgendein Schafskopf: »Das sieht man.« Um die Anerkennung seines Wahlbruders nicht aufs Spiel zu setzen, strengte sich Robin mächtig an, um auf den strapaziösen Bergtouren mitzuhalten. Mit neun Jahren erklomm er den Hochvogel und die Zugspitze, mit elf bestieg er die Jungfrau und den Mönch. Als Hannes nicht mehr mitfuhr, erklärte Robin seinen Eltern, daß er die Berge haßte. Er war fünfzehn, und es war vorhersehbar gewesen, daß sein pubertäres Bedürfnis nach Rebellion an dieser Stelle ansetzen würde. Seine Bergstiefel warf er in den Müll und verbrachte von da an seine Ferien lesend an Stränden. Und wenn es nur der Maschsee war. Vor zwei Jahren hatten Robins Eltern ihr Geschäft und das Reihenhäuschen in Kirchrode verkauft und den alten Gutshof erstanden, um ihren Lebensabend mit Wandern und Radfahren im nahen Deister zu verbringen. Robin gefiel das nicht, aber Walter und Edith Sültemeier fragten ihren inzwischen dreißigjährigen Sohn nicht nach dessen

Meinung. Ihr Verhältnis war seit Jahren getrübt. Unsportliche Menschen waren in den Augen der Sültemeiers zweifelhafte Charaktere. Auch ihr Sohn.

Ehe sich das rüstige Rentnerpaar an die Renovierung seines Landsitzes machen wollte, waren sie noch einmal in ihre geliebten Berge gefahren. Es hätte eine achttägige Skitour duch die Dolomiten von Hütte zu Hütte werden sollen. Am dritten Tag, einem Tag mit strahlendem Sonnenschein und milden Temperaturen, hatte sich gegen Mittag die Lawine gelöst. Eine Gruppe italienischer Tourengänger hatte das Unglück beobachtet und die Bergrettung verständigt. Die stürzenden Schneemassen hatten die beiden norddeutschen Sportler vierhundert Meter weit mit sich gerissen, eine Geröllhalde hinunter, bis in ein flaches Schneefeld. Dort hatten die Männer von der Bergwacht die Leichen der Sültemeiers aus dem schweren Firn herausgegraben.

Die Erbschaft hatte nicht ausgereicht, um dem Gutshof die nötige Rundumsanierung zukommen zu lassen. Robin hatte verkaufen wollen. Doch die Preise, die die Interessenten boten, lagen weit unter dem, was sein Vater dafür bezahlt hatte. Oft fragte sich Robin, was sich sein Vater eigentlich dabei gedacht hatte, und unter seine Trauer mischte sich Zorn. Er war Geschäftsmann gewesen, er konnte doch rechnen! Gut, er hatte vieles selbst machen wollen, er hatte ja Zeit. Zumindest hatte sein Vater das geglaubt. Aber Robin, der Erbe, war kein Handwerker. Er schrieb gerade an seiner Abschlußarbeit und ging mit der Idee für einen neuen Roman schwanger. Er hatte weder Zeit noch Lust, sich um einen im Zerfall begriffenen Gutshof zu kümmern. Dann war Hannes auf den Plan getreten, hatte gerechnet, gezeichnet, geplant. Angesteckt von Hannes' Begeisterung hatte schließlich auch Klara angefangen, sich für das Gut zu interessieren.

Sie waren zusammen hingefahren, im Spätsommer. Die letzten Mieter, laut Makler eine nicht näher definierbare Ausländerfamilie, hatten das verlotterte Anwesen erst kurz zuvor geräumt, aber es sah dennoch so aus, als stünde es seit Jahren verlassen inmitten der sanften Hügellandschaft, die dem Deister, dem kleinen Mittelgebirgszug südlich von Hannover, vorgelagert war. Klara hatte sich sofort in das Anwesen verliebt, und sogar Robin hatte sich von Hannes' Plänen überzeugen lassen.

Jetzt stand er hier und sollte einem neuen Mähdrescher huldigen.

»Wunderschön«, sagte Robin und hoffte, damit nichts falsch zu machen.

»Ja, ne!« sagte Arne und tätschelte seinem *New Holland* zärtlich die Reifen. »Kommst du nachher mit in die Kiesgrube?«

»Wozu?« fragte Robin begriffsstutzig.

Arne deutete eine Schießbewegung an.

»Ja, klar.«

Schon im Winter hatten sie abgesprochen, daß Arne Robin und Hannes das Schießen beibringen wollte. »Ein Landmann muß mit einem Gewehr umgehen können«, hatte er konstatiert und mit einem Auge gezwinkert. »Zwecks Schädlingsbekämpfung.«

Robin hatte angenommen, Arne hätte sein Angebot längst vergessen, aber er hätte es eigentlich besser wissen müssen. Was Arne versprach, das hielt er.

»Ich hole dich in einer halben Stunde ab«, sagte Arne und walzte mit seinem Monstrum vom Hof.

Barbara knipste den Fernseher aus. »Entschuldige«, sagte sie und stand vom Sofa auf. »Ich mußte mir das direkt ansehen, unser Videogerät ist zur Zeit kaputt.«

Nasrin trug das Tablett mit dem schmutzigen Geschirr in die Küche und stellte es ab.

»Ich habe Klara getroffen.«

Barbara zog statt einer Antwort die Stirn kraus.

»Sie hat schöne Hunde.«

»Mir sind sie unheimlich. Weiß der Teufel, warum es gleich vier sein müssen, das ist doch nicht normal, oder?«

Das Mädchen zuckte die Schultern und begann die Tassen in die Spülmaschine zu räumen. Dabei sagte sie: »Ich wollte dich fragen, ob ich vielleicht ein oder zwei Tage hierbleiben könnte. Ich habe zur Zeit üblen Zoff zu Hause.«

Barbara zögerte. Was würde Hannes dazu sagen, wenn er heute abend kam? Bestimmt etwas wie: *Mußt du alles aufsammeln, was dir über den Weg läuft?*

Im Sommer hatte Barbara eine flügellahme junge Krähe im Garten gefunden, die sich als sehr undankbar erwiesen hatte, und im Winter darauf hatte sie einen Dackel von der Landstraße aufgelesen. Sein Foto hing damals in jedem Ladenfenster und an allen Laternenpfählen der umliegenden Orte, mit der Überschrift: *Vermißt*. Was Barbara erst nach zwei Wochen bemerkt hatte, als sie mit ihm durch den Wennigser Klostergarten spaziert, und der Dackel erkannt worden war. Er hörte auf den Namen Tarzan und gehörte einem Mitglied des Gemeinderats. Man bezichtigte Barbara der Hundeentführung und drohte mit Anzeige. Hannes mußte lange herumcharmieren und seinen Promi-Bonus in Anspruch nehmen, um die Gemüter wieder zu beruhigen.

Zwar fiel Nasrin in Barbaras Augen nicht unter dieselbe Kategorie, dennoch bereute sie jetzt, dem Mädchen das Gästehaus gezeigt zu haben. Das mußte ja wie eine Einladung rübergekommen sein. Nun konnte sie sehen, wie sie da wieder herauskam.

»Tja, weißt du ...«

Das Telefon klingelte. Barbara begann hektisch nach dem Mobilteil zu suchen, wobei sie die Kaffeekanne umstieß. Nach dem fünften Klingeln nahm sie das Gespräch an der Feststation im Flur entgegen, während Nasrin den verschütteten Kaffee aufwischte. Bei der Kanne war der Henkel abgebrochen.

»Es tut mir leid, Babs, aber ich schaffe es heute nicht mehr. Irgendein Arschloch hat mir in der Tiefgarage Lack über die Windschutzscheibe gegossen. Es wird wohl Donnerstag werden, bis ich wieder hier rauskomme.«

»Lack? Was für Lack?«

Hannes zog es vor, nicht zu sehr ins Detail zu gehen. Die Tatsache, daß es sich um Nagellack handelte, würde Barbara womöglich Anlaß zu unerwünschten Rückschlüssen geben.

»Rote Farbe. Es hat auf den ersten Blick wie Blut ausgesehen.«

»Wie scheußlich. Gott sei Dank war es nur Farbe.«
»Das sehe ich anders. Blut wäscht sich runter. Jetzt muß die ganze Motorhaube gereinigt und neu lackiert werden.«
»Wer macht so was?«
»Eine Autolackiererei.«
»Ich meine, wer tut dir so etwas an?«
»Wenn ich das wüßte. Ich muß es der Polizei melden, wegen der Vollkasko. Hoffentlich erfährt die Presse nichts davon.«
»Wie kann so etwas passieren? Das Gelände wird doch bewacht!«
»Wenn du diesen alten, versoffenen Pförtner meinst ... der würde es noch nicht einmal mitkriegen, wenn ihm jemand die Hosen klaut.«
»Armer Schatz. Ich habe mir gerade die Sendung angesehen. Die mit den besoffenen türkischen Jugendlichen und dem geklauten Auto. Du warst wunderbar! Aber ich hätte sie ordentlich verdonnert, du bist immer viel zu nachsichtig.«
»Und, was gibt es bei dir Neues?« fragte Hannes, der keine Lust auf juristische Fachsimpeleien mit Barbara hatte.
»Heute morgen hat der Typ vom Kundendienst endlich die Spülmaschine repariert.«
»Schön. Und sonst?«
»Sonst ist nichts.«
»Das ist beruhigend«, sagte Hannes, der eher an Schadensmeldungen gewohnt war. Barbara gab sich zwar Mühe, den Haushalt in den Griff zu bekommen, aber es verging kaum eine Woche, in der nicht irgend etwas kaputtging. So wie bei manchen Menschen sämtliche Pflanzen eingingen, hatte Barbara ein gestörtes Verhältnis zu elektrischen und mechanischen Geräten.
Sie tauschten Liebesbeteuerungen und schmatzende Küßchen aus, dann legte Barbara auf. An dem kleinen Tresen, der den Küchenbereich vom Wohnraum trennte, blieb Barbara verblüfft stehen. Nasrin hatte in der kurzen Zeit nicht nur das Geschirr verschwinden lassen, sondern auch die Spüle blankgewischt, die Kuchenkrümel vom Fußboden aufgefegt und alles Herumstehende an einen sinnvollen Platz gestellt.

»Wie hast du das bloß so schnell hingekriegt?«
Sie zuckte die Achseln. Die Frage von vorhin stand immer noch im Raum wie ein Elefant.
»Ich könnte alles gründlich saubermachen, das ganze Haus. Ich kann auch gut kochen. Ich würde dir nicht zur Last fallen, ich mache mich ganz bestimmt nützlich, mir ist keine Arbeit zuviel.«
Ihre Worte brachten Barbara in Verlegenheit. Sie hob abwehrend die Hände. »Also, nein. Wenn, dann würde ich dich als Gast sehen, nicht als Köchin oder Putzfrau.«
»Das heißt, ich darf bleiben?« Nasrin strahlte.
Jetzt war es schier unmöglich geworden, nein zu sagen.
»Und deine Eltern?«
»Ich bin volljährig.« Nach allem, was Barbara über türkische Eltern wußte, scherten die sich im allgemeinen wenig um die Volljährigkeit ihrer Töchter.
»Nicht, daß es Ärger gibt.«
»Wird es nicht.«
»Gut«, willigte Barbara ein. »Sagen wir: bis Donnerstag.«
An dem Abend würde Hannes wiederkommen. Selbst wenn er später durch Klara oder Robin von Nasrin erfuhr, würde es nichts ausmachen. Sie wäre wieder fort, und das Haus würde strahlen wie nach einem Frühjahrsputz.

Die Taube schoß in den Himmel, Robin drückte ab. Der Knall zerriß ihm fast das Trommelfell, während der Schaft der Schrotflinte sein Schlüsselbein zu zerschmettern schien. Die Tontaube setzte ihren Flug ungehindert fort und landete am anderen Ende der Kiesgrube. Arne lachte.
»Fest an die Schulter ranziehen, hab ich gesagt! Das muß eine fließende Bewegung sein: abwinken, Flinte ranziehen, zielen, vorhalten, abdrücken. Ich zeig's dir noch mal.«
Robin bediente den Schußapparat auf Arnes Zeichen, ein kurzes Absenken des Gewehrlaufs, die Taube schnellte hoch, schon hatte Arne die Flinte an der Wange, es krachte, die Taube zersprang in tausend Fetzen.
»Meine armen Ohren!«

Arne nahm seinen Gehörschutz ab und reichte ihn Robin samt Gewehr. Es roch nach Pulver. Robin schob zwei Patronen in die Läufe der Schrotflinte, schloß die Waffe und stellte sich in Positur.

»Jetzt«, sagte er. Er konzentrierte sich, es ging um seine Ehre. Er hatte schon zehn Ladungen verschossen, ohne einen Treffer. Der erste Schuß ging auch dieses Mal ins Leere, aber mit dem zweiten erwischte er die Tonscheibe gerade noch. In mehreren größeren Scherben regnete sie vom Himmel.

»Also, geht doch«, murmelte Arne.

Robin lächelte grimmig. Innerlich jedoch strahlte er.

»Ich werde üben wie verrückt, dann machen wir ein Wettschießen mit Hannes und Klara.«

»Klara kann schießen?«

»Sie ist mit ihrem Vater in Finnland wochenlang durch die Wälder gezogen. Angeblich mußten sie ihr Essen selbst erlegen.«

»Stark«, meinte Arne. Er reichte Robin noch einmal die geladene Flinte. Diesmal traf Robin die Taube richtig, so daß sie in ihre Moleküle zu zerspringen schien.

»Sauber! Mir hat das Schießen mein Vater beigebracht. Weißt du, was er früher mit seinem Kumpel gemacht hat? Sie haben von unserem oberen Fenster aus auf den Wetterhahn auf dem Holtenser Kirchturm geschossen. Wenn der Hahn sich dreimal um die eigene Achse gedreht hat, dann galt das als Treffer.«

»Wie geht's ihm denn?« erkundigte sich Arne.

»Besser. Meine Mutter fliegt nächste Woche mit ihm für ein paar Wochen nach Mallorca, sie besuchen meine Schwester.«

»Die Malerin?«

»Die Bekloppte, ja. Der Alte und Mallorca! Der kann doch nicht ohne seine Schweine. Mutter meint, das Klima täte ihm gut. Als ob das Klima was mit der Leber zu tun hätte. Aber wenn Frauen sich was einbilden ...« Arne winkte ab.

»Wer versorgt denn dann den Hof?«

»Ich, wer sonst?«

»Wenn ich dir mal irgendwie helfen kann ...«, sagte Robin und war überrascht, als Arne, nachdem er zwei weitere Tontauben pulverisiert hatte, fragte: »Meinst du, du könntest für mich mal die Schweine füttern?«

Robins Magen zog sich zusammen. Die Schweine. Diese riesigen, lärmenden, furchteinflößenden Ungeheuer! Vor ein paar Wochen hatten er und Klara den Stall besichtigt. Robin hatte den Gestank gefürchtet, aber an den gewöhnte man sich. Viel schlimmer war der Lärm. Sobald die Stalltür aufging, brach Hysterie aus, und zweihundert Tiere schrien, als ginge es bereits ans Schlachten.

Vor den Ställen gab es einen kleinen, umzäunten Auslauf, in dem die Schweine warteten, während ihre Box von Exkrementen gesäubert und der Betonboden mit einer neuen Lage Stroh bedeckt wurde. Das war ihre Gelegenheit, Tageslicht zu sehen und frische Luft zu atmen. Falls man von frischer Luft reden konnte, denn direkt daneben befand sich der Misthaufen. Den Rest ihres Daseins verbrachten sie bei Neonlicht in ihren Verschlägen. Die Muttertiere mit ihren Jungen befanden sich in größeren Boxen, die Arne Buchten nannte, allerdings standen sie zwischen massiven Metallstangen. Umdrehen konnten sich die Tiere nicht. »Sonst erdrücken sie die Ferkel.« Die Ferkel liefen in der Bucht durcheinander.

Als Klara sich einmal über die Abtrennung gebeugt hatte, waren sie zurückgewichen, aber dann waren zwei Mutige angelaufen gekommen und hatten an ihrer Hand geschnüffelt. Sie hatten blaue Augen, und ihre Ohren wackelten lustig auf und ab.

»Mein Gott, sie sehen einen an wie Hunde«, hatte Klara geflüstert. Es war das einzige, was sie während der Stallbesichtigung gesagt hatte, und Robin hatte den Eindruck gehabt, daß sie den Tränen nahe war, als sie den Stall vorzeitig verlassen hatte. Danach hatte sie sich drei Tage lang in ihr »finnisches Schweigen« gehüllt, wie es Robin nannte, ein autistisches Sich-Zurückziehen, das, je nachdem, zwei Minuten oder zwei Wochen dauern konnte.

Das Schweinefutter bestand aus Getreide, das vom Kornspeicher in die Raufen rieselte. Robin wurde erklärt, daß es sich um eine Mischung aus Weizen- und Gerstenschrot aus eigenem Anbau handelte, angereichert mit Sojaschrot. Mit einem Eimer wurde Futter und Wasser in den Trögen verteilt, riesige Rüssel fuhren in die Körner, Leib an Leib standen sie und schlangen den Brei in sich hinein, während die, die noch nichts bekommen hatten, umso ärger tobten.

»Warum haben die Ferkel eigentlich keine Schwänze?« fragte Robin.

»Die werden nach der Geburt abgeknipst. Sonst beißen sie sich später gegenseitig die Schwänze ab, und das gibt dann Infektionen.«

Es dauerte eine halbe Stunde, in der Arne mit klappernden Eimern durch die Gänge des verwinkelten Stalles eilte, dann verbreitete sich eine schmatzende Trägheit. Nur hier und da gab es noch ein Grunzen oder einen kleinen Kampf.

»Sie kriegen morgens und abends Futter, bis auf den Sonntag und die Feiertage. Da füttern wir nur einmal. Man braucht ja auch mal etwas Ruhe.«

»Das wird ihnen nicht gefallen«, meinte Robin.

»Nee«, grinste Arne. »Du darfst am Sonntagabend kaum über den Hof gehen, schon bricht da drin die Hölle los.«

Ganz hinten, in der letzten Kammer, standen die Eber. Es gab drei, jeder in seiner eigenen Bucht. Sie waren nicht größer als die ausgewachsenen weiblichen Tiere, aber ihr Gebiß war beeindruckend.

»Kräftiger als ein Schäferhundgebiß«, bemerkte Arne. Er nahm einen Besen, öffnete die Bucht eines Ebers und dirigierte ihn mit leichten Nackenschlägen den Gang entlang. Das massige Tier lief direkt auf Robin zu. Seine winzigen Äuglein unter den weißen Wimpern funkelten angriffslustig, nein: mordlustig. So kam es Robin jedenfalls vor, der sich starr vor Angst gegen die Stallwand drückte. Aber der Eber ignorierte ihn, wobei er ihn beinahe umrannte. Sein Ziel war eine größere Box, in der sechs weibliche Schweine angekettet nebeneinander standen. Ein Schweinebordell, dachte Robin. Als die Säue den Eber bemerkten, begannen sie zu quieken. Frohe Erwartung? Nein, eher das Gegenteil, registrierte Robin. Gelassen inspizierte der Eber die Hinterteile der Säue. Robin verspürte den dringenden Wunsch zu gehen. Er war nicht erpicht auf den Anblick kopulierender Schweine. Würde danach noch Liebe möglich sein?

Aber Robin hatte sich umsonst Sorgen gemacht. Keine der Säue animierte den Eber zu mehr als angeregtem Schnüffeln und Grunzen.

»Fauler Sack«, meinte Arne und brachte den müden Casanova zurück auf seinen Platz. »Ist noch zu früh«, erklärte er. Darüber war Robin nicht unglücklich. Seitdem war er nicht mehr im Schweinestall gewesen.

»Du meinst, ich kann das? Schweine füttern?«

»Das ist nicht kompliziert. Ich würde dir noch mal alles genau zeigen. Wär ja nur für einen Tag, oder zwei.«

»Klar«, sagte Robin. Was blieb ihm auch anderes übrig, bei allem, was Arne für sie schon an Nachbarschaftshilfe geleistet hatte. Er fragte sich ohnehin, was diesen tatkräftigen Kerl veranlaßte, sich mit einem wie ihm abzugeben. In seinen Augen mußte er, Robin, doch eine völlig überflüssige Existenz sein, so wie seine malende Schwester.

»Fährst du also auch weg?« fragte Robin.

»Vielleicht«, sagte Arne, während er das Gewehr schulterte und die Abschußvorrichtung auf die Ladefläche seines Pickups verfrachtete.

Sie saßen nebeneinander im Wagen, aber Arne fuhr noch nicht los, sondern langte in die Ablage der Wagentür und zog einen Flachmann hervor. Er hielt ihn zuerst Robin hin, der einen kleinen Schluck nahm. Die Flüssigkeit brannte in seiner Speiseröhre. Arne nahm einen größeren Schluck, offenbar brauchte er den für die folgende Eröffnung: »Ich habe eine Frau kennengelernt.«

»Echt? Wo?« wunderte sich Robin, denn in diesem Jahr hatte noch keines der zahlreichen Dorffeste stattgefunden, bei denen sich die Landjugend bis zur Besinnungslosigkeit betrank. Aber Arne war dreißig und zählte wahrscheinlich nicht mehr zur Landjugend.

»Internet.«

»Und? Erzähl.«

»Sie hat ein Foto gemailt.« Er zog ein Blatt Papier aus seiner Jackentasche.

Was war das? Ein Pop-Art-Kunstwerk?

»Ist sie ein Alien?«

»Der Scheißdrucker ...«

Der Farbpatrone mußten ein paar Töne ausgegangen sein. Der Rest ließ nur erahnen, daß es sich bei der Anordnung der Formen um ein menschliches Gesicht handelte.

»Sie wohnt in der Nähe von Köln.«

»Verstehe. Ist sie vom Fach?«

»Sie ist Arzthelferin.«

»Aha. Weiß sie ...«, fragte Robin zögernd. Arne verstand, was Robin sagen wollte.

»Sie weiß, daß ich einen Hof habe. Das mit den Schweinen sage ich ihr lieber erst, wenn wir uns mal in echt gesehen haben.«

Arne ließ den Motor an, und der Pickup rumpelte über den Feldweg, dessen Schlaglöcher jemand mit einer Ladung Dachziegel und Badezimmerfliesen aufgefüllt hatte. »Wir haben schon telefoniert. Sie hat eine Stimme, sag ich dir, da läuft's dir eiskalt den Rücken runter.«

»Das ist ja schon mal was«, antwortete Robin.

»Wie hast du Klara kennengelernt?« fragte Arne.

»Sie kam zu meiner Lesung. Vor drei Jahren war das.«

»War sie ein Fan von dir?«

»Nein. Sie hatte gar nichts von der Lesung gewußt. Sie war in der Kneipe verabredet, aber der Typ ist nicht gekommen, also ist sie geblieben. Zwischendurch ist sie eingeschlafen. Sie gibt es bis heute nicht zu. Aber immerhin hat sie das Buch gekauft und von mir signieren lassen. Ich habe ›für die Schlafmütze‹ reingeschrieben, und sie hat sich darüber aufgeregt. So sind wir ins Gespräch gekommen. Sie war so ... anders.«

»Die ist gewaltig anders«, pflichtete ihm Arne bei.

»Du darfst es ihr nicht übelnehmen, daß sie das mit dem Schweine-KZ gesagt hat. Wenn es um Tiere geht, ist sie sehr empfindlich. Mit Menschen weniger.«

»Das macht mir nichts«, behauptete Arne. »So was kriegen wir öfter zu hören. Meistens von Leuten, die ihre Melonen am liebsten mit Parmaschinken essen. Essen wollen sie, aber vom Töten wollen sie nichts wissen.«

»Apropos töten. Wer jagt denn zur Zeit am Süllberg?«

»Diesen Winter war ja nicht viel zu jagen. Die paar Füchse, pfeif drauf, ich setz mich doch nicht nachts bei eisiger Kälte auf den Hochsitz raus. Aber wenn nächsten Monat die Jagd auf Rehwild beginnt und der Alte weg ist, werde wohl ich ran müssen. Schließlich gibt es einen Abschußplan. Warum fragst du?«

»Nur so.«

Robin kam sich hinterlistig vor. Aber er hatte es Klara versprochen.

Arne war nicht auf den Kopf gefallen. »Auf dem Süllberg kann sie momentan machen, was sie will.«

Robin griff noch einmal nach dem Flachmann, den Arne ihm hinhielt.

»Du bist ein echter Kumpel.«

»Hmm«, knurrte Arne und gab Gas, daß der Dreck aufspritzte.

II.

»Am Wochenende ist wieder ein Zeltlager, warum hast du mir nichts davon gesagt?«

»Ich will nicht mit.« Jonas verkroch sich vor den Blicken seiner Mutter tief in seinen Sessel und hielt den Bildband über die Greifvögel der Erde wie einen Schutzschild vor der Brust.

»Letztes Mal hattest du Bauchschmerzen, jetzt willst du nicht. Jonas, schau mich an, wenn ich mit dir rede. Ist etwas vorgefallen?«

Er ließ das Buch sinken, stand auf und stellte es zurück ins Regal. »Ich hab bloß keine Lust mehr.« Jonas riß den Mund auf zu einem demonstrativen Gähnen. »Ich bin müde. Gute Nacht, Mama.« Er schlurfte auf sein Bett zu. Seine Mutter blieb im Zimmer stehen, stumm und hartnäckig.

»Du wirst es mir nicht glauben.«

»Warum sollte ich dir nicht glauben? Du lügst mich doch sonst auch nicht an«, entgegnete seine Mutter. »Oder?«

»Ich habe Angst«, sagte Jonas und drehte einen Zipfel seines Schlafanzuges zwischen den Fingern.

»Vor wem?« fragte seine Mutter.

»Vor dem Wolf.«

Sie hob die Augenbrauen, dann lächelte sie ihr nachsichtiges Pädagogenlächeln.

»Jonas, wenn ihr euch am Lagerfeuer Gruselgeschichten erzählt, dann mußt du dir immer vor Augen halten, daß das alles nur erfunden ist. Es sind Märchen, Geschichten.«

»Siehst du, du glaubst mir nicht«, flüsterte der Junge resigniert. Dann sagte er trotzig. »Aber ich habe sie gesehen!«

»Wölfe?«

»Die Spuren. Ich habe sie sogar fotografiert. Warte!«

Es dauerte ein wenig, bis der Computer hochgefahren war. Jonas klickte sich durch seine Bildersammlung. Es gab zwei

Fotos. Eines war zu hell, das andere dafür recht deutlich. Er erklärte seiner Mutter, weshalb es sich nur um Wolfsspuren handeln konnte.

»Und die hast du im Deister gesehen?«

»Ja.«

»Die anderen auch?«

»Nein. Die hätten mir ja doch nicht geglaubt.«

»Tja, ich weiß nicht ...«, seine Mutter beugte sich über seine Schulter und starrte den Bildschirm an. »Bist du sicher, daß es keine Verwechslung mit einem Hund sein kann? Einem Schäferhund vielleicht?«

Jonas verneinte.

»Wir sollten sie Papa zeigen, was meinst du?«

Jonas nickte. Sein Vater arbeitete an der TiHo, der Tiermedizinischen Hochschule. Der kannte sich aus, aber leider war er an diesem Abend bei einem Vortrag und würde spät nach Hause kommen.

»Jetzt ist es aber erstmal Zeit für's Bett«, mahnte seine Mutter. Es war schon fast neun Uhr.

Jonas schaltete den Computer aus, zog die Vorhänge zu und schlüpfte ins Bett. Trotz der dicken Bettdecke fror er ein wenig.

Die Lampe über der Haustür sprang an und ließ die Fratzen der beiden Steinfiguren noch schauriger aussehen als bei Tag. Gargoyles seien eigentlich Wasserspeier, hatte Barbara ihr erklärt, und daß man sie früher, im Mittelalter, an Kirchen angebracht hatte, um das Böse abzuwehren. Nun verrichteten sie ihren Wachdienst rechts und links der Eingangstür auf kniehohen Sockeln. Bestimmt hatte die Katze oder ein anderes Nachttier den Bewegungsmelder ausgelöst. Eine Minute später lag der Hof wieder in völliger Dunkelheit. Eine halbe Stunde tat sich nichts, dann näherten sich Autoscheinwerfer. Ihr Licht wurde vom Nebel über den Feldern fast geschluckt. Erst als der Wagen vor dem Tor zum Stehen kam, überfluteten sie das Pflaster mit Licht. Nasrin hielt sich die Hand vor die Augen. Eine Wagentür wurde geöffnet, jemand stieg aus, tat ein paar Schritte, stieg wieder ein, eine Tür wurde geschlossen, dann drehten die Lichter ab und verwandelten sich in zwei rotglühende Punkte, die kleiner und kleiner wurden. Nasrin trug bereits ihre Jeans, jetzt schlüpfte sie in ihre Sportschuhe, zog den schwarzen Pullover über und ging nach draußen. Die Tür zum Gästehäuschen ließ sie angelehnt. Mit vorsichtigen Schritten schlich sie über das holprige Pflaster. Nach und nach stellte sie fest, daß es gar nicht so dunkel war. Im Norden war der Himmel erhellt, dort leuchtete die Stadt wie eine ferne Galaxie, und hinter den Windrädern war bereits ein silbriger Streifen zu sehen. Ein Geräusch, ähnlich dem Klappen einer Tür, ließ sie zusammenfahren. Sie horchte. Alles blieb still. Sie wollte gerade weitergehen, als sie den Schatten sah. Das Tier kauerte ungefähr drei Meter vor ihr, es hatte den Kopf eingezogen, die Hinterbeine halb aufgestellt, sprungbereit. Nasrin machte einen unsicheren Schritt zurück.

Der Hund hob leicht den Kopf. Seine Augen funkelten in einem metallischen Blau. Sie hatte gehört, daß es von Hunden als Provokation empfunden wurde, wenn man ihnen in die Augen starrte, also wandte sie den Kopf ab. Dabei entdeckte sie einen weiteren großen, grauen Schatten. In derselben geduckten Haltung lauerte er zwischen ihr und der Tür des Gästehauses. Der Fluchtweg war ihr abgeschnitten. Nasrin hatte den Atem angehalten, und als sie jetzt Luft holte, entfuhr ihr ein ängstlicher Laut. Kaum war er verklungen, hörte sie ein dumpfes Knurren, das von überallher zugleich zu kommen schien. Da war noch einer. Mit nervenaufreibender Langsamkeit kam das Tier in seinem lautlosen Raubtiergang über den Hof. Die anderen beiden standen auf. Zu dritt umkreisten sie, witternd, ohne Hast, ihre sichere Beute. Angst ließ Nasrin erstarren. Das Knurren war verstummt, nun standen sie ruhig da. Es gab kein Entkommen. Vielleicht half es, mit ihnen zu sprechen?

»Hallo, ihr ...« Die gekrächzten Worte blieben ihr im Hals stecken, denn plötzlich sprang eines der Tiere in einem katzenhaften, fast spielerischen Satz auf sie zu und blieb eine Armlänge entfernt vor ihr stehen. Sein Maul stand offen. In reinstem Weiß leuchteten seine Eckzähne durch das Dunkel. Sie rang nach Luft, röchelte vor Schreck. Ein leiser Pfiff schallte durch

den Hof. Drei Köpfe wandten sich im selben Moment von ihr ab, und wie an Schnüren gezogen strebten die Tiere in die Richtung, aus der das Geräusch gekommen war. Vor der Tür zu Klaras und Robins Haus ging eine Lampe an. Klara huschte durch den Lichtkegel, neben ihr der helle Hund.
»Was treibt ihr denn da? Hierher! Rein mit euch, hopp!«, hörte sie Klaras Stimme. Wagentüren wurden geöffnet, geschlossen, ein Motor startete, Scheinwerfer flammten auf. Nasrin duckte sich rasch hinter einen großen Pflanzenkübel mit kümmerlichem Bewuchs. Prompt ging das Licht an. Sie machte sich hinter dem Terrakottakübel so klein wie möglich. Lautlos setzten sich die Flügel des Tores in Bewegung, die Lampe vor Klaras Tür erlosch, der Van fuhr los. Hinter ihm schloß sich das Tor, die Rücklichter auf der Zufahrt wurden rasch kleiner. Es roch nach Abgasen. Nasrin erhob sich. Langsam fiel der Schrecken von ihr ab. Sie wartete, bis auch die Lampe vor der Scheune wieder ausgegangen war, dann erledigte sie endlich unbehelligt ihr Vorhaben.

Es war kurz vor fünf. Klara stand am Waldrand und suchte mit dem Fernglas die Umgebung ab. Niemand war zu sehen. Um diese Zeit gehörte der Wald ihr. Sie öffnete die hintere Tür des Vans mit den abgedunkelten Scheiben. Geschmeidig sprangen die vier Tiere heraus, am Boden schnüffelnd eroberten sie die kleine Wiese, bis Klara sie leise rief. Sofort waren sie da, tänzelten freudig erregt um sie herum, mit kleinen Atemwolken um ihre Schnauzen. Klara schulterte ihren Rucksack, schloß den Wagen ab, dann setzte sich der kleine Trupp in Bewegung. Die vier Windräder auf dem Vörier Berg drehten sich über einer Nebelschicht, als hätten sie keinerlei Verbindung zur Erde. Ein erster Sonnenstrahl kämpfte sich durch die Schwaden und kitzelte die Baumkronen. Vögel lärmten. Die Zeit der Kälte und Dunkelheit ging zu Ende, seit zwei Tagen galt die Sommerzeit. Ab jetzt würde es schwieriger werden. Spaziergänger, Jogger, Walker, Mountainbiker würden die Wälder bevölkern und ihr die Arbeit erschweren. Obendrein würde die Jägerschaft mit frischer Mordlust aus dem Winterschlaf erwachen.

Klara hatte den Winter gut genutzt: halb fünf Uhr aufstehen, Fahrt über leere Landstraßen und durch dösende Dörfer, dann über holprige Waldwege in den Deister oder zum Süllberg. Ein, zwei Stunden Fußmarsch, etwas Training, dann zurück aufs Gut. Manchmal begegnete sie bei ihrer Rückkehr Hannes, der im Feldherrenschritt den Hof seiner Liegenschaft überquerte, um am Tor die Zeitungen hereinzuholen.

»Dir ist schon klar, daß du permanent gegen eine ganze Reihe von Gesetzen und Vorschriften verstößt?« sagte er dann, und Klara stimmte ihm lächelnd zu. Sie respektierten einander, auch wenn sie das Tun und Treiben des anderen nicht immer guthießen.

»Du und ich, wir sind die Alphatiere in diesem Laden«, hatte Hannes alsbald erkannt.

Die Luft war noch kühl. Klara atmete schwer. Sie war müde. Die letzten Monate hatten an ihren Kräften gezehrt: das frühe Aufstehen, Kälte, Regen und Schnee. Jeden Morgen mußte sie sich wieder überwinden: Stell dich nicht so an, Klara. Was ist der Deister gegen die Wälder Finnlands? Sei froh, daß du nicht in Zelten schlafen und keinen schweren Rucksack schleppen mußt. Ganz zu schweigen von Schneeschuhen. Dabei ignorierte Klara die Tatsache, daß sie damals halb so alt gewesen war. Aber sie hatte durchgehalten, damals wie heute. Sie war den Winter über nicht krank geworden, war jeden Morgen aufgestanden, unnachgiebig sich selbst gegenüber. Es war wichtig, daß sie aufstand. Sie war Teil des großen Plans.

Klara hatte einen starken Willen, der sich immer dann zeigte, wenn sie ein Ziel vor Augen hatte. So wie damals, als sie beschlossen hatte, bei ihrem Vater zu leben. Was wie eine Pubertätslaune ausgesehen hatte, war in Wirklichkeit von langer Hand vorbereitet gewesen. Mit zwölf hatte sie begonnen, sich selbst Finnisch beizubringen, und Schwedisch, Finnlands zweite Landessprache. Bis dahin konnte sie nur die paar Brocken, die sie während der Ferienaufenthalte bei ihrem Vater gelernt hatte. Mit dreizehn kündigte sie ihrem Vater gegen Ende der Sommerferien an, daß sie nicht zurückgehen würde. Nicht ins Internat und nicht zu ihrer Mutter.

»Behalte sie ruhig. Wenn sie dich näher kennt, hört diese Heldenverehrung deiner Person vielleicht von selbst auf«, hatte Meta von Rüblingen erklärt. Sie war erleichtert. Endlich, nach vierzehn anstrengenden Jahren, wurde sie diese aufsässige Tochter los, die ihr stets fremd geblieben war. Klara, in deren deutschem Paß die finnische Namensversion Klaara neben ihrem zweiten Namen Agnes stand, frohlockte.

Ihr Vater arbeitete zu diesem Zeitpunkt an einem Forschungsprojekt im Lemmenjoki Nationalpark und bewohnte eine Blockhütte an einem sumpfigen See. Die einzige Gesellschaft bestand aus Jägern und Waldarbeitern, die gelegentlich vorbeikamen und deren Alkoholkonsum sogar die deftigen Trinkgewohnheiten der Niedersachsen in den Schatten stellte. Daß dies auf Dauer kein Aufenthaltsort für ein schulpflichtiges Mädchen aus Deutschland war, sah selbst Klara ein. Sie willigte ein, die Deutsche Schule in Helsinki zu besuchen. Dort wurde der Unterricht überwiegend in deutscher Sprache abgehalten.

Klara lernte verbissen und schnell. Sie hielt sich vor allen Dingen an die Naturwissenschaften. Mit ihnen ließ sich die Welt erklären, einfach und zuverlässig.

Hartnäckig klammerte sie sich noch heute an ihre kindliche Vorstellung von Finnland als Paradies. Sie verdrängte die Tatsache, daß einen ein finnischer Herbst in den Wahnsinn treiben konnte und ein finnischer Frühling eine fahle Angelegenheit war. Daß Finnland überhaupt die meiste Zeit über fahl und matschig war.

Aber wenigstens hatte man Platz auf dem Land, während man sich hier sogar im Wald ständig auf die Füße tritt, dachte Klara jetzt. Immer wieder blieb sie stehen, spähte und horchte. Merlin blieb nahe bei ihr. Klara hatte früh erkannt, daß Merlin für den Plan nicht geeignet war. Seine Behandlung unterschied sich von der der anderen drei. Außerdem bekam er extra Futterrationen, um die Defizite auszugleichen, die er im Zwinger hinnehmen mußte.

Scheinbar ziellos huschten die anderen drei zwischen Stämmen und Büschen hindurch, aber nie verloren sie den Kontakt zu ihr. Ein leiser Pfiff, eine Geste genügte, um sie in eine Richtung zu dirigieren oder sie heranzurufen. So bewegte sich der kleine Trupp fast lautlos durch den Wald. Es roch nach Moos. Vereinzelt lagen noch winzige Schneereste in dunklen Senken, wie schmutzige, ausgefranste Bettvorleger. Immer mehr Sonnenstrahlen stahlen sich durch das Geäst und ließen die Tautropfen an den Gräsern funkeln. Klara führte ihre Meute am Waldrand entlang. Der Weg rund um den Süllberg, an dem sie sich grob orientierte, war zu konventionellen Uhrzeiten ein beliebter Spazierweg für die Bewohner der umliegenden Orte Bennigsen, Lüdersen und Holtensen.

Sie kamen zu Klaras Lieblingsstelle auf der Westseite. Eichen und Birken schufen hier eine lichte Atmosphäre. Die Birken trugen Knospen an den Zweigen, und ihre Rinden schälten sich wie die Tapeten eines schäbigen Hotelzimmers. Klara trat unter den Bäumen hervor und suchte mit dem Fernglas ihre Umgebung ab. Eine Wiese, ein kahles Feld, die Erde naß und schwer vom Morgennebel, der über dem Acker hing. Säulenartig ragten die Alleebäume, die die Bundesstraße markierten, aus dem Dunstschleier, und dahinter, am Horizont, erhob sich aus dem diffusen Weiß wie ein schlafender Koloß der Deister. Es war still, bis auf ein paar gedämpfte Waldgeräusche. Eine Krähe stieß einen heiseren Warnruf aus, und vor ihr brach ein Sprung Rehe krachend aus dem Unterholz. Klara griff nach Merlins Nackenfell. Die fünf Rehe flogen über die Wiese wie Geister, kaum schienen ihre dünnen Beine den Boden zu berühren. Lautlos nahm Ruska die Verfolgung auf. Das Rudel wechselte die Richtung, vermutlich hatten sie Wind von Shiva bekommen, die sich von der rechten Seite in lässigem Trab näherte. Das Wild rannte auf die Straße zu. Klara hob die Pfeife an ihre Lippen. Ein junger Bock hatte den Richtungswechsel zu spät bemerkt. Er blieb zurück und schlug verwirrte Haken. Rasch vergrößerte sich der Abstand zu seinem Rudel. Shiva wurde schneller. Sie rannte nicht direkt auf das versprengte Reh zu, sondern schnitt ihm den Weg ab. Im selben Moment gab Ruska die Verfolgung des Rudels auf. Beide trieben sie den versprengten Bock vor sich her. Das Tier bewegte sich in weiten Sätzen auf das schützende Dickicht zu, aus dem es zusammen mit den anderen gekommen war. Klara hielt den Atem an. Woher wußten sie, wie sie vorgehen mußten, wer oder was sagte ihnen, was sie zu tun hatten? Einmal mehr war sie fasziniert von diesen Geschöpfen, die sie so gut zu kennen glaubte, und die sie doch immer wieder verblüfften. Merlin winselte. Auch ihn hatte das Jagdfieber ergriffen, sein Körper glich einer gespannten Feder.

Der Bock hatte den Abstand zwischen sich und seinen Verfolgern vergrößern können. Nur noch wenige Meter trennten ihn vom Waldrand. Da schoß Drago aus der Deckung. Mit einem mächtigen Satz hing er dem Rehbock am Hals. Beide überschlugen sich. Dann lag der Rehbock am Boden und Drago stand über seiner Beute, bereit, sie erneut anzuspringen. Aber das war nicht nötig. Ein reflexhaftes Zucken der Beine, dann regte sich nichts mehr. Klara stieß die angehaltene Luft aus. Drago wandte den Kopf in ihre Richtung und leckte sein blutiges Maul. Sie ging zu ihm. Merlin blieb ihr dicht auf den Fersen. Shiva und Ruska waren ebenfalls bei der Beute angekommen. Alle drei begutachteten das tote Tier, beschnüffelten es, aber keiner wagte einen Bissen. Sie schauten Klara an. Die befahl ihnen, sich zu setzen und beugte sich über den Bock. Seine Kehle war vollständig durchgebissen, ein präziser Riß, wie mit einem Messer. Ganz anders als ein Hund, der seine Beute buchstäblich reißt und dabei ein Blutbad anrichtet. Nicht einmal ein Blattschuß streckt ein Reh so rasch nieder, erkannte Klara voller Bewunderung.

Der Rehbock war schmächtig, sein Fell struppig. Die Natur trifft immer die richtige Wahl, dachte Klara und zog ihr Jagdmesser. Es war lange her, daß sie ein größeres Stück Wild aufgebrochen hatte, bisher hatten ihre Schützlinge nur Hasen erbeutet, aber kaum glitt die Klinge durch die warme Bauchdecke, waren ihr sämtliche Handgriffe wieder geläufig. Die vier strichen derweil nervös um Klara und die Beute herum. Ab und zu knurrten sie einander an.

»Ruhe!« befahl Klara. Sie mußte es noch zweimal wiederholen und Shiva mit einem Griff ins Nackenfell zurechtweisen.

Allzu verführerisch war der aufsteigende Blutgeruch. Schließlich warf sie ihnen die Eingeweide hin. Drago, der Alpharüde, genoß sein Vorrecht. Zwischen Shiva und Ruska gab es eine kurze Balgerei, bei der Shiva den Sieg in Form des Schlundes davontrug, während Merlin die Leber aus Klaras Hand erhielt. Noch während sie die Brocken hinunterschlangen, steckte Klara das Reh in einen großen Plastiksack, und verstaute es in ihrem großen Rucksack. Es paßte gerade so hinein. Dann suchte sie gründlich den Boden ab. Haare konnten verräterisch sein.

Der Bock war im Gras niedergegangen. Das würde bald wieder aufstehen. Es gab keine Hufspuren und keine Pfotenabdrücke, nur Blut, wo der Bock gelegen hatte. Aber Blut allein sagte nicht viel aus. Sie trank einen Schluck aus ihrer Wasserflasche und wusch mit dem Rest ihre Hände. Die vier hatten ihre Mahlzeit beendet. Die Sonne war inzwischen gestiegen, schon badete der Annaturm in Gold. Der Turm am Kamm des Deisters war ein beliebtes Ausflugsziel. Im letzten Sommer war Klara mit den Welpen dort oben gewandert.

»Gott, wie süß! Kleine Schäferhunde!« hatten die Wanderer gerufen.

»Schau mal, junge Huskies! Ach, und der Weiße! Ist der niedlich, wie ein kleiner Eisbär, wie ein Wattebausch! Kann man den auch streicheln?«

Vor allem Kinder schlossen Merlin sofort in ihr Herz. Merlin spielte mit ihnen Fangen, zwickte sie sanft in die Waden, ließ sich hätscheln und tätscheln, und Klara amüsierte sich bei dem Gedanken, wie sich die Mütter wohl verhalten würden, wenn sie wüßten, daß das Tier, das ihren Zöglingen gerade den Rotz von den Backen schleckte, ein sibirischer Wolf war.

Hannes hatte miserabel geschlafen. Der Körper des Mädchens, der ihm zunächst die Einsamkeit vertrieben hatte, war ihm nach der postkoitalen Tiefschlafphase zur Last geworden. Erst gegen Morgen, als ein trübes Licht durch die Jalousie gekrochen kam, war er eingeschlafen. Danach mußte sie gegangen sein, jedenfalls war endlich Platz im Bett, es roch auch nicht nach Kaffee, kein Rauschen der Dusche, kein Geschirrgeklapper, nein, sie war wirklich fort. Jetzt, am Morgen, war die Leere von Bett und Wohnung angenehm. Der Wecker zeigte 9:36. Mit schweren Gliedern stand er auf. Der Bettbezug war verschwitzt, und sein Atem roch faul. Er schlurfte ins Bad, pinkelte, ein saurer Rülpser drängte lautstark ins Freie. Er stützte sich auf das Waschbecken und schaute in den Spiegel.

Richter Johannes Frenzen verkörpert eine unwiderstehliche Mischung aus Charme und Redlichkeit. Diesen ehrlichen Augen, dieser tiefen, vollen Stimme muß man – und vor allem frau – einfach vertrauen. Grundsolide, aber nicht langweilig, ist er ein Mann, wie ihn sich Frauen erträumen. Wahrscheinlich hätte er bei einer Direktwahl gute Chancen, Bundeskanzler zu werden ... So ähnlich hatte es neulich in einer Frauenzeitschrift gestanden. Wenn ihn seine Fans jetzt sehen könnten: Tränensäcke, das Weiß der Augen mit einem roten Netz durchzogen, die Wangen stoppelig und bleich wie ein Emmentaler Käse, das braune Haar von etwas Undefinierbarem verklebt. Verständlich, daß das Mädchen schon gegangen war. Er bereute, sie überhaupt mitgenommen zu haben. Das tat er stets, am nächsten Morgen. Aber wenn er gegen Abend, nach zwei oder drei Drehs, in die leere Wohnung kam, wenn er geduscht, gegessen und mit Barbara telefoniert hatte, dann lag der Abend immer vor ihm wie ein Tunnel ohne Lichtblick. Zuweilen bekam er regelrechte Angstzustände. Dann quälte sich Hannes auf der Flucht vor dem schwarzen Loch entweder die anderthalb Stunden im Feierabendverkehr aus Hamburg hinaus und auf das Gut, oder – und das war weit häufiger der Fall – er fuhr in einem Taxi in eines der angesagten Lokale. Ein paar sprühende, junge Menschen um ihn herum, etwas Alkohol und ein Hauch von Blackys weißem Pulver genügten, um die Gespenster zu vertreiben. Mit dem dritten oder vierten Wodka-Lemon spülte er die letzten guten Vorsätze und Skrupel hinunter.

Natürlich hätte ihn Barbara jederzeit nach Hamburg begleitet. Aber jemand mußte schließlich dafür sorgen, daß der Landsitz nicht verlotterte. Außerdem fiel ihm Barbara nach zwei Tagen in der Wohnung gehörig auf die Nerven. Hier gab es keine Garage, in die er fliehen konnte, um an seinen Autos zu basteln, keinen Garten, der nach Spaten und Heckenschere schrie, keinen Rasen, der gemäht werden mußte. Wenn Robin ab und zu hier sein könnte, das wäre etwas anderes. Mit ihm von Kneipe zu Kneipe zu ziehen, so wie früher, als er ihn in Linden besucht hatte, das vermißte Hannes. Aber auf seine unverbindlichen Angebote – »Wie wär's wenn du mal nach Hamburg kämst, wir könnten um die Häuser ziehen und saufen wie die Löcher?« – war Robin bis jetzt nicht eingegangen. Steckte Klara dahinter? Wohl kaum. Klara war zu sehr mit sich selbst beschäftigt oder vielmehr mit ihrem verrückten Plan. Manchmal bewunderte Hannes, mit welcher Gelassenheit sich diese Frau über Gesetz und Moral hinwegsetzte. Sie tat, was ihr richtig erschien, der Rest kümmerte sie nicht. Manchmal wünschte er sich, ein wenig so zu sein wie Klara: ein anarchistischer Draufgänger. Das einzige, was er gut beherrschte, war, seine Freundin zu betrügen. Selbst dabei war er kein Überzeugungstäter, kein stolzer Casanova, nur ein kleiner Angstrammler.

Und dann die Sache mit dem Koks. Scheinbar nahmen es alle. Jedenfalls erschreckend viele, man wußte es, obwohl keiner darüber redete. Bei der Vorstellung, es an einem finsteren, schmuddeligen Ort mit einem ebensolchen Dealer zu tun zu bekommen, hatten sich Hannes stets die Haare gesträubt. Aber der Mann, der für Hamburgs Schneekönig Blacky Miehling arbeitete, trat solide auf wie ein Fondsmanager, so daß einem bei den Geschäften das Unrechtsbewußtsein nahezu abhanden kam. Außerdem lieferten sie bequem ins Haus, wie ein Pizzaservice.

Er stellte sich unter die Dusche. Erst heiß, dann kalt. Nachdem er sich rasiert hatte, fühlte er sich schon besser. Der Kaffee blubberte durch die Maschine. Hannes schlüpfte in Jeans und ein frisches T-Shirt. Vier Stockwerke runter und wieder rauf, um die Zeitung zu holen, das würde seinen Kreislauf anregen.

Eine gepflegte Dame um die Vierzig stieg aus dem Lift, eskortiert von zwei Westies mit Halstüchern in türkis und rosa, die vermutlich gerade die Straßen von Hamburg-Eppendorf verunreinigt hatten. Sie grüßte höflich-distanziert. Selten bekam er von einem der Hausbewohner mehr als den der Tageszeit angepaßten Gruß zu hören. Hier war man nicht plumpvertraulich. Wer in diesem Komplex luxuriös renovierter Altbauwohnungen wohnte, hatte etwas erreicht im Leben. Oder geerbt. Jedenfalls war ein Beamter, der zum Nachmittags-Fernsehstar mutiert war, keine Sensation. B-Promis nannte man Leute wie ihn im Medienjargon.

Die Dame mit den Hunden, seine Nachbarin, war Nachrichtensprecherin bei einem öffentlich-rechtlichen Sender, dann wohnte hier noch ein Ex-Fußballnationalspieler, ein Galeristenehepaar, der Chef einer kleinen Fluglinie, ein Senatsmitglied der CDU samt Gattin, ein Delphintrainer, eine Medienkünstlerin und zwei lesbische Studentinnen. Manche Wohnungsinhaber hatte Hannes noch nie gesehen. Mit einer der Studentinnen, Tochter eines Kreuzfahrtreeders, hatte Hannes einmal Kaffee getrunken, als er noch nicht gewußt hatte, daß sie lesbisch war. Jeder lebte sein Inselleben. Nur ab und zu hörte Hannes das mauergedämpfte Kläffen der zwei Westies. Welche Geräusche wohl aus seiner Wohnung in die der Nachrichtensprecherin drangen? War ihr Lächeln heute nicht anders gewesen als sonst? Süffisanter, mit einem Schuß Verachtung? Oder war es nur sein Selbstekel, der ihm das suggerierte? War es letzte Nacht laut zugegangen?

Seine Erinnerung an die Nacht war diffus und lückenhaft. Nach dem Schrecken in der Tiefgarage hatten sie sich getrennt, Hannes hatte sich um den verunreinigten Wagen gekümmert, und als das erledigt war, hatte er sie angerufen. Pizza bei einem in jeder Hinsicht verschwiegenen Italiener. Dann eine Disko. An alles Weitere erinnerte er sich nur vage. Das Mädchen hatte keine Telefonnummer hinterlassen. Das war seltsam. Immer hinterließen sie sonst ihre Nummern, auf Zetteln, oder, was er besonders haßte, mit Lippenstift auf dem Badezimmerspiegel. Hatte er gestern irgendwie ... versagt? Nachdenklich lief er die vier Treppen hinunter. Das dunkle Holz der Stufen und der Lauf des Geländers glänzten wie frische Kastanien. Hannes zog die drei Tageszeitungen aus dem Briefkasten.

Was seinen Kreislauf dann richtig in Schwung brachte, war der Hinweis auf der ersten Seite des Hamburger Abendblatts: *Die frühen Urteile des Richter Johannes F. Lesen Sie auf Seite 13*, und beinahe zum Kollabieren brachte ihn die dortige Überschrift: *Ist unser liebster Fernsehrichter ein Rassist?*

Für den Verfasser des Artikels war das Urteil jedenfalls schon gefällt, das wurde Hannes immer klarer, als er im Aufzug stand und sich mit wachsendem Entsetzen durch den Artikel hindurchkämpfte.

> Er ist der Herr des Rechts. Er verkörpert das Wahre und Gute, das Vertrauenswürdige unserer Rechtssprechung. Jeden Nachmittag von drei bis vier fällt Richter Johannes Frenzen seine Urteile. Milde oft, aber immer gerecht. Salomonisch schon beinahe. Ohne Ansehen der Person, blind wie Justitia zu sein hat. Egal, ob arm oder reich, ob jung oder alt, ob Deutscher oder Ausländer. So weit die heile Fernsehwelt. Im richtigen Leben geht es anders zu, auch an deutschen Gerichten. Da sind Richter auch Menschen. Mit Fehlern und Gefühlen. Und die sind nicht immer reinsten Wassers. Natürlich weiß der Fernsehzuschauer, daß der studierte Jurist Johannes Frenzen bis vor wenigen Jahren, im richtigen Leben also, ein verbeamteter Richter am Landgericht Hannover war. Gerade das macht ihn so authentisch. Der Mann spielt keine Rolle, sondern tut das, was er immer schon getan hat: Er spricht Recht. Er urteilt.
>
> Aber hat unsere Ikone der Gerechtigkeit seinerzeit, als es um wirkliche Menschen ging, um wahre Fälle, auch immer so milde und gerecht geurteilt? Da ist zum Beispiel der sechzehnjährige Achmed B.*, deutscher Staatsbürger türkischer Abstammung. Achmed B. lebte in Hannover-Bornum, nicht gerade eine der besten Gegenden, und war, wie er selbst zugibt, nicht immer ein Engel. Weil er einem Mitschüler auf dem Heimweg das Handy raubte, bekam er achtzehn Monate Jugendarrest aufgebrummt. Ohne Bewährung. Vorsitzender Richter war Johannes Frenzen. Und da ist der blonde Sven K.*, zwanzig Jahre alt, Arztsohn aus Bissendorf, einer Gegend, in der sich Hannovers Besserverdienende gerne niederlassen. Er bekam

acht Monate für einen Überfall auf einen Supermarkt. Auf Bewährung. Gerecht? Der fünfzehnjährige Russe Wladimir P.* wanderte für ein halbes Jahr in den Jugendknast. Sein Delikt: räuberische Erpressung von Schulkameraden und notorisches Schuleschwänzen. Deutschstämmige Schulrowdys kamen mit ein paar Stunden Sozialarbeit davon.
   Tragische Einzelfälle? Mitnichten. Der Redaktion sind weitere Fälle bekannt, in denen sich die Strafen für ausländische oder nicht deutschstämmige Gewalttäter sehr dicht an der Obergrenze des breiten Strafrahmens bewegten, während deutsche Straftäter bei vergleichbaren Delikten eher milde bedacht wurden. Ist das die Gerechtigkeit unseres beliebten Vorzeigerichters?
   (*Name ist der Redaktion bekannt).

Hannes bekam Herzrasen. Das wurde kaum besser, als er den Artikel noch einmal am Küchentisch las, langsam, Satz für Satz. Unterzeichnet war das Pamphlet mit dem Kürzel »mika«. Hannes suchte nach dem Impressum. Wer war dieser Schmutzfink, dieser Schmierlappen, dieser dreiste Lügner und Tatsachenverdreher? Mia Karpounis. Eine Frau. Irgendwie enttäuschte ihn das noch zusätzlich. Karpounis? Nie gehört. War das nicht griechisch? Was interessierte sich eine Griechin für straffällig gewordene Türken? Wahrscheinlich eine karrieregeile Schlampe, die sich auf seine Kosten profilieren wollte. Daß ein großes Blatt so etwas überhaupt druckte!
   Das Telefon klingelte. Es war Kieferle, der Chef vom Dienst.
   »Hast du es schon gelesen?«
   »Gerade eben.«
   »Und? Erinnerst du dich an die genannten Fälle?«
   »Ich bitte dich! Ich habe manchmal sieben, acht Urteile am Tag verkündet! Außerdem werden da ganz offensichtlich in böser Absicht Äpfel mit Birnen verglichen.«
   »Woher hat die Tussi die Informationen?«
   »Bestimmt nicht aus den Akten. Gerichtsakten sind nicht öffentlich zugänglich, schon gar nicht, wenn es um Jugendliche geht.«

»Vielleicht kennt sie ja eines der Opfer«, dachte Kieferle laut nach.

Hatte er richtig gehört? Hatte Kieferle gerade *Opfer* gesagt?

»Wie bitte?« fragte Hannes scharf.

»Die Verurteilten, du weißt schon.«

»Nein, ich weiß nicht!«

»Reg dich nicht auf.«

»Und wie ich mich aufrege.«

»Wer ist diese Journalistenschlampe, kennst du die?«

»Nein. Wahrscheinlich hat sie Berichte von Verhandlungen zusammengesucht und verglichen, bei denen ich den Vorsitz hatte. Das ist lediglich eine Fleißaufgabe. Wenn man lange genug in Zeitungsarchiven stöbert, findet man bestimmt irgendwas, woraus sich ein verleumderischer Artikel stricken läßt, allein dadurch, daß man Dinge wegläßt.«

»Was hat sie denn weggelassen?«

»Na, zum Beispiel wenn diese Personen schon eine dicke Akte bei der Polizei hatten, ohne vorbestraft zu sein. Ermittlungsverfahren, die wieder eingestellt wurden, Berichte von Sozialarbeitern, denk nur an die Jugendlichen, die schon als Serientäter bekannt sind, ehe sie überhaupt strafmündig werden. Wenn man in einem Artikel solche Kleinigkeiten zu erwähnen vergißt oder sie nicht kennt, weil sie vertraulich behandelt wurden, dann ergibt sich natürlich ein ganz schiefes Bild.«

»Scheiße«, fluchte Kieferle. »Das riecht nach einem Komplott der Konkurrenz.«

Der Gedanke war Hannes auch schon gekommen. »Nach dem Motto: Irgendwas bleibt immer hängen«, knurrte er.

»Genau. Das wird jetzt erst mal durch alle Zeitungen wandern.«

»Na, großartig«, stöhnte Hannes. »Was soll ich machen?«

»Erst mal gar nichts. Kein Wort zur Presse. Das soll alles die Pichelstein vom Sender machen. Wir haben heute um zwölf eine Sitzung mit ihr.«

»Ich werde da sein«, sagte Hannes zerknirscht.

WENN DU GLAUBST, ICH LASSE MICH SO EINFACH
ABSCHIEBEN, HAST DU DICH GEIRRT. PASS GUT AUF
DICH AUF, DU ...

Es folgten etliche Unflätigkeiten aus der untersten Schublade. Es war die zweite Nachricht dieser Art auf ihrer Mailbox. Die erste hatte keine Drohung enthalten, sondern nur Beleidigungen. Klara hatte die Tirade sofort gelöscht. Diese Nachricht behielt sie. Man konnte nie wissen. Gehörte diese Art Vendetta zu seinem albernen Italiener-Image? Sie mußte trotz allem grinsen. Mario, ein waschechter Sachse, dessen Mutter ein Faible für italienische Namen gehabt hatte.

Klara benutzte das Handy selten. Sie nahm es auf ihre Märsche mit, für Notfälle, hatte es dann aber nie angeschaltet. Gerade hatte sie es eingeschaltet, um zu prüfen, ob es überhaupt aufgeladen war und hatte die zwei Nachrichten vorgefunden. Karla sperrte die Mailbox. Sie wollte diese haßtriefende, sächselnde Stimme nicht noch einmal hören. Hoffentlich fiel ihm nicht ein, hier anzurufen. Ihr Festnetzanschluß hatte zwar eine Geheimnummer, aber ein rachsüchtiger Irrer war sicher zu allem fähig. Klara fuhr den Computer hoch. Nach dem Erlebnis von heute morgen war sie zu aufgekratzt gewesen, sich noch einmal hinzulegen, wie sie es sonst tat. Sie hatte zwei Eier in die Pfanne gehauen und setzte sich nun mit einer Tasse Milchkaffee vor den Bildschirm.

> Von: ErkkiSilanpaeae@gmx.fi
> An: Klaara-agnes@compuserve.de
> Betrifft: Mal nach dir sehen ...
>
> Liebe Klaara,
> wie geht es dir, was machen die Kleinen? Sind schon groß, bestimmt. Wann ist es soweit, wohin werden sie gehen? Ich drücke dir die Hände für diese Sache. Hier in Kuusamo vergeht nun langsam das Eis, es ist Kelirikko, und alles ist wie immer: dreckig. Die Straßen sind nur noch Lehm, man kann kaum aus dem Haus. Mit dem Motorschlitten ist es auch gefährlich, weil

das Eis nicht mehr überall hält. Du kennst das, Kelirikko, es nimmt kein Ende. Da war mir der Winter lieber, obwohl wir einmal – 46 Grad hatten für eine Woche. Und noch ein Neues: Es steht fest, ich werde für den Sommer in Suomussalmi arbeiten, als Tourist-Guide. Vielleicht kommst du?
In Liebe, Papa.

An : ErkkiSilanpaeae@gmx.fi
Von: Klaara-agnes@compuserve.de
Betrifft: AW: Mal nach dir sehen ...

Lieber Papa,
dein Deutsch ist nicht gerade besser geworden, du mußt mehr lesen! Ja, die Zeit ist reif. Sie haben alles gelernt, was ich ihnen beibringen konnte, und noch viel mehr. Neulich habe ich einen Bericht über Rumänien gesehen, dort leben Wölfe am Stadtrand, wie Füchse. Und es stört niemanden. Wölfe sind anpassungsfähig, sonst wären sie schon ausgestorben. Die Gesellschaft muß ihnen nur eine Chance lassen. Aber ich hege die Hoffnung, daß es inzwischen eine Lobby für sie gibt. Weißt du noch, wie vor etwa zwei Jahren dieser Gehegewolf »Bärbel« in der Nähe von Hildesheim erschossen wurde? Ich habe dir die Artikel geschickt. Die gesamte deutsche Presse hat den Jäger angefeindet.
    Es wird viel Aufruhr geben, viel diskutiert werden, Jäger gegen Tierschützer, Schafzüchter und Hotelbesitzer gegen Naturschützer ... Aber diesmal wird es nicht ein Wolf sein, sondern ...

Jemand hämmerte gegen die Innentür. Seufzend stand Klara auf. Es war Robin. Sie hatte ihm gestern abend den Schlüssel zu ihrer Wohnung abgenommen. Daraufhin hatte er den Gekränkten gespielt.
    Klara wollte ihn nicht hereinbitten, aber darum schien es ihm gar nicht zu gehen. In seinen Augen flackerte die Panik des Süchtigen: »Hast du die Zeitungen?«
»Nein.«
»Sie sind nicht da.«

Das war im Winter zweimal vorgekommen, als die Zufahrt so mit Schnee verweht war, daß der Bote nicht durchgekommen war. Aber jetzt, im Frühjahr?
»Vielleicht hat Barbara sie mitgenommen.«
»Hannes ist doch gar nicht da, oder?«

Fünf Zeitungen steckten jeden Morgen in den für sie vorgesehenen Plastikröhren am Tor. Die *Süddeutsche*, die *FAZ*, das *Hamburger Abendblatt*, die *Hannoversche Allgemeine* und die *Hannoversche Neue Presse*. Letztere nahm sich Barbara zum Frühstück vor, Robin las den Rest, und die eine oder andere auch Hannes, wenn er da war. Robin mißfiel es, den Zeitungen hinterherrennen zu müssen, wenn Hannes zu Hause war. Aber er konnte wenig dagegen sagen, denn Hannes finanzierte diesen Luxus.

»Was weiß ich«, schnaubte Klara.

Robin verzog sich wieder. Klara wandte sich erneut dem Bildschirm zu, aber sie schrieb die E-Mail nicht gleich zu Ende. Sie hielt den warmen Milchkaffee in beiden Händen und grübelte.

Manche Menschen, dachte sie, dürften sich nie begegnen. Zum Beispiel sie und Robin. Sie schadeten einander nur. Keiner hatte im Grunde Verständnis für die Leidenschaften des anderen. Als Klara Robin kennengelernt hatte, war sie dem Irrglauben erlegen, kreative Menschen seien einfühlsam. Robin war das ganz und gar nicht, wie sie inzwischen wußte. Seine Gefühlswelt bestand zum größten Teil aus verletzter Eitelkeit und Selbstmitleid, mit einer Prise Menschenverachtung. Und mit der Kreativität war das auch so eine Sache. Sein großer Roman. Sie war sicher, daß davon noch nicht eine Zeile existierte, weder auf der Festplatte des PC, noch in seinem Kopf. Er verplemperte seine Zeit mit Zeitunglesen und Computerspielen. Ersteres tat er, wie er sagte, für Recherchen und zur geistigen Anregung. Letzteres diente der Erholung von der Recherche und der Beruhigung des aufgewühlten Geistes. Für seinen Lebensunterhalt schrieb er hin und wieder unter dem schamhaften Pseudonym Robert Klamm Serienfolgen für Vorabendserien, und selbst diesen Job verdankte er nur Hannes.

Ständig klagte er, diese Lohnschreiberei hielte ihn vom künstlerischen Schaffen ab. Vor zwei Jahren war Klara bereits entschlossen gewesen die Beziehung mit ihm zu beenden, als seine Eltern verunglückt waren. Sie war geblieben. Tatsächlich war ihre Beziehung danach intensiver geworden, allerdings hatte Klara den Verdacht, daß sie von der Geliebten zur Ersatzmutter mutiert war. Als eine Kollegin vom Institut sie zu einem Tango-Workshop überredete, war sie dort Mario begegnet. Bei ihm hatte sie die verlorengegangene Leidenschaft wiedergefunden, und da Mario durch Zufall nur zwei Straßen von Robin entfernt wohnte, fügte sich die Affäre reibungslos in ihr Leben ein. Dann kam Hannes mit seiner Idee, den alten Gutshof zu sanieren und eine kleine Landkommune zu bilden. Zuerst hatte Klara keinerlei Interesse daran gehabt. Sie wäre zu Robin nach Linden gezogen, wenn er sie gefragt hätte, aber auf's Land? Schon wieder? Nach einer Kindheit auf einem Gut bei Celle, dem Internat am Bodensee und den Jahren in Finnland hatte sie gerade erst Gefallen am Leben in der Stadt gefunden. Zur dieser Zeit arbeitete Klara neben ihrer Tätigkeit im Institut an einem Artikel über Wölfe für ein naturwissenschaftliches Magazin. Bei ihren Recherchen war sie in ein Internetforum für Wolffans geraten. Über dieses Forum hatte sich ein intensiver E-Mail-Kontakt zu einem Menschen namens Michael Trenz angebahnt. Und plötzlich hatte Klara ein lebhaftes Interesse daran gehabt, aufs Land zu ziehen.

Als Robin den Türklopfer aus Goldmessing betätigen wollte, sah er, daß die Tür bereits offenstand. Er machte einen Schritt und stand im Flur.
  Keine Antwort. Die Stille setzte Robins Phantasie in Gang. Katzenleise und auf alles gefaßt, betrat Robin den Wohnraum. Die Kissen lagen nach Farben sortiert auf dem Sofa, der Tisch war abgeräumt und selbst im gnadenlosen Sonnenlicht, das durch die große Scheibe fiel, war kein Körnchen Staub zu sehen.
  »Morgen, Robin.«
  Barbara stand am Geländer der Galerie, im Bademantel und mit einem rosa Turban auf dem Kopf.

»Morgen, Osama.«
»Was gibt's?«
»Ich wollte nur fragen, ob du die Zeitungen mit reingenommen hast.«
»Nein, ich war noch gar nicht vor der Tür.«
»Komisch. Sie sind nicht da, keine einzige.«
»Guten Morgen.«
Robin fuhr herum. Das fremde Mädchen stand in der Küche und hielt einen Lappen in der Hand. Auf der Ablage standen Gewürzdosen.
»Hei«, sagte Robin.
Barbara verschwand wieder im Bad. Ein Fön summte, und Robin stand ein wenig verloren herum. Das Mädchen widmete sich wieder ganz den Gewürzdöschen, die sie eine nach der anderen abwischte. Sie trug dieselbe Kleidung wie gestern. Ihr Haar war zusammengebunden, es sah aus, als säße ihr ein Besen im Nacken.
»Was machst du da?« erkundigte sich Robin.
»Ich mache die Gewürze sauber und sortiere sie.«
»Nach welchen Kriterien?« erkundigte sich Robin interessiert.
Nasrin legte den Lappen beiseite, starrte auf das leere Gewürzregal und sagte schließlich: »Ich dachte, nach Alphabet. Oder was meinst du?« Sie sah Robin mit verzweifeltem Ernst an, als hätte er soeben ein Problem von bedeutender Tragweite zur Sprache gebracht.
»Nach Farbe?« schlug Robin vor.
»Was mache ich dann mit den verschiedenen Gewürzmischungen, die alle gleich aussehen? Und mit dem bunten Pfeffer?«
»Man könnte sie auch nach süß und scharf sortieren.«
»Und was ist mit bitter?« Sie sah Robin ratlos an. Es was das erste Mal, daß sie ihn direkt ansah.
»Das war ein Witz«, sagte Robin, der unter ihrem Blick verlegen wurde. »Ist doch egal, wie sie da drinstehen. Kommt eh alles wieder durcheinander.«
Das Mädchen biß sich auf die Lippen, als hätte sie soeben eine schmerzliche Wahrheit erfahren. Oben ging die Badezimmertür auf.

»Nasrin? Was hast du mit den ganzen Pillen angestellt?«
»Sortiert.«
»Ich finde nichts mehr wieder! Wo ist das Magnesium?«
»Bei den Glasfläschchen zwischen *Maca* und *Megabrain*.«
Barbara ging nachsehen.
»Tatsächlich«, kam es aus dem Bad. »Und das Vitamin C?«
»Bei den Pappschachteln unter V. Zwischen *Viagra* und Vitamin E«, antwortete Nasrin und erklärte Robin: »Sie sind nach Verpackung sortiert. Unten die Fläschchen. In der Mitte die Plastikdosen, oben die Pappschachteln. Dann nach Alphabet.«

»Logisch«, sagte Robin und zu Barbara, die mit rotem Kopf die Treppe herunterkam: »Endlich kommt mal Ordnung in diesen Saustall.«

»Nasrin, du solltest mal bei Robin aufräumen. Da hättest du bis zum Jüngsten Tag zu tun.«

»Wirst du so lange hierbleiben?« fragte Robin.

»Nein, ich muß morgen gehen«, sagte Nasrin, und es klang traurig.

»Schule?«

Nasrin schüttelte den Kopf. »Barbara hat es gesagt.«

Barbara wurde noch eine Nuance röter, dann sagte sie zu Robin. »Was ist denn jetzt mit den Zeitungen?«

»Sie sind nicht da. Keine einzige.«

»Vielleicht ist dem Boten was dazwischengekommen. Ein Unfall. Oder sie streiken.«

Die Frage nach dem Verbleib der Zeitungen war auf einmal nicht mehr gar so wichtig. Robin wandte sich an Nasrin. »Bei mir gibt es zwar kein Anti-Aging zu sortieren, aber vielleicht magst du ja trotzdem mal rüberkommen. Auf einen Kaffee, oder so.«

»Pulverkaffee«, ergänzte Barbara.

Nasrin nickte vage. Dann machte sie sich mit wildem Eifer an das Einräumen der Gewürzdosen, während Barbara fast deplaziert herumstand, als wage sie nicht, irgend etwas anzufassen, weil sie die Ordnung durcheinanderbringen könnte. Als Robin schon an der Tür war, sagte sie: »Wollt ihr heute abend zum Essen kommen? Nasrin möchte was kochen.«

»Was Türkisches?« fragte Robin. Er hatte es leise zu Barbara gesagt, aber aus der Küche tönte ein entschiedenes: »Nein!«

»Ich komme gerne«, rief Robin unnötig laut, denn Nasrin war zu ihnen in den Flur getreten. »Klara fragst du am besten selbst«, fügte er hinzu. »Sie ißt aber kein Fleisch.«

»Wie Hitler«, sagte Nasrin.

Barbara und Robin tauschten einen sehr erstaunten Blick.

»Hitler«, wiederholte Nasrin, als könnten die beiden sich gerade nicht an den Namen erinnern. »Der war auch Vegetarier. Und Fan von Schäferhunden.«

Barbara kicherte unsicher, aber Robin lachte aus vollem Hals. Das würde er Klara demnächst unter die Nase reiben! Warum war ihm dieser Vergleich bisher nicht eingefallen?

»Bist du sicher, daß Klara kein Fleisch ißt?« fragte Nasrin, als Robin gegangen war.

»Warum?« fragte Barbara zurück.

»Ich dachte, ich hätte sie heute morgen gesehen, wie sie ein totes Reh über die Außentreppe in den Keller getragen hat.«

Eine Kellerleuchte warf kaltes Licht auf die Backsteinwände, der Boden bestand aus festem Lehm. Der Raum war leer bis auf eine grobe Werkbank. An der Decke befand sich ein Gebilde mit vielen Haken, das an einen Kronleuchter erinnerte, es handelte sich jedoch um eine alte Fleischerkrone. An zwei Haken hing der Rehbock an seinen Hinterläufen, kopflos und mit zur Hälfte abgezogener Haut. Die leere Bauchhöhle wurde von einem Stock auseinandergehalten. Auf der Werkbank lagen diverse Messer und eine elektrische Säge. Es gab Eimer und Plastikschüsseln, in einer lag der Rehkopf. Dicht neben dem Reh saß der weiße Hund, und sein Blick war so gierig, als hätte er seine letzte Mahlzeit als Welpe zu sich genommen.

»Hallo!«

Klara wandte sich um. Sie hielt ein Messer mit einem Horngriff in der Hand, ihre Hände waren blutverschmiert.

»Hei.«

»Kann ich dir helfen?« fragte Nasrin.

»Hast du schon mal ein Reh zerlegt?«

»Nein. Ist es schwierig?«

»Komm her. Ich zeig's dir.« Klara drückte Nasrin das Messer in die Hand. »Nur kleine Schnitte, wenn du kräftig ziehst, geht es fast wie von selbst.«

Nasrin riß mit dem Messer an dem Tierfell, das Reh geriet ins Trudeln.

»Nein, warte. Ich halte, du schneidest.« Klara fixierte das Reh an den Vorderläufen. Eine Weile arbeitete Nasrin stumm, dann lag das Fell – oder die »Decke«, wie Klara dazu sagte – am Boden.

»Das ist für die Hunde, zum Spielen«, sagte Klara und legte das Fell beiseite. »Jetzt die Vorderläufe. Schau her. Du ziehst sie auseinander, so daß sich das Schulterblatt von der Wirbelsäule löst. Dadurch entsteht eine Luftschicht. Dort schneidest du. Siehst du, so. Das ist ganz leicht, dazu muß man nicht mal einen Knochen durchtrennen.«

Klara löste eine Schulter fachgerecht vom Körper. »Jetzt du.«

Nasrin nahm das Messer und löste die andere Schulter aus.

»Wie ist eigentlich Finnland?« fragte Nasrin, während sie geschickt mit dem Messer hantierte.

»Es hält weltweit die Spitzenposition in Selbstmorden«, antwortete Klara.

»Und sonst?«

»Man hat Platz.«

Für zwei Minuten herrschte finnisches Schweigen, während Nasrin mit der Rehschulter kämpfte.

»Die Höfe liegen über mehrere Kilometer Abstand hinweg in der Gegend verstreut. Man fühlt sich schon beengt, wenn der nächste Nachbar näher als fünf Kilometer wohnt. Dörfer wie bei uns hier gibt es so gut wie nicht. Ein Dorf besteht aus Kirche, Supermarkt, Schule, Tankstelle.«

»Klingt einsam.«

»Nein. Man rückt sich bloß nicht auf die Pelle, höchstens in der Sauna. Es ist auch unüblich, sich zur Begrüßung die Hand zu schütteln, und mit irgendwelchem Bussi-Bussi-Getue schlägst du jeden Finnen in die Flucht. Man sagt *Hei*. Das reicht. Auch wenn man sich lange nicht gesehen hat.«

»Ich verstehe«, sagte Nasrin. Sie hatte die Schulter ausgelöst und legte sie auf die Werkbank. »Wofür ist die Säge?«

»Die brauchen wir jetzt. Du hältst und ich säge.« Nasrin hielt den Körper fest, während Klara den Brustkorb in der Mitte durchsägte. Knochensplitter rieselten zu Boden. Merlin winselte.

»Ruhe«, befahl Klara. Der Hund verstummte und legte sich mit einem Seufzen hin.

»Jetzt schneiden wir die Bauchlappen ab. Die kriegen später die Hunde. Nimm dir ein Messer.«

Sie arbeiteten, jede auf einer Seite. Klara zeichnete mit dem Messer eine Schnittfläche vor. »Gib mir bitte noch mal die Säge, ich muß jetzt die Rippen im unteren Teil absägen«, sagte Klara. Sie setzte die Säge an und redete über das Geräusch hinweg: »Im Winter wird es dreißig Grad kalt in Finnland, oder auch vierzig. Aber am kältesten wird es in Mittelfinnland, in Kuusamo, südlich des Polarkreises an der russischen Grenze. Mein Vater lebt inzwischen dort, und ich war auch schon zwei Winter da. Früher haben wir in Lappland gewohnt.«

Nasrin schauderte. »Ich würde keinen Schritt vor die Tür machen.«

Klara machte sich mit dem Messer an das Abtrennen des Halses. »Es ist halb so schlimm. Alles geht seinen gewohnten Gang, trotz der Kälte. An den Parkplätzen und vor den Häusern gibt es Stromanschlüsse für die Autos, damit heizt man den Motor und das Wageninnere. Es sieht aus, als wären die Autos wie Hunde an Parkuhren angeleint. Die Leute sitzen hemdsärmelig in den geheizten Autos und fahren mit Spikes über gefrorene Straßen. So was wie Salzstreuen gibt es nicht. Und wenn es einem im Haus zu warm wird, fährt man mit Eisbohrer und Angel auf einen zugefrorenen See zum Eisfischen. Man nimmt Proviant mit und macht Picknick.«

»Aber stimmt es, daß es im Winter zwei Monate lang überhaupt nicht hell wird?«

»Nur im Norden. Aber es ist nicht dunkel«, sagte Klara. »Es ist blau. Das Licht nimmt alle denkbaren Blautöne an, manchmal mit etwas Orange. Du würdest dich wundern, wie gut man sieht. Die Finnen nennen es das »andere Licht«. Klara gab Nasrin das Messer. »Jetzt die Keule, genauso wie vorhin die Schulter. Wenn du es richtig machst, löst sie sich fast von selbst.«

Während Nasrin sich abmühte, setzte sich Klara auf die Bank und erzählte: »Der Winter ist nicht übel. Schlimm ist die Zeit unmittelbar davor. Wenn der Sommer geht, Anfang September, kommt *Ruska*. *Ruska* ist sozusagen der *Indian Summer* in Lappland. Das Laub und die Beeren bekommen mit einem Mal so wenig Licht, daß sich alles bunt verfärbt. Dann wird alles rot. Tausend verschiedene Rottöne, zwei Wochen lang.«

»Ruska heißt doch auch dein Hund«, warf Nasrin ein.

»Ja, genau. Weil sie am Rücken so ein rötliches Fell hat. Der Oktober heißt *Lokakuu,* Dreckmonat. Alles ist Lehm und Matsch. Besonders im Norden, wo nicht alle Straßen asphaltiert sind. Der November heißt toter Monat und ist genauso dreckig. Dasselbe geschieht im Frühjahr, wenn das Eis schmilzt. Man glaubt, es nimmt kein Ende mehr. Während der Dreckmonate geht man nicht gern aus dem Haus, und es kommt auch kaum Besuch.«

»Klingt deprimierend«, meinte Nasrin.

»Ist es auch. Aber es gibt ja auch noch den Sommer.« Klaras Stimme klang verträumt. »Im Norden, also in Lappland, geht die Sonne im Sommer zwei Monate lang gar nicht unter, und auch im Süden wird es nur dämmrig. Die Tage verschmelzen zu einem einzigen, das Licht ist golden und wie Samt. Der Sommer riecht nach Pilzen und Harz, es ist trocken und warm, es gibt keinen Tau, denn auch in der Nacht wird es nicht kühl, nicht so wie am Mittelmeer. Den Sommer verbringen die Finnen in ihrem *Mökki*, dem Sommerhaus. *Mökki* bedeutet: das wahre Paradies.«

»Hast du in Finnland gelernt, wie man ein Reh zerlegt?« fragte Nasrin.

»Rentier. Ist dasselbe, nur größer. Ich hatte sogar mal einen Ferienjob auf einer Rentierfarm.«

»Warum bist du eigentlich nicht in Finnland geblieben?« fragte Nasrin.

»Ich hatte hier in den neunziger Jahren die besseren beruflichen Möglichkeiten«, antwortete Klara. »Inzwischen hat sich das geändert. Vielleicht gehe ich tatsächlich wieder zurück. Oder nach Schweden.«

»Barbara sagt, du hättest deinen Job wegen der Hunde gekündigt.«

»Barbara«, wiederholte Klara in einem Ton herablassender Nachsicht. »Ich bin freie Mitarbeiterin des Instituts geworden und arbeite viel von zu Hause aus. Der Grund dafür war vor allen Dingen, daß sie unserem Institut drastisch die Mittel gekürzt haben. Hierzulande wird immer zuerst an der Bildung gespart.«

»Du bist Biologin?«

»Nein. Biometrie. Hat mehr mit Informatik zu tun. Oder auch Biomathematik. Wir entwickeln Methoden der Statistik und Mathematik zur Darstellung von biologischen Phänomenen in der Tiermedizin. Also ganz grob vereinfacht gesagt: Datenauswertung. Daten aus Labor und Klinik, dazu Beobachtungsstudien zu Erkrankungen und Bilanzierungen aus der Tierproduktion. Zum Beispiel die Verteilung von Krankheiten in einer Population. Wir untersuchen die Faktoren, die diese Verteilung beeinflussen, und die Krankheitsentwicklung. Daraus erstellen wir ein Modell.«

»Und wozu ist das gut?«

»Für Präventivmaßnahmen. Thema Verbraucherschutz. Nimm nur die Geflügelpest. Oder BSE.«

»Aha«, sagte Nasrin, und verzichtete auf weitere Fragen. Sie hatte die zweite Keule gelöst und hielt sie Klara entgegen.

»Gut gemacht. Du kannst den unteren Teil ablösen, am Kniegelenk. Welches Teil willst du denn heute abend für uns zubereiten?«

»Den Rücken«, antwortete Nasrin.

»Dann nimm ihn mit rüber, und der Rest kommt in die Tiefkühltruhe.«

»Wo ist die?«

»Nebenan. Aber ich wasche die Teile erst in der Küche ab und packe sie in Plastiktüten.«

»Du meinst den Raum mit den vielen leeren Pappkartons?«

»Ja«, knurrte Klara. »Der meiste Müll ist von Robin.« Sie nahm die Schüssel und rief Merlin zu sich.

»Danke«, sagte Nasrin auf der Treppe.

»Ich habe zu danken, für die Hilfe«, entgegnete Klara gestelzt.

»Du hast mir was beigebracht.« Nasrin trug die Schüssel wie eine Reliquie vor sich her. »Bisher kannte ich von Finnland nur Pisa und Nokia. Es wird ein köstliches Essen werden, das verspreche ich.«

»Nasrin?« rief ihr Klara hinterher.

»Ja?«

»Was willst du mal werden?«

»Köchin.«

Sie saßen um den großen Holztisch, vor ihnen strahlend weißes Geschirr. Ein Tischtuch gab es nicht, dafür aber grüne Stoffservietten und an jedem Platz ein kleines, mit grüner Serviette ausgeschlagenes Tongefäß, aus dem ein paar Gänseblümchen wuchsen. Nasrin hatte sie in Robins und Klaras Garten zwischen Hecke und Zaun gefunden, und Robin hatte ihr erlaubt, ein paar davon auszugraben. In der Mitte des Tisches stand ein silberner Kerzenhalter mit weißen Kerzen, den Robin aus seinem Fundus beigesteuert hatte, genau wie das Silberbesteck. Er hatte es eigenhändig poliert, nachdem ihm Nasrin gezeigt hatte, wie man es machte. Die Tafel wirkte festlich und gemütlich zugleich. Es duftete nach gebratenem Wild und nach Gewürzen.

Nasrin hatte zuerst nicht am Essen teilnehmen wollen, sie wollte nur kochen, aber unter diesen Umständen weigerten sich die anderen drei, überhaupt etwas zu essen. Also standen nun vier Gedecke auf dem Tisch, und Klara öffnete zur Vorspeise eine Flasche rosa Champagner, der aus Hannes' wohlsortiertem Weinkeller stammte. Der Weinkeller befand sich unter Robins und Klaras Haus, neben der Wildkammer, da die Unterkellerung der Scheune das Budget gesprengt hätte.

»Natürlich habt ihr freien Zugang«, hatte Hannes seinerzeit großzügig angeboten.

Klara schenkte die Gläser voll. Draußen tobte seit dem späten Nachmittag ein Frühjahrssturm. Ein Regenschauer prasselte gegen die große Scheibe der Scheune, was es drin noch gemütlicher machte.

»Schade, daß Hannes nicht da ist«, sagte Robin.

»Ja«, seufzte Barbara. Sie hatte am Nachmittag mit ihm telefoniert. Er war in Weltuntergangsstimmung gewesen, wegen eines Zeitungsartikels. Barbara hatte nur die Hälfte verstanden, aber es ging irgendwie um Ausländer und seine früheren Urteile. Sie war froh, daß Nasrin morgen wieder abreisen würde. Obwohl sie ihre Gesellschaft angenehm fand, wenn man von ihrem Ordnungsfimmel einmal absah – der aber wiederum auch sein Gutes hatte. Noch nie war das Haus so aufgeräumt und sauber gewesen. Wie hatte sie das nur geschafft, an einem Tag? Und auch noch das ganze Menü vorbereitet. Sie hatte eine lange Einkaufsliste geschrieben, die Robin brav abgearbeitet hatte, nachdem er sich erst gesträubt hatte: »Warum fährst du nicht selbst?«

»Ich muß mich unbedingt um den kaputten Videorecorder kümmern.«

»Und Nasrin, warum läßt du sie nicht allein fahren?«

»Sie sagt, sie hat keinen Führerschein.«

»Frühlingssalat mit warmem Ziegenkäse«, verkündete Nasrin und balancierte vier Teller auf einmal an den Tisch. Die Käsescheiben ruhten auf dem Salatbett, es sah aus, als hätte Nasrin Blatt für Blatt sorgfältig arrangiert. Vermutlich hat sie das tatsächlich, dachte Barbara.

Nasrin trug Sandaletten und ein langes Kleid mit langen Ärmeln, beides von Barbara. Das Ethnomuster in Orange und Türkis hatte Barbara stets käsig aussehen lassen, aber Nasrin stand es, als sei der Stoff für sie gemacht worden. Sie legte noch rasch die weiße Küchenschürze ab, die sie über dem Kleid trug, dann setzte sie sich. Ihre blaßen Wangen waren vom Kochen leicht gerötet, das Haar war bis auf eine einzelne baumelnde Locke zu einer üppigen Rolle am Hinterkopf zusammengesteckt.

Robin übernahm die Rolle des Hausherrn – oder des Gutsherrn – und erhob sich, um einen Trinkspruch auszubringen.

»Auf uns.« Klara verdrehte die Augen. Und so was hielt sich für kreativ.

Da niemand so recht wußte, womit man die Unterhaltung beginnen sollte, lobte man die Speise und fragte Nasrin nach den Details des Rezeptes. Dijon-Senf, Eigelb, weißer Balsamico, Thymian und Rosmarin, alles möglichst frisch. Als das Thema nichts mehr hergab, wandte sich Barbara an Klara: »Wirst du den Hauptgang auslassen?«

»Wie käme ich denn dazu?« fragte Klara mit gespielter Empörung.

»Ich dachte, du ißt kein Fleisch.«

»Ich esse nur keines, das aus einem Tier-KZ stammt, wie es, zum Beispiel, unser lieber Freund Arne betreibt. Nicht daß ich was gegen Arne hätte, er ist ein ganz lieber Kerl, machmal sogar geistreich, aber diese Art der Tierhaltung ...«

»Und wo kommt dieses Reh her?« unterbrach Barbara.

»Es ist mir vors Auto gelaufen, und ich habe es dann getötet«, antwortete Klara.

»Wie denn?« wollte Barbara wissen.

»Mit einem Messerstich zwischen Hinterhauptbein und ersten Halswirbel. Ich habe immer mein Jagdmesser bei mir.«

»Na dann, guten Appetit«, sagte Robin, der fand, daß Nasrin etwas blaß geworden war.

»Ist das nicht Wilderei?« gab Barbara ihre juristischen Kenntnisse preis. »Ich glaube, du hättest den Jagdpächter rufen müssen. Oder die Polizei.« Sie ahnte, was dem Reh in Wahrheit zugestoßen war, und ärgerte sich, daß man sie wieder einmal behandelte wie eine Idiotin.

»Hätte das dem Reh geholfen?« fragte Klara zurück.

Robin entzog sich der Auseinandersetzung, indem er die Teller abräumte und Nasrin beim Auftragen der Suppe half.

»Sauerampfersüppchen«, erklärte die Köchin.

»Das ist ein preiswertes Essen«, lobte Barbara. »Erst gewildertes Reh und dann Unkraut aus dem Garten.«

»Es schmeckt jedenfalls genial«, sagte Robin. »Außerdem ist das Unkraut aus der Markthalle, ich bin dafür extra nach Hannover gefahren.«

»Wo lernt man so kochen?« fragte Klara.

»Am Herd. Das Fleisch muß raus.« Nasrin eilte an den Backofen. Klara stellte die Karaffe mit dem Burgunder auf den Tisch. Sie hatte den Wein schon vor Stunden dekantiert. Es hatte Freude gemacht, mit Nasrin die Mahlzeit vorzubereiten und den Wein für das Essen auszusuchen. Vom Kochen schien das Mädchen jedenfalls eine Menge zu verstehen. Erstaunlich, für ihr Alter.

Unter Beifall und sanft errötend trug Nasrin den Rehrücken auf. Er war auf traditionelle Weise geschmort, dazu gab es Kartoffelschneebällchen, Apfelrotkraut und karamellisierte Möhren und Schalotten.

»Diese Soße ist ein Traum«, sagte Robin, als ein Paar Autoscheinwerfer durch das Fenster ins Zimmer huschten. Barbara sprang auf und preßte ihr Gesicht an die Scheibe.

»Hannes?« fragte Klara.

»Der würde doch das Tor öffnen. Es ist auch gar nicht sein Audi.«

Auch Klara stand nun auf. Die beiden sahen hinaus. Mario, durchzuckte es Klara.

Der Wagen hupte.

»Soll ich mal rausgehen und nach dem Rechten sehen?« fragte Robin und warf sich in John-Wayne-Positur.

»Ich geh schon«, sagte Klara und bemühte sich, nicht zu hastig aus dem Haus zu stürzen. Geblendet von den Scheinwerfern ging sie auf den fremden Wagen zu. Mario besaß gar kein Auto, fiel ihr ein, aber er konnte sich ja eines geliehen haben.

»Wer ist da?« rief Klara und versuchte, ihre Augen vor den grellen Xenonlampen zu schützen. Die Wagentür ging auf. Eine Gestalt kam auf sie zu.

»Würde freundlicherweise jemand das Tor für mich öffnen? Ich habe die Fernbedienung nicht dabei.«

»Hannes«, sagte Klara erleichtert. »Moment.« Sie lief zurück und betätigte den Toröffner neben der Haustür. Der BMW preschte auf den Hof, eine Tür wurde geöffnet und wieder zugeknallt.

»Neues Auto?«

»Leihwagen. Hab die Fernbedienung in meinem Auto gelassen. Steht in der Werkstatt.«

»Was ist denn passiert?«

»Irgendein Spaßvogel hat mir Nagellack über die Scheibe gegossen.«

»Nagellack? Wohl eine enttäuschte Verehrerin. Oder eine sitzengelassene Geliebte?«

Hannes wollte dieses Thema nicht weiter erörtern und winkte ab.

»Du kommst gerade richtig zum Essen«, munterte ihn Klara auf.

»Essen? Was gibt's denn?« Hoffentlich nicht wieder einer von Klaras vegetarischen Aufläufen.

»Ein ganz köstliches Festessen.«

Klara war angetrunken, eindeutig. Sie hatte rote Flecken auf den Wangen und wirkte irgendwie unkontrolliert. Eine Facette an ihr, die er nicht kannte.

»Wo?« fragte Hannes. Er war erschöpft und konnte seine Gereiztheit nur schwer verbergen.

»Bei dir«, sagte Klara leichthin. » Du wolltest doch immer ein offenes Haus mit vielen Gästen.«

Tatsächlich hatte er sich zu Beginn des gemeinsamen Wohnexperiments so geäußert, und es war auch jetzt noch sein Wunsch, auch wenn über den Winter kaum ein Mensch den Weg hierher gefunden hatte. Ja, er mochte Gäste und Parties. Aber nicht ausgerechnet heute.

Klara führte Hannes in sein Haus, als wäre er ein Gast. Um nicht zu sagen: ein Fremdkörper.

Barbara eilte ihm mit schuldgekrümmtem Nacken entgegen. »Hannes! Warum hast du nicht angerufen, dann hätten wir ...« Sie deutete etwas hilflos auf den Tisch und küßte ihn auf die Wange. Sie erinnerte Klara ein bißchen an Merlin, wenn er Drago den Speichel von der Schnauze leckte, um ihn zu besänftigen.

Klara übernahm die Regie. »Hannes, das ist Nasrin. Eine Bekannte von Barbara. Sie hat sich heute nachmittag spontan erboten, für uns zu kochen.«

Nasrin war aufgestanden und streckte Hannes die Hand entgegen. Automatisch registrierte er die wichtigsten Koordinaten. Kleine, feste Brüste, kein BH, langer Hals, hervorstehende Schlüsselbeine, schmale Hüften, dünne Beine, Katzengesicht.
»Nasrin«, wiederholte er, als wäre ihr Name lediglich ein weiterer Schicksalsschlag in einer ganzen Serie. Er drückte ihr kurz die Hand, dann stellte er seine Aktentasche ab und warf sein Jackett auf das Sofa, was Nasrin mit einem Zucken der Augenbrauen registrierte. Barbara hatte in Windeseile ein weiteres Gedeck aufgetragen.

»Setzen wir uns. Das Reh wird sonst kalt«, ordnete sie an.

»Reh?« Hannes hatte sich wieder gefangen und sah Klara prüfend an. »Haben wir es eventuell mit einem schweren Verstoß gegen das Bundesjagdgesetz zu tun?«

Klara lächelte nur und kniff ein Auge zu.

»Hei, Alter!« grüßte Robin, der als einziger ruhig sitzen geblieben war. Hannes schlug ihm auf die Schulter. Er hätte mich ruhig anrufen können, nachdem er den Artikel gelesen hat, grollte Hannes. Kommt gar nicht auf die Idee, daß ich auch mal Zuspruch brauchen könnte.

Er zog sich seufzend einen Stuhl heran. Er hatte sich spontan entschieden, nach Hause zu fahren, Barbara sein Leid zu klagen und auf jeden Fall früh schlafen zu gehen. Statt dessen platzte er in ein Gelage, das von einer wildfremden Türkin in seinem eigenen Haus angezettelt worden war. Warum hatte Barbara am Telefon keinen Ton davon gesagt? Hatten sie ihr kleines Fest vor ihm verheimlichen wollen? Ist die Katze aus dem Haus, tanzen die Mäuse auf den Tischen, grollte Hannes. Immerhin roch es nicht schlecht. Soeben bemerkte er, daß er rasenden Hunger hatte.

Robin schenkte Hannes ein Glas Rotwein ein. »Trink, du hast was aufzuholen.«

Hannes roch an dem Glas, nahm erst einen kleinen Schluck, dann einen größeren.

»Das ist der 96er Rothschild.«

»Stimmt«, gestand Klara. »Ich konnte nicht widerstehen. Wenn es schon mal Reh gibt.«

Hannes verschlug es die Sprache. Seine Karriere ging den Bach hinunter, und sie feierten und soffen seinen Weinkeller leer. Längst hatte Hannes bereut, sich keinen eigenen Kellerraum für den Wein geschaffen zu haben. Sparsamkeit am falschen Platz rächte sich immer, ebenso wie Gutmütigkeit und Großzügigkeit.

Barbara, bereits geübt in Tyrannenbesänftigung, reichte ihm ein großes Messer. »Hier. Der Hausherr muß den Braten anschneiden.«

Hannes gab das Messer an Nasrin weiter. »Ich denke, sie ist die Köchin. Sie kann das bestimmt viel besser.«

Hannes erwachte mit schwerem Kopf. Auf der Suche nach Aspirin brachte er achtlos Nasrins Ordnung im Pillenschrank durcheinander. Während sich die zwei Sprudeltabletten im Zahnputzbecher austobten, sah er sich die Sammlung an Anti-Aging-Präparaten stirnrunzelnd an. Einen Teil davon schluckte er selbst, aber wohl nicht regelmäßig genug, wenn er sich das Ergebnis so ansah. Vielleicht sollte er sich die Tränensäcke bald mal wegmachen lassen, ehe er aussehen würde wie Derrick? Er schlüpfte in den Bademantel und ging nach draußen, die Zeitungen holen. Als er die Treppe hinabstieg, gefaßt auf den wüsten Anblick der Überreste des vergangenen Abends, erlebte er eine Überraschung. Das Zimmer, der Tisch, alles war aufgeräumt, die Küche tadellos sauber. Das Mädchen, dessen Existenz ihm eben erst wieder in den Sinn kam, war gerade dabei, die letzten Gläser zu polieren und in den Schrank zu stellen. Das alles geschah fast lautlos. Es roch nach gebackenem Teig. Hannes räusperte sich. Das Mädchen wandte sich langsam um und legte das Tuch weg.

»Du hast alles aufgeräumt?« fragte er überflüssigerweise.

»Ja. Soll ich Kaffee machen?«

Was hatte das zu bedeuten? Sie benahm sich wie eine Hausangestellte. Hatte er gestern etwas mißverstanden? Aber ein Kaffee wäre himmlisch, wo sie nun schon mal da war. Sie trug nicht mehr Barbaras Kleid, sondern einen schäbigen, zu großen schwarzen Pullover und schlotterige Jeans.

»Das wäre wunderbar. Hast du schon gefrühstückt?«

Sie nickte. Hannes schlüpfte in ein Paar Slipper und ging nach draußen. Dort erwartete ihn die nächste Überraschung: Robin, der taufrisch wie der Morgen in kurzen Sporthosen aus dem Haus gelaufen kam.

»He«, rief er. »Schon auf? Senile Bettflucht, oder was?«

»Was soll die Verkleidung?« brummte Hannes.

»Wir trainieren für den Rübenlauf.«

»Den was?«

»Den Hiddestorfer Rübenlauf. Halbmarathon, im September. *Das* sportliche Ereignis in diesem Landstrich, habe ich mir sagen lassen.«

»Und wer ist wir?«

In diesem Moment kam Arne die Zufahrt entlang. Der Anblick des Jungbauern auf dem Rad war ausgesprochen ungewohnt. Normalerweise sah man Arne nur auf schwerem Gerät oder in seinem Pickup. Hannes schüttelte den Kopf.

Robin öffnete die kleine Pforte neben dem Tor für Arne, der sein Fahrrad in den Hof schob.

»Morgen, der Herr Richter. Wie wär's mit einer Runde?«

»Ein andermal«, versprach Hannes.

»Lieber Waschbärbauch statt Waschbrettbauch, was?« grinste Arne. Er trug ein Schweißband um seinen wirren, blonden Haarschopf, und sein Gesicht war so gerötet, als hätte er den Marathon schon hinter sich. Neben den beiden kam sich Hannes in seinem Bademantel und den Pantoffeln wie der Bewohner eines Altenheims vor.

Gelassen trabten sie los. Arnes Schweißfahne hielt sich hartnäckig in der frischen Frühlingsluft. Der Sturm von letzter Nacht hatte sich gelegt, es würde ein klarer, schöner Tag werden. Hannes sah den beiden eine Weile nach, wobei er wieder einmal den guten Vorsatz faßte, wieder mehr auf seine Gesundheit und seine Figur zu achten. Obwohl so eine Robe einiges kaschierte.

Er klemmte sich die Zeitungen, die irgendwie zerfleddert aussahen, unter den Arm und ging langsam zurück über den Hof. Was würde er heute darin lesen müssen? Die Zusammenkunft gestern mittag zwischen dem Programmdirektor, dem Chef vom Dienst, der Medienbeauftragten und ihm selbst war glimpflich verlaufen. Niemand hatte ihm einen Vorwurf gemacht. Renate Pichelstein hatte in dürren Worten erklärt, was zu tun war. Für alle Fälle wurde schon mal ein Dementi verfaßt, aber fürs erste hatte man sich darauf geeinigt, nichts zu unternehmen und abzuwarten, ob die anderen Blätter das Thema aufgreifen würden. Falls ja, würden sie konkret werden müssen und reale Personen benennen, für eine richtige Schmutzkampagne waren die Anschuldigungen dieser Mia Karpounis zu vage. Nach Meinung der Medienfrau war zu bezweifeln, daß die vom Vorsitzenden Richter Johannes Frenzen Verurteilten an die Presse treten würden. Für die meisten war die damalige Strafe entweder der Beginn oder eine weitere Stufe auf der kriminellen Karriereleiter gewesen. Solche Leute scheuten im allgemeinen das Licht der Öffentlichkeit. Diese Ansicht teilte Hannes. Dennoch war er angespannt.

Insgeheim erinnerte er sich durchaus an die aufgezählten Fälle. Zumindest bei einem der Verurteilten ahnte er, auf welchen Prozeß die Journalistin anspielte. Erdogan Öcel, der im Artikel Achmed B. genannt wurde, war einer dieser Typen, die bei Hannes noch heute ungute Gefühle auslösten, wenn er sie grüppchenweise auf den Straßen herumlungern sah. Typen, die er fürchtete, wenn er sie nicht vom Richterstuhl aus betrachten konnte. Öcel war selbst schuld gewesen am Ausgang der Verhandlung. Wenn er nur ein wenig Respekt vor der Justiz gezeigt hätte. Aber er hatte selbst vor Gericht sein großspuriges Machogehabe beibehalten und noch während der Verhandlung das Opfer seines Handyraubes so haßerfüllt und drohend fixiert, daß der beraubte Schüler im Zeugenstand verängstigt reagiert und plötzlich Zweifel geäußert hatte, den Angeklagten wiederzuerkennen. Zum Glück hatte es noch einen weiteren Zeugen gegeben, einen pensionierten Polizisten, der sich weder durch finstere Blicke einschüchtern ließ, noch durch die Drohungen, die man ihm im Flur des Gerichtsgebäudes zugeflüstert hatte. Erdogan Öcel hatte während der Verhandlung demonstrativ Kaugummi gekaut, und als Hannes ihn aufforderte, dies einzustellen, hatte er ihm mit einem Kußmund geantwortet. Hannes war nach außen hin ruhig geblieben. Nur als er das Urteil verkündet hatte, hatte sein Mundwinkel ganz leicht gezuckt. Er war mit dem Strafmaß zwei Monate über den Antrag der Staatsanwaltschaft hinausgegangen.

Der Angeklagte zeigte sich während der gesamten Verhandlung uneinsichtig und renitent und mußte von Richter Frenzen mehrmals ermahnt werden. Mit einem aufsässigen Grinsen sah der Ersttäter dem Urteil entgegen. Das Lachen verging ihm, als ihn der Vorsitzende Richter Frenzen zu achtzehn Monaten ohne Bewährung verurteilte. Das Urteil ist zweifelsohne ein Signal, daß die Justiz nicht bereit ist, Gewalt an Schulen und deren Umfeld zu dulden ...

So ähnlich hatte es damals in der *HAZ* und der *Neuen Presse* gestanden, und niemand außer den Betroffenen hatte sich darüber aufgeregt, es hatte nicht einen einzigen Leserbrief gegeben. Im Gegenteil: ein krimineller Ausländer weniger auf den Straßen ...

Als Hannes wiederkam, duftete es nach Kaffee. Es stand ein einzelnes Gedeck auf dem Tisch, Marmelade, Honig, ein Teller mit Schinken und Käse, ein Korb mit aufgebackenen Brötchen. Offenbar hatte sie nicht vor, ihm Gesellschaft zu leisten. Angesichts der vermutlich brisanten Zeitungslektüre war ihm das recht. Aber Hannes scheute sich, sie wie einen Dienstboten zu behandeln, deshalb forderte er sie auf, sich zu ihm zu setzen. Sie goß sich eine Tasse schwarzen Tee ein und setzte sich ans andere Ende des Tisches.

»Woher kennt ihr euch, du und Barbara?« fragte Hannes.

»Vom Kindergarten.«

»Arbeitest du da?«

Nasrin schüttelte den Kopf. »Wir haben uns da nur kennengelernt und uns gestern zufällig wiedergetroffen.«

»Wie alt bist du. Ich darf doch du sagen, oder?«

Nasrin nickte. »Neunzehn.« Sie rührte ihren Tee um. »Sie sind der Fernsehrichter.«

Hannes grinste. »Du, bitte. Sonst komme ich mir so alt vor.«

»Ich glaube, ich bin gestern in ein Fettnäpfchen getreten. Ich bin rausgegangen, als sich Barbara die Sendung angesehen hat. Bestimmt hat sie das beleidigt. Aber ich wußte ja nicht ...«

»Mach dir keine Sorgen. Barbara hat ein dickes Fell. Ich würde mir den Quatsch auch nicht ansehen.« Hannes lachte. Nasrin verzog höflich die Mundwinkel.

»Warum bist du eigentlich hier?« fragte Hannes unvermittelt.

»Ich habe Probleme mit meiner Familie.«

Kein Wunder, dachte Hannes, die Türken behandelten ihre Frauen ja wie Dreck. »Und wie lange bleibst du?«

»Ich gehe heute wieder.«

»Wohin?« fragte Hannes.

»Weiß ich nicht.« Sie trank ihren Tee aus, stand auf und verließ den Raum, nachdem sie ihre Tasse in die Spülmaschine geräumt hatte. Hannes durchforstete die Zeitungen. Die *Hannoversche Allgemeine Zeitung* brachte eine verkürzte Version des gestrigen Artikels aus dem Abendblatt, in den anderen Blättern konnte er nichts entdecken. War es damit vorbei, oder war das die Ruhe vor dem Sturm? Die *Bildzeitung*. Er mußte nachher unbedingt an der Tankstelle ... Sein Mobiltelefon meldete sich aus der Tasche seines Bademantels. Es war Frau Pichelstein von der Pressestelle des Senders. Es lagen Interview-Anfragen von *Stern*, *Spiegel* und *Focus* vor.

»Eine davon sollten wir nutzen«, sagte sie, und es klang wie ein Befehl. Hannes konnte sie sich gut vorstellen, wie sie streng über ihre Zickenbrille mit dem schwarzen Rand hinwegsah und ihre dürren Beine um die Stuhlbeine wand.

»Bloß nicht den Spiegel!«

»Stimmt, bei *Spiegel* und *Bild* ist das wie bei einer Festnahme: Alles, was du sagst, kann gegen dich verwendet werden. Nein, wir dachten an *Focus*. Exclusiv.«

»Gut, wann?«

»Morgen abend. Mit Fotos. Die Fragen legen sie uns bis heute mittag vor. Um siebzehn Uhr, nach Drehschluß, findet ein Meeting statt, bei dem wir über die Inhalte sprechen.«

Sie verzichtete auf die höfliche Nachfrage, ob ihm das paßte. Sie verstand ihr Geschäft. Es blieb ihm nichts übrig, als ihr zu vertrauen.

»Gab es heute noch was Neues über die Sache?«

»In den Zeitungen nichts Nennenswertes. Ein bißchen reißerisches Blabla auf der Titelseite von AOL.«

»Was ist mit *Bild*?« fragte Hannes.

»Hat nicht reagiert.«

»Das wundert mich«, sagte Hannes.

»Mich nicht«, kam es wie aus der Pistole geschossen. »Die Leser der *Bild* gehören nicht zur Lichterketten-Klientel, wenn Sie wissen, was ich meine. Da müssen wir eher aufpassen, daß man Sie nicht dafür lobt und als *Law-and-Order-Typen* hinstellt.«

Hannes wurde flau. Auf gar keinen Fall wollte er die Rolle des »Richter Gnadenlos« neu besetzen.

Die Pichelstein fuhr gutgelaunt fort: »Nein, Herr Frenzen, die Bildzeitung wird sich erst melden, wenn sie den Vorzeigetürken gefunden hat, den Sie zu Unrecht eingebuchtet haben.«

»Den werden sie nicht finden.«

»Wenn ihnen danach ist, dann erfinden sie einen.«

»Wie bitte? Die können doch nicht einfach ...«

»Seien Sie kein Schaf, Herr Frenzen. Die Medien haben ihre eigenen Regeln. Andererseits gilt für Politiker und Promis: Wer in den Medien nicht stattfindet, der existiert nicht. Also, machen wir das Beste daraus. Am Montag wird Ihr Interview im *Focus* stehen. Wenn dann keine Ruhe einkehrt, werden Sie sich bei *Beckmann* und *Maischberger* erklären, und die Nation wird Sie lieben. Bis dann, machen Sie's gut.«

»Danke für die aufschlußreiche Lektion in Sachen Mediendemokratie«, sagte Hannes und meinte es nicht einmal zynisch. Aber sie hatte schon aufgelegt.

Er hatte nicht bemerkt, daß Barbara inzwischen heruntergekommen war. Sie trat hinter ihn, küßte ihn auf die stoppelige Wange und massierte ihm die Schultern.

»Sie hat toll aufgeräumt, nicht wahr?«

»Mhm.«

»So jemanden könnten wir hier gebrauchen.«

Hannes rührte in seinem Kaffee und schaute gedankenverloren aus dem Fenster. Die Maulwürfe hatten wieder gewütet.

So ging das nicht weiter. Arne mußte ihm jetzt unbedingt diese Wühlmausfallen besorgen, Naturschutz hin oder her. Er mußte grinsen. Anscheinend färbte Klaras Einstellung in diesen Dingen langsam auf ihn ab.

»Sie könnte doch so eine Art Hausangestellte werden.«

»Was? Wer?«

»Nasrin. Du hörst mir mal wieder gar nicht zu!«

Herrgott! Begriff sie nicht, daß er im Moment andere Sorgen hatte? Nicht, daß er etwas gegen Personal gehabt hätte. Die letzte Putzfrau hatte vor zwei Monaten aufgehört. Es sei ihr hierher zu weit mit dem Fahrrad. Barbara vermutete, daß die Frau die Stelle in der Hoffnung angenommen hatte, Hannes öfter zu Gesicht zu bekommen. Als das so gut wie nie geschehen war, hatte sie enttäuscht aufgegeben.

»Ausgeschlossen«, sagte Hannes bestimmt. »Am Ende schleicht hier noch einer von der Presse herum und dann lautet die Schlagzeile: *Fernsehrichter hält sich Türkin als Hausklavin* oder so ähnlich.«

»Ich meinte, gegen Bezahlung. Als ... als Hausdame.«

Barbara lächelte stolz, weil sie diesen Begriff gerade erst gefunden hatte.

Hausdame? Das klang gut. Einem Gutsherrn angemessen. Und sicher wäre es angenehm, jemanden zu haben, der den Haushalt professionell führte und nicht jede Woche ein Haushaltsgerät schrottete. Von den gesparten Reparaturkosten könnte man vermutlich nicht nur eine Hausdame, sondern obendrein noch einen Butler bezahlen. Aber eine Türkin kam dafür nicht in Frage, nicht in der jetzigen Situation.

»Wenn du eine neue Stelle bekommen hast, dann kann man über so was reden«, entschied Hannes und vertiefte sich ins Feuilleton der *Süddeutschen*.

Als Robin aus der Dusche kam, fühlte er sich wie ein junger Gott. Das Laufen hatte gutgetan. Ab jetzt würden sie das so oft wie möglich tun, um beim Rübenlauf im vorderen Drittel zu landen. Sport war eigentlich gar nicht so schlecht, dachte Robin. So lange man ihn freiwillig machte. Jetzt ein ordentliches Frühstück, dann an die Arbeit gehen. Heute war ein guter, ein produktiver Tag, das spürte er.

Es klingelte. Wie kindisch von Klara, warum nahm sie nicht einfach den Schlüssel? Zu ihm konnte sie jederzeit kommen, ohne zu klingeln. Außer natürlich, wenn er arbeitete ...

Nasrin schlug die Hände vor das Gesicht und drehte sich rasch um, als würde sein Anblick ihr für alle Zeit das Augenlicht rauben. Dann raste sie die Treppe hinunter.

»Warte!« rief Robin. »Es tut mir leid! Ich dachte, es wäre Klara.«

Er horchte. Die Haustür war noch nicht zu hören gewesen, also mußte sie noch auf dem unteren Treppenabsatz stehen.

»Ich lass' die Tür auf und geh mich anziehen, ja?« rief Robin nach unten.

Ihm war, als hätte die Treppe ganz leicht geknarrt.

»Setz dich irgendwohin, ich bin gleich da.« Er ging ins Bad.

Zögernd kam Nasrin die Treppe herauf.

Sie ließ die Wohnungstür weit offen und blieb zunächst im Flur stehen. Dann schaute sie vorsichtig in ein Zimmer, dessen Tür einen Spalt geöffnet war. Ein Schlafzimmer mit einem Doppelbett, einem wandfüllenden Kleiderschrank und einem Frisiertisch, alles in verschnörkeltem Weiß und für ein doppelt so großes Zimmer gemacht. Daneben lag die Küche mit Einbaumöbeln in tannengrün, wie es in den siebziger Jahren einmal Mode gewesen war. Nasrin begann die Schränke zu inspizieren. Sie fand eine angebrochene Tüte Kaffee, der allerdings stark an Aroma eingebüßt hatte. Es gab eine vollautomatische Espressomaschine, aber keine Bohnen, dafür eine Unmenge an Geschirr: Töpfe, Pfannen und alle nur denkbaren Haushaltsutensilien. Man hätte drei Großfamilien damit ausstatten können. Alles stand wild und ungeordnet herum. Sie betrat das große Zimmer, dem Anschein nach ein Wohnzimmer. Ein Erker schien als Arbeitsplatz zu dienen. Vor dem Fenster stand ein Schreibtisch mit einem Bildschirm, rechts und links davon Regale, die bis zum Anschlag vollgestellt waren mit Büchern, Zeitschriften, Computerspielen, Handbüchern, Videokassetten. Dennoch war diese Ecke noch die übersichtlichste. Der Rest des Raumes quoll über vor Möbeln. Ein ausladendes Sofa mit kamillengelbem Velourbezug, ein dazu passender Sessel, verstreut lagen muffig riechende Kissen herum. Es gab eine Kommode und eine schwere Anrichte, auf der Fotos und Vasen standen. Neben der großen Flügeltür zum Balkon ein Regal mit Büchern und Nippes. Ein Kronleuchter baumelte über einem ovalen Tisch, auf dem sich allerlei Gerätschaften versammelt hatten: elegante Salz- und Pfefferstreuer, Serviettenhalter, Kristallschalen. Um den Tisch standen zwölf Stühle. Dennoch war es nicht einfach, einen freien Platz zu finden, denn überall lag irgend etwas. Nasrin zuckte zusammen, als eine Standuhr zu schlagen begann. Das Monstrum wollte gar nicht wieder aufhören zu lärmen. Zehn Uhr. Nasrin bahnte sich einen Weg zur Balkontür und riß sie auf. Sie hatte plötzlich das Gefühl, in diesem Zimmer zu ersticken. Draußen begrüßte sie Geschrei. In der Kastanie machte sich eine Krähe an einem Vogelnest zu schaffen. Winzige Eierschalen lagen auf dem Pflaster, eine Amsel umflatterte den Baum und keifte voller Aufregung. Nasrin klatschte in die Hände und rief: »Hau ab! Gsch, gsch!« Das beeindruckte den Vogel nicht. Er beäugte sie lediglich und schickte sich an, mit der Plünderung fortzufahren. Nasrin kehrte zurück ins Zimmer und ergriff das Nächstbeste, das ihr einigermaßen wurftauglich zu sein schien. Die Krähe flatterte auf, startete aber sogleich einen neuen Angriff in Richtung Vogelnest, als wolle sie signalisieren: Jetzt erst recht.

»Hau ab, du Mistvieh!« Eine Vase zerschellte am Stamm der Kastanie, gefolgt von einer Porzellanfigur und einer Teekanne. Auf dem Pflaster bildete sich ein kleiner Scherbenteppich.

Die Krähe bezog Stellung auf der Spitze der Kastanie und gab einen Laut von sich, der wie höhnisches Gelächter klang. Die Amsel zeterte in einem fort. Erst ein Satz Untertassen mit Goldrand schlug den mörderischen Vogel in die Flucht. Nasrin trat zurück ins Zimmer und wartete hinter der Scheibe, ob der Rückzug nicht nur eine Finte des Vogels war. Für diesen Fall schwang sie bereits eine handliche Zuckerdose in ihrer Rechten. Aber der Vogel ließ sich nicht mehr blicken, und hinter ihr sagte Robin: »Falls du Zucker suchst, in der Küche ist welcher.«

»Ich trinke alles schwarz«, sagte Nasrin und stellte die Dose wieder an ihren Platz.

»Gefällt sie dir?« fragte Robin.

»Wer?«

»Die Zuckerdose.«

»Nein. Dir etwa?«

Robin schaute die Zuckerdose an, als sähe er sie zum ersten Mal. Weiß mit Goldrand, genau wie der Rest des zweiundsiebzigteiligen Geschirrs. Es war nur eines von fünfen, aber das umfangreichste.

»Eigentlich auch nicht«, mußte er zugeben. »Warum hast du eben so rumgeschrien?«

»Eine Krähe wollte das Vogelnest ausplündern.«

»Ich werde demnächst mit ihr abrechnen«, versprach Robin mit gespielt grimmigem Blick. »Komm mit in die Küche, der Kaffee ist fertig.«

Als das Geschepper verklungen war, wartete Klara sicherheitshalber noch ein, zwei Minuten, ehe sie aus der Tür trat. Es knirschte unter ihren Sohlen. Unter der Kastanie sah es aus wie nach einem Polterabend. Sie schaute hinauf zu Robins Balkon.

»He! Bist du übergeschnappt?« rief sie. Keine Antwort. Sie ging in die Hocke und betrachtete die Scherben genauer. Etwas Goldenes blitzte in der Sonne. Klara hatte Robin oft geraten, sich von einem Teil des ererbten Hausrates zu trennen, aber er hatte stets abgewehrt und behauptet, das könne sie nicht verstehen, wie das sei, beide Eltern auf einen Schlag zu verlieren. Anfangs hatte ihr Robin leid getan. Mit der Zeit hatte Klara jedoch gemerkt, daß Robins Trauer ausgesprochen selbstsüchtig war. Er trauerte nicht um die Jahre, die das Schicksal seinen Eltern gestohlen hatte, vielmehr empfand er eine dunkle Wut über seinen eigenen Verlust. Er war nun kein Sohn mehr und gezwungen, erwachsen zu werden. Er fühlte sich nicht nur seiner Wurzeln und seines doppelten Bodens für den finanziellen Notfall beraubt, sondern auch automatisch der Generation angehörig, die als nächstes mit dem Sterben an der Reihe war. Garniert mit einem Schuß Weltschmerz diente ihm diese Gefühlslage als Grund für eine monatelange Schreibblockade. Für Klara war es indessen kein Wunder, daß Robin in diesem vollgestopften Museum da oben depressiv wurde. Wie sollte ein frischer, kreativer Gedanke seine Flügel ausbreiten, wenn er ringsum an erinnerungsbeladenes Gerümpel stieß? Aber Robin mußte sich schon selbst aus diesem Sumpf ziehen. Die Rolle der Samariterin lag Klara nicht, im Gegenteil: offen zur Schau gestellte Schwäche widerte sie an. Menschen an sich widerten sie zusehends an. Je vertrauter Klara mit den Wölfen wurde, desto weniger lag ihr an der Gegenwart von Menschen. Sie war inzwischen froh, ihre eigenen vier Wände zu bewohnen.

Klara begann die Scherben zu sezieren. Das da mußte eine Kristallvase gewesen sein. Und diese drei Teile gehörten zu einer Hummelfigur. Das Hirtenmädchen? Sehr eigenartig. Sie rief noch einmal nach Robin, aber als wieder keine Antwort kam, holte sie selbst Besen, Schaufel und Eimer. Sie genoß das Geräusch, mit dem die Scherben in den Blecheimer fielen. Vielleicht war Robin nicht übergeschnappt, sondern endlich zur Vernunft gekommen. Auch wenn diese Art der Entsorgung nicht ganz in Ordnung war. Ich werde ihm zu seiner Heldentat gratulieren, dachte sie. Auf der anderen Seite des Hofs sah sie Hannes auf den Mietwagen zugehen. Seinen Schritten fehlte die übliche Dynamik. Als er sie bemerkte, blieb er unschlüssig stehen, als wolle er noch etwas loswerden. Klara stellte den Eimer ab und ging zu ihm.

»Na, wieviele Folgen kurbelt ihr heute wieder runter?« fragte sie, obwohl sie das nicht wirklich interessierte.

»Zwei«, sagte Hannes. Er sah mitgenommen aus. Zu viel Alkohol gestern abend?

»Ist was?«

»Das fragst du noch? Hast du den Artikel nicht gelesen?«

»Welchen Artikel?«

»Welchen Artikel. Gestern, im *Abendblatt*. Hat Robin nichts davon erzählt?«

»Gestern waren keine Zeitungen da. Worum geht es denn?« fragte Klara. Hannes seufzte tief auf, dann lächelte er. Sie waren nur ahnungslos, nicht gefühllos. Seltsamerweise erleichterte ihn das mehr, als er angenommen hatte. Für Hannes war das Zusammenleben auf dem Gut mehr als nur eine Zweckgemeinschaft. Sie waren seine Familie. Robin sein exzentrischer kleiner Bruder, auf den er ein Auge haben mußte, und Klara – ihre Rolle war nicht so einfach zu definieren. Vielleicht die exzentrische Schwester, die man trotzdem mag. So stellte er sich das jedenfalls vor. Hannes war ein Einzelkind, genau wie Robin und Klara. Eine Parallele, die ihm jetzt erst auffiel. Lediglich Barbara stammte aus einer Familie mit vier Kindern, aber sie haßte ihre drei Schwestern.

»Ach, nichts. Was macht dein Wolfs-Projekt?« fragte er.

»Pscht!« Klara legte den Finger an den Mund. »Es sind Hunde. Selbst für mich sind es Hunde. Ich sage Hunde, ich denke Hunde, es sind Hunde. Man muß eine Lüge selbst glauben, sonst funktioniert sie nicht.«

»Ich werd's mir merken«, sagte Hannes. »Danke für den Tip.« Vielleicht war das genau der Rat, den er in seiner Situation brauchte.

»Was ist los mit dir? Bist du verkatert, oder hat dich die Midlife-crisis in den Klauen?«

Hannes wuße nicht warum, aber im Lauf ihres kurzen Gesprächs hatte sich plötzlich ein Gefühl der Leichtigkeit eingestellt.

»Meine liebe Klara«, sagte er mit gespieltem Ernst. »Ich bin über vierzig. Mein Problem ist nicht mehr die Midlife-crisis, sondern der Tod.«

»Idiot«, lachte Klara und küßte ihn auf die Wange. »Machs gut, alter Sack!«

Es handelte sich um besagten Pulverkaffee, von dem Robin behauptete, er würde ihm am besten schmecken. Dazu gab es leicht angetrocknete Brotscheiben mit Margarine und Himbeermarmelade. Nasrin beschränkte sich auf den Kaffee, während Robin erzählte: »Wir hatten mal eine Krähe hier. Sie war verletzt, Barbara hat sie gefunden und gepflegt. Aber von wegen Dankbarkeit. Es war die Hölle. Das Vieh hat geklaut und alles und jeden angegriffen. Vor allem den Kater. Wir haben sie eingefangen und im Deister ausgesetzt. Einen Tag später war sie wieder hier, munter wie eh und je und zu neuen Schandtaten aufgelegt.« Er wischte sich das Haar aus der Stirn und deutete auf eine Stelle am Haaransatz. »Siehst du hier die Narbe?«

»Ja«, sagte Nasrin, die beim besten Willen nichts Narbenähnliches entdecken konnte.

»Soviel zu Krähen«, sagte er mit Dramatik in der Stimme.

»Was ist mit ihr geschehen?«

»Wir wandten uns an Arne. Das ist der Bauer, dem der Schweinestall gehört. Er hat sich zuerst halbtot gelacht über die Marotten der Städter – niemand käme hier auf die Idee eine Krähe aufzuziehen –, dann setzte er dem Treiben mit einer Ladung Schrot ein Ende.«

»Stehen Krähen nicht unter Naturschutz?« fragte Nasrin.

»Ach, weißt du, das sieht man als Landbewohner etwas anders.«

Für ein paar Augenblicke herrschte Schweigen. Nasrin ließ ihre Blicke in der Küche schweifen.

»Ich sehe dir an, daß du gerne mein Gewürzregal sortieren würdest«, sagte Robin und wies auf das Brett über dem Herd, auf dem weißer Pfeffer, Salz, Curry und eine Tüte Chilischoten standen.

»Es juckt mich in den Fingern.«

»Ist das eine Obsession?« erkundigte sich Robin.

»Was?«

»Das Sortieren und Aufräumen und so. Ist das ein Tick?«

»Wieso Tick?« fragte Nasrin verständnislos.

»Schon gut. Tja, ein wenig Aufräumen würde hier wirklich nicht schaden«, gab Robin zu. »Irgendwann mach ich das auch mal.«

Nasrin sagte unvermittelt: »Ich bin weggelaufen. Geflohen, wenn man so will. Deshalb habe ich auch keine Sachen dabei, also, nur ganz wenige ...« Sie biß sich auf die Unterlippe.

»Warum bist du weggelaufen?«

»Sie wollen mich verheiraten. Mit einem Türken, mit dem ich seit meinem elften Lebensjahr verlobt bin.«

»Mein Gott.« Robin starrte sie ungläubig an. »So was liest man sonst immer nur in der Zeitung.«

»Ich habe ihn nur einmal gesehen, als Kind. Er muß jetzt über vierzig sein.«

»Du willst den Mann nicht heiraten, nehme ich an.«

»Wer möchte das schon? Einen alten Mann, den ich kaum kenne!«

Robin nickte. »Wo wolltest du denn jetzt hin?«

»Erst mal nur weg. Mein Flug nach Istanbul geht am 19. April. Mein Bruder wollte mitkommen und mich zu einer Tante aufs Land bringen. Am 24. sollte die Hochzeit sein. Einen Tag vorher wollten alle nachkommen, zum Feiern.«

»Aber du mußt doch irgendeinen Plan haben«, wandte Robin ein.

»Zu Freunden kann ich nicht, dort finden sie mich ja gleich. Ich dachte an so ein Frauenhaus. Aber das kriegen die doch raus, wo das ist.«

»Und was willst du jetzt machen?« fragte Robin.

Nasrin zuckte mit den Schultern. »Wenn sie mich finden, töten sie mich. Ich habe die Familienehre beschmutzt.« Sie stand auf. »Ich möchte nicht, daß du den anderen was davon sagst.«

»Ja, aber ...«

»Es geht keinen was an. Ich komme schon zurecht.«

Robin sprang auf und folgte Nasrin, aber die war schon aus der Tür.

Hannes war eben vom Hof gefahren, als Barbara aus dem Haus gestürzt kam.

»Ist Hannes schon weg?« fragte sie Klara, obwohl das offensichtlich war.

»Gerade.«

»Mist. Eben hat der Kindergarten angerufen.« Sie begann zu strahlen. »Eine Erzieherin hat sich gestern bei einem Fahrradsturz die Rippen gebrochen.«

»Großartig«, meinte Klara und setzte jubelnd hinzu: »Rippenbrüche sollen ja sehr, sehr schmerzhaft sein.«

Aber Barbara war, wie meistens, taub für Ironie. »Ich soll für sie einspringen. Verstehst du, das ist meine Chance auf den Job.«

»Toll«, sagte Klara, nun ehrlich erfreut. Dann ging sie einem hier nicht mehr auf die Nerven, und die Hunde konnten öfter auf dem ganzen Gelände herumlaufen. Barbara waren sie in letzter Zeit angeblich nicht geheuer.

»Ab wann?«

»Ab morgen schon. Ich soll heute nachmittag noch zur Teamsitzung kommen.«

»Dann wird's aber Zeit für eine Gesichtsmaske und ein paar Hormonpillen. Sind das Augenringe oder Lidschatten?«

Barbara griff sich entsetzt an die Wange.

»Echt? Habe ich Augenringe?«

»Wie Traktorenreifen.«

Klara amüsierte sich über Barbaras schockierten Gesichtsausdruck. Sie war so leicht zu verunsichern, und manchmal konnte Klara einfach nicht widerstehen. »War nur ein Aprilscherz«, tröstete Klara.

»Wo ist Nasrin?« fragte Barbara.

»Keine Ahnung. Wenn du das nicht weißt ... Weißt du Barbara, egal was du hier anschleppst, du solltest es unter Kontrolle haben!«

III.

»Papa, können wir bald mal wieder in den Wald?«

Seitdem Jonas' Vater seinem Sohn zur Beruhigung einen Lexikon-Artikel über Wölfe vorgelesen hatte, gab er keine Ruhe mehr. Jonas hatte schon einiges über Wölfe gewußt, aber manches eben doch noch nicht. Zum Beispiel, daß sie für Menschen nur gefährlich sind, wenn sie sich bedroht fühlen. Oder daß sie andere Tiere nur erlegen, wenn diese schwach sind oder sich nicht wehren können. Nun wußte Jonas Bescheid und seine Angst vor dem Wolf schien überwunden. Dafür wollte er jetzt ständig seinen Vater in den Wald zerren.

»Hast du denn gar keine Angst mehr?«

»Nein«, sagte Jonas.

Sein Vater seufzte.

»Wir müssen leise sein und vielleicht ganz lange warten, bis wir einen Wolf sehen.«

»Ich glaube nicht, daß wir einen sehen werden, Jonas.«

»Dann müssen wir uns eben verstecken. Auf einem Hochsitz.«

»Aber Wölfe wandern doch. Sie legen sehr weite Strecken zurück.«

»Aber wenn es ihnen irgendwo gefällt und sie genug zu fressen haben, bleiben sie auch eine Weile da. Oder wenn sie Junge kriegen.«

»Ah, ja.«

»Also, wann gehen wir in den Wald?«

»Bald mal.«

»Versprochen?«

»Meinetwegen«, seufzte der Geplagte. Warum konnte sein Sohn keine feindlichen Söldner killen oder Galaxien erobern, wie andere Jungs auch?

»Sie hat den Kleinen zweimal die Woche abgeholt, wenn die Mutter arbeiten war. Dabei haben wir ab und zu ein paar Worte gewechselt. Vom Rest der Familie kenne ich nur die Mutter. Sie hat in einem Friseursalon ausgeholfen. Sie heißen Dilmac.«

»Was sind das für Leute?« fragte Robin. »So richtige Kopftuchtürken?«

»Im Gegenteil. Die Mutter war elegant angezogen, und Nasrin war immer schon am hellen Tag geschminkt, als ginge es in die Disko. Sie trug normale Teenieklamotten, ihr wißt schon, das Zeug aus den Fetzenläden.«

»War nicht auch die Rede von einem älteren Bruder?« wollte Klara wissen.

»Ja, aber den habe ich nie zu Gesicht bekommen. Den Vater auch nicht.«

»Vor dem Bruder scheint sie am meisten Angst zu haben«, sagte Robin.

»Du mußt es ja wissen«, stichelte Klara.

»Wovon leben sie?« wollte Hannes wissen.

»Keine Ahnung.«

»Import – Export?« schlug Robin vor.

Kichern, Geschirrklappern. Es war Sonntag, sie hatten sich bei Klara zum Frühstück getroffen.

»Ich verstehe das nicht«, hörte Nasrin Klara sagen. Sie preßte sich etwas fester an die warmen Backsteine der Hauswand unterhalb des mückenvergitterten Fensters der Speisekammer. Jetzt, wo keine Nachtfröste mehr drohten, stand es stets offen.

»Sie haben das Mädchen doch nicht aufs Gymnasium geschickt, um sie nach Hinterpfuiteufel zu verheiraten. Das paßt doch nicht zusammen.«

»Wie im Mittelalter!« empörte sich Barbara.

»Von diesen Gepflogenheiten haben wir zu wenig Ahnung«, meldete sich erneut Hannes zu Wort. »Vielleicht hat das ganze in deren Augen schon eine gewisse Logik. Die Frage ist doch aber, was wir jetzt machen.«

Klara sagte: »Mein Vorschlag ist, sie dazu zu bewegen, zu einer dieser Beratungsstellen zu gehen. Die können sie in einem Frauenhaus unterbringen.«

»Das wird sie nicht tun«, sagte Barbara. »Das würde ich in ihrer Situation auch nicht machen. Zumindest nicht in Hannover. Da leben zwanzigtausend Türken, die kennen sich doch irgendwie alle. Irgendeiner weiß sicher, wo das Frauenhaus ist.«

»Sie können sie doch in eine andere Stadt bringen.«

»Und warum helfen wir ihr nicht? Hier ist doch das ideale Versteck für sie.«

»Robin, der Sozialromantiker«, höhnte Klara.

Barbara hielt dagegen: »Sie hat angeboten, hier zu arbeiten. Als eine Art Hausmädchen. Daß sie kochen kann, habt ihr ja gesehen, und jetzt, wo ich wieder Arbeit habe ...«

»Wie praktisch«, bemerkte Robin.

»Ist es besser für sie, in einem Frauenhaus rumzuhängen?« entgegnete Barbara heftig. »Am Ende landet sie in einem Puff oder bei einem Zuhälter.«

»Nicht übertreiben«, bremste Klara.

»Das ist nicht ganz von der Hand zu weisen«, sagte Hannes ruhig. »Ich habe genug solcher Fälle mitbekommen.«

»Wir wollen sie nicht ausnutzen. Hannes und ich würden sie ja bezahlen.«

»Man gönnt sich ja sonst nichts«, sagte Klara.

»Kapiert ihr nicht, worum es geht?« ereiferte sich Robin. »Ein türkisches Mädchen hat sich geweigert, den Mann zu heiraten, den ihre Familie für sie ausgesucht hat. Die sind jetzt in ihrer verdammten Scheiß-Ehre gekränkt. Die *müssen* sie umbringen.«

»So was passiert immer wieder«, bestätigte Barbara eifrig. »Das kannst du oft genug in der Zeitung lesen, und neulich kam es auch im Fernsehen.«

»Und was im Fernsehen kommt, ist die reine Wahrheit«, höhnte Klara.

»Ist noch Kaffee da?« fragte Hannes.

»Warum können wir das Ganze nicht zeitlich befristen?« schlug Robin vor. »Wir können sie für zwei oder drei Wochen hier wohnen lassen. Wer weiß, vielleicht beruhigt sich ihre Familie ja doch wieder und nimmt sie in Gnaden auf. Oder es ergibt sich eine andere Perspektive.«

»Robin hat recht. Wir sollten nicht überstürzt handeln. Warum sollte sie nicht ein paar Tage hierbleiben? Wir haben Platz im Gästehaus, sie kann sich nützlich machen, damit sie kein schlechtes Gewissen haben muß, ich zahle ihr ein kleines Gehalt, damit niemand behaupten kann, wir würden sie ausbeuten. Darüberhinaus sollten wir einige – sagen wir – Regeln aufstellen.« Hannes legte eine Pause ein, ehe er fortfuhr: »Man muß ihr klar machen, daß sie mit niemandem telefonieren darf. Sie verläßt das Gut nicht, und für uns gilt: zu niemandem ein Wort. Kapiert, Barbara?«

»Wieso ich?«

»Nur so.«

»Pah!«

»Und Arne?« fragte Robin.

»Kein Wort zu niemandem«, wiederholte Hannes.

»Ich möchte euch sehen, wenn erst ein Haufen durchgeknallter Türken hier anrückt«, sagte Klara.

»Dann kannst du ja deine Hunde loslassen«, antwortete Barbara.

»Sonst noch was?«

Sie sprang auf, stieß dabei gegen den Tisch, verließ den Raum und knallte die Tür hinter sich zu. Für Sekunden herrschte Schweigen.

»Ist sie eifersüchtig?« fragte Hannes.

»Launen«, schnaubte Robin.

»Sie wird doch immer zickig, wenn sie mal nicht im Mittelpunkt steht«, stichelte Barbara.

Nasrin hörte, wie ein Stuhl über den Boden schrammte. Anscheinend waren kurz darauf nur noch Hannes und Robin in der Küche, denn Hannes fragte: »Bist du scharf auf sie?«

»Herrgott! Du redest schon daher wie die Hirnlosen in deiner Proletensendung«, brauste Robin auf.

»War ja nur eine Frage. Deshalb mußt du nicht gleich beleidigend werden.«

»Nein, ich bin nicht *scharf* auf sie, ich bin auf niemanden *scharf*. Ich mag sie einfach, klar?« schloß Robin das Thema ab.

Stühle rückten, laute Schritte, dann wurde es still im Haus. Nasrin gab ihren Horchposten auf.

Hannes saß auf einem Schemel in der Garage und erfreute sich an der Stromlinienform seines silbergrauen 300 SL. Der Roadster mit den Flügeltüren war ein Kindheitstraum, dessen Verwirklichung ihn 200 000 Euro gekostet hatte, was fast ein Schnäppchenpreis war. Hannes hatte die Ausgabe noch keine Sekunde bereut. Außerdem stieg so ein Wagen mit der Zeit im Wert, denn es waren nur 1400 Stück davon gebaut worden. Vor kurzem hatte er auch noch einen Porsche 356B 1600 erworben, aber wesentlich günstiger.

Er hätte Automechaniker werden sollen, dachte Hannes. Eine anständige Arbeit, die zu einem sofortigen Ergebnis führte und niemandem schadete. Oder Bauer. Ein Leben im Rhythmus der Natur, viel frische Luft und abends eine ehrliche Müdigkeit in den Knochen. Alles andere verbog auf die Dauer nur die Psyche.

Die Macher der *Bild* hatten inzwischen genau das getan, was die Pichelstein befürchtet hatte. Sie hatten nicht nur den Vorzeigeausländer gefunden, sondern sie präsentierten ihrer Leserschaft ein richtiges »Opfer«. Fatih B., einen siebzehnjährigen Albaner. Er hatte sich nach der Schule mit einem Deutschen geprügelt, ein Messer gezogen und damit seinen Widersacher an der Schulter verletzt. Fatih B. behauptete, von dem ein Jahr älteren Deutschen tyrannisiert worden zu sein. Angeblich habe der regelmäßig Geld von ihm verlangt, damit ihm und seiner jüngeren Schwester »nichts passiere«. Der Deutsche war größer und kräftiger als der Albaner. Aber er hatte vier Zeugen benannt, die allesamt versichert hatten, daß es umgekehrt gewesen war. Auf eine Vereidigung der Zeugen hatte der Vorsitzende Richter Johannes Frenzen seinerzeit verzichtet und den Albaner zu sechs Monaten Jugendstrafe verurteilt. Seine Schwester, die waidwund von der Titelseite blickte, wurde zitiert: *Fatih hatte die mittlere Reife bestanden und schon einen Ausbildungsplatz in Aussicht. Nach dem Knast fand er sich nicht mehr zurecht. Niemand wollte einem Ex-Knacki Arbeit geben. Da hat er einen Laden überfallen und wurde erwischt. Ein anderer Richter schickte ihn erneut ins Gefängnis. Er ertrug es nicht und erhängte sich nach zwei Monaten am Heizungsrohr. Richter Frenzen hat ihm seine Zukunft genommen, daraufhin nahm sich mein Bruder das Leben.*

Die *Welt am Sonntag* hatte das Thema prompt aufgegriffen, konnte aber nicht viel Neues hinzufügen, da die Albanerin offenbar einen Exklusivvertrag mit *Bild* hatte. Dafür meldete sich die Journalistin Mia Karpounis noch einmal zu Wort, mit einem allgemein gehaltenen Artikel über Ausländerfeindlichkeit in der deutschen Rechtssprechung. Sie nannte allerdings keine Namen.

Die Tür ging auf, ein Lichtstreifen durchschnitt das Dämmerlicht der Garage. Es war Klara. Hannes mochte es nicht, wenn man ihn in seinem Refugium störte.

»Was ist?« fragte er unfreundlich.

Klara kam näher und strich über die blankpolierte Kühlerhaube des Mercedes.

»Netter Wagen.«

»Nett? Das ist ein Klassiker des Automobilbaus, eine Legende!« Er öffnete die Motorhaube. »Sieh dir das an! Dreiliter-Reihensechszylinder, der hat 215 PS und die damals weltweit erste Benzin-Direkteinspritzung. Er beschleunigt in zehn Sekunden von Null auf Hundert und fährt 260 Spitze.«

Klara warf einen Blick auf den Motor. »Ist schon gut«, sagte sie nur.

Hannes machte die Haube wieder zu und bot Klara einen Schemel an. Er selbst nahm auf einer leeren Bierkiste Platz.

»Hattest du schon mal Angst vor Gewalt?« fragte Hannes.

»Was für Gewalt? Krieg, Terrorismus?«

»Nein, nicht so abstrakt. Ich meine, eine konkrete, greifbare Angst, verprügelt zu werden. Von Menschen, die du kennst.«

»Meiner Mutter ist früher gerne mal die Hand ausgerutscht. Oder die Reitpeitsche.«

Hannes hob erstaunt die Augenbrauen.

»Gell, das glaubt man gar nicht, wenn man sie so sieht, in ihren Kaschmirtwinsets.«

»Mein Vater war mit Ohrfeigen auch nicht zimperlich. Aber das meinte ich nicht. Hast du vor ein paar Jahren diese Sache mit den Geburtstagsprügeln mitbekommen?«

Klara schüttelte den Kopf.

»Eine Gruppe türkischer Schüler hat ihren deutschen Mitschülern vorwiegend an deren Geburtstagen aufgelauert und sie verprügelt. Über Monate, wenn nicht sogar Jahre ging das so. Es war eine ganz normale Schule in einer ganz normalen, niedersächsischen Kleinstadt. Das ging durch sämtliche Medien. Es wurde viel diskutiert und analysiert, wie es dazu kommen konnte.«

»Und wie konnte es dazu kommen?«

»Die alte Geschichte: mangelnde Integration, Sprachprobleme, dadurch schlechtere Noten. Viele bekamen zu Hause selbst Prügel von den Eltern. Und das Wichtigste: Sie waren in einem Alter, in dem sie langsam begriffen, daß sie auf der Verliererseite standen. Also schlugen sie zurück und prügelten die, die es besser erwischt hatten. Das mit dem Geburtstag hatte Symbolcharakter: ausgerechnet der Tag, an dem die deutschen Kinder zu Hause am meisten verwöhnt werden. Die Lehrer hatten übrigens angeblich alle nichts davon bemerkt.«

»Hat das etwas mit unserem Türkinnenproblem zu tun?« fragte Klara verwirrt. Hannes schien eine ganze Weile auf einer Antwort herumzukauen, aber schließlich sagte er nur: »Ach, nein. Eigentlich nicht.«

»Oder mit den Zeitungsartikeln über dich?« bohrte Klara, die seinen konfusen Gedankensprüngen nicht folgen konnte. Hannes schüttelte den Kopf.

»Hast du wirklich deutsche Schläger davonkommen lassen und absichtlich die Ausländer verknackt?« insistierte Klara.

»Das habe ich nicht«, sagte Hannes bestimmt. »Ich finde jeden Gewalttäter zum Kotzen, ausnahmslos jeden. In dem Fall Fatih B., über den du sicherlich gelesen hast, gab es vier übereinstimmende Zeugenaussagen, die ich nicht ignorieren konnte. Ich wußte schon, daß die deutschen Beteiligten keine Unschuldsengel waren, aber glaub mir, der Albaner war erst recht keiner. Er hatte zwar keine Vorstrafe, aber schon eine recht dicke Akte bei der Jugendfürsorge.«

Klara erhob sich von ihrem Schemel und sagte. »Ich will mir dazu kein Urteil anmaßen, Hannes. Ich denke, du wirst schon wissen, ob du dir was vorzuwerfen hast oder nicht.«

Hannes blieb sitzen, den Kopf in die Hände gestützt. Er nickte.

»Nur eine Frage: Willst du der kleinen Türkin helfen, um den moralisch rückständigen männlichen Familienmitgliedern eins auszuwischen, oder weil du meinst, du hättest was gutzumachen?« fragte Klara.

»Weder noch«, erwiderte Hannes, und das war nicht gelogen.

Als Klara ins Haus kam, klingelte das Telefon.

»Ja?« Klara meldete sich nie mit ihrem Namen, den sie nicht besonders mochte.

»Frau von Rüblingen?«

Sie hatte die angenehme, sonore Männerstimme täglich erwartet, dennoch bekam sie nun Herzklopfen

»Ja, ich bin es.«

»Hier spricht Michael Trenz.«

»Ich weiß.«

»Wie sieht es aus?«

»Gut, sehr gut. Sie sind ... ich würde sagen, sie sind bereit.«

»Gut. Ich bin dabei, den Zeitpunkt festzulegen. Ich informiere mich dieser Tage bei den anderen. Wenn es so weit ist, gebe ich Ihnen Bescheid über weitere Details. Sie hören von mir.«

»In Ordnung«, sagte Klara. Er hatte aufgelegt. Sie hätte gerne noch länger mit dem Mann gesprochen, den sie nur per E-Mail und von ein paar Telefonaten kannte. Wie er wohl aussah? Sie fuhr zusammen, als das Telefon auf ihrem Schreibtisch erneut klingelte. Hatte Trenz etwas vergessen?

»Na, wie geht's?« sagte jemand am anderen Ende.

»Scheiße«, entfuhr es Klara.

»Hättest nicht gedacht, daß ich deine Nummer rauskriege, was?«

»Mario, was soll das? Ist dir noch nie eine Frau weggelaufen? Kannst du es nicht akzeptieren wie ein Mann?«
»Willst du mich beleidigen?«
»Ich will bloß meine Ruhe haben.«
»Ruhe. Genau. Ich denke, wir sollten nochmal in Ruhe darüber sprechen.«
»Das bringt nichts.«
»Nur ein einziges Treffen, Klara. Was ist dabei?«
»Ich will nicht, kapier das doch endlich!«
»Das wirst du bereuen, du dreckige, alte ...«
Klara legte den Hörer auf. Sie kämpfte gegen die Wut, die in ihr aufstieg. Rasch ging sie vor die Tür und atmete tief durch. Ein lauer Wind überzog das Land mit dem Geruch von organischem Dünger. Dann nahm sie eine Hacke und riß wie eine Furie das Unkraut aus dem Kräuterbeet.

Drehpause. Das feste Serienpersonal und ein Kameramann saßen an einem Tisch in der Caféteria. In letzter Zeit war Hannes meistens mit den anderen mitgegangen. So war er wenigstens sicher, daß sie in dieser Zeit nicht über ihn lästerten. Alle benahmen sich ihm gegenüber höflich, fast rücksichtsvoll. Seine weiblichen Fans übten sich in Zurückhaltung. Die vergangenen Tage war Hannes jeden Abend ausgegangen und ziemlich betrunken nach Hause gekommen. Aber immer allein.

Neben ihm stand Sabrina Reinecke auf. »Ich hole mir noch einen Kaffee. Soll ich dir was mitbringen?«

Wieso fragt sie mich, wieso nicht auch Lemming, Helga oder den Kameramann? Ihr Lächeln war das einer besorgten Matrone. Sein Stern mußte sich im rasanten Sinkflug befinden, wenn sogar sie ihn wie einen Todgeweihten behandelte.

»Ja, gerne. Einen Café latte mit doppelt Espresso«, sagte Hannes und legte drei Euro auf den Tisch. Er fühlte sich müde.

»Laß nur.« Sabrina Reinecke fischte ihre Geldbörse aus der Handtasche. Lemming leerte seinen Kaffee, sah auf die Uhr und erhob sich. »Muß noch in die Maske. Bis gleich.«

Auch Helga und der Kameramann hatten ausgetrunken und verließen die Caféteria. Hannes saß allein am Tisch und schaute Sabrina Reinecke zu, die am Kaffeeautomaten hantierte. Am Nebentisch saßen fünf Damen in den Sechzigern, die grünen Tee tranken, und aufgeregt miteinander flüsterten. Sie trugen pastellfarbene Leggings und Sweat-Shirts. Jede hatte ein Handtäschchen auf dem Schoß. Immer wieder wurden kleine Spiegel aufgeklappt, Lippen nachgezogen, Löckchen in Form gezupft. Sabrina Reineckes Handtasche hing an der Lehne ihres Stuhls. Sie stand offen. Hannes warf einen neugierigen Blick hinein. Zwischen Brieftasche, Notizbuch und der üblichen Kosmetik fiel ihm ein Fläschchen mit blutrotem Nagellack auf. Nein, dachte er, das ist ein Zufall. Obwohl ... Ohne noch länger mit sich zu hadern, ließ Hannes seine Hand in die Tasche gleiten. Auch wenn das Fläschchen nichts bewies, ein Vergleich mit den Lacksplittern, die er extra aufbewahrt hatte, würde dennoch aufschlußreich sein. Erst als sich der Nagellack in seiner Hosentasche befand, sah Hannes mit klopfendem Herzen nach der Reinecke. Die Milch im Kaffeeautomaten war ausgegangen, das Mädchen mit den blauen Stoppelhaaren war dabei, den Behälter aufzufüllen. Sabrina Reinecke beobachtete sie mit genervter Miene und scharrte mit ihren Pumps über den Boden wie ein nervöser Gaul.

Hinterher wußte Hannes nicht, was ihn bewogen hatte, auch noch das Notizbuch der Reinecke aus der Handtasche zu ziehen. Das Ausmaß seiner Tat wurde ihm erst klar, als er seine Hand wieder aus seiner Hosentasche zog. Ohne Notizbuch.

»Herr Frenzen!«

Er fuhr erschrocken herum.

»Verzeihung«, sagte die Grauhaarige. »Sie sind es doch, der Fernsehrichter, oder? Könnte ich – oder wir –, dürften wir Sie um ein Autogramm bitten?« Sie wies auf die vier Damen am Nachbartisch, die gespannt zu ihm hinübersahen.

Hannes lächelte ihnen charmant zu und signierte fünf seiner Kärtchen, die er immer mit sich herumtrug.

»Was machen Sie hier?«

»Wir sind zu einem Casting eingeladen«, antwortete die Dame, die bei näherem Hinsehen schon eher die Siebzig überschritten hatte. »Für cholesterinfreie Mayonnaise. Das da ist unsere Yoga-Truppe.« Die vier anderen Damen lächelten ihm zu. Seit vor einem halben Jahr die Firma *Melia-Casting* Räume im selben Gebäude angemietet hatte, war stets für Abwechslung gesorgt. Die fünf Damen waren ihm jedoch deutlich symphatischer als die öligen Muskeltypen von letzter Woche, die sämtliche Frauen des Sendeteams in Unruhe versetzt hatten.

Als Sabrina an den Tisch zurückkam, war sein Kopf ferrarirot. Jedenfalls fühlte er sich so an. Aber sie bemerkte nichts, ließ ihre Geldbörse zurück in die Tasche gleiten und schimpfte über das lahmarschige Thekenpersonal. Hannes war nicht gerne mit ihr allein. Lieber hätte er den Café latte in seiner Garderobe getrunken, aber das wäre grob unhöflich gewesen. Sie unterhielten sich über belanglose Dinge des zurückliegenden Drehs. Hannes beschloß, das Notizbuch so bald wie möglich in ihre Garderobe zu schaffen. Es mußte aussehen, als wäre es aus ihrer Tasche gefallen. In einem Anfall von Ironie beglückwünschte er sich zu seiner kriminellen Energie und leerte rasch sein Glas.

Nasrin riß ein Streichholz an und entzündete das Teelicht unter der Kanne während Robin den Tee in die hauchdünnen chinesischen Tassen goß.

Er saß auf einem Kissen am Fußboden, Nasrin saß mit angezogenen Knien vor der Scheibe des Kaminofens. Die Tür zum Flur stand offen, ebenso die Wohnungstür. Nasrin bestand immer auf offenen Türen in Robins Wohnung. Robin akzeptierte das als eine ihrer Marotten. Vor ihnen stand schon die zweite Kanne Tee. »Ich trinke sehr viel Tee, alle Türken tun das«, hatte Nasrin bei ihrem ersten Besuch erklärt. Seither hielten sie jeden Nachmittag ihre Teestunde bei offenen Türen und brennendem Kaminofen ab, egal ob es kühl war oder nicht. Nasrin mochte den Ofen, während sie miteinander redeten, beobachtete sie die Flammen, die das Buchenholz langsam auffraßen.

»Wovon lebst du?« fragte Narin.

»Von der Hand in den Mund«, grinste Robin.

»Hauptsache, es schmeckt.«

»Zur Zeit arbeite ich an einem neuen Buch.«

»Wovon handelt es?«

»Ach, von ... weißt du, über ungelegte Eier mag ich lieber nicht sprechen.«

Er stand auf und ging zum Bücherregal. Es waren nicht seine Bücher, das hatte er Nasrin beim letzten Besuch erklärt. Sie hatten seinen Eltern gehört, und er würde sie wohl auch nicht lesen, genauso wie er einen Großteil des Geschirrs nie benutzen würde.

In der obersten Reihe lagen quer über einigen Konsalik-Bänden sechs in blaues Leder eingebundene Bücher mit einer Lasche und einem Schloß. Robin nahm eines herunter und zeigte es Nasrin.

»Die Tagebücher meiner Mutter. Ich habe bis jetzt keinen Blick reingeworfen.«

»Warum nicht?«

»Sie waren ja wohl nicht für mich bestimmt.«

»Soll ich sie für dich lesen?« schlug Nasrin vor.

»Eine eigenartige Idee. Darüber muß ich nachdenken.«

»Woher kennst du Hannes?« wechselte Nasrin sprunghaft das Thema.

»Unsere Eltern waren befreundet. Bergkameraden«, sagte Robin mit einem Anflug von Spott und ließ sich wieder auf dem Kissen nieder, obwohl ihm davon allmählich das Kreuz weh tat. »Er ist immer so was wie ein großer Bruder gewesen. Oder eher ein Freund. Geschwister mögen sich ja oft nicht.«

»Woher weißt du das? Hast du welche?«

»Nein. Aber Barbara zum Beispiel, die haßt ihre Schwestern. Ich glaube, sie will Hannes hauptsächlich deshalb heiraten, damit sie ihnen demonstrieren kann, daß sie den besten Fang gemacht hat. Deshalb tut sie alles, um ihn zu behalten.«

»Du meinst, sie liebt ihn nicht richtig?«

»Was weiß ich? Jedenfalls hat ihr Lebkuchenherz einen Kern aus Stahl.«

»Und du und Klara?«

»Klara«, wiederholte Robin nachdenklich. »Sie ist ... kompliziert. Sehr eigenwillig, eigentlich braucht sie niemanden. Jedenfalls nicht immer.«

»Man kann ja auch jemanden lieben, ohne daß man ihn braucht«, gab Nasrin zu bedenken.

Plötzlich erregte eine Bewegung vor dem Fenster ihre Aufmerksamkeit.

»Da ist sie«, flüsterte Nasrin.

»Jetzt ist sie fällig.« Robin kroch durchs Zimmer und stand dann sehr langsam auf. Neben der Standuhr lehnte ein Gewehr, das er nun in die Hand nahm. »Kleinkaliber«, flüsterte er, »gehört Arne. Das ist der Bauer ...«

»Mit dem du joggen gehst.«

»Genau.«

»Der Schweinezüchter«, wisperte Nasrin. Sie war vorsichtig aufgestanden.

Robin ging ganz langsam zur Schublade des Schranks und holte zwei Patronen heraus. Umständlich lud er das Gewehr. Nasrin war ans Fenster geschlichen. Die Krähe saß in der Baumkrone und hielt den Kopf schief. Das Amselnest war leer, dafür hatten sich jetzt Spatzen in der Kastanie eingenistet. Robin hielt das Gewehr in der rechten Hand und näherte sich Schritt für Schritt der Balkontüre. Sein Herzschlag beschleunigte sich. War das Jagdfieber? Er hatte inzwischen schon öfter mit Arne in der Kiesgrube geschossen und dabei eine erstaunliche Feststellung gemacht: Je mehr er das Schießen übte, desto mehr verlangte es ihn nach konkreten Zielen. Er bedeutete Nasrin, sie solle sich in den Raum zurückziehen. Kaum erschien Robin mit dem Gewehr im Anschlag auf der Schwelle des Balkons, machte sich der Vogel davon. Er flog nicht weit, sondern setzte sich frech auf den Giebel der Scheune und sah zu Robin hinüber. Der benutzte das Balkongeländer als Stütze, nahm das Tier ins Visier und drückte ab. Der Schuß gellte so ohrenbetäubend durch den Hof, daß selbst Robin erschrak. Hier klang es viel lauter als in der Kiesgrube. Der Vogel flog ohne Hast auf und entfernte sich mit trägem Flügelschlag, als hätte überhaupt keine Gefahr bestanden. Womit das Tier wahrscheinlich recht hatte. Hinter dem Haus begannen Klaras Hunde zu heulen. Es klang, als ob der Wind durch enge Röhren fuhr.

»Daneben«, stellte Nasrin fest. Ihr war nicht anzumerken, ob sie das freute oder nicht.

»So. Das war jetzt die letzte Warnung«, sagte Robin grimmig und unterdrückte ein Grinsen. Plötzlich war das Jagdfieber wie weggeblasen, und er war heilfroh, daß er das Tier verfehlt hatte.

»Vielleicht hat sie das resozialisiert«, lächelte Nasrin.

Unten flog die Haustür auf.

»Wer hat da geschossen?« rief Klara.

»Ich. Auf eine Krähe.«

»Wohl verrückt geworden«, stellte Klara fest und ging zum Zwinger, um die aufgeregten Tiere zu beruhigen.

Als die letzte Sendung abgedreht war, schloß sich Hannes in seiner Garderobe ein. Zuerst legte er die Robe ab, dann trank er einen Kognak, gönnte sich eine winzige Prise vom weißen Pulver und betrachtete sich im Spiegel. Johannes Frenzen, was glaubst du, wer du bist? Du stammst aus der Mittelschicht, du bist solides Mittelmaß, kein origineller Geist, kein Götterliebling, weder begnadet, noch verdammt, und dafür hast du schon mehr als genug erreicht. Du bist ein Hochstapler, deine grundehrliche Visage, auf die sie alle hereinfallen, ist eine einzige Lüge. Warum willst du mehr, als einer wie du vom Leben erwarten darf?

Seine Selbstzweifel überkamen ihn nicht ohne Grund. Montag und Dienstag waren die Einschaltquoten gesunken, wie er gerade eben erfahren hatte. Nicht frappierend, es konnte auch am schönen Wetter liegen, oder an den Osterferien. Hannes waren inzwischen zwei Dinge klargeworden: Die Show, die er zunächst nur als zeitlich begrenzte Episode betrachtet hatte, war ihm zum Lebensinhalt geworden. Nicht unbedingt *diese* Show, aber er konnte nicht mehr zurück ans Gericht, völlig undenkbar. Er brauchte das Fernsehen, die Prominenz, die Öffentlichkeit. Zweitens war ihm aufgegangen, daß er nicht unersetzlich war. Es gab inzwischen sechs Gerichtsshows in den Nachmittagsprogrammen und der CvD, Kieferle, hatte vorhin beiläufig erwähnt, daß er mit dem Programmdirektor

»über neue Formate nachgedacht« habe. Vorsichtshalber waren Sendungen, die mit kriminellen Ausländern zu tun hatten, aus dem Sendeplan gestrichen worden. Wie Irrläufer waren während der vergangenen Tage noch einige Artikel durch die Zeitungen geistert. Die *taz* hatte ihn unverblümt als »Rassisten in Robe« bezeichnet. Sein Vater hatte ihn besorgt angerufen. Was das zu bedeuten habe, ob es wahr sei, die Nachbarn würden ihn bereits ansprechen. Hannes hatte sich eine scharfe Antwort verkniffen. Nein, so konnte es nicht weitergehen. An seiner Rechtfertigung war niemand interessiert. Er mußte der Bestie neues Futter liefern.

Im Flur klapperten Schritte. Das Team bereitete sich auf den Feierabend vor. Hannes vergewisserte sich, daß seine Tür abgeschlossen war. Dann nahm er sich das Notizbuch der Reinecke vor. Nicht ganz ohne Gewissensbisse, aber die Neugier war größer. Das Buch hatte einen Lederumschlag und war Notizbuch, Adressbuch und Terminkalender in einem. Der Kalenderteil vermerkte die Drehtage und ihre Verhandlungen am Landgericht Hannover, denn an drei Tagen in der Woche war Sabrina Reinecke noch immer eine normale Staatsanwältin. Ansonsten fand Hannes Notizen über Meetings, Arzttermine, Geburtstage von Freunden oder Verwandten, Friseurtermine, Kosmetik. In den Innenseiten des Umschlags steckten Visitenkarten. Hannes nahm sie heraus. Eine Autowerkstatt, ein Fensterputzer, vier Anwälte, drei Journalisten, darunter Mia Karpounis.

Die Erkenntnis traf ihn wie ein Aufwärtshaken in den Magen: Diese Karpounis hatte sich ihren Stoff durchaus nicht aus alten Presseartikeln zusammengesucht. Das hatte sie gar nicht nötig gehabt, wie Hannes jetzt sah. Neben Einkaufslisten, Telefonnummern und ein paar undefinierbaren Kritzeleien fand er nämlich – Aktenzeichen. Hannes schrieb sie sorgfältig ab, aber er hätte jetzt bereits gewettet, daß es die Fälle waren, die während der vergangenen Tage durch die Presse gegangen waren. Denn alle diese Fälle stammten aus der Zeit, als die Reinecke und er noch gemeinsam am Landgericht gewesen waren. In einigen Verhandlungen hatte sogar sie selbst die

Anklage vertreten, erinnerte er sich. Daß ihm das nicht schon eher aufgefallen war. Dieses intrigante Weibsstück! Was hatte er ihr getan? Eine Zeitlang hatte es sogar so ausgesehen, als habe sie ein gewisses Interesse an ihm gehabt. Ja, es hatte ein paar Situationen gegeben, die man als Flirt hätte bezeichnen können, aber wirklich nicht mehr. Sie war weder optisch seine Kragenweite, noch seine Altersklasse. War das das Motiv? Enttäuschte – ja was? Liebe? Doch wohl nicht. Verletzte Eitelkeit? Verdammt, sie mußte doch weiterdenken. Wenn er abgesetzt wurde, war es doch mit ihr ebenfalls vorbei. Oder wähnte sie sich inzwischen so prominent, daß der Sender nicht auf sie verzichten konnte? Wollte sie eine eigene Sendung, war es am Ende das, was Kieferle mit »neuen Fomaten« meinte?

Jetzt war er froh, ihr Notizbuch entwendet zu haben. Ihm war, als rechtfertigten die Entdeckungen seinen unbefugten Zugriff. Mit dem, was er nun wußte, ließ sich unter Umständen noch etwas Nützliches anfangen. Auf jeden Fall würde er genau prüfen, ob ein Verstoß gegen §353 d StGB – Verbotene Mitteilungen über Gerichtsverhandlungen – vorlag.

»Bist du allein?«

»Ja, warum?«

»Du mußt mir einen Gefallen tun. Du mußt ein Foto von Nasrin machen. Aber sie darf nichts davon merken. Kriegst du das hin?«

»Wozu?«

»Versuch es einfach.«

»Und wenn sie es merkt?«

»Dann erzähl ihr irgendwas.«

»Na gut. Ich werde es versuchen.«

»Die Digitalkamera liegt in meinem Arbeitszimmer. Du mußt nur auf Automatik stellen, dann macht das Ding alles von alleine. Und noch was, mein Schatz.«

»Ja?«

»Schau nach, ob sie aufgeladen ist und ob der Speicherchip drin ist.«

Gründonnerstag schloß der Kindergarten früher, und Barbara nutzte den freien Nachmittag zu einem Bummel durch die ersten Einkaufslagen der Landeshauptstadt. Die Sommersachen vom letzten Jahr waren ihr zu weit und zu grell. Als Hannes sie kennengelernt hatte, war Barbara herumgelaufen wie eine aus den Nähten geplatzte Viva-Moderatorin. Inzwischen hatte sie Geschmack entwickelt und wußte besser, was ihr stand. In Frühlingslaune kaufte sie zwei Paar Schuhe, eine Hose, drei T-Shirts und am Ende noch ein Sommerkleid für Nasrin. Es war ein Trägerkleid in Orange und Türkis, Farben, die Barbara überhaupt nicht, Nasrin aber ausgezeichnet standen.

»Das soll für mich sein?«

»Wir können es umtauschen, wenn du es nicht magst.«

Nasrin sagte nichts, aber sie umarmte Barbara. Ihr standen Tränen in den Augen. Dann preßte sie das Kleid an ihre Brust und rannte ins Gästehäuschen.

Wie ein Hund, der einen Knochen in seine Hütte schleppt, dachte Barbara und schämte sich sofort dafür. Nach einer Viertelstunde kam sie nicht, wie Barbara erwartet hatte, im neuen Kleid wieder, sondern mit nassen Haaren.

»Barbara, kannst du mir die Haare schneiden?«

»Die Spitzen, meinst du?«

»Nein, kürzer.«

»Wie kurz?«

»Bis hier.« Nasrin hielt die Hand an ihr Kinn. »Und ein bißchen stufig.«

»Willst du nicht lieber zum Friseur gehen?«

»Nein!«

»Ich habe zwei linke Hände«, behauptete Barbara.

»Du kannst das«, widersprach Nasrin stur. Auf der Terrasse hatte sie bereits Schere und Kamm zurechtgelegt.

»Auf deine Verantwortung«, sagte Barbara.

Nasrin setzte sich auf einen der Stühle etwas abseits vom Tisch und faltete die Hände in ihrem Schoß.

»Möchte die Dame vielleicht einen Kaffee? Oder Tee? Leider habe ich keine Zeitschriften mit dem neuesten Klatsch aus den Adelshäusern.«

Barbara kämmte das Haar durch, dann griff sie zögernd zur Schere. »Am besten, ich schneide sie erst mal alle gleich lang, oder?«

»Nur zu.«

»Das schöne Haar«, jammerte Barbara, als die ersten dicken Flechten fielen.

»Es wächst wieder«, sagte Nasrin.

»Ist es, weil du nicht erkannt werden möchtest?«

»Nein. Weil ich aussehe wie ein Besen.«

»Es kann noch schlimmer werden«, warnte Barbara.

»Glaub ich nicht.«

»Gut, dann versuche ich jetzt, Stufen reinzukriegen.« Hochkonzentriert kürzte Barbara Strähne für Strähne.

»Wie hast du es eigentlich geschafft, von zu Hause abzuhauen?« fragte Barbara, die allmählich an Sicherheit gewann.

»Zuerst war ich wie gelähmt vor Entsetzen. Ich hatte sie zwar schon öfter so etwas erwähnen hören, sie sagten oft einmal: ›Wenn Nasrin heiratet, dann werden wir dieses und jenes ...‹ Es war mir nie klar, daß es schon so bald ernst werden würde. Aber ich habe sofort geahnt: Wenn ich mich weigere, dann zwingen sie mich dazu. Also habe ich mitgespielt. Ich habe so reagiert, wie sie es erwartet haben. Erst habe ich mich geziert, dann habe ich so getan, als würde ich allmählich Gefallen an der Sache finden. Ich bin mit meiner Mutter losgezogen, und wir haben meine Aussteuer gekauft. Ich war richtig unverschämt, nur das Beste wollte ich haben, alles andere wäre unglaubwürdig gewesen. Am Anfang waren sie trotzdem mißtrauisch. Mein älterer Bruder ist überallhin mitgegangen, und ich war plötzlich nie mehr alleine im Haus. Meine Tante ist aus der Türkei gekommen, die klebte mir an den Sohlen wie ein Kaugummi. Sie hat in meinem Zimmer geschlafen und ist mir sogar aufs Klo nachgeschlichen. Aber ich habe weiterhin die erwartungsvolle Braut gespielt. Sogar ein Brautkleid habe ich ausgesucht. Ein gräßliches Teil, ich weiß nicht, ob du mal eine türkische Braut gesehen hast.«

»Oh, ja.«

»Langsam wurden sie ruhiger. Ich durfte schon mal allein auf die Straße, und schließlich sogar hin und wieder eine Freundin besuchen. Allerdings konnte ich nichts mitnehmen. Meinen Paß hat mein Vater. Eines Nachmittags habe ich gesagt, ich ginge zu meiner Freundin Rola, und sie haben mich gehen lassen. Rola hat mir ein paar Klamotten von sich gegeben und ein bißchen Geld.« Nasrin zupfte an ihrer Jeans. »Sie ist dicker als ich. Von ihr aus bin ich dann geflohen. Ich hatte zwei Stunden Vorsprung, ehe sie es bemerkt haben konnten. Rola wollte dann behaupten, ich sei gar nicht bei ihr gewesen.« Nasrin senkte den Blick und sagte traurig: »Ich weiß nicht mal, ob sie Schwierigkeiten bekommen hat. Ich traue mich nicht, sie anzurufen.«

»Nein, das solltest du lieber lassen. Und wo hast du so gut kochen gelernt?«

»Bei einem Onkel, der ein Restaurant hat. Ich wollte Köchin werden, aber sie haben es nicht erlaubt. Köche müssen abends arbeiten, und abends gehört eine Frau ins Haus und nicht in ein Restaurant.«

»Fertig!« sagte Barbara und legte die Schere beiseite.

Nasrin griff sich in die gekürzten Haare.

»Ich glaube, es sieht gar nicht schlecht aus. Ich föne sie trocken, und dann darfst du in den Spiegel schauen.«

Barbara eilte ins Haus und kam mit einem Fön und einer Verlängerungsschnur zurück. Sorgfältig fönte sie die Strähnen über die Bürste.

»Deine Mutter hätte es sicher besser gekonnt, aber für den Anfang finde ich es nicht übel«, lobte Barbara ihr Werk, als sie mit dem Fönen fertig war.

»Meine Mutter?«

»Hat sie nicht in dem Frisiersalon in der Nedderfeldstraße ausgeholfen? Ich meine, ich hätte sie dort gesehen.«

»Ach so. Ja, hat sie. Aber mir hat sie nie die Haare geschnitten. Ich bin lieber zu einem richtigen Friseur gegangen.«

Barbara war fertig und hielt Nasrin einen Handspiegel hin. Die zupfte an ihren kurzen Strähnen. Durch das Fönen waren sie weniger lockig und legten sich geschmeidig um den Kopf.

»Toll«, sagte Nasrin.

»Mir fällt ein Stein vom Herzen«, gestand Barbara.

»Nein, ehrlich! Du hast Talent.«

Barbara wurde rot.

»Was macht ihr da?« fragte Robin, der gerade über den frisch gemähten Rasen auf sie zukam.

»Wonach sieht es denn aus?« entgegnete Barbara, und Nasrin wandte sich um.

»Wie gefällt's dir?«

Robin starrte sie an.

»Was ist?« fragte Barbara verunsichert. »Findest du es nicht gut?«

»Doch, doch«, sagte Robin. »Guter Schnitt. Ich finde nur, du siehst fast aus wie Klara.«

»Wirklich?«

»Blödsinn. Du siehst viel besser aus als Klara«, sagte Barbara. »Warte mal.« Sie rannte ins Haus und kam mit einem kleinen Fotoapparat zurück. »Darf ich mein Werk fotografieren?«

Nasrin zögerte.

»Gute Idee«, sagte Robin. »Los, stellt euch hin, ich mach ein paar Bilder von euch beiden.«

Sabrina Reinecke drückte die halbgerauchte Zigarette in den Aschenbecher.

»Frau Karpounis hat über mich ein Portrait geschrieben. Dabei kam die Sprache auch auf dich. Alles, was ich gesagt habe, ist, daß deine Urteile früher nicht so großherzig ausgefallen sind wie jetzt in der Sendung. Das ist ja nicht gelogen. Was sie daraus gemacht hat ...« Sie schüttelte ihre Mähne, lehnte sich zurück und schlug die Beine übereinander.

»Und woher hat sie die Details? Wie kam sie zum Beispiel auf den Fall Erdogan Öcel?«

»Recherchieren ist schließlich ihr Beruf. Du weißt doch, wie Journalisten sind, wenn sie sich mal festgebissen haben.«

»Und du hast ihre Recherchen tatkräftig unterstützt, oder täusche ich mich?«

»Wer sagt das?«

»Es ist schon auffällig, daß die Presse nur Fälle zitiert, die wir gemeinsam verhandelt haben.«

Sie antwortete nicht.

»Warum tust du so etwas?« fragte Hannes.

Sie beugte sich über den Tisch des Cafés. »Weil mich deine selbstgefällige Art ankotzt. Du hältst dich für das Gewissen der Nation, und uns für deine Lakaien, ach was, deine Statisten.«

»Aber man sägt doch nicht den Ast ab, auf dem man sitzt.«

»Die Zuschauer hätten ohnehin bald genug gehabt von deinem Rechtschaffenheitsgetue.«

»Du meinst, sie wollen lieber einen angejahrten Racheengel sehen, der mit eiserner Hand und schrillem Organ für Recht und Ordnung sorgt. *Staatsanwältin Sabrina Reinecke*? Ist es das, was dir vorschwebt?« fragte Hannes eine Spur zu laut.

»Sieh an, du kannst ja richtig jähzornig werden. Und ich dachte immer, du hättest das Temperament eines Leitzordners.«

»Ich möchte mir lieber nicht ausmalen, was geschieht, wenn der Programmdirektor und der CvD erfahren, daß du einer erfolgreichen Sendung bewußt Schaden zugefügt hast«, konterte Hannes mit beherrschter Stimme. »Ich wette, dann bist du schneller draußen als du *Facelifting* sagen kannst.«

»Wenn deine Fans wüßten, was für eine Einstellung du Frauen gegenüber hast ...«

»Sie wissen es aber nicht«, sagte Hannes und grinste extra unverschämt.

Sie zündete sich eine Zigarette an und saugte ein paarmal gierig daran. Dann lehnte sie sich zurück.

»Also, was willst du?«

»Wie gut kennst du diese Karpounis?«

»Wir sind uns ein paarmal begegnet, und sie fand mich wohl sympathisch. Sie wollte ein Portrait mit mir machen.«

»Wo ist es denn erschienen?« fragte Hannes und stocherte damit unbewußt in einer Wunde.

»Sie sucht noch nach einem Abnehmer«, sagte die Reinecke knapp.

»Für wen arbeitet sie denn normalerweise?«

»Hauptsächlich für's Abendblatt, aber sie macht auch Reportagen für andere.«

»Paß auf. Ich möchte, daß du der Frau eine Geschichte erzählst.«

Am Ostersonntag standen sie zu dritt im Hof neben ihren Fahrrädern und warteten seit fünf Minuten.
»Robin, wir sind fertig!« brüllte Hannes aus vollem Hals nach oben.
»Komme gleich!« schallte es von oben.
»Was ist denn noch so wichtig?« murmelte Klara und bereute es schon jetzt, daß sie sich überreden lassen hatte mitzukommen.
Robin und Nasrin erschienen in der Tür, wechselten noch ein paar Sätze, dann winkte ihnen Nasrin zu und verschwand im Flur.
»Da bin ich! Auf geht's«, rief Robin betont fröhlich.
»Was macht sie da drin?« fragte Klara mißtrauisch.
»Sie räumt auf«, erklärte Robin.
Barbara und Klara wechselten einen vielsagenden Blick.
»Na, da bin ich mal gespannt«, sagte Barbara.
»Und ich erst«, meinte Klara und überlegte, ob sie die Tür zu ihrer Wohnung auch wirklich abgeschlossen hatte.
Sie radelten los. Merlin trabte lässig neben Klaras Rad her. Auf dem Hügel, unterhalb der Windräder, sah man bereits die Rauchwolke.
Als Klara neben Hannes herfuhr, sagte sie: »Hast du ein gutes Gefühl dabei, sie allein zurückzulassen?«
»Was soll ihr passieren?«
»Das meine ich nicht«, sagte Klara.
»Was meinst du denn?« fragte Hannes. Von ihm war die Initiative für den Ausflug zum Osterfeuer ausgegangen. Es war an der Zeit, wieder einmal etwas zusammen zu unternehmen.
»Ich habe nur ein ungutes Gefühl.«
»Ich überhaupt nicht. Noch nie sah unser Haus so ordentlich aus, wie jetzt. Und nichts gegen deine Kochkünste, Klara, aber diese gegrillten Makrelen und der Brokkoliauflauf ... Und erst die Salate! Sie hat sogar begonnen, einen Gemüsegarten anzulegen.«

»Das ist ja alles ganz nett. Aber woher sollen wir wissen, ob sie uns nicht angelogen hat mit ihrer Geschichte?«

»Warum sollte sie? Um hier die Putzfrau und die Köchin zu spielen?« entgegnete Hannes.

»Was weiß ich. Es gibt viele Gründe, warum sich jemand verstecken muß.«

»Hast du in letzter Zeit zu viele von Barbaras Krimis gelesen?« meinte Hannes, und Klara wunderte sich wieder einmal über seine Naivität. Offenbar hatten ihm Nasrins Kochkünste die Sinne vernebelt. Sie kamen an Arnes Hof vorbei. Ein Dutzend Schweine lief in dem Verschlag neben dem Misthaufen herum. Sie wühlten in der Erde und sahen schmutzig und zufrieden aus. Von Arne war nichts zu sehen, das Hoftor war geschlossen. Sicher war er schon beim Osterfeuer. Sie hielten kurz an und betrachteten die Schweine. »Ich vergesse immer wieder, wie riesig sie sind«, sagte Barbara und fragte Robin: »Hast du sie nicht neulich mal gefüttert?«

Robin nickte stolz. Letzte Woche. »Freitag und Samstag.«

»Und? Wie war es?«

»Mit dem Walkman auf voller Lautstärke war es zu ertragen. Aber ich habe doppelt so lange gebraucht wie Arne«, gab Robin zu. Er winkte den riesigen Zuchtsäuen zu. »Ciao, Mädels.«

Je näher sie dem Ort kamen, desto intensiver wurde der Geruch.

»Da hat die freiwillige Feuerwehr mal wieder ordentlich mit Brandbeschleuniger zugelangt«, meinte Hannes.

»Wozu das Feuer? Sie könnten sich doch auch besaufen, ohne die ganze Gegend zu verpesten«, fragte Klara.

»Das tun sie in drei Wochen, wenn sie den Maibaum aufstellen«, antwortete Barbara.

»Das versteht ihr nicht«, rief Hannes. »In jedem Mann und speziell in jedem Feuerwehrmann steckt ein Pyromane. Außerdem heißt der Maibaum hier Beekenbaum, weil er an der Beeke steht.«

»In die dann die Besoffenen alle reinpissen«, ergänzte Robin. »Das fördert den Zusammenhalt.«

Sie fuhren an der Kirche vorbei, die von der Straße aus gesehen leicht erhöht lag. Barbara hatte sich für die Holtenser Kirche als Trauungsort entschieden. Und für den Mercedes als Brautgefährt. Sie hatte auch die Herrenhäuser Kirche in Hannover in Betracht gezogen, aber diese hatte den Sieg davongetragen. Sie besaß die richtige Größe, sah von außen imposant aus und war innen hell und freundlich. Der Anblick der Kirche machte sie plötzlich wütend. Sie hatte dieser Tage immer gehofft, daß Hannes das Thema Heirat aufgreifen würde. Wollten sie noch in diesem Sommer heiraten, dann wäre es allmählich allerhöchste Zeit für einen Antrag. Aber Hannes war im Moment ausschließlich mit sich selbst beschäftigt. Um ihre Wut loszuwerden, trat Barbara heftig in die Pedale. Es ging jetzt stramm bergauf. Auch die anderen kämpften sich stumm den Hügel hinauf, keiner wollte sich die Blöße geben und absteigen. Oben angekommen, schlossen sie die Räder an einen Gartenzaun.

»Mensch, bist du fit«, sagte Robin keuchend zu Barbara, die alle anderen abgehängt hatte. »Du solltest unbedingt beim Rübenlauf antreten.«

Es begann zu dämmern, die Wurstbude und der Bierstand waren gut besucht. Es war ein respektables Osterfeuer. Der Haufen aus Ästen und Strohballen war über fünf Meter hoch, und das Feuer wurde durch einen leichten Wind immer wieder neu angefacht. Dann bekam man den Rauch in die Augen, aber das störte niemanden. Kinder tobten um die Flammen herum und warfen Stöcke hinein, die Erwachsenen standen in Trauben zusammen, fast alle mit Bierflaschen in der Hand. Hin und wieder wurde an den vollbesetzten Biertischen eine Runde Bier und Schnaps mit Gesängen willkommen geheißen. Hannes grüßte nach allen Seiten: den Ortsbürgermeister, den Ortsbrandmeister, Bauer Venske mit Gattin, die Naturschutzbeauftragte und den Seelsorger.

Robin ging Bier holen und kam mit Arne und einer Frau an dessen Seite zurück.

»Das ist Sina«, stellte Arne seine Begleitung vor.

Sina war eine zierliche Frau mit hennaroten, kurzen Haaren und einem Piercing in Nase und Augenbraue. Sie trank Wasser.

Arne hatte einen freien Biertisch aufgetrieben. Sie kehrten dem Feuer den Rücken und setzten sich auf die Bänke. Merlin streifte umher und spielte mit einem Dackelweibchen.

»Eure Schweine sind draußen«, sagte Robin.

»Ja«, sagte Arne und rieb sich den Nacken, eine Geste der Verlegenheit. »Sina meinte, sie müßten mehr an die Luft.«

»Da hat sie völlig recht«, fand Klara.

»Ich bin Buddhistin«, erklärte Sina.

Da ist sie bei Arne ja genau richtig, dachte Klara und mußte lächeln.

Hannes kam mit einer zweiten Runde Bier zurück. Seine Fröhlichkeit war ein wenig aufgesetzt. Er war nicht zum Vergnügen hier. Nachher, wenn alle angetrunken waren, würde Hannes mit Arne einen trinken gehen, am besten an die Schnapsbar der Landjugend. Er sah im Geist die Schlagzeile vor sich: *Fernsehrichter Johannes Frenzen bewahrt türkisches Mädchen vor der Rache ihrer Familie.*

Es wäre von Nutzen, wenn ein paar Leute aus dem Dorf bestätigen konnten, daß da tatsächlich so ein Mädchen auf dem Gut gewesen war.

Das Feuer loderte jetzt nicht mehr ganz so hoch auf, sondern bestand hauptsächlich aus Glut. Es war dunkel geworden. Barbara brachte eine weitere Runde Bier. Die Stimmung an den umliegenden Tischen wurde immer ausgelassener. Hannes hielt sich zurück, aber Robin und Arne schauten tief in die Gläser.

Das Bier drückte auf die Blase. Eigentlich haßte Hannes diese Toilettenwagen, aber er konnte es sich nicht leisten, wie die anderen Männer an irgendeine Ecke zu pinkeln. *Fernsehrichter pißt in Nachbars Garten*, das fehlte noch. Prominenz hat auch Nachteile, überlegte Hannes. Auf dem Rückweg sah er Klara etwas abseits stehen. Sie schien die Lichter der Stadt zu betrachten. Merlin saß neben ihr, die beiden wirkten irgendwie der Welt entrückt. Er stellte sich wortlos neben sie.

»Schön, nicht wahr«, sagte sie nach einer Weile und streckte den Arm in Richtung Norden aus. »Das Heizkraftwerk Linden.« Deutlich erkannte man die drei Türme.

»Heimweh?« fragte Hannes.

»Meine Heimat ist noch viel weiter nördlich.«

»Vermißt du Finnland?«

»Manchmal. Vor allem den Schnee. So viel Schnee, monatelang, und hier ... nichts als ein paar Krümel. Mein Vater hat gefragt, ob ich den Sommer in seinem *Mökki* verbringen möchte. Zwei Monate alleine an einem See. Nur angeln, lesen und Beeren und Pilze suchen.« Klara lächelte schwärmerisch bei dieser Vorstellung, die Hannes ein Greuel war. »Aber das geht ja dieses Jahr schlecht.«

»Ja, ich weiß. Was geschieht denn nun, und wann geschieht was?«

»Bald. Ich warte auf Anweisung von oben«, erklärte Klara und lächelte.

»Organisiertes Verbrechen«, stellte Hannes fest und seufzte.

»Anders geht es nicht. Sie werden alle innerhalb von zwei Wochen ausgewildert. Jedes Rudel an einem anderen Ort. Allgäu, Rhön, Schwarzwald, Westerwald .... sogar in der Lüneburger Heide.«

»In der Heide?« staunte Hannes.

»Ja. Es gab dort früher öfter Wölfe.« Klara sah sich um, ob auch niemand in der Nähe stand, ehe sie flüsternd fortfuhr: »Bis zum nächsten Frühjahr werden sie sich vermehrt haben.«

»Wenn sie nicht schon vorher erschossen oder überfahren werden.«

Klara biß sich auf die Unterlippe. »Immerhin stehen sie unter Naturschutz. Es wird eine große öffentliche Diskussion geben, inzwischen sind Wölfe beliebt. In anderen Ländern funktioniert es doch auch.«

Hannes fiel ein, was er schon lange hatte fragen wollen. »Woher stammen sie eigentlich?«

»Aus Rußland. Ursprünglich sollte was ganz anderes aus ihnen werden.«

»Was denn?« fragte Hannes.

»Pelzmäntel.«

Eine Pause trat ein.

»Und was ist mit dem Vieh? Mit den Kühen und Schafen?«

»Was soll damit sein? Die wenigen Bauern, die ihre Tiere noch auf die Weide führen, werden sich Hunde anschaffen müssen, so wie früher. In der Schweiz und in Kanada gibt es eine Übereinkunft, nach der die Schafzüchter eine Entschädigung vom Staat erhalten, wenn ein Tier durch einen Wolf gerissen wird. Aber unsere Wälder sind so wildreich, sie werden genug zu Fressen finden.«

»Wanderer, Jogger, Mountainbiker ...«, zählte Hannes auf.

»Und kleine Mädchen mit roten Mützen«, fügte Klara hinzu.

»Die besonders«, grinste Hannes.

»Warum haben die Menschen Angst vor einem Wolf und erwählen sich dessen Nachfahren zu ihrem besten Freund?« philosophierte Klara.

»Vielleicht verkörpert der Wolf die Bestie in uns«, antwortete Hannes. »Wie in all den Werwolfgeschichten.«

»Aber wir leben im einundzwanzigsten Jahrhundert, verdammt noch mal! Kannst du mir sagen, wann der letzte Mensch durch einen Wolf zu Schaden kam? Niemand kann das, weil das nur Schauergeschichten sind. In Skandinavien kommen jedes Jahr etliche Menschen durch Elche und Rentiere zu Tode, aber niemand verteufelt deswegen den rotnasigen Rudi. Selbst Wildschweine sind gefährlicher als Wölfe, weil sie weniger scheu sind.«

»Aber was ist ...«, Hannes senkte die Stimme, » ... was ist mit deinen Wölfen und denen der anderen? Die sind Menschen gewohnt. Sie werden Spaziergänger und Pilzsucher zu Tode erschrecken.«

»Das ist ein wunder Punkt«, gestand Klara. »Aber bereits die nächste Generation wird sich völlig natürlich verhalten.«

»Wenn es eine nächste geben wird. Die Jägerschaft wird ihre Pfründe verteidigen. Die fühlen sich nach wie vor als Feudalherren, sie scheren sich seit Generationen nicht um die öffentliche Meinung. Notfalls knallen sie sie eben heimlich ab.«

»Möglich. Aber alle werden sie nicht kriegen. Ein paar werden durchkommen, und dann wird es in Deutschland wieder

Wölfe geben, und zwar überall, nicht nur in Gehegen in irgendwelchen Nationalparks. Außerdem werden die Jäger die Wölfe spätestens dann zu schätzen wissen, wenn all die Spaziergänger und Freizeitsportler, die sonst immer das Wild aufscheuchen, aus Angst vor dem bösen Wolf zu Hause bleiben. Dann herrscht wieder Ruhe im Wald«, grinste Klara.

»Diesen Aspekt solltest du unbedingt mit einem Touristikmanager diskutieren«, feixte Hannes. »Aber es wird vermutlich ganz anders laufen: Tausende von Abenteurern werden nachts durchs Unterholz schleichen, um sich ihren Urängsten zu stellen, Horden esoterisch angehauchter Wolfsfans werden durchs Fichtendickicht pirschen, es wird Wolfssafaris durch den Harz geben, und endlich wird der Mythos Wald, wie unsere deutschen Romantiker ihn sahen, wiederauferstehen.«

»Manchmal spinnst du noch mehr als Robin«, stellte Klara fest. »Ich bin optimistisch. Mit den Luchsen im Harz hat es schließlich auch geklappt.«

»Das kann man nicht vergleichen«, widersprach Hannes. »Luchse erregen die Gemüter viel weniger. So weit ich weiß, verbindet man mit ihnen einzig und allein gutes Hören. Wie viele Wölfe sind es überhaupt?«

»Vierundachtzig.«

»Lieber Himmel! Und wie wollt ihr wissen, ob es klappt und wo sie sind? Gibt es eine Kontrolle, oder wie soll das Ganze funktionieren?«

»Sie sind gechipt. Wir können sie über ein GPS-Signal auf ein paar Meter genau orten.«

Hannes schien beeindruckt. Jedenfalls schwieg er eine Zeitlang, bevor er fragte: »Was ist eigentlich mit dir und Robin?«

»Was soll da sein?«

»Ich habe den Eindruck, daß da momentan der Wurm drin ist.«

»Mag sein«, gestand Klara. »Darum kümmere ich mich, wenn diese Sache mit den Wölfen vorbei ist. Ich habe momentan keinen Nerv für seine Befindlichkeiten und Spinnereien.«

»Ausgerechnet du redest von Spinnerei«, lachte Hannes, aber Klara wurde abgelenkt. Sie bemerkte einen Jungen, der abwechselnd Merlin anstarrte und dann zu Boden sah. Dort, wo das junge Gras niedergetreten war, war die Erde weich wie frisch angerührter Gips.

»Ist was?« fragte Klara.

Der Junge stierte erneut Merlin an, dann fragte er: »Was ist das?«

»Ein Schäferhund«, lautete Klaras Standardantwort. »Willst du ihn streicheln?«

Das Kind kam zögernd näher. Merlin schnüffelte und leckte an seiner Hand, die vermutlich nach Bratwurst roch. Der Junge fuhr ihm langsam und feierlich über den Kopf und schaute dann seine Hand an, als hätte er gerade ein Wunder berührt.

»Jonas, da bist du ja. Komm, wir gehen nach Hause. Ach, das ist ja Frau von Rüblingen. Guten Abend, man sieht Sie gar nicht mehr im Institut.«

»Guten Abend, Herr Professor Thielmann«, sagte Klara. »Ja, ich nehme mir gerade ein Sabbat-Semester. Ist das Ihr Sohn?«

Thielmann stellte Klara Frau und Sohn vor, Klara machte die Familie mit Hannes bekannt.

»Ein schöner Hund«, meinte Thielmann.

Er und seine Familie entfernten sich, wobei der Junge sich noch mehrmals nach Merlin umsah.

Hannes ließ seinen Blick über die dunkle Landschaft schweifen. Ein paar Lichter waren im Dorf zu sehen, aber nicht viele, denn die meisten Bewohner waren hier oben, beim Osterfeuer. Überall im Umkreis sah man kleinere und größere Feuer lodern.

»Ich war als Kind oft mit meinen Eltern im Allgäu«, erinnerte sich Hannes. »Dort haben sie jedes Jahr am Funkensonntag eine Hexenpuppe verbrannt. Das ist der Sonntag nach Fastnacht. Das Funkenfeuer fand ich immer viel faszinierender als das Osterfeuer. Wegen der Hexe, und weil meistens noch Schnee lag, im Schnee ist so ein Feuer viel eindrucksvoller.«

»Die Finnen verbrannten früher auch Hexenpuppen in den Osterfeuern. In der Fastenzeit treiben nämlich die Hexen, die *Trullis*, ihr Unwesen. Jetzt gibt es sie nur noch auf Ostergrußkarten. Aber in der Nacht zum ersten Mai gibt es *Vappuaatto,* das wilde Hexenfest. Ich war auch schon dabei.«

»Das glaube ich dir sofort«, grinste Hannes und deutete nach unten. »Schau mal, die Linderter haben auch ein Osterfeuer.«

»Aber viel, viel kleiner«, sagte Klara herablassend. »Oder ist das Vörie?«

»Keine Ahnung. Man verliert leicht die Orientierung im Dunkeln.«

»Na, ihr zwei Hübschen ...« Ein leicht angetrunkener Arne näherte sich ihnen.

»Wo hast du deine Sina gelassen?« erkundigte sich Hannes.

»Pinkeln.« Arne deutete auf die Schlange vor dem Toilettenwagen.

»Sag mal, du Eingeborener, ist das Linderte oder Vörie, das mickrige Osterfeuer da unten?«

»Wo?« Arne sah in die Richtung in die Hannes zeigte.

»Verdammte Scheiße!« Arne wirkte auf einmal sehr nüchtern.

»Was ist denn?«

»Das ist bei euch. Es brennt bei euch.«

»Mein Gott! Wie konntest du das tun? Was habe ich dir getan?«

»Du hast gesagt, ich soll aufräumen.«

»Die ganzen Möbel! Die Bücher, das Geschirr!« Robin raufte sich die Haare wie ein Klageweib.

»Aufräumen bedeutet, daß alles Überflüssige wegkommt«, antwortete Nasrin gelassen.

Die anderen standen verlegen herum.

Hannes räusperte sich. »Wir sollten froh sein, daß es nur ... ich meine, daß dabei nicht auch noch eines der Gebäude Feuer gefangen hat.«

»Das habe ich beachtet«, entgegnete Nasrin. »Der Wind kam von Südost, die Funken sind auf das kahle Feld geweht worden.«

»Da hat sie recht«, sagte Arne. Das Feuer war hinter dem Stall und dem Gästehäuschen entfacht worden.

»Aber wie hast du in der kurzen Zeit die ganzen Möbel hier rausgeschafft?« fragte Barbara.

»Sie ist eine Irre!« schrie Robin. »Die haben bekanntlich übermenschliche Kräfte.«

»Robin«, mahnte Hannes, aber Nasrin war bereits auf ihn zugegangen. Im Schein einer schwachen Außenleuchte stand sie vor ihm und funkelte ihn an. »Sag das nochmal«, flüsterte sie.

»Irre«, zischte Robin wutentbrannt. Es war eine einzige, blitzschnelle Bewegung, dann fand sich Robin mit schmerzendem Steißbein auf der Erde wieder. Arne und Hannes sprangen herbei, aber Nasrin beachtete Robin nicht mehr und wandte sich an Barbara, um deren Frage zu beantworten.

»Ich habe die Möbel mit der Kettensäge aus dem Schuppen zerkleinert, aus dem Fenster geworfen und alles mit einer Schubkarre ...«

»Sei still!« brüllte Robin. »Ich will es nicht hören! Das waren alles Erinnerungen an meine Eltern, kapierst du das? Ihre Sachen waren alles, was mir von ihnen geblieben ist!«

»Wenn es so wäre, wäre das traurig«, mischte sich nun Arnes Freundin in das Gespräch. Sina hatte sie in Arnes Wagen hergefahren, während Arne seine Kameraden von der freiwilligen Feuerwehr per Handy alarmiert hatte. Sie legte Robin die Hand auf die Schulter. Das schien ihn tatsächlich zu beruhigen.

»Wo ist Klara?« schluchzte er.

Klara hatte zuerst nach den Hunden gesehen. Das Feuer, das sie vom Zwinger aus nicht sehen konnten, hatte sie offenbar nicht beunruhigt. Nur die Sirene des Löschfahrzeugs, das vorhin eingetroffen war, hatte sie zum Mitheulen veranlaßt, was Klara jedoch hastig unterbunden hatte. Jetzt lagen sie wieder ruhig da und sahen sie aus ihren schönen, klugen Augen an. Klara wurde plötzlich von einer Welle der Schwermut überrollt. Es würde nicht leicht sein, sie ins Ungewisse, vielleicht sogar in den Tod zu schicken. Aber jetzt gab es kein Zurück mehr. Sie wandte sich ab und ging wieder zu den anderen.

»Wo ist das Geschirr?« fragte Klara sachlich.

»Hinter dem Haus, in den Kartons aus dem Keller. Man kann es abtransportieren.«

»Ich seh mal nach«, sagte Klara. Robin trottete hinter ihr her. Wie Klara befürchtet hatte, war kaum ein Stück ganz geblieben. Robin schlug beim Anblick der Scherben in den Kartons verzweifelt die Hände vor's Gesicht.

»Komm mit rein«, sagte Klara und faßte ihn sanft um die Schultern.

Sie gingen in Klaras Wohnung. Sie kochte Tee und brachte Robin in ihr Bett, wo er sich wie ein Kind in den Schlaf weinte.

Danach ging Klara in Robins Wohnung. Das Schlafzimmer war leer bis auf die Matratze. Robins wenige Klamotten und ein kleiner Stapel Bettwäsche lagen in einer Ecke. Die Küchenmöbel waren noch da, aber das Geschirr war auch hier dezimiert worden. Im großen Zimmer sah nur der Erker mit dem Schreibtisch noch unberührt aus. Verschwunden waren die Schrankwand, die Bücherregale, Sofa und Sessel, zwei Kommoden, diverse Stehlampen, die Hälfte der Stühle, sämtliche Schränkchen, Beistelltischchen, Vasen und alles, was sonst noch im Weg gestanden hatte. Die Wände waren nackt und das Parkett befreit von Teppichen. Eine Birne ersetzte den Kronleuchter. Nur einige ausgesuchte Möbelstücke waren noch da: der ovale Tisch, die alte Anrichte, die Kommode mit der Marmorplatte und die Standuhr. Dazu ein wenig Geschirr. Immerhin hat sie Geschmack bewiesen, dachte Klara.

Sie hörte Schritte im Flur, Nasrin kam herein. »Wie geht es Robin?«

»Er schläft. Er hing sehr an den Sachen, er wird eine Weile daran zu knabbern haben. Und daß eines klar ist: In meiner Wohnung faßt du nichts an.« Sie würde in Zukunft gut auf ihre Schlüssel aufpassen.

»Geht klar«, sagt Nasrin freundlich. »Die Kommode mit dem Marmordeckel sollte ins Schlafzimmer, was meinst du?«

»Von mir aus.«

Sie trugen das Möbel hinüber, und Nasrin begann, Robins Kleidung farblich geordnet einzusortieren. Klara verabschiedete sich, aber als sie schon fast aus der Tür war, rief Nasrin: »Klara!«

Klara kehrte um. »Was noch?«

»Heute, nachdem ihr fort wart, war ein Mann hier.«
»Was wollte er?«
»Ich weiß es nicht. Ich habe mich nicht gezeigt. Er ist um das ganze Gelände herumgeschlichen, außen, am Zaun. Erst als die Hunde gejault haben, ist er gegangen.«
»Wie sah er aus?«
»Unheimlich. Böse.«
»Was soll denn das heißen?«
»Er trug ganz schwarze Sachen.«
»War er groß, klein, dick, dünn?«
»Mittel.«
»Das Haar?«
»Schwarz. Er trug eine verspiegelte Sonnenbrille. Ich konnte nicht viel von ihm sehen.«
»War er mit einem Auto hier?«
»Ich habe keines gesehen.«
»Scheiße«, murmelte Klara.
»Kennst du ihn?«
»Nein«, sagte Klara.
»Ich hatte schreckliche Angst.«
»Ach, bestimmt war es ein Paparazzo, das hatten wir schon öfter. Hin und wieder schleichen hier auch Leute herum, die einfach mal sehen wollen, wie der berühmte Fernsehrichter so lebt. Sag bitte nichts zu den anderen. Die regen sich sonst nur unnötig auf.«

»Kommt rein, wir trinken bei mir einen auf den Schrecken«, sagte Hannes.
Einem solchen Vorschlag war Arne selten abgeneigt, aber als gewissenhaftes Mitglied der Freiwilligen Feuerwehr Holtensen prüfte er vorher, ob der verbliebene Haufen keine Glut mehr in sich trug. Seine Kollegen hatten jedoch ganze Arbeit geleistet. Zum Glück hatte man die Löschzüge aus den Nachbarorten noch rechtzeitig stoppen können, man hätte sich sonst garantiert lächerlich gemacht.
»Wenn du ein paar Kasten Bier springen läßt, werde ich anregen, daß das Ganze im Nachhinein als Übung deklariert

wird. Dann gibt es auch keinen Ärger von wegen unsachgemäßer Müllbeseitigung«, meinte Arne.

»Danke«, sagte Hannes und bat Barbara, ein paar Flaschen Merlot aus dem Weinkeller zu holen. Insgeheim war er guter Laune. Nicht nur Arne und seine neue Freundin hatten Nasrin gesehen, sondern auch die Besatzung des Löschwagens, der mit Karacho vorgefahren war. Und nun rollte ihm diese Sina auch noch den roten Teppich aus, indem sie fragte: »Wer ist denn das Mädchen, und warum verbrennt sie Robins Sachen?«

»Nun ja«, wand sich Hannes, »sie ist wohl momentan in einer schwierigen Situation. Eigentlich sollte niemand wissen, daß sie bei uns wohnt, aber da ihr sie nun schon einmal gesehen habt ...«

Am nächsten Morgen nahm Robin jeden noch verbliebenen Gegenstand in die Hand und stellte ihn anschließend liebevoll in den Schrank. Jedes einzelne Stück hatte nun ausreichend Platz, er mußte nichts mehr stapeln. Die Wände waren kahl, die Landschaftsaquarelle hatten Ränder hinterlassen. Seltsamerweise erinnerte er sich jetzt schon nicht mehr genau daran, was auf ihnen zu sehen gewesen war. Neben der Standuhr hatte ein Berg gehangen. Der wilde Kaiser? Die Zugspitze? Das Zimmer war jetzt heller, aber das mochte am Wetter liegen. Der Ostermontag zeigte sich von seiner besten Seite, die Sonne schien durch die staubige Scheibe auf das Parkett und ließ es glänzen. Aber Robin war nicht heiter zumute. Er war wütend und er litt. So mußte seiner ausgebombten Großmutter damals zumute gewesen sein. Er hatte ihre Geschichte früher oft zu hören bekommen, es hatte ihn nie berührt. Jetzt konnte er ihren Verlust nachempfinden. Er fühlte sich wie ein Baum, dem man die Wurzeln gekappt hatte. Wie sollte er so den nächsten Sturm überstehen? War das die Strafe für sein damaliges Desinteresse? Trotz seines Kummers hatte er wider Erwarten gut geschlafen. Als er das Silberbesteck neu einordnete, bemerkte er die Tagebücher seiner Mutter, die im obersten Schrankfach lagen. Wenigstens die hatte diese Irre verschont. Er nahm sie mit an seinen Schreibtisch, schnitt die lederne Verschlußlasche des ersten Bandes mit der Schere durch und begann die vertraute Schrift zu lesen.

»Hattest du eigentlich schon mal einen Freund?«

»Keinen, von dem meine Eltern gewußt hätten«, antwortete Nasrin.

»Einen Deutschen?«

»Ja.«

»Und wenn sie es rausgekriegt hätten?«

»Nicht auszudenken. Deshalb ging es ja schief. Schon nach zwei Wochen. So viel Heimlichkeit, das hält keine Beziehung aus.«

»Und im Moment?« fragte Barbara.

»Im Moment gibt es niemanden.«

»Wie sprecht ihr zu Hause, türkisch?«

»Nur meine Eltern untereinander. Ich nicht. Ich hasse diese Sprache.«

Sie standen in der Küche und schnippelten Gemüse für ein Eintopfgericht, das Nasrin zubereiten wollte. Es war der Dienstag nach Ostern. Der Kindergarten hatte noch geschlossen. Hannes war vor einer Stunde nach Hamburg gefahren. Robin hatte sich heute noch nicht blicken lassen, genausowenig wie gestern. »Laßt ihn einfach eine Weile in Ruhe«, hatte Hannes geraten. »Für ihn waren das mehr als ein paar Möbel, er muß das erst verarbeiten.«

»Du sprichst auch völlig akzentfrei Deutsch«, stellte Barbara fest.

»Was hast du erwartet? Ich bin in Deutschland aufgewachsen«, sagte Nasrin mit leisem Spott in der Stimme. »Ich habe einen Cousin in Stuttgart, der schwäbelt, daß sich einem die Haare sträuben.«

»Wovon lebt eigentlich deine Familie?«

»Geschäfte.«

»Import-Export?« Jetzt war es Barbara, die spöttelte.

»Genau. Mein Vater macht – Geschäfte. Er spricht nicht darüber, nicht vor den Frauen. Er verdient nicht schlecht, aber das meiste Geld fließt in die Türkei. Da läßt er ein Haus bauen, in dem sie später einmal wohnen wollen. Wie hast du eigentlich Hannes kennengelernt?«

»Im Biergarten an der Uni. Ich habe dort bedient. Man verdient nicht gerade höllisch viel als Erzieherin.«

»Machst du die Arbeit gerne?«

»Es geht so.« Als Barbara die neue Stelle angetreten hatte, war sie überzeugt gewesen, es ab jetzt nur noch mit braven Landkindern aus intakten Familien zu tun zu haben. Das stimmte auch zum größten Teil, dafür schlug sie sich jetzt täglich mit überengagierten Müttern herum, die sich in alles einmischten und einem mehr auf die Nerven fielen als renitente Fünfjährige.

»Du hast noch Geschwister, hat Robin erzählt.«

»Schwestern. Die Älteste ist dreißig und sieht aus wie geliftete Fünfzig. Sie hat drei Kinder und versichert mir jedesmal, wie glücklich sie ist. Ursula, die Zweitälteste, bildet sich mordswas ein, weil sie als einzige von uns studiert hat. Jetzt arbeitet sie bei einer Versicherung und macht auf coole Karrierefrau. Und meine jüngere Schwester ist arbeitslos und will jetzt Heilpraktikerin werden. Sie hat letztes Jahr einen Massagetherapeuten geheiratet.«

»Wann werdet ihr heiraten, Hannes und du?«

»Ach, das eilt nicht«, sagte Barbara und ging hinaus, um die Gemüsereste zum Komposthaufen zu bringen. Klara kam über den Hof an den Zaun. »Ist Robin bei euch?«

»Nein. Ich habe ihn heute noch nicht gesehen«, antwortete Barbara. »Bestimmt aalt er sich noch in seinem Leiden und macht die Tür nicht auf.«

Klara schüttelte den Kopf. »Er ist nicht in der Wohnung. Ich bin reingegangen.« Robin hatte seinen Schlüssel nicht zurückgefordert, und Klara hätte ihn normalerweise nicht benutzt. Aber allmählich hatte sie sich Sorgen gemacht.

»Sein Handy. Hast du es da probiert?« fragte Barbara nach.

Klara winkte ab. »Das liegt seit Wochen mit leerem Akku irgendwo herum.«

Barbara hatte Klara noch nie so besorgt um einen Menschen gesehen. Für gewöhnlich regte sie sich nur auf, wenn es um ihre Hunde ging.

»Sein Fahrrad«, fiel Barbara ein.

Klara schlug sich an den Kopf. »Mensch!« Manchmal war Barbara erstaunlich praktisch veranlagt. Sie sahen zusammen nach. Robins Rad hatte seinen Platz in einem selbstgezimmerten Unterstand hinter dem Haus.

»Es ist weg«, stellte Klara fest.

»Siehst du. Sicher braucht er nur ein bißchen frische Luft.«

»Daraus muß man ja kein Geheimnis machen!« ereiferte sich Klara.

»Du kennst ihn doch. Der denkt doch nie an andere.«

»Ich kann nicht mal sagen, seit wann er weg ist, ob er die Nacht über noch zu Hause war.«

»Gestern abend hat noch Licht gebrannt«, antwortete Barbara. »Willst du mit uns zu Mittag essen?«

»Nein, ich habe keinen Hunger«, sagte Klara. Dann sah sie Barbara ernst an. »Ich möchte dich mal was fragen, aber flipp bitte nicht gleich aus.«

»Was denn?« fragte Barbara.

»Bist du dir vollkommen sicher, daß uns das Mädchen die Wahrheit erzählt hat?«

Barbara ließ ein paar Sekunden verstreichen, ehe sie sagte: »Nicht ganz.«

»Aha«, sagte Klara und wartete ab, aber Barbara sagte nur noch: »Nachher gehe ich zum Friseur. Nach Linden. Ruf mich an, wenn Robin wieder auftaucht.«

»Herr Frenzen? Hier spricht Mia Karpounis.« Die Stimme, die aus der Freisprechanlage drang, klang warm und dunkel mit einem Schuß Melancholie.

»Ich höre, Sie sind unterwegs. Sind Sie allein?«

»Allerdings.«

Frau Karpounis erklärte ihm zunächst, daß die Artikel, die sie über ihn geschrieben hatte, nur aus Interesse an der Sache entstanden waren und sie keinesfalls irgendwelche Ressentiments gegen Johannes Frenzen als Person hege.

»Freut mich«, entgegnete Hannes in sehr abweisendem Ton. Er ging vom Gas und verließ den Zweihunderterbereich.

»Vielleicht könnte ich etwas wiedergutmachen«, wagte sich die Journalistin vor.
»Das bezweifle ich«, sagte Hannes kalt.
»Sie sollen ein Mädchen, ein türkisches Mädchen, das von ihrer Familie verfolgt wird, bei sich aufgenommen haben.«
»Wer sagt das?« Hannes wechselte von der Überholspur auf die mittlere. Bei entspannten Hundertsechzig konzentrierte er sich nun lieber auf das Gespräch.
»Sie werden verstehen, daß ich meine Informanten prinzipiell nicht preisgebe.«
»Ihr Informant, wer immer es sein mag, erzählt blanken Unsinn.«
»Ich würde die Geschichte dem *Stern* anbieten, der eignet sich am besten für *human touch*. Das wäre *die* Titelstory: *Richter Frenzen rettet junge Türkin*.«
»Unfug.«
»Begreifen Sie nicht, was für ein Potential das hat? Alle Ihre Fans, die in letzter Zeit verunsichert waren, würden sagen: ›Hey, ich wußte es immer, daß er ein guter Kerl ist.‹ Sie wären auf einen Schlag Ihren – sagen wir – momentan etwas zweifelhaften Ruf los.«
Raffiniertes, scheinheiliges Luder, dachte Hannes amüsiert.
»Selbst wenn es so wäre«, zierte sich Hannes, »das Mädchen wäre in Lebensgefahr, wenn ihr Foto erst einmal in ganz Deutschland zu sehen wäre. Und das nur, um meinen Ruf zu retten? Würde dieser Schuß nicht nach hinten losgehen?«
»Das Mädchen müßte natürlich vor Erscheinen des Artikels woanders untergebracht werden«, räumte die Journalistin ein. »Und was die Geschichte angeht: Wir würden irgendein Foto nehmen und ansonsten nur Zeugen zitieren, nicht Sie selbst. Sie können sich in vornehmes Schweigen hüllen, wie ein wahrer Held. Gut wäre nur, wenn ein paar Leute das Gerücht bestätigen könnten, und das ist ja wohl anscheinend der Fall.«
»Ich muß darüber nachdenken«, sagte Hannes. »Rufen Sie mich heute abend noch einmal an.«
Er wünschte der Journalistin noch einen schönen Tag und erlaubte sich ein Lächeln.

»Wo warst du, verdammt noch mal?«

»Sieht man das nicht?«

Arnes Pickup war bepackt mit Farbeimern, der dazugehörigen Malerausrüstung und einem überdimensionalen Ikea-Karton.

»Was ist da drin?« fragte Klara, neugierig geworden.

»Ein neues Bett.«

»Du hättest mich mitnehmen können.«

»Hätte ich«, sagte Robin.

»Ich habe mir Sorgen gemacht.«

»Tut mir leid. Du kannst mir rauftragen helfen«, sagte er gönnerhaft.

Sie trugen die Sachen nach oben.

»Ich werde alles neu streichen«, verkündete Robin, als sie zwischen den Eimern und Kartons standen.

»Das dachte ich mir schon«, sagte Klara angesichts der Farbeimer. »Kann ich dir helfen?«

»Geht schon.«

»Ikeasachen aufbauen kann einen ganz schön schlauchen«, sagte Klara. Sie hätte ihm gerne geholfen.

Robin ging zu seinem Schreibtisch und hielt ihr einen Stapel ledergebundener Bücher entgegen. »Die Tagebücher meiner Mutter.«

»Steht da drin, wie man Ikeamöbel zusammenschraubt?« versuchte sie einen matten Scherz.

»Nein, da steht drin, wann sie wo zum Wandern waren und zum Skilaufen, wie das Wetter war, und ob es ihr gelungen ist, mich zu Oma Sültemeier oder Oma Seidler abzuschieben. Immerhin hat sie meine Einschulung und das Abitur vermerkt. Ach ja, und die Masern. Weil sie dadurch einen Bergurlaub im Grödnertal versäumt hat.«

»Vielleicht gab es noch ein anderes Tagebuch, ich meine, für die persönlichen Dinge«, sagte Klara.

»Nein.«

»Vielleicht war es ihr peinlich, Tagebuch zu führen. Ich denke, über Bergwanderungen zu berichten ist einfacher als über seine Gefühle.«

»Sie konnte gut über Gefühle schreiben. Bei ihrer Beschreibung eines Sonnenaufgangs im Rosengarten kommen dir glatt die Tränen«, sagte Robin giftig. Seine helle Verzweiflung über den Verlust des ererbten Hausrats hatte sich nach der Lektüre der Tagebücher in eine dunkle Wut verwandelt. »Nur für mich hatte sie keine übrig.«

Klara machte Anstalten ihn zu umarmen, aber er wich zurück.

»Ich würde dir wirklich gerne mit der Wohnung helfen«, überwand sich Klara.

»Wenn du dich nicht gerade um deine Viecher kümmern mußt.«

»Jetzt wirst du unfair.«

»Ich muß das allein machen, verstehst du das? Es ist wie ein Neuanfang.« Plötzlich schlug seine trübe Stimmung um, und er rief voller Enthusiasmus: »Sie hat mich gerettet. Endlich bin ich den ganzen Ballast los, ich weiß gar nicht, wie ich darin existieren konnte. Sieh dir das an: Die Wände atmen, es ist hell, das Parkett glänzt wunderschön ohne diese muffigen Teppiche. Wenn ich nur an dieses ekelhafte Sofa denke.«

»Darf ich dich daran erinnern, daß ich es war, die dir von Anfang an geraten hat, dich von dem alten Plunder zu trennen?« unterbrach Klara den Monolog.

Robins Augen glänzten wie Weihnachtsäpfel. »Ja, das hast du gesagt, sogar öfter. Aber sie hat es getan, einfach getan! Was für ein Mut! Eines weiß ich ganz sicher: daß ich wieder schreiben kann, wenn ich hiermit fertig bin.«

»Schön. Und bestimmt geht's dann auch mit der Potenz wieder aufwärts«, zischte Klara. Seine Antwort ging unter im Geräusch der Tür, die sie hinter sich zuschlug.

Als wenig später Rauch aus dem Kamin stieg, war Klara überzeugt, daß es nicht die Möbelkartons waren, die Robin im Ofen verbrannte. Sie schüttelte den Kopf. Daß er immer gleich so überreagieren mußte.

Barbara war eine Stunde früher losgefahren, als zur Einhaltung des Termins nötig gewesen wäre. Als sie nun durch die vertrauten Straßen bummelte, befiel sie eine gewisse Wehmut, obgleich sie sich daran erinnerte, daß sie sich während der letzten Monate in Linden gar nicht mehr wohlgefühlt hatte. Genauer gesagt seit dem Vorfall mit dem kurdischen Jungen, den sie wegen eines Schimpfwortes ermahnt hatte. Als ihr der Junge daraufhin in den Bauch getreten hatte, hatte sie zurückgeschlagen. Die Familie des Jungen, die man bis dahin kaum zu Gesicht bekommen hatte, war geschlossen angetreten und hatte Barbaras Entlassung verlangt. Letztendlich war die Sache im Sande verlaufen, da es keinen erwachsenen Zeugen für den Vorfall gab. Der Junge war in eine andere soziale Einrichtung gekommen, Barbara war geblieben. Sie galt unter den Kolleginnen von da an als wenig belastbar. Tatsächlich war Barbara seitdem oft nervös, denn sie lebte in Angst vor der blutigen Rache, die ihr die Familie angedroht hatte. Kein noch so dickes Türschloß hatte gegen ihre Furcht geholfen, sie hatte sich bei Dunkelheit nicht mehr allein aus dem Haus gewagt und auch bei Tag hatte sie sich oft ruckartig umgedreht. Prompt hatten stets irgendwelche verdächtigen Gestalten herumgestanden oder waren in ihre Richtung geschlendert. Dabei hatte Barbara eigentlich immer gerne in der Stadt gewohnt. Eigentlich.

Sie schlenderte im Zickzack durch die Straßen. Noch immer hingen die Punks mit ihren Hunden vor dem Plus-Supermarkt herum, aber es hatte auch Veränderungen gegeben. Geschäfte hatten dichtgemacht, neue eröffnet: ein Laden mit Fetzenklamotten, wie Hannes sie nannte, ein neues Blumengeschäft, ein Geschäft für Einrichtungsaccessoires des gehobenen Geschmacks. Wer sollte diesen teuren Firlefanz in Linden kaufen? War das Viertel etwa dabei, Schickimicki zu werden, so wie die List? Und hatte es hier immer schon so viele Handyläden gegeben?

Das *Fiasko* hatte den Garten geöffnet. Barbara setzte sich und bestellte Kaffee. Klaras Frage von vorhin ging ihr durch den Kopf. Es waren nur Kleinigkeiten. Nasrin hatte nie besonders viel von sich oder ihrer Familie erzählt. Ihr Wortschatz war für ein neunzehnjähriges Mädchen ungewöhnlich. Als Kater Titus mit ein paar Schrammen von nächtlichen Umtrieben zurückgekehrt war, hatte Nasrin von »erotischen Wirrsalen« gesprochen. Gut, da konnte auch der Umgang mit Robin abgefärbt haben. Aber manchmal benutzte sie Fremdworte, die Barbara nie in den Sinn kämen, zum Beispiel *redundant* oder *Islamophobie*. Barbara konnte ihrerseits nur ein paar Brocken Türkisch, die sie seinerzeit aufgeschnappt hatte. Aber sie hatte mit der Zeit ein Gehör für den Klang entwickelt. Was Nasrin geflucht hatte, als ihr am Karfreitag ein Schollenfilet beim Wenden in der Pfanne zerfallen war, hatte sich nicht türkisch angehört.

Ab und zu sahen sich Barbara und Nasrin gemeinsam einen Film an, aber wenn Hannes im Haus war oder das Programm nichts Interessantes zu bieten hatte, zog sich Nasrin kurz nach dem Abendessen zurück. Das Gästehäuschen besaß keine Fenster- oder Rolläden, nur die blaukarierten Vorhänge, die beim rechten Fenster immer einen Spalt offenstanden, denn Barbara war beim Maßnehmen für die Gardinen entgangen, daß das rechte Fenster breiter war als das andere. Wenn Barbara vor dem Zubettgehen auf den Hof ging und versuchte den Kater hereinzulocken, konnte sie durch den Spalt ins Zimmer sehen. Meist lief drinnen der Fernseher, während Nasrin auf dem Bett lag und las. Die Bücher lieh sie sich von Barbara, die Kriminalromane sammelte, und von Klara: Bildbände über Finnland, und sie brachte sie stets in tadellosem Zustand zurück. Oft saß sie aber auch nur vor dem Kamin am Boden und starrte ins Feuer.

Den Vorsatz, sich in Linden umzuhören, hatte Barbara jedenfalls schon vor ein paar Tagen gefaßt, dazu hatte sie nicht erst Klaras Anstoß gebraucht. Sie trank ihren Kaffee aus, zahlte und machte sich auf zum Friseur.

Der Salon verfügte über vier Plätze und wurde von der Inhaberin und einer Aushilfe betrieben. Schon von draußen sah Barbara Nasrins Mutter, die einer Kundin die Haare aufdrehte. Sie war im Gegensatz zu ihrer Tochter klein und stämmig, mit runden Wangen, ein alterloses Gesicht mit sehr dunklen Augen, die eine Spur zu stark geschminkt waren. Unter der Schürze trug sie ein elegantes, schwarzes Kleid zu hohen Schuhen. Von der Inhaberin des Salons war nichts zu sehen. Barbara überkam plötzlich Angst. Eine Art Lampenfieber. Was, wenn sie einen Fehler machte und damit Nasrin in Gefahr brachte? Barbara hatte bei der Terminabsprache ausdrücklich nach Frau Dilmac verlangt. War das nicht schon verdächtig genug? Wer verlangte schon ausdrücklich nach der Aushilfe?

Reiß dich zusammen, ermahnte sie sich.

Frau Dilmac erkannte Barbara sofort wieder. Auf die Frage, wo sie denn jetzt wohne und arbeite, antwortete Barbara vage: »Auf dem Land.«

Frau Dilmac stülpte ihr eine Plastikhaube über, die sie am Kinn zusammenband. Dann bohrte sie mit einer Häkelnadel Löcher in die Folie und zog Strähne für Strähne heraus. Eine unangenehme Prozedur, aber, wie Frau Dilmac behauptete, die einzige Möglichkeit, feine, natürlich aussehende Strähnen zu bekommen. Auch sie sprach ausgezeichnet Deutsch, allerdings mit Akzent. Manchmal brauchte sie ein paar Sekunden, um nach dem richtigen Wort zu suchen. Barbara lenkte das Gespräch auf den jüngsten Sohn Nail, den sie seinerzeit in ihrer Gruppe gehabt hatte. Es war, als hätte man ein Faß angestochen. Während sie Barbara die Kopfhaut malträtierte, erfuhr diese alles zum Thema »der kleine Nail in der Schule«. Sie war dankbar, als die Mutter des Knaben ihr Haar mit einer stinkigen blauen Paste eingepinselt hatte und sie mit einer Klatschzeitung unter ein mächtiges Heizgerät setzte. Über ihre Zeitschrift hinweg beobachtete Barbara Frau Dilmac, wie sie der anderen Kundin, einer älteren Dame, die Wickler aus dem Haar rollte und es in die gewünschte Form brachte. Einmal in Fahrt, mußte auch sie sich ein paar Anekdoten der stolzen Mutter über ihren Nail anhören.

War diese Frau fähig, ihre Tochter zu verschachern wie eine Kuh? Galt ihre Mutterliebe womöglich nur den Söhnen? Oder hatte nur ihr Mann das Sagen in der Familie? Hier, im Laden, wirkte sie jedenfalls nicht wie jemand, der sich leicht gängeln ließ. Mit heißen Ohren versuchte Barbara möglichst viel von dem Gespräch zu erlauschen. Immer tiefer sackte sie in den Sitz, um dem lästigen Schnurren des Haartrockners zu entgehen, und streckte dabei den Kopf wie eine Schildkröte nach vorn.

»... nehmen heute nur noch Leute mit Abitur.«

»Auch für den mittleren Dienst?«

»Ach, den gibt es nicht mehr. Nein, man muß das Fachabitur haben, mindestens. Er kann das aber auch an der Polizeischule machen. Dauert dann fünf Jahre, die ganze Ausbildung.«

»Fünf Jahre?« wiederholte die Kundin respektvoll.

»Ja. Aber er will unbedingt. Er hat ein Praktikum gemacht, es hat ihm gut gefallen. Und warum nicht? Polizei ist krisensicher. Verbrecher gibt es immer.«

»Möchte Ihr Sohn denn zur Kripo?«

»Ja, natürlich, die jungen Leute wollen alle zur Kripo. Schauen zu viel Fernsehen.«

An dieser Stelle schlug das Gespräch um, und es wurde über die persönlichen Fernsehgewohnheiten diskutiert. Außerdem wurde Barbara ermahnt, sich gerade hinzusetzen.

»Soll die Haube weiter nach unten?« fragte Frau Dilmac.

»Nein, nein, ist schon gut«, versicherte Barbara mit roten Wangen, was unter dem Höllending aber nicht auffiel. Der Bruder wollte zur Polizei? Wie paßte das ins Bild?

Die ältere Dame bezahlte und ging. Frau Dilmac wusch Barbara die Haare und massierte ihr den Kopf. Barbara entspannte sich ein wenig.

»Soll eine Kurpackung drauf?«

»Wie Sie meinen.«

Also Kurpackung. Sie waren allein im Salon. Sie verständigten sich über den Schnitt, und die Friseurin machte sich schweigend ans Werk. Offenbar hatte sie mit der anderen Kundin so viel geschnattert, daß es jetzt reichte.

»Wo ist denn die Chefin heute?« nahm Barbara vorsichtig Kontakt auf.

»Die Chefin?« Frau Dilmac lachte. »Ich bin die Chefin. Schon seit einem halben Jahr.«

»Oh! Das ... das wußte ich gar nicht. Dann gratuliere ich aber.«

»Danke.« Frau Dilmac lächelte stolz.

»Wie geht es denn Ihrer Tochter? Sie hat damals oft den Kleinen abgeholt, wenn ich mich recht entsinne.« Jetzt war es heraus. Hoffentlich hatte die Frage einigermaßen normal geklungen.

Frau Dilmac seufzte. »Ach, die. Die macht mir im Augenblick ein wenig Sorgen.«

Ein wenig? Was mußte passieren, daß sich diese Frau ernsthaft sorgte?

»Was ist denn mit ihr?«

In diesem Moment ging die Tür auf, und eine junge Frau mit einem kleinen Kind auf dem Arm betrat den Laden. Es entspann sich eine lebhafte Unterhaltung auf türkisch, an deren Ende Frau Dilmac plötzlich wieder deutsch redete: »Gerade haben wir von dir gesprochen. Erinnerst du dich an Frau Klein aus dem Kindergarten?«

Die junge Frau nahm ihre Sonnenbrille ab und sah Barbara im Spiegel an. Barbara starrte die Frau an.

»Ja, ich glaube«, sagte Nasrin zögernd.

»Hallo«, hauchte Barbara. Ihr war, als hätte sie gerade eine übersinnliche Erscheinung. Ihre Augen saugten sich an dem Gesicht der jungen Türkin fest. Eine gewisse Ähnlichkeit war zweifellos erkennbar. Der Mund, die Stirn. Aber die Nase dieser Frau war viel kräftiger, ebenso die Augenbrauen. Genau wie früher hatte sie ihre Augen schwarz umrandet, die Wimpern dick getuscht. Ihr Haar trug sie zu einem Knoten geschlungen, ein Steinchen glänzte an ihrem Nasenflügel. Sie trug knielange Hosen im Militärlook, die ein Stück Bauch sehen ließen. Sie schien schwanger zu sein.

Ihr Interesse an der ehemaligen Erzieherin ihres kleinen Bruders war naturgemäß gering. Sie entzog sich Barbaras Sezierblick und begann erneut einen Disput mit ihrer Mutter, der damit endete, daß das kleine Mädchen vor die Ladentheke gesetzt wurde und ein paar Lockenwickler zum Spielen in die Hand bekam, während die junge Mutter sich eilig davonmachte.

Barbara war, als hätte sie ein Gespenst gesehen.

»Ist Ihnen nicht gut? Möchten Sie ein Wasser, oder einen Kaffee?«

»Ein Wasser«, sagte Barbara. »Es ist ... der Geruch der Farbe, ich vertrage das nicht.«

Frau Dilmac brachte ein Glas Wasser. Beim Fönen fand sie zu ihrer Gesprächigkeit zurück: »Ich wollte immer, daß das Mädchen Abitur macht und studiert. Sie war so gut in der Schule. Die steckt uns noch alle in die Tasche, habe ich immer zu meinem Mann gesagt. Aber dann hat sie sich verliebt, geheiratet, und im Herbst kommt schon das zweite Kind, dabei ist sie mit dem ersten schon – wie sagt man – übergefordert.«

»Überfordert«, verbesserte Barbara mechanisch.

»Genau. Sie und ihr Mann betreiben den Blumenladen da vorne, Sie müssen ihn sich nachher ansehen, ist sehr schön, der Laden. So, das wär's. Haarspray?« Barbara nickte und wurde von Frau Dilmac eingenebelt.

»Wer bist du?«

Das Mädchen wurde von dieser Frage beim Staubwischen im Bücherregal überrascht. Sie nutzte den Reinigungsvorgang, um statt der alphabetischen Sortierung eine Anordnung nach Farben auszuprobieren. Sie gab keine Antwort, sah Barbara nur prüfend an. Barbara knallte ihre Handtasche auf die Spüle. »Ich habe heute die richtige Nasrin getroffen.«

»Ah, ja«, sagte das Mädchen und fuhr fort, Bücher umzuschichten. »Wie geht's ihr?«

»Wer bist du, und was willst du hier?« fragte Barbara eisig.

»Ich wollte nur eine Weile bei euch sein. Nichts weiter. Der Name gefällt mir übrigens, du kannst mich weiterhin Nasrin nennen.«

»Du hast uns belogen und benutzt.«

»Benutzt? Sieh dich hier um. Es war dringend notwendig, daß hier jemand Ordnung schafft, meinst du nicht? Und du warst es doch, die mich Nasrin genannt hat. Du hast mir die Worte in den Mund gelegt, und ihr alle habt mir die Sache mit der Zwangsheirat geglaubt, weil ihr mir glauben wolltet. Weil ich die lebendige Bestätigung eurer Vorurteile und Klischees war: Alle Türken sind gewalttätige Machos und alle Türkinnen unterdrückte Geschöpfe.«

»Ich werde es Hannes erzählen.« Barbara stand noch immer am Küchentresen und redete über die Distanz von ein paar Metern.

»Eine gute Idee. Der wird dich loben. ›Macht nichts, Barbara‹, wird er sagen. ›So eine kleine Verwechslung, das kann doch jedem mal passieren‹.«

»Wer bist du?« wiederholte Barbara, aber ihre Stimme klang dünn.

Bis jetzt war das Mädchen vor dem Bücherregal stehen geblieben. Nun kam sie in wohldosierten Einheiten näher.

»Ja, wer bin ich wohl?«

Sie tat zwei Schritte auf Barbara zu.

»Eine Diebin? Eine Mörderin? Eine illegale Asylantin? Eine gesuchte Terroristin?«

Mit jedem Wort kam sie ein wenig näher, bis sie auf der anderen Seite des Küchentresens stand.

Ihr Gesicht hatte einen harten Zug bekommen, der neu an ihr war. Barbara klammerte sich an die Arbeitsplatte, als wäre das ihr letzter Halt. Sie bekam Angst. Schon wieder hatte sie einen Fehler gemacht. Warum hatte sie nicht erst mit Hannes gesprochen?

Die Fremde blieb stehen. Ihr Lächeln war kalt, als sie sagte: »*Fernsehrichter versteckt Kriminelle auf seinem Landgut*. Das dürfte das Ende der Karriereleiter sein.«

Barbara sah sie mit wachsendem Schrecken an.

»Es ist besser, du schweigst, Barbara. Ich weiß inzwischen schon zu viel über euch. Ich werde bald wieder weg sein, und alles wird so sein wie es war. Oder auch nicht. Es liegt an dir.«

Nasrin warf den Lappen in die Spüle, eine Bewegung, die Barbara zusammenzucken ließ, als sei sie geschlagen worden. Dann ging die Fremde an ihr vorbei. Sie hörte die Tür zufallen. Schluchzend warf sich Barbara auf das Sofa. Sie hatte alles vermasselt.

Am Mittwoch abend saß Klara am Schreibtisch und schaute gedankenverloren auf die Daten über die Verteilung der Paratuberkulose bei Argentinischen Rindern, bis sich der Bildschirmschoner darüberschob. Sie wandte sich ab. Ihr Blick verharrte auf dem Rentierfell an der Wand. Es hatte jahrelang über dem Sofa ihres Vaters gelegen, er hatte es ihr geschenkt, als sie wieder nach Deutschland zurückgekehrt war. Sie nahm es von der Wand und kuschelte sich damit in ihren einzigen Sessel. Von oben hörte sie Schritte und das Rücken eines Möbels, vermutlich war es die Leiter. Ab und zu erklangen auch Stimmen. Sie lachten. Offenbar hatte er sich mit Nasrin ausgesöhnt. Ihre Hilfe hatte er nicht ausgeschlagen. Durch das Fenster drang Musik. Das ging schon den ganzen Tag so. Ausgerechnet *Buena Vista Social Club* mußte er auflegen. Feingefühl war noch nie Robins Sache gewesen.

Sie war dem Mädchen nicht böse. Sie hätte keine Chance gehabt, sich zwischen sie selbst und Robin zu drängen, wenn da nicht schon eine riesige Lücke geklafft hätte. Außerdem bezweifelte Klara, daß Nasrin an Robin als Mann interessiert war. Und er? Was wußte Klara schon über seine Gefühle? Eigentlich kannte sie ihn kaum.

In das Rentierfell gewickelt, ging sie in ihr Schlafzimmer. Sie stand am Fenster und beobachete Drago, Shiva und Ruska im Zwinger. Merlin war bei ihr, er lag unter dem Schreibtisch und schlief. Klara wollte sie am liebsten alle um sich haben, aber gerade jetzt war es notwendig, Abstand zu halten. Die drei dösten im letzten Licht des Tages. Wie wunderschön sie waren. Die schrägen Augen, die dunklen Nasen, die Zeichnung ihres Fells. Über ihr polterte etwas. Die Musik hatte aufgehört, oder sie hörte sie in diesem Zimmer nicht mehr. Sie wischte sich mit der Hand über die Nase. So ganz genau wußte sie nicht, warum sie weinte.

Nasrin stand auf der Leiter und fuhr mit dem Pinsel in die Ecken und Kanten, die Robin mit der Rolle nicht erreicht hatte. Sie trug ein altes Hemd mit langen Ärmeln, eine Baseballkappe von Robin und seine lange Sporthose. Ihr Gesicht war weiß gesprenkelt.

»Es reicht. Komm jetzt runter.«

Nasrin stieg von der Leiter, während Robin zwei volle Gläser Sekt aus der Küche hereinbrachte. Sie setzten sich auf die Zeitungen, mit denen Robin den Fußboden abgedeckt hatte.

»Es blendet«, sagte Nasrin, »so weiß ist es.«

»Endlich Licht, Luft, Helligkeit! Wie ich es nur so lange in diesem Mief ausgehalten habe. Du hast mich gerettet, ich werde dir ewig dankbar sein.«

»Unsinn.«

»Doch, es ist wahr. Ich habe diesen Gegenständen eine Bedeutung zugemessen, die sie nicht hatten. Im Gegenteil, ihre Aura hatte einen schlechten Einfluß auf mich, sie haben mich erstickt und behindert, sie haben meinen Geist gehindert, seine Schwingen auszubreiten.« Robin breitete die Arme aus, um seinen letzten Gedanken zu veranschaulichen. Sie setzten sich auf die Zeitungen und stießen mit dem Sekt an. Es war warm im Zimmer. Nasrin schob die Hemdsärmel zurück.

»Woher hast du diese Narbe?« fragte Robin. Eine zweifingerbreite Spur, die etwa eine Handbreite über dem Handgelenk begann, zog sich über den linken Unterarm bis nach oben und verschwand im Ärmel des Hemdes.

Nasrin zog sofort den Ärmel herunter. »Heiße Suppe. Als Kind.« Sie lächelte ein wenig schief. »Es hat mich immer schon an den Herd gezogen.«

»Vor mir brauchst du die Narbe nicht zu verstecken«, sagte Robin. »Das macht mir nichts aus.«

»Aber mir«, sagte Nasrin. Sie tranken gleichzeitig.

»Ich muß bald gehen«, sagte Nasrin.

»Die erlauchten Herrschaften können sich ihr Abendessen doch auch mal selbst machen«, maulte Robin.

»Weg von hier.«

Er sah sie an wie ein ausgesetzter Hund. Dann senkten beide den Blick in ihre Gläser.

»Das geht nicht«, sagte Robin schließlich.

»Was geht nicht?«

»Daß du gehst. Nicht jetzt.« Er hob den Blick, sah sie an und sagte: »Ich habe mich in dich verliebt.«

Nasrin stand auf.

»Geh noch nicht!«

»Ich muß.«

Sie war aus dem Zimmer, ehe er aufstehen konnte. Er hörte, wie sie im Flur über etwas stolperte, sprang auf und hastete ihr hinterher. Sie lag auf der alten Matratze, die er noch nicht in den Keller gebracht hatte. Das schwere Ding mußte von der Wand auf den Boden gerutscht sein, wo es den kleinen Flur vollkommen verstopfte. Robin lachte und warf sich neben Nasrin auf die ausgeleierten Sprungfedern. Seine Hand griff nach ihrem Haar. Es fühlte sich überraschend weich an. Neben tausend anderen Dingen überlegte er, wie er ganz dezent die Wohnungstür schließen könnte, da spürte er plötzlich ihr Gewicht auf sich und ihren Atem ganz nah an seinem Gesicht. Genußvoll schloß er die Augen und öffnete erwartungsvoll ein wenig die Lippen. Als der Druck nachließ, suchten seine Arme nach ihr, aber er griff ins Leere. Die Tür fiel zu, er hörte Schritte auf der Treppe, dann fiel auch die Haustür ins Schloß. Danach war es still.

Den Salat mit Hähnchenbrustfilets hatte Barbara selbst zubereitet, und Hannes hatte eine Flasche Dolcetto dekantiert, ihren Lieblingswein.

»Wo ist Nasrin?« fragte er, als sie zusammen den Tisch abräumten, »ich habe sie noch gar nicht gesehen.«

»Bei Robin. Sie hilft ihm schon den ganzen Tag beim Renovieren. Oder bei was auch immer.«

Hannes öffnete den Humidor, der so groß war wie ein Kindersarg. Barbara hatte ihm das Ding zu Weihnachten geschenkt.

»Wenigstens hat sie die Zigarren noch nicht sortiert«, murmelte er. Er ließ sich auf der Couch nieder und steckte sich mit einem Zedernholzblatt eine Cohiba an.

»Barbara«, sagte er zwischen zwei Rauchwolken, »wir müssen was besprechen.«

Sie ließ sich ebenfalls auf der Couch nieder, die Beine grazil angezogen. Sie trug einen kurzen Rock, obwohl ihr damit ein wenig kalt war. Hannes mochte kurze Röcke. Sie wartete, aber zunächst einmal sagte er nichts, sondern zündete auch noch die zwei Kerzen an, die auf dem Couchtisch standen.

»Mir ist klar geworden, daß ich in der Vergangenheit Fehler gemacht habe.«

Barbara wurde unbehaglich. Wollte er ihr jetzt etwas beichten, was sie lieber nicht hören wollte?

»Aber es hat keinen Sinn, sich im nachhinein zu rechtfertigen.«

Sie sah ihn gespannt an.

»Man muß nach vorne schauen. Ich denke, es wird Zeit, die Initiative zu ergreifen.« Er nuckelte an der Zigarre. »Ich habe mir überlegt, daß es viel sinnvoller wäre, dem ganzen Schlamassel etwas Neues, etwas Positives entgegenzusetzen. Dazu brauche ich dich.«

Barbara konnte nicht verhindern, daß ihr Puls schneller ging.

»Ich habe mit einer Journalistin einen Termin vereinbart. Sie wird die Tage eine Art Homestory über uns verfassen. Die Frage ist nun ...« Pause. Barbaras Blick hing erwartungsvoll an seinen Lippen. Zigarrengenuckel. Konnte er in einem solchen Moment nicht diese affige Pafferei sein lassen?

» ... die Frage ist, was sagen wir ihr wegen Nasrin?«

Eben noch in wolkenweißen Traumbildern gefangen, wurde Barbara schlagartig nüchtern. »Wieso Nasrin?«

Hannes seufzte tief. »Ich habe den Eindruck, daß ihr Hiersein bereits kein Geheimnis mehr ist. Durch diese ungeschickte Aktion mit dem Feuer hat sie Aufmerksamkeit erregt. Jedenfalls hat die Presse was mitbekommen.«

»Die Presse«, wiederholte Barbara, die die Bedeutung seiner Worte vergeblich zu überblicken versuchte. War dies der Moment, Hannes die Wahrheit über Nasrin zu sagen? Sie wußte nicht wie, der Augenblick verstrich, und sie sprach lediglich aus, was ihr ein tiefes Bedürfnis war: »Sie muß weg.«

»So sehe ich das auch«, sagte Hannes. »Ich wußte, du würdest es einsehen.«

Er tätschelte ihr Knie und küßte sie auf die Wange.

»Aber wohin?« fragte Barbara.

»Überlaß das mir.«

»Redest du mit ihr?«

»Klar«, sagte Hannes.
So einfach war das also, dachte Barbara.
»Und der Presse können wir ja dann ruhig die Wahrheit sagen«, meinte Hannes.
»Welche Wahrheit?«
»Naja, daß wir hier eine verfolgte Türkin versteckt hatten. Das ist ja keine Schande, oder? Die Medien schaffen sich ohnehin ihre eigene Wahrheit, also gibt man ihnen besser etwas an die Hand, ehe sie sich was Abstruses ausdenken.«
»Nach dem Motto: Tue Gutes und sprich davon.«
Hannes warf ihr einen verwunderten Blick zu. Sarkasmen dieser Art kannte er von Klara, aber nicht von Barbara, seinem Lebkuchenherz.
Barbara trank von dem Rotwein. »Das war alles, was du mich fragen wolltest?«
»Ja. Wieso?«
»Schon gut.« Sie wischte seine Hand von ihrem Knie und stand auf. Er sollte sie nicht weinen sehen.
Aber er bemerkte es doch. Seltsam, dachte er, daß ihr dieses Mädchen so sehr ans Herz gewachsen ist.

In dieser Nacht schliefen sie alle schlecht oder gar nicht. Klara arbeitete zunächst lustlos an ihrer Paratuberkulose-Datenbank, später sah sie sich eine alte Folge von *Der Bulle von Tölz* an, danach zappte sie hin und her, ohne daß irgend etwas zu ihr durchdrang.
Barbara lag mit offenen Augen im Dunkeln und grübelte über Nasrin. Auf der anderen Seite des geräumigen Betts wälzte sich Hannes unruhig herum.
Robin stand unter Hormonschock. Er hatte die alte Matratze in den Keller gebracht und das neue Bett, das er am vorigen Abend zusammengeschraubt hatte, mit der frisch gewaschenen schwedischen Bettwäsche bezogen. Zuletzt hatte er im Wohnzimmer die Zeitungen vom Boden aufgelesen. Jetzt tigerte er in seiner angenehm leeren Wohnung herum und wußte nicht wohin mit seiner überschüssigen Energie. Er spachtelte Farbkleckse von den Fußleisten, wischte den Boden und hörte dazu

seine alten CDs. Dann legte er sich in voller Montur aufs Bett, aber davon wurde er nur noch wacher, also ging er wieder ins Wohnzimmer. Er machte kein Licht, sondern schaute aus dem Fenster, hinüber zum Gästehäuschen. Dort brannte eine schwache Funzel, wahrscheinlich die Leselampe auf dem Nachttisch. Er konnte einen kleinen Abschnitt des Raumes vor dem größeren Fenster sehen, dessen Gardine nicht richtig schloß. Würde Nasrin ans Fenster kommen, könnte er sie sehen. Er versuchte es mit Telepathie. Mehr wollte er gar nicht für heute, nur, daß sie einmal ans Fenster kam und zu ihm hinaufsah. Die Nacht war mondlos, auch kein Stern war zu sehen. Vom Zwinger her ertönte ein mehrstimmiges, heiseres Geräusch, das sich wie ein überlautes Keuchen und Husten anhörte. »Wölfe bellen so gut wie nie«, hatte ihm Klara erklärt. »Mit Gebell würden sie sich in der Natur nur verraten. Sie arbeiten mit Mimik, ein Wolfsgesicht kennt sechzig verschiedene Ausdrucksformen. Um akustisch zu kommunizieren, heulen sie.«

Wahrscheinlich hatten sie eine fremde Katze gesehen oder einen Fuchs und kommunizierten nun darüber. Oder sie hatten etwas gehört, das sie beunruhigte. Sie waren nervös und leicht zu beunruhigen, je älter sie wurden, desto mehr. Anfangs hatte Robin ab und zu mit den Welpen gespielt, aber seit der halbwüchsige Drago einmal nach ihm geschnappt hatte – und zwar nicht nach Hand oder Fuß, sondern nach seiner Kehle –, hielt er Abstand. Es waren immer noch Raubtiere, auch wenn sie den Umgang mit Menschen einigermaßen gewohnt waren. Höchste Zeit, dachte Robin, daß Klara endlich ihren verrückten Plan verwirklichte, ehe noch jemand auf die Heulerei aufmerksam wurde. Am Ende brachte sie damit noch Nasrin in Gefahr. Nasrin. Er flüsterte ihren Namen und kam sich dabei vor, als begehe er eine Straftat. Dabei starrte er zu ihrem Fenster bis ihm die Augen tränten. Dennoch nahm er die Bewegung wahr. Ein Mann schlich über den Hof, so langsam, als erwartete er bei jedem Schritt, in eine Fallgrube zu treten. Tor und Pforte waren geschlossen, er mußte über den Zaun geklettert sein. Er war dunkel gekleidet und wäre Robin kaum aufgefallen, wenn sich seine Augen nicht während der vergangenen Minuten an die Dunkelheit gewöhnt hätten. Der Mann war nicht sehr groß, und sein Gesicht war das Hellste an ihm. In seiner rechten Hand – es sah aus, als hätte er Handschuhe an – trug er etwas Längliches, Robin konnte nicht erkennen, was es war. Jetzt stand er zwei, drei Meter vor Nasrins Fenster. Das Gästehäuschen hatte keine Außenlampe, alles blieb dunkel. Das heisere Bellen war nun in ein Geheul übergegangen, das jedem, der es nicht gewohnt war, kalte Schauer über den Rükken jagen mußte. Der Eindringling war anscheinend nicht sehr schreckhaft, er schaute sich zwar beunruhigt um, blieb aber, wo er war. Von seinem Platz aus mußte er Nasrin gut sehen können, wenn sie auf dem Bett lag. Und wo sonst sollte sie sich in dem kleinen Zimmer aufhalten? Sie selbst sah ihn bestimmt nicht, es war hell in ihrem Zimmer, sie war dem Mann im Dunkeln schutzlos ausgeliefert. Dieser Gedanke elektrisierte Robin. Das Gewehr. Wo war das Gewehr? Er fand es in der Küche, es lag oben auf den Schränken, wo er es selbst deponiert hatte. Aber wo war die Munition? Das Schränkchen, in dem er sie aufbewahrt hatte, existierte nicht mehr. Es war keine Zeit, danach zu suchen. Er wollte ohnehin nicht schießen, ein Gewehr konnte auch ohne Munition Wirkung zeigen. Robin öffnete die Tür zum Balkon. Der Mann stand nun ganz nah an Nasrins Fenster und spähte durch den Schlitz in der Gardine.

»He! Sie! Was tun Sie da?« schrie Robin.

Der Mann drehte sich um, konnte aber offenbar nicht sofort einordnen, woher die Stimme kam. Er entfernte sich vom Gästehaus. Von unten klang es, als ob Klara ihr Fenster öffnete. Robin kümmerte sich nicht darum, über den Lauf des Gewehrs hinweg rief er dem Mann zu:

»Verschwinde! Oder ich schieße!« Der Mann sah zu ihm hoch und hob den rechten Arm, als wolle er etwas in seine Richtung werfen. Robin umklammerte das Gewehr fester. Der Schuß zerriß die Nacht. Der Gewehrschaft schlug gegen Robins rechten Wangenknochen. Als er sich von Schrecken und Schmerz erholt hatte, schaute er wieder hinunter. Der Mann torkelte ein paar Schritte. Auf den Sekundenbruchteil passend, wie bei einem Theaterstück, schaltete sich die Außenbeleuchtung ein und setzte in Szene, wie er langsam zu Boden ging, wie ein Liegestuhl, den man in drei Abschnitten zusammenklappt. Das Geheul hinter dem Haus schwoll an. Der Schuß dröhnte Robin noch immer in den Ohren, seine Wange brannte. Er hörte nicht, wie Klara aus dem Haus stürzte, er sah nur, wie sie über den Hof rannte, gefolgt von Merlin, wie sie sich über den Mann beugte und dann zu ihm hinaufschaute. In dem Augenblick wurde Robin erst klar, was geschehen war. Was er *getan* hatte. Dabei war er hundertprozentig überzeugt gewesen, daß das Gewehr nicht geladen gewesen war. Er ließ es fallen und stolperte rückwärts über die Türschwelle. Er hastete aus der Wohnung, die Treppe hinunter, in den Hof.

Klara kauerte neben der Gestalt. Sie schien den Mann zu untersuchen. Jetzt kamen auch Hannes und Barbara in ihren weißen Bademänteln aus der Tür.

»Was ist los?« hörte er Hannes wie durch einen Nebel rufen. Das letzte, was er sah, war Klaras kalter Blick, mit dem sie ihn ansah, und dann Nasrin, die in der Tür des Gästehäuschens stand, in einem weißen Hemd, ihre nackten Füße schienen den Boden kaum zu berühren, ein Kranz aus Licht umgab sie, und sie lächelte ihm zu, ehe alles um ihn dunkel wurde.

IV.

Ein hauchfeiner Nieselregen hatte eingesetzt und trübte den Schein der Lampe über der Haustür. Hannes wähnte sich für Sekunden in einem dieser alten, französichen Kriminalfilme, deren Außenszenen grundsätzlich im Dunkeln und bei Regen spielen. Barbara stand abseits. Barfuß und im Bademantel, hielt sie die Hände vor den Mund gepreßt und starrte mit schreckensweiten Augen auf die beiden Männer, die im milchigen Licht reglos auf dem nassen Pflaster lagen. Klara kniete neben Robin wie eine Pieta mit einem Rentierfell um die Schultern. Neben ihr stand Merlin, sein Fell glänzte im Licht. Vom Zwinger her tönte das Geheul des aufgeregten Rudels. Merlin legte den Kopf in den Nacken und antwortete seinen Artgenossen mit einem langgezogenen Klagelaut.

Hannes fand als erster die Sprache wieder.
»Klara, stell bitte das Geheul ab.«
»Und Robin?«
»Ich kümmere mich um ihn. Los, Barbara, steh da nicht rum wie ein Schaf, hilf mir.« Barbara löste sich aus ihrer Starre. Zu zweit schleiften sie Robin ins Haus. Klara eilte mit Merlin davon.

Barbara machte ein Küchenhandtuch naß und legte es Robin auf die Stirn. »Soll ich einen Arzt rufen?«
»Nein! Der wird schon wieder.« Hannes brachte seinen Freund in eine schräge Position, die der stabilen Seitenlage einigermaßen nahekam. Das Haar fiel Robin ins Gesicht und ein Spuckefaden lief aus seinem Mund.
»Und der Mann?« flüsterte Barbara.
»Der braucht keinen Arzt mehr.«
Sie gingen nach draußen. Der Wolfsgesang war verstummt. Der Mann lag noch immer mit seltsam verdrehtem Kopf auf dem Pflaster, grimmig beäugt von den beiden Gargoyles. Nasrin kniete neben ihm und durchsuchte seine Kleidung. Er trug

ein dunkles Sweat-Shirt, eine schwarze Lederjacke, Jeans und abgewetzte Cowboystiefel mit Absätzen, die ihn im Stehen fünf Zentimeter größer gemacht hätten. Er war jung, vielleicht Anfang zwanzig, schlank und dunkelhaarig.

Nasrin stand auf und präsentierte ihre Funde: ein paar Münzen und zerdrückte Scheine, und ein Bund unterschiedlicher Schlüssel an einem Band. Keine Papiere, keine EC-Karte, nichts, worauf ein Name stand.

»Kennst du ihn?« fragte Hannes.

Sie schüttelte den Kopf.

»Hast du irgend jemandem gesagt, daß du hier bist, hast du telefoniert?«

»Nein.«

Barbara öffnete den Mund, als wolle sie etwas sagen, ließ es dann aber bleiben. Klara und Merlin kamen zurück. Klara hatte das Rentierfell gegen einen Pullover getauscht.

»Wo ist Robin?«

»Liegt drin«, sagte Hannes und hielt einen kleinen Schlüssel mit schwarzem Griff in die Höhe. »Das da könnte zu einem Fahrradschloß passen.«

»Ich schau mal, ob irgendwo ein Rad steht«, sagte Barbara, froh, dem Anblick des Toten zu entkommen.

»Nimm Merlin mit«, riet Klara.

»Muß das sein?«

»Wissen wir, ob der Kerl allein war?«

Barbara entfernte sich, Merlin folgte ihr zögernd, nachdem Klara ihn dazu aufgefordert hatte.

»Ich seh nach Robin«, sagte Nasrin.

Klara und Hannes warteten, bis sie gegangen war, dann sahen sie sich an, es war eine stumme Zwiesprache, an deren Ende nur eine Frage offenblieb: »Wohin?«

»In den Keller«, entschied Klara.

Hannes griff dem Mann unter die Achseln. Sein Kopf hing nach hinten, als gehörte er gar nicht zum Körper. Klara ergriff die Beine. Sie trugen ihn zum Haus hinüber. Die Tür stand noch offen, sie schleppten ihn ohne Unterbrechung die zwei Eingangsstufen hinauf, den Flur entlang und die Kellertreppe hinunter.

»Der ist schwerer als er aussieht«, keuchte Klara.
»Das haben Leichen so an sich«, meinte Hannes.
»Ach ja?«
»Habe ich mir sagen lassen. Wohin jetzt?«
»Geradeaus.«
Sie legten den Körper auf den Boden der kleinen Kammer, in der Klara und Nasrin das Reh zerlegt hatten. Klara hatte kein Licht gemacht, es brannte nur die Lampe, die die Treppe und den Flur beleuchtete. Hannes stieß mit dem Kopf gegen die Fleischerkrone. Sanft schwang sie über dem Toten hin und her und warf bizarre Schatten an die Wand.
»Was ist eigentlich passiert?« fragte Hannes.
»Robin hat geschossen.«
»Woher hat er das Gewehr?«
»Von Arne. Zum Krähenschießen.«
Hannes trat an den Toten heran und öffnete seine Jacke.
»Ich sehe gar keine Schußwunde.«
»Vielleicht liegt er drauf.«
»Es sieht eher so aus, als hätte er sich das Genick gebrochen.«
»Er wird beim Sturz mit dem Schädel gegen euren Gargoyle geknallt sein.«
»Möglich«, sagte Hannes wenig überzeugt. Andererseits verspürte er wenig Lust, den Toten zu untersuchen. Es hatte ihn bereits Überwindung gekostet, ihn zum Transport anfassen zu müssen. Nie würde er dieses Gesicht vergessen, die fratzenhaft entgleisten Züge, den baumelnden Kopf.
»Kennt Nasrin den Kerl?« wechselte Klara das Thema.
»Sie sagt nein.«
»Sie lügt.«
»Möglich«, meinte Hannes.
»Vielleicht kommt morgen noch einer. Oder zwei, oder drei.«
Hannes seufzte nur.
Sie schlossen die Tür und gingen nach oben. Barbara und Robin kamen ihnen entgegen, Robin hing etwas wackelig an Barbaras Arm. Merlin bildete die Nachhut. Von Nasrin war

nichts zu sehen, die Tür des Gästehäuschens war geschlossen, es brannte Licht.

»Auf der Zufahrt stand ein Fahrrad hinter einem Baum«, berichtete Barbara. »Es war nicht abgeschlossen. Ich habe es in die Garage gebracht.« Barbara ließ Robin los, und Klara nahm ihn entgegen wie ein Paket. Sie schob ihn die Stufen hinauf und durch die Tür.

»Was ist denn los?« fragte er und sah dabei aus wie ein erwachender Schlafwandler.

»Du hast geschossen«, antwortete Klara und sagte zu den anderen beiden: »Treffen wir uns morgen früh um sieben bei mir?«

Hannes nickte und legte seinen Arm um Barbara. »Komm, gehen wir schlafen.«

»Wie soll ich jetzt bitte schön schlafen?«

»Nimm ein paar Pillen.«

Hannes und Klara verzichteten darauf, einander eine gute Nacht zu wünschen. Klara sah den beiden nach, wie sie in ihren Bademänteln über den Hof gingen. Bei Nasrin ging das Licht aus. Klara ging ins Haus und kümmerte sich um Robin.

Mit dem ersten, fahlgrauen Licht, das durch die Jalousie drang, sickerte die Erinnerung in Barbaras Hirn. Der Tote. Nasrins Lügen. Hannes und die Presse. Sie mußte ihm endlich die Wahrheit sagen, sie konnte ihn nicht ins offene Messer laufen lassen. Erst jetzt bemerkte sie, daß er nicht mehr neben ihr im Bett lag. Sie hörte die Dusche rauschen. Schwerfällig erhob sie sich. Im Kopf war sie wach, aber ihre Glieder waren so schwer, daß es ihr vorkam, als müsse sie durch einen zähen Brei waten. Auf der Kloschüssel schlief sie beinahe wieder ein. Sie tapste auf wackeligen Beinen ins Bad. Hannes kam aus der Dusche.

»Wie geht's?« fragte er.

»Geht so.«

Ihre Stimme klang belegt, und sie erschrak, als sie ihr Gesicht im Spiegel ansah. Es sah geschwollen aus, als hätte sie die ganze Nacht geweint, was nicht der Fall gewesen war, denn die zwei Tabletten, die Hannes ihr gegeben hatte, hatten rasch gewirkt. Sie schaufelte sich kaltes Wasser ins Gesicht. Wo war dieses kühlende Gel für die Augen? Sie durchwühlte alle Schränke, die Nasrin so akribisch aufgeräumt hatte. Es machte ihr Freude, das Werk der Feindin zu zerstören. Denn sie war ihre Feindin, sie hatte sie zum Narren gehalten, sie erpreßt und ihr gedroht.

»Hast du schon mit Nasrin gesprochen?« fragte sie Hannes, der sich gerade rasierte. Was für eine alberne Grimasse er dabei machte. Sein Doppelkinn wurde mit der Zeit auch nicht kleiner.

»Wann hätte ich das denn tun sollen, mein Schäfchen?«

Plötzlich war Barbara nicht nur hellwach, sondern auch wütend. »Nenn mich nie wieder Schäfchen oder Schaf oder so was«, brauste sie auf. »Ich bin nicht so blöd, wie ihr alle denkt. Glaubst du, ich weiß nicht, was mit Klaras angeblichen Hunden los ist? Ihr denkt wohl, ihr könnt mich alle wie eine Idiotin behandeln?«

Der Ausbruch war völlig unerwartet gekommen, sogar für Barbara selbst.

»Beruhige dich«, sagte Hannes. »Niemand hält dich für eine Idiotin. Wir sind alle etwas durch den Wind, kein Wunder. Man hat ja nicht jeden Tag einen Toten auf dem Grundstück liegen. Jetzt gehen wir erst mal zu Klara rüber. Beeil dich, ich habe heute einen vollen Terminkalender.«

»Ich, ich, ich«, entgegnete Barbara aufbrausend. »Ich muß auch zur Arbeit, aber das interessiert ja nicht. Ist ja bloß ein dämlicher Job für dämliche Weiber.«

Hannes murmelte etwas, das wie »hysterische Zicke« klang und verließ das Bad. Barbara versuchte die Spuren der Nacht aus ihrem Gesicht zu tilgen, aber nach einigen mißlungenen Versuchen gab sie es auf.

»Bist du soweit?« drängelte Hannes schon wieder.

»Soll ich nackt gehen?« Barbara knallte die Puderdose auf die Ablage und rauschte an ihm vorbei ins Schlafzimmer.

»Von mir aus.« Er machte Anstalten, ihr versöhnlich den Hintern zu tätscheln, aber ein kalter Blick hielt ihn davon ab.

Hannes ging hinaus. Es war immer noch regnerisch und der Wind schon fast ein Sturm. Typisches norddeutsches Frühlingswetter, dachte er. Während sich seine Lebensabschnittsgefährtin anzog, suchte er die Pflastersteine vor seiner Haustür nach Blutspuren ab. Er fand keine.

Vorsorglich kochte Klara zwei Kannen Kaffee. Gestern abend hatte sie Robin noch einen Tee und ein Beruhigungsmittel eingeflößt. Jetzt hörte sie ihn die Treppe herunterkommen. Aber er kam nicht herein, sondern sie sah ihn nach draußen gehen, auf das Gästehäuschen zu.

»Robin!« Er wandte sich um. Sie stand am Fenster und winkte ihn heran. Widerwillig kam er zurück und blieb unter der Kastanie vor ihrem Küchenfenster stehen.

»Morgen«, brummte er.

»Wo willst du hin?«

»Ich wollte nach Nasrin sehen.«

»Das hat Zeit. Wir haben ein anderes Problem.« Sie deutete mit dem Messer, mit dem sie gerade Brot geschnitten hatte, nach unten. Robin sah sie verständnislos an.

»Den Toten. Er liegt im Keller.«

»Ah.«

»Ich möchte, daß du erst mit uns redest, ehe du zu deiner kleinen Türkin balzen gehst.«

»Was soll das?« brauste Robin auf. »Bin ich dein Hund, oder was? Wenn ich möchte ...« Robin stockte mitten im Satz. Er hatte gesehen, wie Klara den Arm gehoben hatte, dann war etwas Silbriges an seinem Kopf vorbeigezischt. Als er sich umdrehte, steckte Klaras Hirschfänger hinter ihm, in der Rinde der Kastanie.

»Bist du wahnsinnig?« flüsterte er. »Du *bist* wahnsinnig.«

»Komm rein«, sagte Klara. »Und bring das Messer mit, ich war noch nicht fertig.«

Robin betrat die Küche, legte das Messer auf den Tisch und setzte sich.

»Wir haben gestern verabredet, uns heute früh zur Lagebesprechung zu treffen«, sagte Klara und goß ihm einen Becher Kaffee ein.

»Wer wir?«

»Wir vier.«

»Warum nicht auch Nasrin? Sie gehört doch auch ...«

»Nein, tut sie nicht«, fiel ihm Klara ins Wort, und für einen Moment war die Wut hinter ihrer beherrschten Miene deutlich zu sehen. Dann wurde ihr Gesichtsausdruck mütterlich-besorgt. »Robin, du hast jetzt andere Probleme. Du hast einen Menschen erschossen.«

Robin schwieg.

»Er war nicht bewaffnet«, fuhr Klara fort.

»Es war Notwehr. Er hatte was in der Hand.«

»Und was?«

»Keine Ahnung, vielleicht eine Waffe. Du warst doch als erste bei ihm.«

»Tut mir leid, da war nichts.«

»Außerdem dachte ich, das Gewehr wäre nicht geladen.«

»Ach so. Na, dann. Jeder Strafrichter wird dafür vollstes Verständnis haben. Mit Waffen anderer Leute kennt man sich halt nicht gleich so gut aus, gell?«

Hannes und Barbara kamen herein. »Morgen«, sagte Hannes, und Barbara zwang sich ein Lächeln ab. Sie setzten sich rund um Klaras Küchentisch, Klara schenkte Kaffee ein. Sie hatte Brot aufgeschnitten, und es standen Butter, Marmelade und Kekse auf dem Tisch, aber niemand rührte etwas an, nur auf den Kaffee stürzten sie sich wie Vampire auf die letzte Blutkonserve. Klara kramte im Küchenschrank, fand eine angebrochene Packung Gauloise und zündete sich eine an.

»Seit wann rauchst du?« fragte Barbara.

»Seit eben.«

»Ist ja widerlich.« Robin hustete und wedelte den Rauch von sich weg.

Hannes kam zur Sache. »Kennt einer von euch den Mann? Oder kommt er euch bekannt vor? Vielleicht aus dem Dorf?«

Die anderen schüttelten die Köpfe.

»Dann bleibt nur noch Nasrin. Die kennt ihn angeblich auch nicht.«

Klara drückte die Zigarette im Spülbecken aus, denn sie schmeckte in der Tat widerlich. »Wer war er dann?« fragte sie.

»Jedenfalls ein stümperhafter Amateur«, murmelte Robin.
»Stimmt, sonst hättest du ihn nicht zur Strecke gebracht«, bemerkte Klara.
»Genug jetzt«, sagte Hannes. Er sah Robin an. »Ich denke, wir sind uns einig, daß das ein Unglücksfall war.«
Robin nickte. »Trotzdem bin ich schuld daran, daß er jetzt tot ist.«
»Unsinn. Um Schuld geht es jetzt nicht.« Er holte tief Atem, als stünde er vor einer Urteilsverkündung. »Keiner von uns ist daran interessiert, daß diese Angelegenheit den normalen Weg des Gesetzes geht, oder?«
Er sah sie der Reihe nach an. Klara und Robin schüttelten kaum merklich die Köpfe, Barbara betrachtete stumm die Tischplatte.
»Dafür wäre es jetzt auch schon etwas spät«, fuhr Hannes fort. »Wenn wir alle den Mund halten, natürlich auch Nasrin, dann kann uns nichts geschehen. Egal, was geschieht: Ihr habt den Mann nie gesehen, er war nie hier, ihr wißt von nichts.«
»Was ist, wenn Nasrin den Mund nicht hält?« fragte Klara.
»Genau«, platzte Barbara heraus: »Was hält sie davon ab, eines Tages darüber zu reden? Vielleicht wird sie uns damit erpressen.«
Irgend etwas stimmt nicht mit Barbara, dachte Hannes. Gestern noch hatte sie Tränen in den Augen gehabt, als es hieß, Nasrin müsse gehen, und jetzt ...
»Sie wird bestimmt nichts sagen. Ihr ist doch am wenigsten daran gelegen, Aufsehen zu erregen«, meinte Robin.
»Woher willst du das wissen? Du kennst sie doch kaum«, entgegnete Barbara.
»Aber du kennst sie doch«, sagte Hannes. »Oder nicht?«
Barbara spürte wie sie feuerrot wurde. »Aber ich würde niemals für sie garantieren. Sie ist ... sie steht am Abgrund, sie hat nichts zu verlieren. Wir sind nicht sicher, solange sie lebt.«
Hannes sah seine Freundin verblüfft an. Sogar Klara sah überrascht aus.
»Wovon redet ihr da?« fragte Robin voller Argwohn.

»Wir stellen fest, daß wir einer fremden Person ausgeliefert sind«, sagte Klara und wiederholte Barbaras Worte: »Solange sie lebt.«

Robin sprang auf. »Ihr habt sie wohl nicht alle! Wollt ihr sie etwa auch noch umbringen, oder was stellt ihr euch vor?«

Keiner antwortete.

»Ich stelle mich der Polizei«, verkündete Robin. »Es war schließlich Notwehr.«

»War es nicht. Bestenfalls ein minder schwerer Totschlag«, stellte Hannes richtig. »Wir sind nicht in Amerika, wo jeder sein Grundstück mit der Waffe verteidigen darf.«

»Jetzt wartet doch mal.« Klara fand, daß die Sache aus dem Ruder lief. »Nasrin hat nicht gesehen, wie du geschossen hast, Robin. Es könnte auch ich gewesen sein, oder jemand anderer. Sie kann gar nichts über den Tathergang sagen. Wenn wir alle den Mund halten und die Leiche verschwinden lassen, dann hat sie nichts in der Hand. Nicht wahr?« Klara warf Hannes einen hilfesuchenden Blick zu. Sie wollte das Thema Nasrin nicht länger diskutieren, zumindest nicht in Gegenwart von Robin.

»Richtig«, sagte Hannes. »Ich rede nachher mit ihr. Sie kann sowieso nicht länger hierbleiben.«

»Sie würde mich nie verraten«, sagte Robin mit tiefer Überzeugung.

»Du wirst anders darüber denken, wenn du eines Tages nicht mehr rollig bist«, sagte Barbara.

Klara mußte lachen.

»Wie kannst du so ordinär sein?« empörte sich Robin.

»Und wie kannst du so naiv sein?« sprang Klara Barbara zur Seite.

»Da werden Weiber zu Hyänen«, stellte Robin fest.

»Hört auf!« befahl Hannes gereizt. »Das bringt uns nicht weiter. Wir haben ein wichtigeres Problem im Keller liegen.«

Für kurze Zeit herrschte Schweigen. Die Kaffeekanne machte die Runde.

»Im Wald vergraben«, schlug Barbara vor.

»Verbrennen«, meinte Klara.

»Mit einem Stein um den Hals in die Leine, das hätte wenigstens Tradition«, murmelte Hannes, wobei nicht klar wurde, ob er das ernst meinte.

»Nein«, sagte Robin und genoß für ein paar Momente ihre gespannte Aufmerksamkeit. Nachdem die Situation dramaturgisch ausgereizt war, sagte er schlicht: »Die Schweine.«

Wieder war es still, bis Klara fragte: »Geht das?«

»Schweine fressen alles«, bestätigte Hannes.

»Stimmt«, sagte Robin, der sich inzwischen als Schweineexperte fühlte. »Habt ihr schon mal die Gebisse von diesen drei Ebern gesehen? Ein Wolf ist nichts dagegen.«

»Ist das wahr, Klara?« warf Barbara dazwischen, aber Klara beachtete sie gar nicht.

»Arne fährt am Wochenende nach Köln«, fuhr Robin fort.

»Aber heute ist Donnerstag«, stellte Klara fest. »Der Keller ist nicht besonders kalt. Fressen Schweine auch Aas?«

»Die Tiefkühltruhe«, schlug Robin vor.

»Das ist ein Gefrierschrank mit vier Schubladen«, gab Klara zu bedenken.

»Mir wird schlecht«, kündigte Barbara an und hielt sich die Hand vor den Mund.

Klara stand auf und stellte eine Flasche finnischen Wodka und vier Gläser auf den Tisch. Sie goß ein. Alle kippten den Schnaps ohne ein weiteres Wort hinunter.

»Was, wenn jemand in den Stall kommt? Du kennst das doch, auf dem Dorf geht jeder bei jedem aus und ein«, gab Hannes zu bedenken.

»Der Stall ist immer verschlossen, wenn keiner da ist«, widersprach Robin.

»Ich helfe dir«, versprach Klara. Robin nickte.

»Wenn man vom Teufel spricht ... da kommt Arne«, sagte Barbara, die den Platz mit Blick auf das Tor hatte.

In seiner Joggingmontur näherte sich der Jungbauer dem Tor.

Hannes und Barbara standen auf. Robin griff sich an den Kopf. »Ich kann heute nicht joggen«, jammerte er.

»Doch, du joggst«, sagte Klara. »Es muß alles sein wie sonst auch. Und noch etwas: Kein Wort davon zu Nasrin, hörst du? Sie weiß ohnehin schon zuviel.«

Sie liefen deutlich langsamer als sonst, denn auch Arne hatte eine Nacht mit wenig Schlaf hinter sich.
»Die halbe Nacht hat das Vieh zum Abferkeln gebraucht. Für läppische sechs Ferkel. Also, das ist nicht mein Ding, mit den Sauen. Meine Mutter, die ist da Expertin, die sagt dir ganz genau, wieviel Stunden es noch dauert, und welches Mittel man wann geben muß. Naja, ist ja auch eine Frau, ist ja deren Geschäft.« Arne grinste und wischte sich den Schweiß von der Stirn. »Und dann lag ich kaum im Bett, da ging früh um vier der Piepser. Feuerwehreinsatz. Hausbrand in Wennigsen. Große Sache, mit vier Ortsfeuerwehren und allem Drum und Dran. Hütte total im Arsch, nur noch ein Haufen verkohltes Holz. War so ein Öko-Blockhaus. Um sechs bin ich dann endlich heimgekommen. Aber schlafen kann ich nach so was dann auch nicht.«
»Und die Leute?«
»War keiner zu Hause.«
»Schöne Überraschung.«
»Lange mach ich das sowieso nicht mehr.«
»Was? Die Feuerwehr?« keuchte Robin. Sein Kopfschmerz wurde vom Laufen nicht besser.
»Die Schweinezucht. Lohnt ja nicht mehr. Um ein Drittel ist der Preis für Schweinefleisch letztes Jahr gesunken, aber die Kosten bleiben: Futterzusätze, Medikamente, Tierarzt, Heizung, Strom ... Morgen früh werden zwanzig Sauen abgeholt.«
»Zum Schlachten?«
»Bist du wahnsinnig? Eine gute Zuchtsau ist ein paar tausend Euro wert. Ich konnte sie einigermaßen günstig an einen Holländer verkaufen.«
»Die Eber auch?« fragte Robin.
»Die kommen auch bald weg. Die Ferkel werden noch ein paar Wochen gefüttert und dann an den Mäster weiterverkauft.«

»Was machst du danach?«

»Es gibt ja immer noch Korn und Rüben. Ich werde versuchen, wieder nebenbei als Landmaschinentechniker zu arbeiten. Vielleicht mach ich den Meister nach.«

Sie liefen ein paar Minuten stumm weiter, dann fragte Robin. »Steckt da vielleicht Sina dahinter. Ich meine, weil sie Buddhistin ist?«

»Das kommt noch dazu«, gestand Arne.

»Richte ihr auf jeden Fall meine Glückwünsche zum Geburtstag aus. Sie hat doch am Samstag, oder?« fragte Robin, obwohl sie vor ein paar Tagen ausführlich darüber gesprochen hatten.

»Eigentlich heute«, sagte Arne. »Samstag ist die Party.«

»Dann bist du ja an ihrem Geburtstag gar nicht da.«

»Geht halt nicht anders.«

»Warum?«

»Na, wegen der Schweine.«

»Ich versorge sie, wenn du hinfahren möchtest.«

»Ja, aber ... So lange? Und wenn dann doch was ist?«

»Was soll sein? Im Notfall kann ich auch den Tierarzt holen oder zu Bauer Venske gehen, das hast du doch mal gesagt, oder?«

»Ja, der kennt sich aus. Hat ja selber lange Schweine gehabt. Allerdings nur Mastschweine, keine Ferkelzucht, wie wir. Macht jetzt auf Reiterhof. Lohnt sich aber auch nicht richtig.«

»Überlege es dir: Schweinefüttern oder Candle-Light-Dinner.« Robin quälte sich ein kumpelhaftes Grinsen ab. Für Leute wie mich, dachte er dabei, hat Dante den neunten Kreis der Hölle vorgesehen.

Das Telefon klingelte. Klara zuckte zusammen. Es war Trenz.

»Es ist soweit. Die ersten sind weg. Am Wochenende soll es deutschlandweit für mehrere Tage sehr schlechtes Wetter geben. Das ist ideal für uns, dann sind die Wälder so gut wie leer.«

»Und wo?« fragte Klara.

Es entstand eine Pause, es hörte sich an, als ob er in Unterlagen blätterte. »Im Harz.«

»Ist das nicht zu nahe an meinem Wohnort? Sie könnten zurückkommen.«

»Sie sollten sie während der Fahrt leicht sedieren, damit sie sich nicht so leicht zurückorientieren. Reisen Sie in den frühen Morgenstunden bei Dunkelheit an. Eine detailgenaue Karte des Gebiets ist an Sie unterwegs, darauf ist alles eingezeichnet, auch ein Platz, an dem Sie Ihr Fahrzeug verstecken können. Außerdem erhalten Sie einen GPS-Empfänger für Ihren Organizer. Damit können Sie Ihren eigenen Standort bestimmen. Aber benutzen Sie den Empfänger nicht im Dauerbetrieb, er braucht sehr viel Strom, der Akku hält sonst nicht lange. Wandern Sie ein Stück nach Beschreibung. Machen Sie kein Feuer. Allenfalls eine Taschenlampe. Tarnen Sie Ihr Zelt, wechseln Sie öfter Ihren Standort. Hinterlassen Sie keine Spuren. Nehmen Sie für sich selbst genügend Nahrung mit, aber tragen Sie sie am Körper. Sie dürfen die Wölfe auf keinen Fall mehr füttern, Sie müssen sie regelrecht verstoßen, wie es erwachsene Tiere mit ihrem halbwüchsigen Nachwuchs machen. Auch wenn es brutal erscheint und schwerfällt. Danach entfernen Sie sich möglichst rasch. Ich überwache Ihre Tiere an meinem PC, so lange sie mit Ihnen draußen sind. Ich werde Ihnen Bescheid geben, wenn sie sich weit genug von Ihnen entfernt haben. Wenn Sie zurück sind, übernehmen Sie das selbst und melden mir bitte alle Bewegungen oder auch Stillstände. Haben Sie eine Waffe?«

»Ja.«

»Nehmen Sie sie mit. Falls es zu Aggressionen seitens Ihrer Tiere kommt, empfiehlt sich außerdem ein kleiner Flammenwerfer.«

»Ja«, sagte Klara und verwarf den Gedanken sofort. »Wie läuft es mit den anderen?« wollte sie wissen. »Sie sagten, ein paar sind schon weg?«

»Im Weserbergland ist ein Rudel mit sechs Tieren seit drei Tagen allein. Bis jetzt gibt es noch keine Meldungen, sie verhalten sich artgerecht und wurden noch nicht gesehen. Zwei weitere Rudel mit acht und vier Tieren sind gerade im Allgäu und im Schwarzwald dabei, ausgewildert zu werden.«

Klara kannte weder die Namen der anderen Beteiligten, noch hatte sie je einen von ihnen gesehen. Trenz hatte während der Planungsphase einmal erwähnt, daß insgesamt achtzehn Personen mit je einem Rudel an dem Projekt beteiligt waren. Klara kommunizierte mit einem Mann aus dem Sauerland, der acht Wölfe besaß, und mit einer Frau aus Thüringen mit zweien. Sie kannten sich nur unter ihren E-Mail-Namen. Vielleicht, dachte Klara, war Michael Trenz auch nur ein Deckname, und er wohnte gar nicht im Odenwald, wie er ihr erzählt hatte.

»Bei Ihnen sind es nur drei, nicht wahr?«

»Ja, der vierte ist nicht geeignet. Schwächlich und zu hell im Fell.«

»Gab es bis jetzt bei Ihnen ein Problem? Wurden die Tiere erkannt, oder gab es Gerede am Ort?«

»Nein.«

»Falls es trotzdem zu irgendeinem Zwischenfall kommt und eine Ermittlung ins Haus steht, vernichten Sie rechtzeitig die Festplatte mit den GPS-Daten. Sie erhalten außerdem von mir einen Sender für sich, damit ich verfolgen kann, wo Sie sind, und eine SIM-Karte für ein Mobiltelefon, die Sie nach der Aktion bitte wegwerfen. Lassen Sie das Telefon auf Vibrationsalarm ständig an, und rufen Sie mich, wenn möglich, täglich an, oder auch zwischendrin, wenn etwas sein sollte.« Er nannte eine Nummer, die Klara notierte.

»Haben Sie noch Fragen?«

»Nein«, sagte Klara, überwältigt von so viel Information.

»Ich melde mich wieder. Viel Erfolg.«

»Danke.« Klara legte auf und schüttelte den Kopf. Nicht registrierte Handys, gelöschte Festplatten, Decknamen ... Hannes hatte recht gehabt, das alles hörte sich nach organisiertem Verbrechen an. Dabei waren sie lediglich dabei, eine ehemals einheimische Tierart wiederanzusiedeln. Aber Klara hatte auch Hannes' Warnung im Gedächtnis: »Wenn durch deine Tiere ein Mensch zu Schaden kommt, bist du im schlimmsten Fall wegen fahrlässiger Tötung dran«, hatte er gesagt.

Als sie ihren Lauf beendet hatten und Arne endlich auf seinem Rad davonfuhr, verzichtete Robin auf das sofortige Duschen. Er wollte lieber bei Nasrin vorbeischauen, ehe ihn wieder jemand daran hindern konnte. Auf sein Klopfen blieb alles ruhig. Voller böser Ahnungen trat er durch die Tür, die nicht verschlossen war. Der kleine Raum verströmte die Aura eines verlassenen Hotelzimmers. Das ungemachte Bett verstärkte diesen Eindruck. Robin fuhr mit der Hand über die Decken, das Kissen, und das Laken. Der blaukarierte Stoff fühlte sich kalt an. Er preßte seine Nase in das Kissen, das ganz leicht nach Apfel duftete. Er weinte. Nach einer Weile stand er auf und durchsuchte den Raum. Im Schrank hing ein Trägerkleid in Türkis und Orange, an dem noch der Abriß des Preisschildes hing. Er hatte das Kleid nie an ihr gesehen. Wahrscheinlich einer von Barbaras Fehlkäufen, den sie ihr geschenkt hatte. Nasrin hätte es wohl nie getragen, wegen der Narbe auf ihrem Arm. Im Bad schaute er lange in den Spiegel über dem Waschbecken, als könnte er darin ihr Bild erneut heraufbeschwören. Sie hatte nirgends eine Nachricht hinterlassen. Zumindest nicht hier. Er rannte zum Briefkasten. Leer bis auf die Zeitungen, für die sich heute noch niemand interessiert hatte. Die letzte Hoffnung galt seiner Tür, aber er fand nichts, auch nicht in seiner Wohnung. Er lief nach unten und hämmerte mit den Fäusten gegen Klaras verschlossene Tür. Sie öffnete.

»Schlag doch gleich die Tür ein!«

»Wo ist Nasrin?«

»Weg.«

»Das sehe ich auch. Hat Hannes sie mitgenommen?«

»Nein. Sie ist abgehauen.«

»Wann?«

»Das wissen wir nicht. Hannes wollte vorhin mit ihr sprechen, aber da war sie schon fort. Sie hat dein Fahrrad mitgenommen.«

»Wo ist Hannes?«

»Was weiß ich? Vermutlich unterwegs nach Hamburg. Ruf ihn doch auf seinem Handy an.«

»Sie hat nichts hinterlassen?«

»Doch.«
»Was?« fragte Robin gierig.
»Eine Leiche im Keller.«
»Spar dir doch ein einziges Mal deinen Zynismus!«
Klara seufzte. »Komm rein, ich erzähle dir was.« Robin setzte sich in die Küche. Es stank, aber ausnahmsweise nicht nach gekochten Eingeweiden, sondern nach Verbranntem.
»Was riecht denn hier so?«
»Ich habe ein paar alte Zeitschriften verbrannt.«
Robin setzte sich an den Küchentisch, während Klara das Fenster öffnete.
»Ich hatte vorhin ein aufschlußreiches Gespräch mit Barbara. Nasrin hat uns angelogen mit ihrem Märchen von der verkauften Braut.« Klara gab in dürren Worten wieder, was Barbara ihr heute morgen, nachdem Hannes gefahren war, über ihre Nachforschungen im Friseursalon berichtet hatte. Sie schloß mit den Worten: »Sie ist womöglich nicht mal Türkin.«
»Was dann?«
»Weißt du es? Wenn sie nicht mal dir etwas verraten hat, wird sie ihre Gründe dafür gehabt haben. Wir sollten froh sein, daß wir sie los sind.«
»Und wer ist dann der Kerl von heute nacht?«
»Keine Ahnung«, sagte Klara. »Du hast dich doch immer stundenlang mit ihr unterhalten. Worüber habt ihr denn so gesprochen?«
Robin überlegte. Sie hatten über das Sozialverhalten von Krähen diskutiert und die Frage erörtert, warum in Niedersachsen alle Scheunentore grün angestrichen waren. Und er hatte viel von sich erzählt, von seiner Kindheit, woher er Hannes kannte, von seinen Schreibanfängen und seiner Schreibkrise. Aber das war sicher nicht das, was Klara interessierte.
»Was hat sie von sich erzählt?«
»Nichts.« Robin erkannte es selbst erst in diesem Moment.
Typisch, dachte Klara. Wahrscheinlich hat er stundenlang über die Tragik seines Künstlerdaseins monologisiert, anstatt sich für sie zu interessieren.

»Sie hat nie über sich oder ihre Familie gesprochen«, sagte Robin traurig und malte mit dem Finger Figuren in die Kaffeepfütze auf dem Tisch.

Klara nahm einen Lappen und wischte den Kaffee auf.

»Oder sollen wir einen Rorschachtest damit durchführen?«

Robin verdrehte die Augen. Manchmal konnte einem Klaras Humor ziemlich auf die Nerven gehen. Er stand auf.

»Übrigens weiß Hannes noch nichts davon. Barbara möchte ihm lieber selbst beichten, wie dämlich sie ist.«

Robin drehte sich in der Tür zu ihr um. »So was könnte dir natürlich nie passieren. Du irrst dich nie, und du machst nie einen Fehler!«

»Laß deinen Frust woanders aus«, entgegnete Klara. »Geh Holz hacken. Einsame Nächte können sehr kühl sein.«

Robin legte die Stirn an die Fensterscheibe seines Schlafzimmers. Es hatte sich erneut eingetrübt und würde wohl bald wieder regnen. Die Windräder drehten sich träge, und das Rot der S-Bahn, die sich durch die Felder schlängelte, ließ das Graugrünbraun der Umgebung nur noch fader erscheinen. Die unspektakuläre ländliche Szenerie, die ihn sonst immer beruhigt hatte, kam ihm nun trist vor. Ein Mann führte seinen Hund spazieren. Weit weg pflügte ein Bauer ein Feld um, ein Schwarm Krähen folgte seinem Trecker.

Wo war sie? Wer war sie? Was war so schlimm an ihrer Vergangenheit – oder an ihrer Gegenwart –, daß sie es verschweigen mußte? Er wünschte sich nichts so sehr, als sie für einen Moment zu sehen, sie zu berühren, mit ihr zu sprechen. Je mehr er über sie nachgrübelte, desto unfaßbarer wurde sie ihm.

Er fand sich an seinem Schreibtisch wieder, die Augen beschwörend auf das Telefon gerichtet. Würde sie ihn anrufen? Hatte sie überhaupt die Nummer? Jetzt bereute er, nie einen Anrufbeantworter angeschafft zu haben. Auch das Handy, das ihm Klara einmal geschenkt hatte, hatte er so gut wie nie benutzt. *Ich muß nicht ständig erreichbar sein, ich bin schließlich nicht der Klempner.* Er konnte das Ding nicht einmal richtig bedienen.

Hatte sie den Toten doch gekannt, gehörte er zu ihren Verfolgern? Vielleicht stimmte ihre Geschichte ja doch, zumindest teilweise. Durfte man es ihr übelnehmen, daß sie Barbaras Naivität in ihrer Notlage ausgenutzt hatte?

Nein. Selbstverständlich nahm Robin ihr gar nichts übel, auch nicht, daß sie sein Fahrrad mitgenommen hatte. Ob sie eine Lügnerin war, eine Kriminelle oder ein Mitglied der PKK – er würde ihr helfen, falls sie in Schwierigkeiten steckte, er würde es mit allen und mit jedem aufnehmen. Alles wäre besser, als dieses Herumsitzen und Warten mit dem Gefühl, verlassen und belogen worden zu sein. Warum hatte sie ihm nicht vertraut?

Sein Blick löste sich vom Telefon und streifte den dunklen Bildschirm. Er hatte Nasrin gestanden, daß er seinen ersten Roman zum Teil unter dem Einfluß von Kokain und ähnlichem Zeug geschrieben hatte. Auch wenn es kein Renner geworden war, wenigstens ihm selbst hatte das Buch gefallen, vor allem sein lakonischer Stil. Inzwischen funktionierten nicht einmal mehr Drogen. Er hatte es ausprobiert, zweimal. Genau wie damals war ihm danach hundeelend gewesen. Aber im Gegensatz zu früher erschien ihm das im Rausch Hingeworfene hinterher nicht genial, sondern einfach nur wirr. Nasrin dagegen hatte ihn inspiriert. Zumindest hatte er während der letzten Tage einige Ideen gehabt, aber jetzt fraßen die Selbstzweifel erneut an ihm. Würde er je etwas Bahnbrechendes zu Wege bringen?

Andererseits hieß es ja oft, daß nur Menschen, die tiefes Leid erfahren hatten, in der Lage waren, wirklich große Dinge zu schaffen. Er hatte sich durch den Tod seiner Eltern dazu prädestiniert gefühlt, aber schließlich verloren alle Menschen irgendwann ihre Eltern, ohne daß sie deswegen Großes schufen. War es ein anderes Drama, das das Schicksal für ihn vorgesehen hatte? Eine unerfüllte Liebe als Voraussetzung für sein Schaffen?

Das Telefon klingelte. Atemlos keuchte er seinen Namen in den Hörer.

»Hat Arne noch was gesagt, wann er nach Köln fährt?«

Robin schluckte. Daran würde er sich gewöhnen müssen, für den Rest seines Lebens bei jedem Telefonklingeln Herzrasen zu bekommen und danach diesen Faustschlag der Enttäuschung, genau in den Magen.

»Er fährt heute nachmittag.«

»Gut«, sagte Klara.

Es fiel Robin nicht leicht, seine eben noch tiefgründigen Gedanken auf die logistischen Abläufe in einem Schweinestall zu reduzieren, aber er nahm sich zusammen. »Wenn ich die Abendfütterung bei den Ebern auslasse, dann werden sie morgen früh hungrig sein wie die Wölfe, wie es so schön heißt.«

»Hoffentlich«, sagte Klara.

Er legte auf und schob den unangenehmen Gedanken an den Toten im Keller beiseite. Sein Denken begann wieder um Nasrin zu kreisen. Wann war sie gegangen? Hatte sie sich im Morgengrauen weggeschlichen, wie eine Diebin? Was für ein abgedroschenes Klischee, notierte der Schriftsteller in ihm gerade, da schlug ein Gedanke mit der Wucht einer Spaltaxt in sein Hirn: Was, wenn Nasrin gar nicht *gegangen* war?

Sein Herz schlug schneller, und seine Handflächen wurden feucht. Was hatte Barbara heute morgen gesagt? Sie sei eine Gefahr, *solange sie lebt*.

Was, wenn sie ihr nun etwas angetan hatten? Vielleicht waren sie Komplizen, Hannes und Klara, und vielleicht auch Barbara, als Mitläuferin. Gab es in seiner Umgebung überhaupt noch einen Menschen, dem er trauen konnte?

Der Gedanke riß ihn aus seiner Lethargie, er sprang auf, lief im Zimmer auf und ab und trat schließlich trotz des feuchten Wetters auf den Balkon. Die Tulpen in Barbaras Garten hatten die Köpfe geschlossen, ein Windspiel hing naß vom Ast des Apfelbaumes, das Gemüsebeet, das Nasrin im hinteren Teil hatte anlegen wollen, war schwarz wie ein ... Der Gedanke elektrisierte Robin geradezu. Er fuhr in seine Gummistiefel, rannte aus dem Haus und fand sich wenig später mit Schaufel und Spaten bewaffnet in Barbaras Garten wieder, wo er die schwere, nasse Erde umgrub, ohne Rücksicht auf die jungen Salatpflänzchen. Sein Rücken begann nach wenigen Minuten zu schmerzen, aber er grub, als zählte jede Sekunde. Eine Stunde lang tobte er sich aus, um dann den Spaten hinzuwerfen und mit den völlig verdreckten Stiefeln zurück ins Haus zu rennen. Er hämmerte gegen Klaras Tür, aber sie öffnete nicht. Er fand sie beim Zwinger, wo sie die Büsche zurückschnitt, die mit dem Gitter verwachsen waren.

Er faßte Klara an der Schulter und drehte sie zu sich herum.

»Was habt ihr mit ihr gemacht?« schrie Robin. Die vier Wölfe im Zwinger sprangen auf und kamen knurrend an das Gitter gelaufen.

Klara schüttelte seine Hand ab. »Reiß dich gefälligst ein bißchen zusammen.« Sie fuhr fort, einen wuchernden Knöterich zu stutzen. Manche Männer können einfach nicht mit Verlusten umgehen, dachte sie verärgert.

»Sie würde nie einfach so abhauen.«

»Sicher?« entgegnete Klara, obwohl sie wußte, daß es zwecklos war. »Warum läßt du deine wilden Phantasien nicht lieber in deine Arbeit einfließen? Schreib doch einen Krimi.«

Sie erwartete Protest, aber Robin sah durch sie hindurch, als wäre sie aus Glas. Dann, ziemlich plötzlich, wurde sein Gesichtsausdruck lebendig. Klara wartete, um den Grund dafür zu erfahren, aber Robin sagte nur: »Ich krieg es raus!«

Als er in seinen Gummistiefeln davonstolperte, sah ihm Klara mit gerunzelter Stirn nach.

Sie erwarteten ihn vor dem stuckbeladenen, säulenflankierten Haupteingang des Amtsgerichts. Eine Fotografin, ein Beleuchter und eine sehr schlanke Frau in einem schwarzen Kostüm mit kurzem, dunklem Haar. Sie kam Hannes entgegen.

»Mia Karpounis«, stellte sie sich vor und nannte auch die Namen der Fotografin und des Beleuchters, die Hannes aber sogleich wieder vergaß. »Das ist wirklich herrschaftlich«, lobte sie das Gebäude, »wie ein Palast.«

»Waren Sie schon in der Halle?«

»Oh, ja. Die hat was. Aber erst hätte ich gerne ein paar Aufnahmen im Freien. Wenn Sie sich bitte hierher stellen, vor die Säule, das wäre eine schöne Einstellung, nicht wahr, Marieke?«

Die Fotografin nickte und gab dem Beleuchter Anweisungen. Mia Karpounis trat derweilen zu Hannes. Sie hatte hellbraune Augen und ein markantes Gesicht mit einem festen Kinn. Ihre Stimme war dunkel und voluminös, man fragte sich, wo die Töne in diesem schmalen Körper Resonanz fanden.

»Ist was?« fragte sie und sah an sich hinunter. Offenbar hatte Hannes sie angestarrt.

»Ich hatte Sie mir anders vorgestellt.«

»Wie denn?«

»Einsachtzig groß und neunzig Kilo schwer.«

Sie hob ein wenig irritiert ihre Augenbrauen, die gerade waren wie Bindestriche.

»Können Sie etwas zu Ihrer Zeit als Richter hier sagen, zu Ihren Anfängen sozusagen?« Sie hielt Hannes ein Diktiergerät unter die Nase. »Stört Sie das? Ich kann ansonsten auch mitschreiben.«

»Nein, nein, ist schon in Ordnung. Ich hatte hier meine erste Stelle als Richter für Familienrecht«, begann er holprig. »Danach war ich zwei Jahre Ermittlungsrichter am Amtsgericht, man nennt es im Volksmund auch Haftrichter, und zuletzt vier Jahre lang Strafrichter, drüben, am Landgericht.« Er wies auf den 50er-Jahre-Zweckbau schräg gegenüber. Das fast hundert Jahre alte Amtsgericht war eine ungleich schönere Kulisse, und Hannes war froh, daß die Aufnahmen hier gemacht wurden. Hier kannte er auch die Beschäftigten inzwischen nicht mehr persönlich.

»Haben Sie vielleicht zufällig Ihre Robe dabei?« fragte die Journalistin.

Hannes verneinte.

»Verzeihen Sie, ich hätte es Ihnen sagen sollen. Macht es Ihnen etwas aus ...« Die Journalistin öffnete ihre Aktentasche und entfaltete eine Richterrobe. »Es wäre authentischer. Sie können sich ja auf der Toilette umziehen.«

Hannes betrat das Gerichtsgebäude. Der Pförtner nickte ihm gelangweilt zu. Weiches Licht fiel durch die langen Bogenfenster, das dunkle Holz der Monumentaltreppe glänzte vornehm. Irgendwo hallte das Staccato von Absätzen. Hannes war lange nicht hier gewesen, aber es hatte sich anscheinend nichts verändert. Noch immer gab es keine routinemäßigen Personenkontrollen, und noch immer war die Pförtnerloge so ungeschickt angebracht, daß der Pförtner nicht die ganze Halle einsehen konnte. Bestimmt nutzten die Junkies von der nahe gelegenen Drogenszene um den Raschplatz das Gerichtsgebäude nach wie vor als Drückraum.

Auf einer der Herrentoiletten zog Hannes die Robe an. Leider hatte sich auch hier nichts verändert. Die sanitären Anlagen wirkten unhygienisch, obwohl es streng nach Putzmitteln roch. Er trat vor einen angelaufenen Spiegel und öffnete seine Aktentasche. Er war inzwischen ein alter Medienhase, er wußte, welche Paste und welcher Puder am besten zu seinem Hautton paßte. Er hatte seine Grundausstattung dabei und trug mit raschen Bewegungen sein Make-up auf.

»Sehr schön. Wie doch so eine Robe den Menschen verändert«, sagte Mia Karpounis mit einem Hauch von Spott im Tonfall, als Hannes in voller Amtstracht vor ihr stand.

Die Fotografin ließ ihn unterschiedliche Posen einnehmen, wobei sie ihn anfeuerte, als sei er ein Model. Passanten blieben stehen, zeigten auf ihn und tuschelten. Eine Frau bat um ein Autogramm.

»Lassen Sie uns reingehen«, bat Hannes schließlich Frau Karpounis. »Und sagen Sie bitte der Fotografin, sie soll hier keine solche Show abziehen.«

Leider gab es in dem ganzen imposanten Bau keinen richtig großen, eindrucksvollen Gerichtssaal, aber Mia Karpounis wollte trotzdem eine Aufnahme mit Hannes hinter einem Richtertisch. Die Verhandlung dauerte noch an, als sie vor dem Sitzungssaal eintrafen, wobei das Wort Saal bei sechsunddreißig Plätzen übertrieben war. Sie warteten im Flur. Mit einer Mischung aus Ekel und freudigem Wiedererkennen roch Hannes die säuerliche Mischung aus Zigarettenqualm und Angstschweiß.

Die Journalistin trat neben ihn ans Fenster, von wo aus man auf einen der sechs Innenhöfe schaute. Das Gebäude war ein Labyrinth. Die Aufteilung unübersichtlich, die Beschilderung rudimentär. Er selbst hatte lange gebraucht, um sich hier einigermaßen zurechtzufinden.

»Wie sind Sie an den Job als Fernsehrichter gekommen?«

»Wie die Jungfrau zum Kind. Jochen Prader, einer der Gründer von *Prado-Film*, kannte einen, der einen kannte, der mich kannte. Ich wurde zum Casting gebeten, und man fand mich telegen.«

»Wußten Sie, was auf Sie zukommt?«

»Nein, nicht so richtig.«

»Was reizt Sie an Gerichtsshows?«

Hannes leierte den einstudierten Text herunter: von der Möglichkeit, dem Zuschauer das Wesen der Justiz und des Rechts näherzubringen, und ähnlichen Schmonzes.

»Was würden Sie tun, wenn es plötzlich aus wäre mit der Sendung?« fragte Mia Karpounis, und Hannes fragte sich, ob sie das Diktiergerät heimlich laufen hatte.

»Noch bin ich Beamter.«

»Sie glauben, daß Sie sich wieder ohne weiteres in den grauen Gerichtsalltag einfinden würden?«

Garantiert hat sie das Band laufen, dachte Hannes und sagte: »Der Gerichtsalltag ist nicht grau. Was meinen Sie, wie zum Beispiel der Tag eines Haftrichters aussieht? Da gibt es kein langes Aktenwälzen, da muß schnell entschieden werden, manchmal sogar am Krankenbett oder sonstwo, weil jeder Verdächtige das Recht hat, gehört zu werden. Das ist spannend. Oder nehmen Sie das Ritual einer Verhandlung: ein öffentliches Schauspiel, das der Choreographie der Bürokratie folgt. Eine Gerichtsverhandlung ist wie ein intensives Theatererlebnis. Nur wird im Gericht die Wirklichkeit neu inszeniert.«

»Wie darf ich das verstehen?« unterbrach sie sein Plädoyer.

»Ganz einfach: Was hier nicht zur Sprache kommt, verschwindet in der Versenkung, als wäre es nie geschehen, und was gesagt wird, schafft neue Realitäten.«

Und seine Sendung war ein Abklatsch davon, dachte er, eine in Teile zerlegte und schlecht wieder zusammengesetzte Kopie.

»Bekommen Sie Heimweh, wenn Sie hier jetzt wieder im Gerichtsgebäude stehen?«

»Ein bißchen schon.«

Sie sahen eine Weile stumm aus dem Fenster. Vermutlich benutzte sie ein Männerparfum, ein Hauch davon hing in der Luft, und Hannes verspürte den Wunsch, die Augen zu schließen. Er ließ es sein, denn zum einen war er nicht körperlich müde, sondern nur innerlich leer und erschöpft, zum anderen schien sich hinter seinen Lidern das Bild des Toten, wie er auf dem Boden von Klaras Wildkammer lag, in seine Netzhaut eingebrannt zu haben, denn es tauchte zuverlässig wie ein Bildschirmschoner auf, sobald er die Augen schloß.

Die Verhandlung war zu Ende, Menschen drängelten aus dem Raum, aber einige blieben neugierig stehen, als sie die Fotografin und den Beleuchter anrücken sahen. Hannes fühlte sich unwohl. In Hamburg konnte es geschehen, daß er mit dem Make-up im Gesicht in die Stadt ging, dort war es seine zweite Haut, die er zuweilen völlig abzulegen vergaß, aber nun kam er sich vor wie ein Clown am falschen Ort. Verlegen posierte er auf dem Platz des Richters. Ihm war, als beginge er ein Sakrileg.

Danach bewegte sich der kleine Trupp hinab in die Katakomben des Amtsgerichts. Frau Karpounis wünschte paar Fotos im Flur zwischen den Arrestzellen. Hier gab es eine Neuerung. Der Haftrichter hatte sein Büro jetzt dort unten, in einer ehemaligen Hausmeisterwohnung, hinter schußsicherem Glas. Es war kühl und ruhig, ihre Schritte hallten von den Wänden wider. Die Zellen waren leer, und Hannes empfand es als Segen, daß der amtierende Ermittlungsrichter nicht anwesend war. Er war froh, als der Fototermin vorbei war und die Fotografin und der Beleuchter mit ihren Gerätschaften abzogen.

»Wie sind Sie hergekommen?« fragte er Frau Karpounis.

»Mit der Bahn. Das war das einfachste.«

Seit jeher war die Justiz der Landeshauptstadt gleich hinter dem Bahnhof angesiedelt: Amtsgericht, Landgericht und die Staatsanwaltschaft.

»Ist Ihnen am Bahnhof etwas aufgefallen?« fragte Hannes und lächelte.

Sie verneinte.

»Die Numerierung der Gleise und Bahnsteige geht von 1 bis 14. Aber Nummer 5 und 6 sucht man vergeblich.«
»Es gibt sie tatsächlich nicht?«
»Nein. Niemand weiß, warum. Es ist eines der großen Mysterien dieser Stadt. Wollen Sie mit mir nach Hamburg zurückfahren? Ich bin mit dem Wagen da.«
Natürlich sagte die Journalistin nicht nein. Sicher hoffte sie, während der Fahrt noch das eine oder andere aus ihm herauszukitzeln.

»Was hast du mit dem Gemüsebeet angestellt?«
»Ich hab was gesucht«, murmelte Robin kleinlaut. »Ich bringe es wieder in Ordnung, ganz ehrlich. Aber ich wollte dich sowieso noch was fragen. Die Fotos, die ich letzte Woche von Nasrin und dir gemacht habe, sind die eigentlich was geworden?«
»Ja«, sagte Barbara. Sie war gerade erst nach Hause gekommen, hatte ungläubig das Werk der Zerstörung betrachtet, als Robin auch schon vor ihrer Tür stand.
»Kann ich eine Kopie haben?«
»Wozu?«
»Nur so.« Sie waren schließlich das einzige, was ihm von Nasrin geblieben war, aber er hatte keine Lust, seine Gefühlslage zu erklären.
Barbara ging nach oben und verschwand in Hannes' Arbeitszimmer. Robin sah sich inzwischen um. Die Küche trug noch immer Nasrins Handschrift. Gewürze waren nach Farben und Flaschen nach Größe sortiert. Sogar in den Schränken, die Robin neugierig öffnete, herrschte eine geometrische Ordnung. Die Gläser standen aufgereiht wie Soldaten, die Tassen flankierten artig die Kanne, das Besteck lag in Reihe.
Barbara kam nach einer Ewigkeit mit den ausgedruckten Fotos herunter und reichte sie Robin wortlos. Der vertiefte sich gierig in den Anblick.
Ein Bild war besonders gelungen. Es zeigte Barbara und Nasrin jeweils im Dreiviertelprofil, die Gesichter einander zugewandt. Barbara stand mehr im Licht, ihre langen, hellen

Haare glänzten, man sah sogar den hellen Flaum auf ihrer linken Schläfe. Ihre stachelbeerfarbenen Augen leuchteten wie Glasmurmeln. Nasrins Gesicht war im Schatten, aber man erkannte ihre Züge trotzdem sehr deutlich, die elegant geprägte Nase, die gebogene Oberlippe, die mandelförmigen Augen, dunkel wie Ostfriesentee. Barbara lächelte auf dem Bild, Nasrin schaute etwas aufgeschreckt in die Kamera. Sie sah älter aus als neunzehn, das frisch gekürzte Haar betonte die Linie ihres Kinns und den schlanken Hals. Zwei völlig verschiedene Gesichter, und doch beide auf ihre Art schön, fand Robin und machte Barbara ein Kompliment.

»Warst du eigentlich heute morgen dabei, als Hannes mit ihr reden wollte?« fragte er.

»Nein. Ich mußte mich beeilen, ich war sowieso schon spät dran.«

»Aber du hast dich doch noch mit Klara unterhalten.«

Barbara seufzte. »Dann weißt du ja Bescheid.«

»Woran hast du gemerkt, daß sie gelogen hat?«

»Kleinigkeiten. Sie hat nie freiwillig etwas über sich erzählt, das fand ich seltsam. Und neulich, als der Artikel über die Gewalt an Schulen in der Zeitung stand, habe ich über die BBS 6 gesprochen, du weißt schon, die Berufsbildende Schule in Linden, die immer mal wieder in die Schlagzeilen gerät. Ich hatte den Eindruck, daß sie nicht wußte, wovon ich redete. Aber wer in Linden wohnt und in ihrem Alter ist, der *muß* die BBS 6 einfach kennen, meinst du nicht auch?«

Robin nickte. »Erinnerst du dich noch an Nasrins ersten Tag hier, als ich die Zeitungen gesucht habe?«

»Ja«, sagte Barbara und ließ sich müde auf den nächsten Stuhl sinken.

»Sie sind nicht wieder aufgetaucht, oder?«

»Ich weiß nicht, wieso?«

Robin griff in seine hintere Hosentasche und zog ein paar zusammengerollte Blätter Faxpapier hervor. »Das ist aus den Archiven der *HAZ* und der *Neuen Presse*. War gar nicht so leicht, da so schnell dranzukommen«, sagte er, als erwartete er ein Lob.

»Und?« fragte Barbara widerwillig. Sie hatte andere Dinge am Hals als alte Zeitungen.

»Den Sportteil und den Wirtschaftsteil habe ich weggelassen«, erklärte Robin. »Vielleicht fällt dir etwas auf. Irgendwas muß da stehen, was wir nicht lesen sollten.«

Barbara griff nach den Blättern und sagte dann: »Die sind ja vom Dienstag.«

»Ja, und?«

»Es waren aber die Zeitungen, die Mittwochmorgen geliefert werden sollten, die sie hat verschwinden lassen.«

»Es war nicht der Montag, an dem du sie aufgegabelt hast?«

»Nein, ganz sicher nicht. Da drüben am Kühlschrank hängt der Terminkalender, da steht das Bewerbungsgespräch drin.«

»Tatsächlich, der Dienstag«, sagte Robin fassungslos auf den Kalender starrend. »Dann war ja die ganze Zeitungsaktion für'n Arsch!« Er sah auf die Uhr. »Und jetzt ist es schon zwei, jetzt ist diese Halbtagstussi vom Archiv schon wieder weg. Oh, Scheiße! Wieso bin ich bloß auf Montag gekommen?«

»Weil Wochentage für dich keine Rolle spielen, du freier Künstler du.«

»Was soll das denn heißen? Meinst du, es macht Spaß, jeden Tag vor dem Bildschirm zu sitzen und auf den Urknall zu warten?«

Barbara dachte kurz darüber nach, dann sagte sie: »Ja. Jedenfalls mehr, als anderer Leute Gören zu bändigen, als *Halbtagstussi*, wie du es so charmant nennst.«

»Warum machst du es dann?«

»Ich habe nichts anderes gelernt. Frag mich nicht, warum. Es kam halt so. Als Tochter eines Hausmeisters hat man nicht allzu viele Perspektiven, da wird einem von Kind an gesagt, daß man möglichst bald auf eigenen Beinen zu stehen hat.«

»Aber du müßtest doch überhaupt nicht arbeiten. Hannes ersäuft doch fast im Geld. Er müßte dich bezahlen, dafür, daß du hier Haus und Hof instand hältst.«

»Und wie stehe ich da, wenn er mich mit dreißig gegen ein jüngeres Modell austauscht?«

»Bis dahin ist ja noch Zeit«, tröstete Robin.

»Heutzutage ist ein Arbeitsplatz schwerer zu finden als ein Mann. Nicht jeder hat so ein Glück wie du.«
»Was für ein Glück?«
»Durch Erbschaft von der Notwendigkeit entbunden zu sein, für seinen Lebensunterhalt arbeiten zu müssen.«
Robin wollte protestieren, aber Barbara kam ihm zuvor. »Wenn du mich jetzt entschuldigen würdest. Ich möchte mich duschen und meine Sachen packen, ich fahre gleich nach Hamburg.«
»Wieso denn?«
Barbara senkte die Stimme. »Ich schlafe erst wieder hier, wenn dieses Du-weißt-schon-was aus dem Keller da drüben verschwunden ist. Wann bringt ihr ihn weg?«
»Morgen früh.«
Auch Robin war ziemlich unwohl bei der ganzen Sache. Er hatte über seinen Recherchen den Gedanken an den Toten dort unten ziemlich erfolgreich verdrängt. Noch dazu fiel ihm jetzt ein, daß es Zeit war die Schweine zu füttern. Die meisten von ihnen jedenfalls.

Hannes setzte den Blinker.
»Ich habe gerade einen toten Punkt. Trinken Sie einen Kaffee mit mir?«
Sie nickte. »Es bleibt mir ja nichts anderes übrig.«
»Ich überlasse Ihnen gerne das Steuer, wenn Sie es eilig haben.«
»Nein, ich trinke gerne einen Kaffee mit Ihnen, wirklich.«
An der Kasse stand sie vor ihm und bezahlte seinen Kaffee mit.
»Ich habe einige Ihrer alten Fälle gründlich recherchiert«, sagte sie, als sie sich gegenüber saßen. Es ist nicht so dramatisch, wie es manche Blätter darstellen, aber es ist etwas Wahres dran.«
»Eine gute Lüge enthält immer ein Körnchen Wahrheit. Seltsamerweise hat es keinen gestört, so lange ich noch ein kleiner Richter war.«
Sie antwortete nicht.

Ohne den Blick von der Krähe zu nehmen, die auf dem Parkplatz einen Papierkorb ausräumte, merkte er, daß sie ihn prüfend ansah. Was sie in ihm sah, war nicht schwer zu erraten: einen verlogenen, eitlen B-Promi, der seine Gespielinnen aus der Tanga-Fraktion rekrutierte. Und einen Rassisten.

Hannes wandte sich ihr zu und sagte unvermittelt: »Ich stamme aus geordneten, durchschnittlichen Verhältnissen. Hannover-Döhren, eine Reihenhaussiedlung. Meine Eltern wohnen heute noch da, mein Vater ist pensionierter Bahnbeamter.«

»Da hatten Sie es ja gut. Ich bin ein Proletarierkind«, verriet Mia Karpounis.

Es blieb eine Weile ruhig. Mia Karpounis war eine Journalistin, die wußte, wann man den Mund zu halten hatte.

»Die Schule, die ich besucht habe, hatte keinen schlechten Ruf. Es gab auch nicht über die Maßen viele Ausländer dort. Trotzdem war da so eine Türkengang, etwas älter als ich. Sie waren immer mindestens zu viert, manchmal waren es acht. Sie haben geschlagen, getreten, gespuckt. Stellen Sie sich vor, sie sind zwölf, dreizehn Jahre alt und haben jeden Tag Angst, aus dem Haus zu gehen, Angst, um die nächste Ecke zu biegen, weil sie Sie da erwarten könnten, mit einem fiesen Grinsen im Gesicht. Eines kann ich Ihnen verraten: In dieser Situation kümmern Sie Integrationsprobleme und innerfamililiäre Gewalterfahrungen Ihrer ausländischen Mitschüler einen Scheißdreck.«

Beim letzten Satz war seine Stimme leidenschaftlich geworden. Beherrschter fuhr er fort: »Es kam übrigens nie raus. Wir haben den Mund gehalten, auch zu Hause. Wir hatten Angst und schämten uns, auch voreinander. Ich habe mich sogar schuldig gefühlt. Komisch, was?«

»Nein, normal«, sagte sie. »Und die Lehrer?«

Hannes winkte ab. »Das war Ende der Siebziger. Die älteren Lehrkräfte wollten vor allem ihre Ruhe haben, den jüngeren hätten prügelnde Ausländer nicht in ihr Weltbild gepaßt.«

Sie nickte nur. Hannes hatte sich warmgeredet. »Dann, als ich Richter war, habe ich meine Möglichkeiten ausgeschöpft.

Ich habe das getan, weil ich die andere Seite kannte. Weil ich jedes Mal das Gefühl hatte, daß ich den Opfern was schulde und sie nicht auch noch verhöhnen darf, indem ich die Täter glimpflich davonkommen lasse.«

Blödsinn, dachte Hannes, noch während er die Worte aussprach. Ich war ein erbärmlicher Schwächling, der seine Stellung mißbraucht hat.

»Und wie verhält es sich bei Kioskknackern, Autoklauern und Ladendieben?«

Natürlich. Zielsicher wie eine Schmeißfliege hatte sie die offene Wunde aufgespürt.

»Ich hatte das nicht vor«, flüsterte Hannes. »Ich wollte ein guter Richter sein, wirklich.« Seine Stimme wurde wieder fester: »Aber dann grinst dich in der Verhandlung so ein Typ an, weil er fest damit rechnet, daß ihn die lasche deutsche Justiz mit ein paar Stunden Laubfegen auf dem Friedhof davonkommen lassen wird oder ihm einen erlebnispädagogischen Urlaub in Argentinien spendiert. In solchen Momenten spürte ich den Drang, ihnen zu zeigen, daß es auch anders geht, daß sie hier keinen Freibrief haben, die Gesetze mit Füßen zu treten. Sie können das schreiben oder nicht, es ist mir egal«, beendete Hannes seine Rede. Er fühlte sich erleichtert wie nach einer längst fälligen Beichte. Oder einem Geständnis.

»Warum erzählen Sie mir das?« fragte sie mißtrauisch.

»Vielleicht, weil ich es jemandem erzählen wollte.« Am liebsten hätte er ihr auch noch gesagt, daß sie der einzige Mensch war, dem er bisher davon erzählt hatte, aber das klang zu pathetisch. Selbst mit der Wahrheit durfte man es nicht übertreiben.

»Ich bin Journalistin. Ich kenne kein Beichtgeheimnis«, warnte sie.

Journalistin und eine Verbündete der *Springer*-Presse. Noch dazu mit einer anachronistischen Gutmenschen-Gesinnung. Sie würde ihn schlachten und ihrer Leserschaft auf dem Silbertablett servieren. Hannes verstand sich im Augenblick selbst nicht mehr. War er gerade dabei, seine eigene Karriere zu zerstören?

Mia Karpounis war noch nicht fertig. »Wissen Sie, für mich hört sich das an wie: *Der Angeklagte hatte eine schwere Jugend, seine Mutter war immer so streng zu ihm, deshalb hat er noch heute das Bedürfnis Frauen zu vergewaltigen.*«

Daß bernsteinfarbene Augen auch sehr kalt blicken konnten, hatte er bisher nicht beobachtet.

»Das tut mir leid«, sagte er. »Es ist einfach nur die Wahrheit.«

Der Koffeinschub hatte zwar seine Müdigkeit verjagt, nicht aber diese neue Gleichgültigkeit, die ihn auf einmal befallen hatte wie ein Virus.

»Apropos Wahrheit ... was ist mit der versteckten Türkin?«

»Das ist Quatsch«, sagte Hannes. »Eine Freundin meiner Lebensgefährtin war ein paar Tage bei uns zu Besuch, das ist alles. Es sollte ein Ablenkungsmanöver für die Presse sein, und ein Test, ob das schlechte Gewissen der Reinecke funktioniert. Aber kommen Sie ruhig vorbei, fotografieren Sie, manipulieren Sie, erfinden Sie Geschichten, das ist doch Ihr Job, nicht wahr?«

Die Frau schloß kurz die Augen und atmete tief durch, als erlebte sie gerade einen Moment der Resignation. Hannes bemerkte die Falten um ihre Augen und die Mundwinkel und ertappte sich bei einem ketzerischen Gedanken: Endlich einmal ein *Gesicht*.

»Sicher halten sie mich jetzt für ein Scheusal«, sagte er.

»Wieso erst jetzt?« versetzte sie ohne ein Lächeln und fügte hinzu: »Sie brauchen nicht mit mir zu flirten, Herr Frenzen. Ich weiß sehr gut, daß ich nicht zu Ihrer Zielgruppe gehöre.«

Hannes nahm es unwidersprochen hin.

»Aber ich kann Sie trösten. Ich finde Sie zwar eitel und pressegeil, das sind Fernsehleute ja alle, aber um ein richtiges Scheusal zu sein, dafür fehlt es Ihnen an Größe.«

Die Pförtnerloge wurde von einem knappen Dutzend Mädchen umlagert, aus deren Miss-Sixty-Jeans das Etikett ihres Tangaslips heraushing. Sie waren ausnahmslos magersüchtig, hatten dabei aber mindestens Körbchengröße D und Lippen wie

Schlauchboote. Sie trugen sich der Reihe nach in eine Liste auf einem Klemmbrett ein. »Melia-Casting« schien das Losungswort zu lauten, und der Einfachheit halber zeigte auch Barbara ihren Personalausweis vor und trug ihren Namen unter die der anderen in eine Liste ein. Andernfalls hätte sie Hannes benachrichtigen lassen müssen, aber wenn es so einfach war, konnte sie ihn ebensogut überraschen.

Ein Schild mit einer roten Leuchtschrift *On Air*, das von der Decke des Flurs hing, signalisierte Barbara, daß Hannes noch zu tun hatte. Sie hatte keine Lust, sich vor seine Garderobe zu stellen wie ein Groupie, also beschloß sie, in der Caféteria auf das Ende der Dreharbeiten zu warten.

Außer ihr saßen nur drei Männer an einem Ecktisch. Der Kleidung nach – Maurerdekolleté und Schildkappe – gehörten sie zum technischen Personal. Barbara setzte sich in die andere Ecke, dennoch hörte sie unfreiwillig ihr Gespräch mit.

»... so eine Art Rambo in Strapsen. Actionserie.«

»So was wie Lara Croft?«

»Ey, keine Ahnung. Aber den ganzen Tag rennen schon rudelweise die schärfsten Weiber rum.«

»Mensch, die hätte ich auch gerne gesehen.«

»Aber auf unsereins stehen die ja doch nicht.«

»Stülp dir doch 'ne Robe über, damit schleppst du sie reihenweise ab.«

»Ach, nee. Lieber nicht. Bei dem Verschleiß hätt' ich Angst, daß er mir eines Tages abfault.«

Sardonisches Gelächter, einer stand auf, trug sein Geschirr zur Ablage und ging. Die anderen beiden zündeten sich Zigaretten an und schwiegen. Offenbar konnten sie nur eines, reden oder schauen, und im Moment war letzteres gefragt, denn es kamen kurz nacheinander zwei der Mädchen herein, von denen gerade noch die Rede gewesen war. Sie blickten wie Kamele in die Runde, leerten rasch ihr stilles Wasser und stöckelten dann wieder aus der Caféteria. Als es nichts mehr zu gaffen gab, drückten die beiden Männer ihre Kippen aus und verließen den Raum. Barbara holte sich noch einen Café latte. Hinter der Theke lehnte ein Mädchen mit blauen Haaren und rauchte. Wäre ich Raucherin, dachte Barbara, dann würde ich jetzt vor Wut eine nach der anderen qualmen. Sie wußte, daß Hannes vielen Versuchungen ausgesetzt war und vielleicht hin und wieder einer davon erlag, aber daß er schon beim Personal als Casanova verschrien war, schockierte sie. Jetzt war auch klar, warum er sie nie hier in Hamburg haben wollte, und warum er sie nie mitnahm, wenn der Sender eine Party gab. Erschöpft von der kurzen Nacht und der eben gewonnenen Erkenntnis stützte sie das Kinn auf ihre verschränkten Arme und beobachtete, wie sich die Blasen im Milchschaum ihres Getränks langsam auflösten. Eine Metapher auf ihr Leben, würde Robin sagen, in dem gerade eine Illusion nach der anderen platzte.

»Hallo! Entschuldigen Sie? Möchten Sie noch etwas trinken?«

Barbara hob erschrocken den Kopf. Sie wußte nicht, wie lange sie so vor sich hingestarrt hatte. Die Lichter am Kaffeeautomaten waren erloschen. Die Angestellte mit den blauen Stoppelhaaren wischte den Tisch ab. Außer ihnen beiden befand sich niemand im Raum.

»Die Caféteria schließt nämlich jetzt gleich.«

»Nein, ich möchte nichts mehr«, sagte Barbara und stand hastig auf. Prompt wurde ihr schwindelig, sie mußte sich an einer Stuhllehne festhalten.

»Fühlen Sie sich nicht wohl?« Die junge Frau sah Barbara besorgt an.

»Doch, doch. Geht schon.«

Glaubt bestimmt, ich bin auf Drogen, dachte Barbara und ging rasch hinaus.

Hannes konnte verstehen, daß Barbara nicht allein auf dem Gut bleiben wollte. Es war ihm sogar ausnahmsweise recht gewesen, als er hörte, daß sie frei genommen hatte und zu ihm nach Hamburg kommen wollte. So hatte er sie wenigstens unter Kontrolle. Er wäre auch nach den beiden Nachmittagsdrehs aufs Gut zurückgefahren, schon um am Morgen den Abtransport des Toten zu überwachen, aber sie hatte unbedingt nach Hamburg kommen wollen. »Ich schlafe keine

Nacht mehr dort, so lange dieser Tote im Keller liegt«, hatte sie gesagt.

Gegen acht Uhr begann er, sich Sorgen zu machen. Er hatte während der letzten halben Stunde schon zweimal versucht, sie zu erreichen, aber ihr Handy war ausgeschaltet, und zu Hause ging auch niemand an den Apparat. Um neun rief sie ihn endlich an. »Ich bleibe hier. Ich glaube schließlich nicht an Gespenster.«

»Das hättest du dir auch früher überlegen können. Ich habe gekocht. Lasagne.«

Gut, sie war aus dem italienischen Restaurant, in dem er öfter verkehrte. Aber den Tomatensalat hatte er wirklich selbst gemacht.

»Du findest sicher jemanden dafür.«

Ihre Stimme klang hart. Seit dieser Sache gestern nacht war sie verändert. Hoffentlich tat sie nichts Unüberlegtes. »Soll ich lieber nach Hause kommen?« fragte Hannes. Allerdings hatte er schon eine halbe Flasche Tignanello und drei Kognak intus und verspürte im Grunde keine Lust mehr, sich ins Auto zu setzen. Aber notfalls würde ihn eine Prise von dem weißen Pulver schon wieder aufrichten.

»Nein, ist schon gut. Dann bis morgen.«

Sie hatte aufgelegt. Hannes nahm die Lasagne aus dem Ofen. Sie sah vertrocknet aus, und er hatte auf einmal keinen Hunger mehr. Er goß sich noch ein Glas Wein ein und öffnete schon mal die zweite Flasche seiner legalen Arbeitsdroge.

Robin konnte nicht schlafen. Irgendwo hatte er einmal gehört, daß die Geister oder die Seelen der Toten vier Tage und Nächte in der Nähe ihres Körpers verweilten, ehe sie sich ins Jenseits begaben. Oder blieben sie an dem Ort, an dem sie gestorben waren? Egal. Nicht, daß er ernsthaft an solche Dinge glaubte. Trotzdem hatte Barbara recht behalten: Man konnte in der Nähe eines Toten nicht gut schlafen. Er stand auf, machte überall Licht und wanderte durch die Wohnung. Als die Standuhr erst viermal, dann zwölfmal schlug, zuckte er bei jedem Schlag zusammen. Entnervt öffnete er die Tür des Uhrenkastens und hielt das Pendel an. »Gib endlich Ruhe!«

Ohne das laute Ticken war es in der Wohnung so still wie ... nein! Schluß! Hier, unter einem Dach mit dem Toten, würde er garantiert kein Auge schließen. Er schlüpfte in seine Jogginghose, zog einen Pullover über und schlich die Treppe hinunter. Das Gästehaus. Dort, umgeben von den Dingen, die Nasrin berührt hatte, die sie beim Erwachen als erstes gesehen hatte, und als letztes vor dem Einschlafen, würde er sich ihr ein bißchen nahe fühlen, dort würde er vielleicht eher Ruhe finden.

Draußen war es windig, und es roch nach Regen. Robin wunderte sich über das Licht im Schlafzimmer von Hannes und Barbara. Hatte Barbara nicht nach Hamburg fahren wollen? Egal. Der Schlüssel zum Gästehaus lag auf dem Dachbalken über der Tür, wo er vor Nasrins Besuch auch gelegen hatte. Niemand hatte das Bettzeug abgezogen, was Robin nur recht war. Er machte kein Licht. Ja, hier ging es ihm ein wenig besser. Er bildete sich sogar ein, daß das Bettzeug nach ihr roch.

Er war – so kam es ihm jedenfalls vor – gerade erst eingeschlafen, als er das Geräusch hörte. Er schreckte auf, lauschte. Draußen schrie irgendein Nachttier, das war alles. Er sank erneut in das Kopfkissen und schloß die Augen. Da war es wieder: ein leises Kratzen.

Etwas Kaltes glitt seinen Rücken hinunter. Angst. Sie hinderte ihn daran, die Hand nach der Nachttischlampe auszustrecken, denn schon wieder hörte er dieses gräßliche Scharren. Wie Fingernägel auf Holz.

Stille.

Unweigerlich fielen ihm Geschichten über Scheintote ein, die sich die Finger an den Deckeln ihrer Särge blutig kratzten. Robin hielt den Atem an und horchte mit weit aufgerissenen Augen in das Dunkel. Das Geräusch schien von oben gekommen zu sein. Der Dachboden erstreckte sich vom Gästehaus weiter über die gesamte Länge des Schuppens und war, wenn er sich richtig erinnerte, so niedrig, daß man nur in der Mitte mit eingezogenem Kopf stehen konnte. Robin war nur einmal da oben gewesen und hatte sich später nie Gedanken gemacht, was sich dort befinden könnte.

Er nahm seinen ganzen Mut zusammen und streckte die Hand aus, um die Lampe anzuknipsen. In diesem Moment begann das Scharren erneut. Dazu kam ein Geräusch, als ob da oben jemand kegelte. Panisch griff er nach dem Kabel mit dem Schalter und riß dabei die Lampe vom Nachttisch. Er sprang aus dem Bett, hechtete in Richtung Tür und tastete verzweifelt die Wand ab. Die Tür fand er nicht, aber wenigstens den Schalter für die Deckenlampe. Die Helligkeit blendete ihn, aber sie beruhigte ihn auch. Erneut schleifte etwas über den Boden über ihm, ja, es war über ihm, da war er jetzt sicher.

Die Falltür. Hinter dem Ofen lehnte der Besenstiel mit dem eisernen Haken, der zu dem Riegelverschluß paßte. Anstatt sich hier in die Hosen zu machen, sollte er die Treppe ausklappen und da hinaufsteigen und nachsehen. Er hatte sich gerade dazu entschlossen, den Haken schon in der Hand, da erklang das Lachen. Ein schrilles, meckerndes, höhnisches Lachen.

Robin ließ den Haken fallen, riß die Tür auf und rannte hinaus. Im Hof blieb er schwer atmend stehen. Scharf und schwarz hob sich das herrschaftlich verwinkelte Gutshaus gegen den Himmel im Osten ab. Es dämmerte. Er mußte wohl doch ein wenig geschlafen haben. Er war gerade an seiner Haustür angekommen, als sich diese wie von Zauberhand öffnete. Mit einem Schrei fuhr Robin zurück.

»Herrgott, was schleichst du denn da draußen herum?« Auch Klara war erschrocken. Sie trug ihre Armeehosen und den Parka. Merlin, der als einziger die Nerven behalten hatte, tänzelte um die beiden herum.

»Klara«, keuchte Robin und griff sich an die Brust, als drohe ein Infarkt. »Du mußt mitkommen. In dem Raum über dem Gästehäuschen. Da ist etwas.«

»Etwas?«

Robin schilderte die Geräusche mit drastischen Worten. »Und dann hat es auch noch gelacht«, schloß er und schauderte erneut.

»Hast du nicht nachgesehen?«

»Nein, verdammt. Ich habe Angst, wenn du es genau wissen willst.«

»Was wolltest du überhaupt da drüben?«

»Ist doch jetzt egal, oder?«

In Klaras Lächeln lag eine Spur Herablassung, als sie ihn stehenließ und in Richtung Zwinger verschwand. Robin fror. Er machte ein paar ziellose Schritte, wobei er auf Zehenspitzen lief und sich bemühte, nicht auf die Ritzen im Pflaster zu treten. Als Kind hatte er in der Manier dieser Zwangshandlung Kilometer zurückgelegt. Das Licht sprang an, und er bemerkte, daß er vor den Gargoyles stand, etwa an der Stelle, wo der Tote gestern abend gelegen hatte. Schnell bewegte er sich weiter. Man konnte nie wissen.

Klara kam zurück. Es war ein respekteinflößendes Bild, sie und die vier Wölfe vor dem Hintergrund der zarten Morgendämmerung. Für einen Moment wurde Robin wieder bewußt, was es war, das ihn an Klara fasziniert hatte: Die Wildheit und die Zähigkeit, mit der sie eine Idee verfolgte und ein Vorhaben durchführte, ganz gleich, was sich ihr in den Weg stellte. Sie ist zu stark für mich, dachte er. Sie braucht jemanden, der mit ihr Schritt hält, nicht einen, der hinterhertrottet.

Klara betrat das Gästehaus und horchte, aber natürlich war nun alles ruhig.

»Ich schwöre dir, da war was. Ganz laut.«

Sie nahm den Haken und ließ die Treppe herab. Sie stieg die Stufen hinauf, bis ihr Oberkörper in dem Ausschnitt verschwand. Mit einer Taschenlampe leuchtete sie den Raum aus. Dann kam sie herunter.

»Drago, Shiva, Ruska, Merlin ...« Klara klopfte an die Treppe. »Hopp!«

Robin staunte, wie geschickt Drago die Treppe nahm, die eigentlich nur eine bessere Leiter war. Die beiden Weibchen folgten, Merlin kam als letzter.

Das Klackern ihrer Krallen auf dem Bodenbelag klang ähnlich wie das Geräusch vorhin, nur viel lauter. Das Getrappel wurde hektisch, Krallen wetzten, es knurrte und fauchte, dann kehrte rasch Ruhe ein, man vernahm nur noch intensives Schnüffeln. Klara stieg hinauf. Robin hörte, wie sie die vier lobte. Der Abstieg war für die Tiere nicht einfach, Klara löste das Problem, indem sie sie der Reihe nach in ihre Arme springen ließ. Sie wurde dabei von Drago und Ruska umgeworfen, aber schließlich waren alle vier sicher gelandet. Klara schickte sie auf den Hof und sagte zu Robin. »Komm mit rauf, du Geisterjäger.«

Robin folgte ihr. Der Strahl der Taschenlampe irrte durch das Dunkel. Das Dach des Schuppens war als einziges nicht erneuert worden, und der Fußboden bestand aus alten, krummen Holzdielen. Der langgezogene Raum war leer, bis auf einen Stapel dicker Bretter aus glattgehobeltem Eichenholz. Klara beleuchtete erst den Holzstoß und dann einige kleine, schwarze Kothaufen daneben.

»Ein Marder. Er ist entwischt, wahrscheinlich durch diese Lücke da.« Sie leuchtete auf einen Spalt zwischen Boden und Dach, durch den Robins Einschätzung nach höchstens eine Ratte gepaßt hätte. »Marder bewegen sich hüpfend. Und wenn sie aufgeregt sind, dann keckern sie. Als Landbewohner sollte man so was wissen.« Sie stiegen wieder hinunter.

»Was Hannes wohl mit dem Holz da oben vorhat?« lenkte Robin ab.

»Ich glaube nicht, daß es von Hannes ist. So weit ich mich erinnere, war es schon da. Das wird das Notholz sein.«

»Das was?«

»Das Notholz. Auf einsamen Dörfern Niedersachsens gab es den Brauch, Holz für den eigenen Sarg oder den der Familienmitglieder auf dem Hausboden aufzubewahren. Meistens waren es solche mächtigen Eichenbohlen. Nur wenn tatsächlich ein Todesfall eintrat, durfte von diesem Haufen genommen werden.«

»Aha«, sagte Robin beeindruckt.

Klara pfiff ihre Meute heran: »Um sieben bin ich zurück. Dann fahren wir zu Arnes Hof.«

V.

Sie stiegen in den Keller. Klara ging voran. »Wir tragen ihn hinten raus. Da komme ich mit dem Wagen gut ran, und wir müssen ihn nicht durch den ganzen Flur schleifen.«

Der Kellerausgang führte durch die ehemalige Waschküche, in der jetzt die Waschmaschine und der Trockner standen. Es war eine dicke Eichenholztüre am Fuß einer gemauerten Außentreppe. Der Schlüssel hing an der Wand neben der Tür, wo ihn Klara nun wegnahm und ins Schloß steckte.

»Komisch«, murmelte sie. »Warst du hier unten?«

»Bestimmt nicht.«

»Es war nicht abgeschlossen, verdammt.« Klara zog die Stirn in Falten.

»Was ist daran so schlimm?«

»Schlimm ist, daß jeder hier ein und aus gehen konnte, wenn wir nicht da waren. Womöglich bis in unsere Wohnungen, oder schließt du deine immer ab?«

»Nein, eher selten. Ich habe nichts zu verbergen.«

»Schön für dich«, meinte Klara. Der Gedanke, daß dieses Mädchen womöglich in ihrer Wohnung geschnüffelt hatte, verursachte ihr mindestens so viel Unbehagen wie die nun anstehende Aufgabe. Klara öffnete die Tür zur Wildkammer.

Der Tote war in Frühbeetfolie eingeschlagen, das selbe stabile Plastikzeug, mit dem Klara im Winter das Kräuterbeet vor Nachtfrösten schützte. An beiden Enden war die Plane zugeschnürt und stand über, so daß es aussah, als läge auf dem Boden des Kellers ein überdimensionales Bonbon. Durch die grünlichen Plastikschichten schimmerte es hautfarben.

»Er ist nackt«, stellte Robin fassungslos fest.

»Natürlich. Ißt du die Schokolade etwa mit der Verpackung?«

»Klara, bitte, mir ist nicht nach solchen Scherzen.«

»Das war keiner.«

»Wo sind seine Klamotten?« wollte Robin wissen.

»Verbrannt. Sonst noch Fragen?«

»Ich wüßte zu gern, wer der Kerl war.«

»Komm, faß mit an«, drängte Klara ungeduldig.

Sie trugen ihn an den überstehenden Enden der Folie durch den Keller und die enge, stets feuchte Treppe hinauf. Oben stand schon Klaras VW-Transporter bereit. Sie hievten den Körper in den Laderaum und stiegen ein. Merlin heulte in Klaras Wohnung, als er sie wegfahren sah.

»Am Sonntag werde ich mit den Wölfen für ein paar Tage verschwinden.«

»Aha. Hat der große unbekannte Meister also das Signal gegeben?«

»Würdest du so lange Merlin versorgen?«

»Was denn, Merlin darf nicht mit in die Freiheit?«

»Er ist nicht geeignet. Er ist mehr wie ein Hund.«

»Wirklich? Oder hängst du zu sehr an ihm?«

»Ich hänge an ihnen allen«, gestand Klara.

»Ich werde die Bande auch vermissen.«

»Tatsächlich?«

»Ja, doch. Wer hat schon Wölfe vor seinem Schlafzimmer. Es war immer so schön gruselig, wenn sie mitten in der Nacht zu heulen anfingen.«

»Ja«, nickte Klara. »Das war schön.«

Sie schwiegen, bis das Gehöft am Dorfrand in Sicht kam. Robin stieg aus, öffnete das große Tor und schloß es hinter Klaras Wagen gleich wieder. Er sah sich um. Alles war ruhig. Klara rangierte ein paarmal, bis sie mit dem Heck so nah wie möglich an der Hintertür des Schweinestalles stand. Die Vordertür war leichter zu erreichen, aber man konnte sie von der Straße aus zu gut einsehen.

»Ich muß vorne herum. Da hinten paßt der Schlüssel nicht«, erklärte Robin.

Klara nickte und blieb im Wagen sitzen.

Robin umrundete das Gebäude. Die Schweine hatten die Ankunft der beiden bemerkt und angefangen zu lärmen. Robin schloß gerade die Stalltür auf, als Bauer Venske mit seinem

Trecker herandonnerte. Er blieb stehen. Hoffentlich drängte ihm der Nachbar jetzt nicht seine Hilfe auf. Aber der Bauer hob nur die Hand an die Mütze und fuhr weiter. Robin schlüpfte durch die Tür und verriegelte sie von innen. Der Gestank umfing ihn wie eine warme, nasse Decke. Die ersten Atemzüge fielen schwer, dann gewöhnte man sich daran. Das Geschrei dagegen kratzte an den Nerven. Robin schaute in die Ecke, in der die Eber standen. Er hatte sie gestern bei der Fütterung übergangen. Sie streckten ihm ihre Rüssel gierig entgegen, und ihre kleinen Augen funkelten ihn wütend an. Ob hungrigen Schweinen wohl auch der Magen knurrte? Robin durchquerte den Stall und machte die hintere Tür für Klara auf.

Das Geschrei wurde immer hysterischer. Die Tiere waren an gewisse Abläufe gewohnt, jede Abweichung irritierte sie. Robin begann mit dem Verteilen des Futters. Abschnittsweise kehrte schmatzende Ruhe ein. Klara stand erst ein wenig unschlüssig herum, dann kraulte sie die Ferkel, bis Robin ihr ein paar Anweisungen gab. Zu zweit hatten sie die Schweine in einer Viertelstunde abgefertigt.

»Das wäre dann soweit fertig«, stellte Robin fest, als das letzte Schwein seinen Rüssel in den Trog steckte.

Nur die drei hungrigen Eber brüllten noch.

Sie zerrten den Körper aus dem Wagen, trugen ihn in den Stall und legten ihre Last vor den Boxen der drei Eber ab. Die aufgebrachten Tiere rammten mit ihren schweren Körpern gegen das Holz der Boxen, einer fletschte die Zähne. Das Gebiß sah furchterregend aus. Robin wurde plötzlich von der Vorstellung überfallen, wie sie als erstes die zarte Bauchdecke aufreißen würden, um an die Organe zu gelangen. Er verspürte Übelkeit und schluckte.

Sie sahen sich an. Klara fand ihre Sprache wieder: »Es sind drei. In getrennten Boxen.«

»Man kann die Trennwände rausziehen«, sagte Robin.

»Was passiert dann?«

»Ich weiß es nicht«, gestand Robin. »Wenn sie erst mal satt sind, sind doch die meisten Tiere friedlich, oder?«

»Ich habe keine Ahnung, ob satte Eber nett zueinander sind. Du bist doch der Schweineexperte.«

»Wir müssen es riskieren«, sagte Robin. »Ich weiß nicht, ob einer allein das ... äh, schafft.«

Klara seufzte. »Nein, das läuft so nicht«, sagte sie und begann die Schnüre an den Enden der Folie aufzutrennen. Der Tote lag auf dem Bauch, jetzt wurde ein Stück vom Hinterkopf sichtbar. Robin wich zurück.

»Es gibt zwei Möglichkeiten«, resümierte Klara. »Entweder, wir nehmen die Trennwände raus, oder ...« Sie verstummte, weil sie nicht sicher war, ob Robin ihr zuhörte.

Robin starrte auf die bläulichweiße Kopfhaut des Toten. »Sein Haar ...«, flüsterte er.

»Das habe ich abrasiert«, erklärte Klara. »Ich weiß nicht, ob Schweine Haare fressen.«

Darum also hatte es gestern morgen in ihrer Wohnung so verbrannt gerochen. Robin stürzte davon und übergab sich auf den Stallboden. Um Zeit zu gewinnen, spülte er mit dem Wasserschlauch gründlich nach.

Als er zurückkam, sah er, daß Klara ihren Hirschfänger in der Hand hatte.

»Was hast du vor?« Er mußte schreien, um die randalierenden Eber zu übertönen.

»Hättest du mir das gleich gesagt, mit den drei Boxen, zu Hause wäre das einfacher gewesen.«

Wie konnte sie nur so ... *praktisch* sein?

»Nein, bitte! Komm, wir vergraben ihn mitten im Wald, ganz tief ...«

»Schon mal was von Leichenspürhunden gehört?« versetzte Klara. »Geh schon raus. Ich erledige das allein.«

Das ließ sich Robin nicht zweimal sagen. Er gab Klara den Schlüssel für den Stall.

»Ich gehe zu Fuß nach Hause. Ich brauche frische Luft.« Er eilte aus dem Stall, während sich Klara mit dem Messer in der Hand über den Toten beugte.

»Weißt du schon, daß dein Freund Robin uns des Mordes an Nasrin verdächtigt?« fragte Barbara und begann, den Tisch für ein spätes Frühstück zu decken.

»Ach, ja?« antwortete Hannes, froh, daß die Eiszeit vorüber zu sein schien.

»Er hat das Gemüsebeet umgegraben.«

»Jetzt dreht er durch. Ich werde gleich mal mit ihm reden.« Hannes hatte heute morgen auf der Fahrt von Hamburg nach Hause Klara angerufen und sich erkundigt, wie die Sache im Stall gelaufen war. »Es wird sich zeigen«, hatte sie geantwortet.

»Robin wollte einen Abdruck der Fotos haben, die er von uns gemacht hat, von Nasrin und mir.«

»Hast du sie ihm gegeben?«

»Ja. War das nicht in Ordnung?«

»Doch, klar«, antwortete Hannes.

»Wozu wolltest du überhaupt ein Foto von ihr?« fragte Barbara, als sie beide am Tisch saßen.

»Ich habe es Kurt Donath, einem alten Bekannten bei der Staatsanwaltschaft gegeben«, antwortete Hannes wahrheitsgemäß. Er sollte für mich überprüfen, ob nach dem Mädchen nicht vielleicht eine Fahndung läuft.«

»Hat er nach dem Namen gesucht oder nach dem Bild?«

»Barbara, der Mann ist ein Profi. Warum?«

Barbara war inzwischen gleichgültig, was Hannes von ihr dachte. »Sie war nicht Nasrin Dilmac. Ich habe mich getäuscht, und sie hat das ausgenutzt. Als ich dahinterkam und sie vorgestern zur Rede stellen wollte, hat sie gedroht, dir zu schaden, wenn ich den Mund nicht halten würde.«

Hannes nickte, als wollte er sagen: Ich habe es geahnt. Dann lächelte er. »Diese Braut-Geschichte kam mir gleich seltsam vor. Der Islam verbietet nämlich die Zwangsheirat.«

»Warum hast du nichts gesagt?«

»Ich hatte meine Gründe«, antwortete Hannes.

»Hat dein Kumpel was rausgefunden?« fragte Barbara.

»Ich habe seitdem nichts von ihm gehört. Aber der Mann ist zuverlässig, der hätte sich gemeldet, wenn etwas vorliegen würde«, sagte Hannes. Er stand auf. »Tut mir leid, ich habe keinen Hunger. Diese Journalistin kommt übrigens heute so gegen eins.«

»Betrifft mich das?« fragte Barbara schnippisch.

»Aber natürlich, mein Schatz. Du wirst auf jedem Foto mit drauf sein, naja, auf fast jedem jedenfalls.«

Vorher, dachte Hannes im Hinausgehen, muß ich Robin zur Vernunft bringen, und mit Klara muß ich reden, sie sollte ihre Lieblinge in der Zeit irgendwo anders Gassi führen.

Kaum war Hannes hinausgegangen, klingelte das Telefon.

»Karpounis, ich hätte gerne Herrn Frenzen gesprochen.«

Die Stimme am anderen Ende war dunkel und klang wie die einer älteren Frau, was Barbara mit Erleichterung registrierte. Sie antwortete höflich: »Herr Frenzen ist kurz nach draußen gegangen, kann ich etwas ausrichten, Frau ... ach, sind Sie nicht die Journalistin?«

»Ja, die bin ich. Mit wem spreche ich bitte?«

»Ich bin Barbara Klein. Seine Verlobte.«

»Ach? Tatsächlich? Davon hat er mir noch gar nichts erzählt«, sagte die Frau gedehnt, während sich Barbara über ihre eigenen Worte wunderte. Welcher Teufel hatte sie denn nun geritten?

»Männer«, sagte Barbara. »So sind sie halt.« Sie hörte, wie sich der Schlüssel im Schloß drehte. »Da kommt er gerade. Sagen Sie ihm bitte nicht, daß ich Ihnen das verraten habe.« Sie gab das Telefon an Hannes weiter, der mit den Zeitungen unter dem Arm hereinkam. »Eine Frau Karpounis will dich sprechen, Schatz«, rief sie laut.

Hannes verschwand mit dem Telefon auf die Terrasse.

»Sie sind ein Glückspilz«, sagte Mia Karpounis.

»Warum?«

»Haben Sie schon Ihre Heimatzeitungen gelesen?«

»Das wollte ich gerade.«

»Haben Sie während der letzten Tage die Berichte über diesen fünfzehnjährigen Serientäter verfolgt?«

Hannes wußte, welchen Fall sie meinte. Seit Tagen wurde über einen fünfzehnjährigen marokkanischen Serienstraftäter berichtet. Er hatte während seiner Bewährungszeit versucht, einen Kiosk aufzubrechen. Polizei und Staatsanwaltschaft wollten den rückfälligen Mehrfachtäter daraufhin in U-Haft nehmen. Er sei gefährlich und unbelehrbar, warnten sie. Doch der Amtsrichter ließ ihn laufen. Daraufhin legte die Staatsanwaltschaft beim Landgericht Beschwerde ein, aber auch dort fand ein Richter, daß der Einbruchsversuch kein ausreichend schwerer Verstoß gegen die Bewährungsauflage und damit kein Haftgrund sei. Der Junge blieb draußen. Es hatte deswegen viele erboste Leserbriefe gegeben.

»Sie wissen doch, ich bin pressegeil, ich lese nur Artikel, die mich betreffen.«

»Seien Sie keine Mimose. Der Junge hat gestern einen Schulkameraden niedergestochen und lebensgefährlich verletzt.«

»Sauber. Und warum bin ich deshalb ein Glückspilz?« fragte Hannes.

»Ich hatte heute morgen einen Anruf vom Redaktionsleiter. Das ist innerhalb von wenigen Wochen der dritte schwere Fall von Jugendkriminalität, der durch die Presse ging. Erst diese Folter- und Erpressungsgeschichte in Hildesheim, dann die Mißhandlungen an der Berufschule in Hannover, und jetzt das. Die öffentliche Meinung verlangt nun nach Richtern, die entschlossen durchgreifen. Kritische Anmerkungen über Ihre vergangenen Urteile liegen nicht mehr im Trend. Man hat mir übrigens den Artikel seinerzeit auch nur abgenommen, weil sie mir einen Gefallen schuldig waren. Im Februar haben die festangestellten Redakteure fast einen Monat lang gestreikt. Ich habe ich mich ganz schön ins Zeug gelegt, ohne uns Freie hätten sie den Regionalteil vergessen können. Und die Anzeigenkunden obendrein.«

»Sie sind eine Streikbrecherin?« stellte Hannes mit scherzhafter Empörung fest. »Das hätte ich nicht von Ihnen gedacht.«

»Ich muß meine Miete zahlen.«

Mia Karpounis schnaufte laut hörbar durch, dann kam sie wieder auf den Grund ihres Anrufs zu sprechen: »Es wird also keine Reportage über Sie im *Stern* geben, sondern eine nette, harmlose Homestory in der *Bunten*. Keine kritischen Töne über Ihre Urteile, sondern: *Richter Johannes Frenzen privat.* Johannes Frenzen auf seinem Landsitz. Johannes Frenzen bei der Gartenarbeit, bei seinem Hobby, mit seinem Haustier, mit seinen Freunden, mit seiner Verlobten. Sie verstehen?«

»Äh, ja. Das heißt, nein, sie ist nicht ...«

»Nein, Sie verstehen es noch nicht ganz. Sie sind aus der Schußlinie. Nicht nur das, Sie sind ab sofort der, der es immer schon gewußt hat.«

»Ja, schön, meinetwegen. Dann also, bis nachher.«

»Nein. Das Interview heute nachmittag wird eine junge Kollegin von der *Bunten* machen. Die ist prädestiniert für solche Geschichtchen.«

»Schade, ich hatte mich schon so an Sie gewöhnt.«

»Man kann nicht alles haben«, sagte die Karpounis. »Sie sind der Mann der Stunde. Nutzen Sie sie. Morgen rennen wieder neue Säue durch's Dorf.«

Robin sah das gelbe Auto schon von weitem. Er eilte hinunter und riß dem Postboten den Packen fast aus der Hand. Wie immer war das meiste für Hannes, aber es gab auch ein dickes Päckchen für Klara und dann, tatsächlich, dieses Gefühl, das er beim Anblick des Wagens gehabt hatte, es hatte ihn nicht getäuscht: ein weißer Briefumschlag, mit der Hand beschriftet, der Robins Name und Adresse trug. Kein Absender. Auf dem Poststempel das nächstgelegene Briefzentrum Pattensen. Robin spürte seinen Herzschlag. Feierlich trug er die Post über den Hof. Hannes kam ihm entgegen.

»Morgen Robin. Sag, wie ist es gelaufen heute morgen?«

»Alles in Ordnung«, sagte Robin. Er drückte Hannes die Post in die Hand, und ehe der noch etwas sagen konnte, ging Robin mit raschen Schritten davon und verschwand im Haus. Dort warf er Klaras Päckchen auf deren Fußabtreter und schwebte die Treppe hinauf. Er legte den Brief auf seinen Schreibtisch und beschwerte ihn vorsichtshalber mit dem Locher. In der Küche setzte er Tee auf. Er zelebrierte die Teezubereitung, trug Kanne und Tasse an seinen Schreibtisch. Er wusch sich gründlich Gesicht und Hände. Dann wog er den

Brief in seiner Hand und roch daran. Er roch nach nichts. Aus der Schreibtischschublade kramte Robin einen silbernen Brieföffner hervor und ritzte damit den Umschlag so vorsichtig an, als vermutete er eine Bombe darin. Ein zweimal gefaltetes, kariertes Blatt aus einem College-Block fiel heraus. Robin entfaltete es, fuhr mit dem Ellbogen über die Schreibtischplatte, ehe er den Brief vor sich hinlegte und die klare, blaue Druckschrift Wort für Wort in sich aufsog.

Die gelben Finger der Frau spielten mit den Griffen ihrer Handtasche, die sie auf dem Schoß hatte. Man sah ihr an, daß sie gerne geraucht hätte, aber ein Schild verbot das Rauchen in diesem Dienstraum.

»... und sein Handy ist abgeschaltet, nicht einmal die Mailbox geht dran, und auf den Anrufbeantworter bei ihm zu Hause habe ich schon viermal gesprochen.«

»Wie alt ist Ihr Sohn?«

»Zweiundzwanzig.«

»Da ist es doch normal, daß er mal eine Woche nicht anruft, meinen Sie nicht?«

Die Frau schüttelte den Kopf. Ihre Dauerwelle war frisch und hatte den rot gefärbten Haaren ordentlich zugesetzt.

»Normalerweise, schon. Aber ich hatte gestern meinen Vierzigsten. Den hätte er niemals vergessen.«

»Sind Sie da sicher, ja?« entgegnete der Beamte. Er war ein Glatzkopf um die Fünfzig, und ein begehrlicher Blick glitt immer wieder zu seinem Schinkenbrot ab, das rechts von ihm auf einem Aktenschrank lag.

Die Frau nickte.

»Haben Sie jemanden zu seiner Wohnung geschickt, der mal nachsieht?«

»Nein. Ich kenne niemanden von seinen Freunden in Hannover.«

»Was macht Ihr Sohn dort?«

»Er studiert im sechsten Semester BWL und Maschinenbau«, kam es stolz.

»Kann er das nicht hier?« erkundigte sich der Polizist.

»In Pirna? Wohl kaum«, gab die Frau unwirsch zurück.
»In Dresden.«
»Er ist Werkstudent bei Conti. Sonst könnte er sich kein Studium leisten, ich bin alleinerziehend und arbeitslos. Hören Sie, ich habe auch in der Kneipe angerufen, in der er manchmal abends arbeitet. Er hätte am Donnerstag arbeiten sollen, ist aber nicht erschienen und hat sich nicht entschuldigt. Da muß etwas passiert sein.«

Der Polizist nickte bedächtig. »Gut. Ich werde die Kollegen in Hannover informieren, damit sie eine Streife vorbeischicken und da mal nach dem Rechten sehen. Hat Ihr Sohn ein Auto?«
»Nein.«

Der Mann zog ein paar Schubladen auf, bis er das passende Formular gefunden hatte. Er legte es vor sich auf die grüne Ablage, warf noch einen sehnsüchtigen Blick auf das Schinkenbrot, dann nahm er einen Kugelschreiber zur Hand.

»Dann bräuchte ich mal Ihre Personalien.«
»Mario Goetsch, geboren am fünften ...«
»*Ihre* Personalien«, unterbrach der Polizeibeamte.
»Meine? Wozu das denn? Sie sollen meinen *Sohn* suchen!« rief die Frau aufgebracht.
»Schon. Aber es muß ja alles seine Ordnung haben, oder?« sagte der Polizist streng. »Also: den Personalausweis, bitte!«

Robin trat in die Pedale. Das Fahrrad war ungewohnt, aber nicht schlecht. Beinahe hätten sie es vergessen, nein *er* hätte es vergessen, aber Klara hatte, wie immer, an alles gedacht.

»Kann ich es nicht behalten, wo meines jetzt weg ist?«
Klara hatte ihn nur angesehen als wolle sie sagen: hoffnungsloser Fall.
»Du fährst damit am besten in die Stadt und stellst es unabgeschlossen irgendwohin. Zieh Handschuhe an, wegen der Fingerabdrücke.«

Der Auftrag kam ihm nicht ungelegen. Er konnte schließlich nicht den ganzen Tag im Bett bleiben und grübeln, zudem hatte er heute keine Lust auf weitere Begegnungen mit Hannes und Barbara, und schon gar nicht auf dieses Journalistengesindel, das bestimmt den ganzen Nachmittag auf dem Gut herumlungern würde. Das Wetter sah aus, als würde es zumindest nicht regnen. Er fuhr mit dem Rad über die Dörfer direkt bis nach Hannover. Er radelte über Döhren und am Maschsee entlang, und als die Sonne herauskam, setzte er sich in ein Straßencafé in Linden und bestellte sich ein Glas Weizenbier. Nach fast zwei Stunden Fahrt war er verschwitzt und hatte einen höllischen Durst bekommen. Auch wenn er seinen Umzug aufs Land nicht bedauerte, war es doch schön, wieder einmal etwas Leben um sich zu spüren, Leute anzusehen. Männer mit wichtigem Schritt, coole Jugendliche mit Handys am Ohr, Frauen mit Tüten und Kinderwagen, eine Gruppe kichernder Mädchen, die vermutlich außer trashigen Klamotten und der nächsten SMS nichts im Kopf hatten. Robin überlegte, was diese Leute wohl für Schicksale und Geheimnisse mit sich herumschleppten, und ob jemand dabei war, der schon einmal einen anderen Menschen getötet hatte. Er nahm den Brief aus der hinteren Tasche seiner Jeans und las ihn erneut.

Lieber Robin,
bitte entschuldige, daß ich mich nicht mehr von dir verabschiedet habe. Abschiede sind nicht gerade meine Stärke, darum dachte ich, es ist besser so. Ich fand es schön bei euch, besonders bei dir.
Ich wollte eine Weile weg von zu Hause, weil ich es dort nicht mehr ausgehalten habe. Es fällt mir schwer, darüber zu schreiben. Meine Mutter trinkt. Manchmal geht es monatelang gut, dann wieder liegt sie halbnackt im Hausflur. Zuletzt war sie auf Entziehungskur, danach ging es eine Weile. Dann aber hat sie einen Kerl kennengelernt und bei uns angeschleppt, der ebenfalls Alkoholiker ist. Er brüllt rum, stinkt, bringt alles durcheinander und verleitet meine Mutter zum Saufen. Ich habe ihr gedroht, daß ich abhauen würde, wenn sie den nicht rausschmeißt. Sie braucht mich nämlich, wenn sie ihre Ausfälle hat. Sie betreibt einen kleinen Partyservice für Tapas, und die meiste Zeit bin ich diejenige, die die

Gerichte zubereitet. Daher kann ich auch kochen, ich habe es früh gelernt, denn immer, wenn meine Mutter »krank« war, mußte ich kochen. Damals war noch mein Vater bei uns, aber der hat uns vor drei Jahren sitzenlassen und ist zurück nach Gerona. Meine Mutter hat meine Drohung nicht ernst genommen. An dem Tag, als mich Barbara getroffen hat, kam ich von einer Freundin. Daß ich euch angelogen habe, tut mir leid. Aber ich schämte mich zu sehr, diese Sache mit meiner Mutter jemandem zu erzählen. Trotzdem wäre ich gerne noch ein bißchen bei euch geblieben, aber das geht nicht, denn seit Donnerstag ist ja wieder Schule. Der Kerl von meiner Mutter ist gerade auf Entziehungskur, und es geht ihr einigermaßen gut und mir auch.
Sag Barbara und Hannes danke für alles, und grüße bitte auch Klara ganz lieb von mir. Du wirst bestimmt ein tolles Buch schreiben!
Machs gut, deine Nasrin (ich habe mich schon so an den Namen gewöhnt, daß ich meinen fast vergessen habe.)

P.S. Tut mir leid wegen des Fahrrads, aber es ging nicht anders.

Es hatte Stunden gedauert, ehe das Gelesene ganz zu ihm durchgedrungen war. Also kein gefährliches Geheimnis, keine dunkle Tragödie, sondern das, was seinen geheimsten und schlimmsten Befürchtungen entsprach. Robin hätte ihr jedes Verbrechen verziehen, jede Lüge, selbst der Gedanke ihrer Ermordung durch seine engsten Freunde wäre besser zu ertragen gewesen als – das. Der Text las sich wie aus dem Script einer peinlichen Nachmittags-Talkshow oder ein Monolog aus *Richter Johannes Frenzen*. Es war so banal. Abgehauen, weil es Zoff gab, zurückgekehrt, weil die Osterferien vorbei waren. Und an so jemanden hatte er seine Gefühle verschleudert. Und sein Fahrrad.

»Pack schlägt sich, Pack verträgt sich«, hörte er im Geist Klara sagen und konnte ihr süffisantes Lächeln förmlich vor sich sehen. Nein, sie durfte nichts von dem Brief erfahren. Niemand durfte davon erfahren. Robin las ihn noch einmal durch, dann stopfte er das zusammengefaltete Blatt wieder in seine Hosentasche. Warum er ihn nicht gleich fortwarf oder hier, an Ort und Stelle, im Aschenbecher verbrannte, darüber wollte er jetzt nicht nachdenken.

Nachdem er das Bier ausgetrunken hatte, gönnte er sich das zweifelhafte Vergnügen, bei dem Blumenladen auf der Limmerstraße vorbeizuschauen, den Barbara ihm als Arbeitsplatz der »richtigen« Nasrin genannt hatte. Sie band Buchsbaumzweige zu einem Kranz. Wenn er überhaupt etwas fühlte bei ihrem Anblick, dann Enttäuschung. Ihre Züge hatten zwar eine gewisse Ähnlichkeit, aber diese Frau hier wirkte viel plumper und ihre Bewegungen unterschieden sich doch sehr von denen »seiner« Nasrin. Nur so ein Schaf wie Barbara konnte die beiden Frauen miteinander verwechseln, dachte Robin verärgert.

»Was wird das?« erkundigte er sich, denn er wollte ihre Stimme hören.

»Ein Frühlingstürkranz.«

»Aha«, sagte Robin und kaufte aus lauter Verlegenheit einen Strauß rosa Tulpen.

Das Fahrrad ließ er vor dem Ihmezentrum stehen, einem riesigen, vergammelnden Siebziger-Jahre-Beton-Koloß, Einkaufszentrum mit Wohnungen, ein sozialer Brennpunkt erster Güte. Noch immer hatte er die Tulpen dabei. Vielleicht sollte er sie einer schönen Frau auf der Straße schenken und ihr damit den Tag retten, oder besser noch, einer häßlichen Frau, aber weder in der Linie 10, noch auf dem Hauptbahnhof oder in der S-Bahn kam ihm ein geeignetes Subjekt in die Quere. An der Bahnstation mußte er eine Viertelstunde auf den Bus warten, und als er ausstieg, fiel ihm ein, daß dies die Haltestelle sein mußte, an der Barbara das Mädchen getroffen hatte. Würde ihn ab jetzt jeder Stein an sie erinnern? War er noch immer verliebt in sie, trotz allem, was er nun von ihr wußte? Aber was wußte er überhaupt? Daß ihre Mutter einen Partyservice für Tapas betrieb. Tapas waren in, fast in jeder Kleinstadt gab es inzwischen eine Tapas-Bar. Aber einen Partyservice? Das müßte doch herauszufinden sein. So viele dürfte es davon nicht geben, selbst wenn sie gar nicht aus Hannover war ... Die Frage war: Wollte er sie überhaupt finden? Mußte er diesen bitteren Kelch wirklich bis zum Ende leeren? Oder hoffte er, um in diesem Bild zu bleiben, daß er an dessen Grund einen Diamanten fand? Mit derlei Fragen beschäftigt, näherte er sich Arnes Hof. In einer knappen Stunde war Futterzeit. Ebensogut könnte er jetzt gleich ... Oder sollte er doch lieber bis morgen früh warten, ehe er den Stall wieder betrat? Er hatte den Sauen am Morgen eine großzügige Ration zukommen lassen, sie würden bis morgen durchhalten. Als er am Wohnhaus vorbei war, sah er das große Hoftor offenstehen. Auch die Stalltür stand offen. Im Außenpferch, neben dem Misthaufen, standen drei Schweine. Die drei Eber.

Robin wurde flau. War Arne doch zurückgekommen? Aber wann? Und warum? Robin ging voller Angst durch das Hoftor und in den Stall.

»Hallo?«

Niemand antwortete. Die Schweine grunzten gelassen vor sich hin. Robin näherte sich langsam dem Stall der Eber. Er beugte sich gerade über den Trog, als sich jemand laut räusperte. Robin wirbelte herum. Der Mann stand hinter ihm. Er hatte eine Mistgabel in der Hand.

Die Aufnahmen zogen sich in die Länge, weil das Licht häufig wechselte und noch öfter wechselte Barbara die Kleidung. Der Mercedes mußte herausgefahren werden, ebenso der Rasentraktor.

Barbara war schon wieder ins Haus gegangen, weil sie meinte, nun wäre der Auftritt für das neue Sommerkleid gekommen. Die junge Moderatorin – »Hey, ich bin Jenny« – hatte eine kernige Figur und gab sich Mühe, aber dennoch ging sie Hannes gehörig auf die Nerven.

»Schade, daß Sie keine Pferde haben. Tiere kommen immer gut, besonders auf dem Land.«

»Wir haben einen Kater«, sagte Barbara, die eben wieder erschien.

»Oh, wie schön. Wo ist er denn?«
»Ich gehe ihn suchen. Tiiituuus!«
Jenny ging ebenfalls den Kater suchen, und der Fotograf schlich ehrfürchtig um den Mercedes herum. Hannes setzte sich auf die Stufe vor seiner Haustür. Unwillkürlich tasteten seine Blicke das Pflaster vor dem Gargoyle ab, wo der Tote gelegen hatte. Es war, von der Tür aus gesehen, der Rechte. Natürlich war nichts zu sehen. Wenn da etwas gewesen war, hatte es der Regen längst fortgespült. Müßig betrachtete er die beiden grimmigen, hundeschnauzigen Burschen, die mit ewiger Wachsamkeit auf ihren Steinsockeln thronten. Sie waren eines der wenigen wirklich originellen Geschenke von Barbara. Er entdeckte eine Schramme auf dem Schild, auf das sich der linke Gargoyle stützte. Sie fiel kaum auf, weil sie sich in das angedeutete Wappen einfügte, als gehörte sie zu dessen Relief. Hannes beugte sich vor und sah sich die Kerbe genauer an. Sie glänzte metallisch.

»Wunderbar! Bleiben Sie so sitzen, genau in dieser Denkerpose!« Jenny rief nach dem Fotografen. »Thomas, komm mal rüber, wir machen einen Satz Fotos mit der Figur. Wenn es Ihnen recht ist, Herr Frenzen.«

Der Fotograf legte los. Barbara kam über den Hof, der mißgelaunte Kater hing über ihrem Arm wie ein nasser Putzlappen. Aufstellung zum Familienfoto, während es in Hannes' Kopf wie verrückt arbeitete. Er war kein Waffenexperte, aber er hatte von Anfang an bezweifelt, daß ein Schuß aus einem Kleinkalibergewehr einen Mann tödlich niederstrecken konnte. Vielleicht, wenn man ihn in den Kopf traf, oder genau ins Herz. Aber da war keine Schußverletzung gewesen. Auch die Variante mit dem Sturz auf die Sockelkante erschien Hannes plötzlich nicht mehr plausibel. Der Tote hatte keine Kopfverletzung gehabt, da war Hannes sicher. Er versuchte die Ereignisse der bewußten Nacht zu rekonstruieren: Robin ruft vom Balkon aus dem Mann etwas zu, der vor Nasrins Fenster herumschleicht. Der Mann hört ihn, geht ein paar Schritte zurück und löst den Bewegungsmelder aus. Er steht in der Nähe des linken Gargoyles, das Licht geht an, blendet ihn. Er sucht, woher die Stimme kommt. Der Schuß löst sich. Das Geschoß prallt am linken Gargoyle ab und trifft den Mann, vielleicht ins Bein. Er stolpert und knickt ein vor Schreck und vor Schmerz. Klara, die noch nicht im Bett ist, hört den Schuß und rennt sofort aus dem Haus. Es dauert etwa fünfzehn, höchstens zwanzig Sekunden, bis sie bei dem Mann ist. Der schleppt sich gerade ein paar Meter weg, vielleicht sucht er Deckung vor weiteren Schüssen. Er schafft es bis vor den rechten Gargoyle. Dort begegnet ihm Klara.

Hannes selbst wird durch den Schuß wach, er macht erst das Licht an, vergewissert sich bei Barbara, die aufrecht im Bett sitzt, ob auch sie einen Schuß gehört hat, dann steht er auf, schlüpft in den Bademantel und läuft die Treppe hinunter, Barbara kommt hinterher. Es dauert bestimmt eine Minute, wenn nicht zwei, bis er und Barbara am Ort des Geschehens sind. Robin kommt etwa zur selben Zeit über den Hof, klar, er muß ebenfalls erst die Treppe hinunter, außerdem dauert es bei ihm immer etwas länger, ehe er begreift und handelt.

»Der Mercedes eignet sich sicherlich prächtig als Hochzeitsauto«, schraubte sich die schrille Stimme Jennys in seine Gedanken.

»Ich verleihe ihn aber nicht«, brummte Hannes, woraufhin Jenny seltsamerweise in haltloses Gekicher ausbrach. »Ach, Herr Frenzen, Sie sind mir ja einer! Darf ich Sie noch einmal bitten ...«

Hannes hätte nicht sagen können, wie er die letzten zwei Minuten verbracht hatte. Er fand sich neben dem linken Kotflügel des 300 SL wieder, Barbara stand auf der anderen Seite, jetzt ohne Kater.

»Und jetzt lächeln Sie sich mal verliebt an.«

Hannes gehorchte.

»Das war's«, sagte Jenny.

»Fein«, seufzte Hannes, dem das verliebte Lächeln augenblicklich aus dem Gesicht fiel.

»Nun die Innenaufnahmen«, sagte Jenny. Hannes biß die Zähne zusammen. Er wäre jetzt furchtbar gerne allein gewesen, um alles noch einmal in aller Ruhe durchzudenken. Wie war das mit Klara? Und Nasrin? Warum kam Nasrin, die dem Geschehen am nächsten war, so spät aus dem Gästehaus?

Hannes holte tief Atem und spürte, wie ihm das Blut durch die Adern schoß. Auf einmal paßte alles zusammen. Auf einmal fand er Robins Idee, einer von ihnen könnte auch das Mädchen umgebracht haben, gar nicht mehr so abwegig. Nur, daß Robin auf der falschen Fährte war. Klara hatte ein überzeugendes Motiv: Sie mußte die Zeugin ihres Mordes beseitigen. Nicht Robins Schuß, sondern Klara hatte den Mann getötet. Aber warum? Es hätte doch genügt, ihn zu stellen.

Vielleicht hatte er etwas mit den Wölfen zu tun. Nur, wenn es um die Wölfe ging, schreckte Klara vor nichts zurück und beging möglicherweise unkontrollierte Handlungen.

»Herr Frenzen! Bitte etwas freundlicher. Würden Sie sich mal da an den Herd stellen und eine Bratpfanne in die Hand nehmen?«

Zum Teufel mit ihnen, dachte Hannes. Aber er hielt durch. Schließlich war er ein Profi.

Es dauerte ein paar Schrecksekunden, ehe Robin die Gestalt mit der Mistgabel erkannte.

»Herr Gamaschke.«

»Was machst du denn da?« fragte der Bauer, der jeden duzte.

»Ich? Ja, ich ... ich wollte mal nach den Schweinen sehen.«

»Soso. Aber Blumen wären da nicht nötig gewesen«, meinte Gamaschke trocken.

Robin sah mit verlegenem Grinsen auf seinen Tulpenstrauß.

»Oder gibt's was zu feiern?« erkundigte sich der Altbauer neugierig.

»Nein, die habe ich nur so gekauft.«

»Wo steckt Arne, der verdammte Nichtsnutz?« fragte der Bauer.

Robin stotterte etwas von einem wichtigen Termin, er wisse auch nichts Näheres, nur daß Arne ihn gebeten hätte, die Schweine zu füttern. »Hat es Ihnen auf Mallorca nicht mehr gefallen?« erkundigte sich Robin leutselig.

»Wird mir jetzt zu heiß da. Letzte Woche waren es schon fast dreißig Grad, das hält ja kein Schwein aus.«

»Ist denn mit den Schweinen alles in Ordnung?« Robin versuchte unauffällig die Boxen der drei Eber zu inspizieren. Die Trennwände waren herausgenommen worden, der Boden war gefegt.

»Jaja«, brummte Gamaschke, dem das Arrangement überhaupt nicht zu gefallen schien. »Bin noch nicht ganz durch. Bei den dreien da ...«, er wies hinter Robin auf die Bucht der Eber, »da hat sich wohl ein Ferkel verirrt und dran glauben müssen.«

»Das ... das tut mir leid.«

»War jedenfalls alles voller Knochen.«

»Wenn es an mir lag, ich werde das Ferkel ersetzen, ich meine, was so ein Ferkel eben kostet.«

»Ach, was. Das kommt halt vor. Manchmal schaffen die Viecher es, über die Wände zu springen, man glaubt es nicht.«

»Mit den Ebern ist sicherlich nicht zu spaßen«, wandte Robin ein.

»Die Sauen sind nicht anders. Machmal fressen die ihre eigenen Jungen, besonders, wenn sie das erste Mal werfen. Da muß man höllisch aufpassen. Aber manchmal kriegt man es nicht rechtzeitig mit, wenn sie zu früh abferkeln, und mitten in der Nacht. Dann kann es sein, daß man am nächsten Morgen nur noch die Reste findet. Das Dumme ist, daß sie es immer wieder tun, wenn sie erst mal auf den Geschmack gekommen sind.«

Robins Lächeln entgleiste.

»Was erzählst du wieder für Geschichten!« tönte die Stimme von Arnes Mutter vom anderen Ende des Stalles. Sie grüßte Robin, erkundigte sich nach Arnes Verbleib, und Robin wiederholte seine vage Geschichte.

»Mein Mann hatte Sehnsucht nach seinen Schweinen. Er wollte sie noch mal sehen, ehe sie verkauft werden«, verriet Frau Gamaschke. Sie hatte im Gegensatz zu ihrem Mann ein paar Kilo abgenommen, ihr Gesicht war gebräunt und ihr Haar, das üblicherweise die Farbe von verkochten Linsen hatte, war in einem flotten Rotton gefärbt. Robin machte ihr ein Kompliment zur neuen Frisur und schenkte ihr die Tulpen, worüber sie sehr entzückt war. Dann verabschiedete er sich eilig. Zum einen, weil ihm übel war, zum anderen, weil er dringend Arne anrufen mußte. Als er vom Hof ging, grunzten die Eber in ihrem Pferch. Ihre kleinen blauen Augen verfolgten ihn, bis er um die Ecke bog. Dann rannte er den ganzen Weg nach Hause und schwor sich bei jedem Schritt, nie wieder, in seinem ganzen Leben, einen Schweinestall zu betreten.

»Sind sie weg?« fragte Klara aus dem Wagenfenster.

Hannes, der gerade den Mercedes zurück in die Garage fahren wollte, nickte.

»Gott sei Dank«, sagten beide wie aus einem Mund und mußten lachen.

»Fährst du eine Runde?« fragte Klara.

»Warum eigentlich nicht. Wenn du mitkommst?«

»Gut. Ich brauche noch eine Viertelstunde.«

»Laß dir Zeit. Ich geh noch kurz zu Robin rauf.«

Robin war vorhin im Laufschritt über den Hof gefegt und sofort nach oben verschwunden.

Hannes klopfte an Robins Tür und fand sie offen. Es roch nach Duschgel. Robin stand mit einem Handtuch um die Hüften in der Küche und schaute in seinen Kühlschrank.

»Leer, verdammt«, fluchte er. Er wandte sich um. »Hei, Alter.«

»Bier ist ja noch da«, stellte Hannes fest. »Gib mal eins her.«

Robin köpfte zwei Flaschen Jever. Er trank aus der Flasche, während sich Hannes ein Glas nahm.

»Snob«, sagte Robin.

»Banause«, konterte Hannes. Sie tranken und wischten sich den Mund ab.

»Und? Wie ist es denn gelaufen, heute morgen, mit den Schweinen?«

Robin berichtete von ihrem kleinen Problem. »... aber als sie das Messer in der Hand hatte, da war es vorbei, da bin ich gegangen«, schloß er. »Sie wollte es sowieso alleine machen, Gott sei Dank. Sie ist regelrecht blutrünstig geworden, seit sie diese Wölfe hat ...« Er schüttelte sich. »Manchmal glaube ich, sie ist gar keine Frau mehr, sondern ein Raubtier.«

»Vielleicht hat sie einfach nur getan, was nötig war, um den Mist auszubügeln, den du fabriziert hast«, hörte sich Hannes Klara verteidigen.

»Sie hat ihn ausgezogen und ihm den Schädel kahlrasiert«, sagte Robin angeekelt.

»Sie hat das bestimmt nicht zum Spaß getan.«

»Egal, am besten vergessen wir's«, meinte Robin. »Die letzten Überreste hat wohl vorhin gerade der alte Gamaschke auf den Misthaufen geworfen.«

»Der alte ... ?« Hannes stellte erschrocken das Bierglas ab.

»Ja, die sind schon heute nachmittag aus Mallorca zurückgekommen.«

»Scheiße. Wußte Arne nichts davon?«

»Nein. War wohl eine sehr spontane Entscheidung.«

»Hat der Alte was gemerkt?«

»Nein. Er sagte was von Ferkelknochen. Zum Glück ist er weitsichtig, auch wenn er es nicht zugibt.«

Hannes trank sein Glas leer und schenkte nach. »Das war knapp.«

»Ja«, sagte Robin nur und setzte sich an den Küchentisch.

»Was hast du eigentlich mit Barbaras Gemüsebeet gemacht?« fragte Hannes freundlich.

Robin grinste. Hannes beschlich die Ahnung, daß dieses Bier nicht Robins erstes war.

»Ich hatte euch beide vorübergehend in Verdacht, Nasrin ermordet zu haben«, gestand Robin überraschend aufrichtig. »Aber das hat sich erledigt.«

»Das freut mich. Darf ich fragen, warum?«

Robin überlegte. Er hatte seinem Freund einen kaltblütigen Mord unterstellt, was diesen sicherlich kränkte. Vielleicht war nun ein Vertrauensbeweis nötig, um ihn wieder zu versöhnen.

»Versprich mir, daß du mit niemandem drüber redest, schon gar nicht mit Klara.«

»Über was?«

»Was ich dir gleich zeige. Versprich es.«

»Ja, schon gut. Ich verspreche es.«

Robin ging ins Schlafzimmer und fischte den inzwischen etwas zerknitterten Brief aus seiner Jeans. Er reichte ihn Hannes. Der sah ihn sich sehr lange an. Zu lange, fand Robin.

»Lernst du ihn gerade auswendig?«

Hannes legte den Brief weg. »Dann ist ja alles so weit in Ordnung.«

»Ehrlich gesagt, ich weiß nicht, ob ich auf diesen Brief nicht lieber verzichtet hätte.«

»Zugunsten irgendwelcher Hirngespinste«, ergänzte Hannes.

Robin knallte die Bierflasche auf den Tisch, und Hannes sah, daß sein Freund den Tränen nahe war. »Mensch, Hannes. Ich dachte, sie wäre was ganz Besonderes. Aber das ...«, er unterdrückte nachlässig einen Rülpser, »... ist so verdammt ... billig.«

Hannes verkniff sich ein Lachen. »Bestimmt hast du dir lauter wildromantische Geschichten über sie ausgedacht. Schreib sie auf, das ist doch dein Job. Dafür sind Romane gut. Das Leben selbst ist nicht romantisch. Nur manchmal wild.« Er stand auf und klopfte Robin auf die Schulter. »Glaub einem alten Mann«, sagte er und ging, ehe er sich nicht mehr beherrschen konnte.

Mit den offenen Flügeltüren sah der Wagen aus wie ein Fluginsekt kurz vor dem Start. Klara wartete bereits, sie saß mit feuchtem Haar auf dem Fahrersitz und roch nach Bergamotte.

»Weißt du, Klara, das ist ein alter Wagen. Der fährt sich nicht ganz leicht, also, nicht, daß ich dir das nicht zutraue, aber ...«

»War nur ein Test.« Sie rutschte auf den Beifahrersitz, und sie klappten die Flügeltüren herunter.

»Woher weißt du, wofür diese ganzen Dinger sind?« Nicht einer der verchromten Knöpfe trug ein Symbol.

»Wenn man einen solchen Wagen besitzt, sollte man ihn auch auswendig kennen und beherrschen«, sagte Hannes fröhlich. Er zog den Choke und drehte an der Zündverstellung. Der Wagen sprang prompt an und blubberte vor sich hin.

Hannes gab Gas, und sie schossen die Auffahrt entlang, daß es Klara in den Sitz drückte.

»Bringt er das?« fragte Klara und deutete auf den Tacho, der bei 270 km/h aufhörte.

»Zweihundertsechzig. Aber bei hundertachtzig fliegt dir schon das Trommelfell weg. Das ist richtig Arbeit, den auf der Straße zu halten«, erklärte Hannes. »Die Lenkung ist ungenau, von Servolenkung natürlich keine Spur, die Federung ist wie Pudding, die Pendelachse hat so ihre Launen und bei den Trommelbremsen weiß man auch nie, in welche Richtung die ziehen.«

Außerdem gab es keine Sicherheitsgurte, keine Kopfstützen, und die Lehne endete am Schulterblatt. Aber ein Aschenbecher war auf das Armaturenbrett geschraubt.

»Ich fühl mich wie in einem alten Gangsterfilm«, rief Klara durch das Gedröhne. Sie hatten das Dorf hinter sich gelassen und fuhren in gemächlichem Tempo über die schmale Landstraße.

»Robin hat eben erzählt, der alte Gamaschke hat ...«

»Hab's schon gehört«, unterbrach Klara. »Schwein gehabt.«

»Warum wolltest du Robin nicht dabeihaben?«

»Er ist in der Hinsicht ein bißchen sensibel«, antwortete Klara. Ein Paar in einem offenen Porsche kam ihnen entgegen und winkte ihnen zu. Übermütig drückte Klara auf die Beifahrerhupe.

»Oh, ich habe die Hupenumstellung ganz vergessen!« rief Hannes und drückte auf einen der Knöpfe. »Von Stadt auf Überland.«

Klara warf ihr Haar zurück und lachte.

»Was sollte eigentlich dieser Brief bezwecken?«

»Was für ein Brief?«

»*Er brüllt rum, stinkt, bringt alles durcheinander und verleitet meine Mutter zum Saufen.* Herrgott, Klara!« Hannes lachte. »Ich mußte mich schwer zusammenreißen.«

Klara verteidigte sich: »Er hat diese dahergelaufene Göre bis zum Gehtnichtmehr idealisiert. Sie war wie eine weiße Leinwand, auf die er seine Phantasien projezieren konnte, unter der dicken, fetten Überschrift: *Die große, unerfüllte Liebe meines Lebens.*« Klara unterstrich den letzten Satz mit einer theatralischen Geste.

Hannes konzentrierte sich auf das Überholen einer Familienkutsche. Als sie wieder freie Fahrt hatten, sagte er: »Und du mußtest die leere Leinwand mit dieser Proletengeschichte füllen.«

»Das war die einzige Möglichkeit. Robin ist im Grunde ein Snob. Er verabscheut nichts mehr als das, was er »prollig« zu nennen pflegt. Wahrscheinlich, weil er Angst hat, selbst so zu enden. Denn irgendwann wird ihm das Geld ausgehen, und die Nummer *junges, verkanntes Genie* wird zusehends lächerlicher, wenn er auf die Vierzig zugeht.«

»Wenigstens ein paar kleine Illusionen hättest du ihm lassen können«, grinste Hannes. »Jetzt ist er sozusagen auf dem Weg von der Illusion zur Depression. Was, wenn er sich wirklich in das Mädchen verliebt hat?«

»Dann kann er jetzt prüfen, wie weit es damit her ist.«

»Du bist ein Miststück«, stellte Hannes fest.

Klara biß sich auf die Lippen. »Weißt du, es gab mal eine Zeit, da hätte ich alles für Robin getan. Aber er hat es nicht zugelassen, er mußte unbedingt den einsamen Wolf geben.«

»Hast du den Brief geschrieben, weil du dich für seine Zurückweisung rächen willst?«

»Nein. Aber du hättest ihn sehen sollen, wie er im Gemüsebeet gewütet hat. Wie ein Irrer. Du kennst ihn, wenn der sich in was reingesteigert, ist er wie ein Terrier. Er hätte uns bis ans Ende seiner Tage für Mörder gehalten.«

»Vielleicht hat er ja recht.«

»Wie meinst du das?«

»Du hast Robin im Schweinestall weggeschickt, damit er nicht bemerkt, daß der Tote gar keine Schußwunde hat«, sagte Hannes, den als Antwort ein giftiger Seitenblick traf.

»Versteh mich nicht falsch. Es macht keinen Unterschied, ob es Robin war oder du. Außer, daß es bei Robin ein Versehen war, während bei dir ...«

»Bei mir wäre es Mord.«

»Ein guter Anwalt würde Totschlag rausholen. Es fehlt die Arglosigkeit des Opfers.«

»Sehr witzig.«

»Das ist ein Unterschied von einigen Jahren.«

»Unsinn. Er hat sich beim Sturz ...«

»Komm mir nicht schon wieder damit. Er hatte nicht einmal eine Schürfwunde am Kopf.«

»Und das Mädchen?« wandte Klara ein. »Sie war am nächsten dran. Erinnerst du dich, wie sie Robin aufs Kreuz gelegt hat, als er wegen seiner Möbel ausgerastet ist? Vielleicht beherrscht sie eine Kampfsportart. Vielleicht hat sie ihn erledigt.«

Hannes schüttelte den Kopf. »Das hätte Robin vom Balkon aus noch gesehen.«

»Vielleicht deckt er sie. Aus Liebe.«

»Im Grunde ist es egal«, meinte Hannes. »Ich wüßte nur einfach gerne Bescheid.«

»Du hast gerne alles unter Kontrolle«, stellte Klara fest.

»Du etwa nicht?«

Klara ließ die Scheibe herunter. Der niedersächsische Frühlingsabend bot erste mediterrane Anklänge. Laue Luft drang herein und wirbelte ihr Haar durcheinander. Es glänzte im Licht der sinkenden Sonne wie frisch geschälte Kastanien.

»Ich schlage dir einen Deal vor«, sagte Klara.

»Ich höre.«

»Du läßt mich mal mit deinem Wagen fahren, und ich erzähle dir die ganze Wahrheit und nichts als die Wahrheit.«

»*No way*«, antwortete Hannes.

»Hast du was rausgefunden?« fragte Barbara.

Robin bat sie herein. Es war lange her, daß Barbara in seiner Wohnung gewesen war. Sie ging langsam durch die Räume und sah sich um. Robin stand vor seinem Schreibtisch, die Hände in den Achseln vergraben.

»Whow. Sieht ja richtig gut aus ohne den ganzen Krempel«, sagte sie.

»Ja, hin und wieder muß man im Leben Ballast abwerfen.«
»Und, hast du was rausgekriegt?« wiederholte Barbara ihre Frage. »Über Nasrin, meine ich.«
»Nein, noch nicht. Ich ... ich mußte das Fahrrad wegbringen, und, na, du weißt schon.«
»Man muß übrigens gar nicht ins Archiv der Zeitungen, wenn man wissen will, was in Hannover und Umgebung in der letzten Zeit so los war.«
»Nein?« fragte Robin mäßig interessiert.
»Man findet alles auf der Internetseite der Polizei selbst.«
»Woher weißt du das? Hast du nachgesehen?«
»Nein, von Hannes. Der hat mir das mal erzählt, das ist mir heute plötzlich wieder eingefallen. Ich wollte es dir sagen, das erleichtert dir vielleicht die Arbeit.«
»Danke. Aber ich glaube, ich werde das alles einfach möglichst rasch vergessen. Jetzt, wo diese Leiche weg ist ... Ja, einfach vergessen werde ich das alles. Ich muß mich endlich auf meine Arbeit konzentrieren.«
Barbara sah ihn verblüfft an. »Aber gestern warst du doch noch ganz wild drauf, etwas über sie rauszukriegen.«
»Was kümmert mich mein Geschwätz von gestern, um es mit Adenauer zu sagen. Willst du ein Bier?«
»Nein, ich möchte kein Bier.«
»Einen Schnaps? Ich glaube, ich habe noch was von Arnes Mirabellenzeugs im Kühlschrank.«
»Ich möchte auch keinen Schnaps. Ich möchte wissen, was hier gespielt wird, Robin.« Ihre Stachelbeeraugen maßen ihn voller Mißtrauen.
»Nichts. Ich möchte diese ganze Scheiße einfach nur hinter mir lassen.«
»Ich dachte, das Mädchen war dir so wichtig?«
»Barbara, bitte laß mich damit in Ruhe. Wenn du in diesem Schweinestall dabeigewesen wärst, dann würdest du mich verstehen.«
»War es so schlimm?«
»Schlimmer, als du es dir vorstellen kannst.« Er trat ans Küchenfenster und sah hinaus. Arnes Trecker fuhr gerade auf

die Felder zu, den Mistbreiter im Schlepptau. Der Fahrer trug eine Mütze, demnach war es der alte Gamaschke.

»Das glaube ich dir«, sagte Barbara. Deshalb hatte er sich wohl auch einen angesoffen. Erst jetzt, als Robin sich umwandte, sich dabei mit der Hand auf dem Küchentisch abstützen wollte und das Möbel knapp verfehlte, merkte sie, wie betrunken er wirklich war.

»Dann leg dich mal ein bißchen hin«, sagte sie. »Schlaf hilft, um zu vergessen.«

»Bier auch«, sagte Robin und rülpste dezent.

»Ich hatte mal ein Verhältnis mit ihm. Als es zu Ende war, hat er mir ekelhafte SMS geschrieben und beleidigendes Zeug auf die Mailbox gesprochen. Dann hat er meine Festnetz-Nummer rausgekriegt. Nachdem mir Nasrin von einem Fremden erzählt hatte, der am Ostersonntag um das Gut herumgeschlichen sein soll, hatte ich Angst, daß er die Wölfe entdeckt hat. Außerdem wollte ich nicht, daß Robin was von ihm erfährt. Das Ganze war mir peinlich.« Sie sah ihn mit zerknirschter Miene an. »Manchmal läßt man sich auf Leute ein, für die man sich hinterher in Grund und Boden schämt.«

»Das kenne ich.«

»Robin hat von einem Gegenstand gesprochen, den er in der Hand hatte«, fuhr Klara fort. »Es war eine Farbsprühdose. Damit wollte er garantiert irgendwas Ekelhaftes an die Hauswand schreiben, die fiese Ratte.« Klara fuhr auf einer schmalen, aber schnurgeraden Straße irgendwo hinter Hameln, der Drehzahlmesser stand bei fünftausend Umdrehungen, und der Lärm des Motors machte eine Unterhaltung schwierig. Hannes rang flehend die Hände. Klara lachte und drosselte das Tempo.

Sie bog in eine der zahlreichen Alleen ein, die sie an dieser Gegend so mochte.

»Sie werden ihn suchen. Irgendwann wird die Polizei vor deiner Tür stehen.«

Dieser Gedanke war auch Klara schon gekommen.

»Ich werde zugeben, daß ich mal was mit ihm hatte. Da bin ich vermutlich nicht die einzige.«

»Nur mal rein hypothetisch: Wie tötet man einen Menschen mit bloßen Händen?« fragte Hannes.
»Ich glaube, die gängige Methode ist Erwürgen.« Klara illustrierte das Gesagte.
»Laß die Hände am Steuer!«
Klara gehorchte grinsend.
»Erwürgen dauert zu lange.«
»Mein Vater hatte einen Kumpel, der viele Jahre bei der Fremdenlegion war. Der hatte tolle Tricks drauf, zum Beispiel, wie man jemandem den Arm bricht ...«
»... oder das Genick.«
»Auch das.«
»Du solltest Robin Bescheid sagen. Der dreht sonst durch, wenn die Polizei auftaucht.«
»Du meinst, die ganze Wahrheit?«
»Zumindest so viel, wie er wissen muß. Und wo wir gerade bei der Wahrheit sind: Was ist mit dem Mädchen?«
»Was soll mit ihr sein?«
»Vielleicht hat sie dich beobachtet.«
»Möglich«, sagte Klara, und nach einer kurzen Denkpause: »Also wirklich! Seit ich hier im Wagen sitze, unterstellst du mir einen Mord nach dem anderen.«
Hannes hielt die Hände vor sein Gesicht, als Klara den Mercedes mit achtzig in eine Kurve legte. Das Heck brach aus, der Wagen schlingerte, aber Klara fing ihn geschickt ab und brachte das Gefährt wieder auf Kurs.
»Ich will dir gar nichts unterstellen«, keuchte Hannes, nachdem er sich den Angstschweiß von der Stirn gewischt hatte. »Im Gegenteil, ich wünschte fast, du hättest es getan.«
»Und das sagt mir ein Richter.«
»Nicht umsonst bin ich nur noch ein Richter-Clown.«
Eine ganze Weile blieb es still, bis Klara fragte: »Bist du eingeschlafen?«
»Nein. Ich bete.«

Alles war bereit: Die Isomatte stand zusammengerollt im Flur neben dem neuen, dicken Schlafsack. Der Rucksack war gepackt: Taschenlampe, Schweizermesser, Jogginganzug, eine Regenhose, Gummistiefel, Sweatshirt, T-Shirt, eine Jeans zum Wechseln, Unterwäsche, Socken, Hüttenschuhe. Eine Packung Schokoriegel und zwei Packungen Gummibärchen. Die Paprikachips hatten keinen Platz und mußten wieder raus, sie würden ohnehin nur zerbröseln. Ganz unten im Rucksack lag das neue Fernglas. Es war eine Leihgabe. Der Besitzer wußte allerdings nichts davon. Aber ein Fernglas war wichtig, ganz im Gegensatz zum Zahnputzzeug in der linken Seitentasche. In der rechten befand sich die Box mit der Zahnspange. Die Digitalkamera und das Fährtenbuch steckten in der Jacke, ebenso die Armbanduhr mit dem Piepswecker, ebenfalls »geliehen«.

Unten fuhr gerade der Wagen aus der Garage. Seine Mutter wollte ihm helfen, die Sachen hinunterzutragen, aber Jonas lehnte ab. Er war schließlich kein kleines Kind mehr, und zur Hütte würde er das Zeug auch selbst schleppen müssen. Geduldig ließ er die Ermahnungen bezüglich gesunder Ernährung und Körperhygiene über sich ergehen.

»Und bleibe bitte bei deiner Gruppe. Nicht, daß du wieder irgendwelchen Spuren hinterherläufst und man dich stundenlang suchen muß«, mahnte seine Mutter, wobei sie wieder einmal maßlos übertrieb.

»Ja.«

»Versprich es, Jonas!«

»Ich werde auf den Ausflügen immer bei der Gruppe bleiben, ich verspreche es.«

»Dann ist es ja gut«, sagte seine Mutter und gab ihm einen Kuß auf die Wange, ehe er zu seinem Vater in den Wagen stieg, wo ihn ähnliche Vorträge erwarteten.

Barbara hatte bis ein Uhr im Bett gelesen und lag noch wach, als sie hörte, wie die Wagentüren auf und zu schlugen. Sie sah keine Notwendigkeit, Klara zu verabschieden und ihr Glück für ihr verrücktes Vorhaben zu wünschen. Es reichte, wenn Hannes da draußen herumlungerte. Man hatte sie stets behandelt, wie ein Kind, das von den Plänen der Erwachsenen nichts verstand. Klara hatte es nicht einmal für nötig gehalten, sie einzuweihen als die Welpen größer geworden waren und ihr Wolfserbe immer mehr zu Tage trat. Tschechische Wolfshunde, daß ich nicht lache! Erst heute hatte ihr Hannes selbst die Wahrheit erzählt, die sie schon längst kannte, und sie um Stillschweigen gebeten. Madame von Rüblingen hatte es nicht einmal für erforderlich gehalten, diese Bitte persönlich vorzubringen. Trotz Klaras oberflächlicher Freundlichkeit hatte Barbara von Anfang an gespürt, daß sie lediglich als temporäres Anhängsel von Hannes betrachtet wurde. Eine von vielen, austauschbar.

Aber die würden sich noch wundern. Barbara klappte den Krimi zu und löschte das Licht.

Den Abend hatte Klara damit zugebracht, ihre Ausrüstung zusammenzustellen. Sie mußte sich auf einen Rucksack beschränken, der nicht allzu viel Gewicht haben durfte. Sie verzichtete auf ein Zelt, nahm nur ein großes Regencape mit und ihren Vierzig-Grad-minus-Schlafsack. Wichtig waren eine ausreichende Anzahl von Batterien für die Stirnlampe, die Karten, die ihr Michael Trenz geschickt hatte und die SIM-Karte für das Mobiltelefon. In die Taschen ihres Parkas stopfte sie Müsliriegel und Energydrinks. Dann schrieb sie für Robin einen Zettel mit Instruktionen, was und wann er Merlin zu füttern und wie er ihn zu behandeln hatte. Als sie von ihrer Tour mit dem Mercedes zurückgekommen war, hatte er ordentlich einen sitzen gehabt. »Weissu, ich trinke, um su vergessen!« Hoffentlich hatte er morgen früh nicht vergessen, daß er Merlin versorgen mußte. Merlin schien zu spüren, daß etwas im Gange war. Er wich Klara nicht von der Seite, sie mußte ihn schließlich ins Haus sperren, wo er die Vorderpfoten auf den Sims des Küchenfensters legte und kläglich heulte, als Klara die anderen drei aus dem Zwinger holte.

»Was machst du denn hier?« fragte Klara, als sie Hannes neben dem Wagen stehen sah.

»Kann ich mitkommen?«

»Du? Du sagst doch immer, mehr als hundert Meter Fußmarsch grenzen an Landstreicherei.«

»Kann ich dich wenigstens hinbringen?«

»Nein.«

»Ich hole dich auch wieder ab. Dann besteht zumindest keine Gefahr, daß sie dein Auto finden.«

»Es wird nicht gefunden, dafür ist gesorgt. Aber danke für das Angebot.«

»Wenn irgendwas ist, kann ich dich erreichen?«

Klara zögerte. Aber schließlich gab sie ihm die Nummer der SIM-Karte, die Trenz ihr zugesandt hatte. »Nur Trenz kennt sie, und du. Und so sollte es auch bleiben. Sie ist für den Notfall.«

»An Telefonsex hatte ich auch nicht gedacht.«

Klara pfiff leise. Die drei Wölfe kamen in munterem Trab heran.

»Wie schön sie sind«, sagte Hannes traurig. Er hielt Drago seine Hand hin, und der ließ sich kurz den Nacken kraulen.

»Mach's gut, alter Junge. Gründe eine neue Dynastie.«

Klara gab ihnen zusammen mit dem letzten Leckerbissen, den sie von ihr erhalten sollten, eine Tablette. Hoffentlich wirkt sie nicht zu lange, dachte sie. Ich kann sie schließlich nicht einzeln in den Wald tragen. Dann sprangen die drei in den Laderaum. Klara schloß die Tür und legte ihren Rucksack auf den Beifahrersitz.

»Wozu nimmst du das Gewehr mit?« fragte Hannes.

»Ach, weißt du, ohne Gewehr fühle ich mich irgendwie nackt im Wald.«

»Wie lange wirst du weg sein?«

»Vier, fünf Tage. Vielleicht auch weniger.«

»Vielleicht kannst du mich ja trotzdem mal anrufen. Ohne Notfall«, sagte Hannes.

»Mal sehen«, sagte Klara. Sie mochte Verpflichtungen dieser Art nicht. »Ich komme schon klar. Kümmere dich am Wochenende ein bißchen um Robin«, sagte Klara. »Adieu!«

Sie stieg ein und fuhr rasch vom Hof. Aus ihrer Wohnung drang trauriger Wolfsgesang.

Hinter Hildesheim hielt Klara an einer Tankstelle. Sie öffnete vorsichtig die Hecktür. Die drei lagen zusammengerollt in tiefem Schlaf auf einem Haufen, wie sie es als Welpen oft getan hatten. Sie schloß den Wagen ab und trank einen Automatenkaffee im *Tankshop*. Seltsamerweise überkam sie an der Kasse die Lust, eine Packung Tabak zu kaufen. Warum eigentlich nicht? Vielleicht würde das den Hunger vertreiben. Es erschien ihr unfair, zu essen, während ihre Schützlinge nichts bekamen. Sie staunte über den saftigen Preis für den Tabak und fuhr weiter. Es war halb zwei. Sie naschte, auf Vorrat sozusagen, eine ganze Tafel Vollmilchschokolade mit Nüssen, während sie die A7 in Richtung Süden fuhr und dann auf die B243 wechselte. Die autobahnähnlich ausgebaute Straße führte am Harz entlang, wurde schließlich schmaler und änderte die Richtung, sie schien ins Herz des Mittelgebirges vorzustoßen. Klara kannte vom Harz nicht viel. Den Brocken, natürlich, und das Torfhaus, in dieser Jugendherberge hatte sie mit zwölf eine Schulfreizeit verbracht und ihren ersten Kuß bekommen. Damals waren noch die Grenzanlagen zur DDR zu besichtigen gewesen, und der Harz war trauriges Lehrbeispiel für das Waldsterben, das damals Topthema für Aufsätze und Referate war. Sie erinnerte sich noch genau an ihre hilflose Wut beim Anblick eines kahlen Bergrückens mit schwarzen Fichtenstümpfen, die wie Marterpfähle in einer Mondlandschaft standen. Ein bizarres Bild, das sich ihr eingeprägt hatte. Vielleicht konnte sie deshalb jahrelang gar nicht genug bekommen von den riesigen, dichten finnischen Wäldern.

Im Wagen war alles ruhig. Sie schliefen. Sankt Andreasberg war der letzte Ort, der Klara bekannt vorkam. Danach verließ sie die breite Straße und war von nun an auf die detaillierte Beschreibung in ihren Unterlagen angewiesen. Die Straßen wurden zu Sträßchen. Während der letzten halben Stunde war ihr kein Auto mehr begegnet. Sie verließ die asphaltierte Straße und folgte einem holprigen, kurvigen Waldweg. Es ging bergauf. Sie stellte den Tageskilometerzähler zurück. Drei Kilometer sollte sie diesem Weg folgen. Der Van geriet zweimal ins Rutschen. Bestimmt war hinter der nächsten Kurve die Welt zu

Ende. Der Zähler zeigte 2,9 Kilometer seit Beginn der kritischen Strecke. Links bog ein Weg ab, vielmehr eine Schneise. Das schien die Zufahrt zu jener Jagdhütte zu sein, an der Klara den Wagen lassen sollte. Der Weg stieg an und war aufgeweicht. Sie nahm die Kurve mit Schwung, geriet aber zu weit nach rechts, die Räder drehten durch. Langsam ließ Klara den Wagen zurückrollen. Ihr war heiß. Bloß nicht hier im Dreck steckenbleiben. Hier gab es keinen Arne, der mit dem Trecker anrückte und einen herauszog. Du schaffst das, Klara! Wer einen alten 300er SL in Rekordzeit über den Nienstädter Paß jagen kann, der schafft auch diesen Waldweg mit einem VW-Transporter. Sie versuchte es noch einmal mit etwas weniger Schwung und mehr Gefühl. Langsam arbeitete sich der Wagen nach oben. Klara schaltete kurz das Fernlicht an. Im Licht erschien eine Holzhütte mit einem Hirschgeweih über der Tür, umstanden von dichten, niedrigen Fichten. *Waldeslust* stand auf einem winzigen Holzschild neben der Tür. Klara kicherte. Eine Theaterkulisse für den Komödienstadl. Sie blendete die Scheinwerfer wieder ab. Hinter der Hütte gab es einen mit rohen Brettern überdachten und von Schlingpflanzen überwucherten Unterstand. Klara rangierte den Wagen um die Hütte herum und stellte den Motor ab. Ein paar Äste vor die Einfahrt, und er wäre gut getarnt. Sie stieg aus und öffnete die Hecktür. Die Wölfe blinzelten sie träge an. Das Mittel schien noch immer zu wirken. Bei den Unterlagen von Trenz befand sich auch ein Schlüssel zu der Hütte. Trenz hatte geschrieben, sie könne dort auch übernachten, falls die Witterung gar zu rauh werden sollte, aber besser wäre es, in die von ihm vorgegebene Richtung mehr oder weniger im Zickzack zu wandern. Sie schloß die Hütte auf und leuchtete das Innere mit der Taschenlampe aus. Tisch, Stühle, eine Couch ohne Lehne, ein Regal mit Gläsern und urigen Bierkrügen, Spüle, Gaskocher. Im Küchenschrank Mäusekot. Über dem Tisch hing eine Petroleumlampe. Es roch feucht und muffig. Klara durchsuchte den Schrank und fand in der Schublade neben einem Satz Mausefallen eine Kerze. Sie faltete ihre Isomatte zusammen und zog es vor, bei offener Tür auf der Treppe sitzen zu bleiben. Es war kalt hier oben, die Luft war feucht. Sie schloß ihren Parka. Der Himmel wurde bereits langsam hell. Sie würde die Kerze, die sie neben sich gestellt hatte, gleich nicht mehr brauchen. Sie drehte sich eine Zigarette. Die letzte Selbstgedrehte hatte sie in Marios Bett geraucht, fiel ihr ein. Lichtjahre früher, in einer anderen Welt.

Sie nahm einen tiefen Lungenzug. Vom Nikotin wurde ihr schwindelig, aber sie rauchte die Zigarette, die die Form eines schwangeren Wurms hatte, tapfer zu Ende.

Sie schaltete das Handy an, und erstaunlicherweise hatte sie hier tatsächlich Netzempfang. Noch dazu einen ziemlich guten. Hatte Michael Trenz auch bedacht, was passierte, wenn sich die gechipten Tiere in Funklöchern aufhielten? Aber letztendlich würde sich das Ganze ohnehin ihrer Kontrolle entziehen. Man konnte die Natur nicht kontrollieren. Höchstens eine Weile beobachten. Wenn sie das Experiment einmal in Gang gesetzt hätten, waren sie dazu verdammt, seinem Ausgang zuzusehen, ohne noch eingreifen zu können. Und die nächste Generation würden sie nicht einmal mehr beobachten können. Sie schickte eine SMS an Michael Trenz: *Hütte gefunden. Aufbruch nach Sonnenaufgang.*

Dann packte sie der Übermut, und sie sandte eine Nachricht an das Handy von Hannes.

Sitze vor einem Hexenhaus und rauche wie ein Schlot.

Hannes erhielt die Meldung in dieser Nacht nicht mehr, sein Handy war ausgeschaltet. Auf der Mailbox hatte er bis zum Abend drei Anrufe von Renate Pichelstein vorgefunden. Die *NDR-Talkshow* wollte ihn als Gast, *Beckmann* stand immer noch an, wenn auch unter anderen Vorzeichen, und der *WDR* wollte ein Langzeitportrait mit ihm drehen. Vom CvD Kieferle war ein Fax gekommen, daß der Sendeplan umgestellt worden sei, am Montag wollten sie eine mit heißer Nadel gestrickte Folge über kriminelle Jugendliche drehen, die schon am Dienstag ausgestrahlt werden sollte. Hannes konnte sich nicht so recht an dem Ganzen erfreuen. Die Erinnerung an seine jüngsten Niederlagen waren noch zu frisch.

Brüste wie Luftballone drohten den Bildschirm zu sprengen. Ohne Ton waren die Bilder der 0190er Werbung noch peinlicher als mit. Wie einsam mußte einer sein, um auf so was hereinzufallen? Allerdings, besonders anspruchsvoll war sein abendlicher Zeitvertreib in Hamburg bisweilen auch nicht gewesen, sagte sich Hannes in einem Anflug von Aufrichtigkeit. Schließlich verfügten die wenigsten Männer über eine Telefonliste abrufbereiter Groupies. Er nahm einen Schluck von dem Mojito, den er sich gerade frisch gemixt hatte. Es war schon der dritte oder vierte, aber er wollte und konnte nicht schlafen. Er hatte Merlin aus Klaras Wohnung geholt. Der Wolf lag auf dem zweiten Sofa und schlief einen unruhigen Schlaf. Hannes zappte sich durch die Programme und schaltete schließlich aus. Er öffnete die Tür zum Garten. Sofort raste Merlin nach draußen. Die ersten Vögel krakeelten, und die Sonne färbte den Himmel apricot.

Was Klara wohl gerade machte? Daß es eine engere Beziehung zwischen Klara und dem Toten gegeben hatte, gefiel ihm nicht. Die Ermittler würden unweigerlich auf Klara stoßen, das war nur eine Frage der Zeit. Allerdings hatte sie recht, das alles war ohne Bedeutung, so lange es keine Leiche gab. Und die gab es zum Glück nicht mehr. Umso wichtiger war, daß alle den Mund hielten. Barbaras unbedachter Ausspruch kam ihm in den Sinn. *Sie ist eine Gefahr, solange sie lebt.* Wie recht sie damit hatte. Das Mädchen war eine Zeitbombe. Aber auch Robin und Barbara selbst waren Unsicherheitsfaktoren. Robin würde schweigen, weil er sich für schuldig hielt. Obwohl man nicht wußte, ob ihm nicht die Nerven versagten, wenn die Polizei unangenehme Fragen stellte. Bei Barbara waren es Eifersucht und Dummheit, die sie zur Gefahr machten. Er mußte irgendwie dafür sorgen, daß sie den Mund hielt.

VI.

Raphael erwachte, weil er Flüstern und Gekicher hörte. Er sah auf die Uhr. Es war halb sieben. Konnten diese Blagen denn nicht mal morgens Ruhe geben? In der Hütte roch es nach kalter Asche. Das Feuer im Kamin war erloschen, aber es war nicht sehr kalt.

»Seid leise. Ein paar schlafen noch«, ermahnte er die Truppe. Aber es hielt nicht lange an, und eine Viertelstunde später mußte er einsehen, daß es zwecklos war. Er schälte sich aus seinem Schlafsack heraus und sagte gähnend: »Daniel und Ole, ihr geht Holz holen. Kevin und Tom, ihr holt Teewasser an der Quelle. Der Rest räumt die Hütte auf. Und Jonas, du darfst das Feuer anmachen. Jonas? Jonas! He, aufwachen!« Er trat neben den Schlafsack und hob die Wolldecke hoch.

»Oh, Kacke!« Er trat vor das Zelt und rief: »Alle Mann herhören! Weiß einer von euch, wo der Kurze steckt?«

»Hier bin ich«, ertönte eine Piepsstimme. Jonas trat aus dem Wald, er trug seinen Parka und hatte das Fernglas um den Hals hängen.

»Wo warst du?« herrschte ihn Raphael an.

»Spazieren. Ich konnte nicht mehr schlafen, Daniel hat geschnarcht.«

Der Junge sah so müde aus, als wäre er die ganze Nacht unterwegs gewesen. Raphael war wütend, aber auch erleichtert. »Geh in die Hütte, und rühr dich nicht vom Fleck, bis du was anderes gesagt bekommst.«

Die Anweisung kam Jonas sehr entgegen. Er kroch sofort auf seinen Platz, denn er mußte Schlaf nachholen und neue Kräfte tanken, für die kommende Nacht.

Eine müde Frauenstimme meldete sich mit »Donath«. Hannes nannte seinen Namen, entschuldigte sich für die Störung am Samstagmorgen und fragte dann nach dem Ehemann.

»Sie wissen es wohl noch gar nicht«, stellte die Stimme schleppend fest. »Er hatte einen Schlaganfall.«

Hannes wurde flau. »Schlaganfall«, wiederholte er.

»Ja, vor Ostern schon.«

»Und jetzt, ich meine ...« War er etwa tot?

»Es geht ihm besser. Sie haben ihn gestern in die Reha-Klinik überwiesen. Worum geht es denn, kann ich ihm was ausrichten?«

»Nein, es ist nicht so wichtig. Es ist überhaupt nicht wichtig. Bestellen Sie ihm bitte die besten Genesungswünsche von mir. Und entschuldigen Sie noch einmal die Störung.«

Hannes legte auf. Der Staatsanwalt war gerade mal zwei oder drei Jahre älter als er. Er rauchte nicht, war nicht dick, und so weit Hannes informiert war, konsumierte er weder legale noch illegale Drogen im Übermaß. Nun wußte er wenigstens, warum Donath sich wegen des Fotos von Nasrin nicht gemeldet hatte. Der hatte andere Sorgen.

Vielleicht, dachte Hannes, war die Nachricht vom Schlaganfall des Kollegen ein Zeichen von oben, nicht mit seinem Leben zu pokern, als hätte er noch ein Ersatzleben im Schrank hängen, wie einen zweiten Anzug.

Himmelszeichen, was für ein Unsinn! Aber nachdenklich machte es schon. Über Karriere, Ruhm, Einschaltquoten. Durch Zufall war er ins Blickfeld der Medienaufmerksamkeit geraten, aber was hatte man davon noch, wenn man sabbernd in einem Rollstuhl saß?

Bei dieser unangenehmen Vorstellung verspürte Hannes plötzlich den Drang, nach draußen zu laufen und sich zu bewegen. Er kramte seine Joggingsachen hervor und rannte hinaus. Merlin saß vor dem Tor und sah sehnsüchtig die Auffahrt entlang. Hannes trommelte den verschlafenen Robin aus dem Bett.

»Spinnst du, es ist acht Uhr morgens!«

»Los, wir gehen jetzt laufen.« In seinem Ton schwangen gleichermaßen Autorität und Begeisterung mit.

»Aber es regnet.«

»Das Leben ist kurz.«

Robin wußte, daß Widerstand zwecklos war. Es dauerte ein

paar Minuten, bis er soweit war. Dann riefen sie Merlin. »Du kannst auch ein bißchen rennen, nicht nur auf dem Sofa liegen und Chips essen«, sagte Hannes zu ihm und nahm ihn an die Leine. Merlin ließ sich brav mitführen.

Anfangs waren sie sehr schnell, aber dann bekam Hannes Seitenstiche, und sie drosselten das Tempo. Die Wege waren aufgeweicht, Dreck spritzte ihnen an die Waden, und Merlins Bauch war die längste Zeit weiß gewesen. Das Laufen schien ihn von seinem Kummer abzulenken, leichtfüßig schnürte er neben ihnen her, fast schien er zu schweben.

»Hast du gewußt, daß Wölfe zig Kilometer an einem Tag zurücklegen können?« fragte Hannes.

»Ja.«

»Ich bin gespannt, ob Klaras Plan funktioniert.«

»Es ist nicht ihr Plan. Der geheimnisvolle Unbekannte steckt dahinter«, korrigierte Robin.

»Was hältst du davon?«

»Verrückt. Aber irgendwie auch gut. Ich meine, es gab immer schon Wölfe, warum nicht wieder?«

»Robin, es könnte sein, daß die Polizei in den nächsten Tagen oder Wochen mal auf dem Gut aufkreuzt.«

»Wegen der Wölfe?«

»Wegen des Toten.«

»Warum? Es ist doch alles gutgegangen. Keine Leiche, kein Verbrechen.«

»Klara kennt ihn. Kannte ihn«, verbesserte Hannes.

»Wie meinst du das, Klara kannte ihn?« Robin hatte seinen Schritt verlangsamt und sah Hannes von der Seite an.

»Er hat sie telefonisch belästigt.«

»Wieso?«

»Keine Ahnung«, wand sich Hannes heraus. »Vielleicht wollte er was von ihr, und sie wollte nicht.«

»Aber er stand doch vor dem Gästehaus.«

»Er kannte sich ja nicht aus, wahrscheinlich wußte er gar nicht, daß es das Gästehaus war.«

Es brauchte mehrere hundert Meter, ehe Robin das Gesagte verdaut hatte.

»Und wer war er?«

»Ein Student. Mehr weiß ich auch nicht.«

»Hat Klara dir das erzählt?«

»Ja. Sie wollte meinen Rat, was sie tun soll, falls die Polizei auftaucht«, flunkerte Hannes.

»Warum hat sie es mir nicht gesagt?«

»Sie wollte nicht, daß du von dem Typen erfährst. Weißt du, ich glaube, ihr liegt schon noch sehr viel an dir, sonst wäre ihr das ja egal gewesen. Aber ich finde, du solltest es wissen. Nicht, weil ich ein Klatschmaul bin, sondern damit du nichts falsch machst, wenn die Polizei nach ihm fragt.«

»Also hatte sie was mit ihm«, keuchte Robin erbost.

»Ehrlich gesagt, so wie du dich ihr gegenüber verhalten hast in den letzten Monaten, würde ich ihr das auch nicht verdenken.«

»Was soll das heißen?« Robin geriet in Rage. »Sie war es doch, die sich nur noch um ihre Viecher gekümmert hat!« Er bekam einen Hustenanfall und blieb vornübergebeugt stehen, bis sich der Husten legte. Hannes war ebenfalls stehen geblieben und sagte: »Das mußt du mit ihr ausdiskutieren. Aber du darfst auf keinen Fall auffällig reagieren, wenn die Polizei auftaucht. Denn sie werden kommen. Sobald ihn ein Angehöriger als vermißt meldet, kommt die Maschinerie in Gang. Sie durchsuchen seine Wohnung, checken seine E-Mails, seine Telefonate, seine Papiere, Briefe, befragen Nachbarn und alle, die in seinem Adressbuch stehen. Das ist die üblich Routine. Klara wird ihnen sagen, daß sie den Kerl kannte, mehr nicht. Du weißt von nichts, du kennst ihn nicht, es ist nie etwas passiert, klar?«

Robin nickte und hustete erneut. Hannes schlug ihm mit der flachen Hand kräftig auf den Rücken. »Schon gut«, japste er. »Du mußt mich nicht gleich totschlagen.«

»Geht's wieder?«

Robin nickte. Dann streckte er den Arm aus und ächzte: »Merlin!«

Hannes pfiff und brüllte, aber Merlin stürmte wie ein weißer Derwisch quer über das Feld.

»Scheiße«, fluchte Robin und hustete erneut.

»Sie wird uns massakrieren«, prophezeite Hannes. Ratlos hielt er das durchgebissene Ende der Leine in seiner Hand.

»Vielleicht kommt er zurück. Ein streunender Hund kommt doch meistens früher oder später zurück an den Futternapf.«

»Aber das da ist ein Wolf«, sagte Hannes. »Und wie man sieht, ist er intelligent und unberechenbar.«

Der Polizeiobermeister und seine Kollegin atmeten auf. In der Wohnung, die ihnen der Hausmeister aufgeschlossen hatte, schien alles in Ordnung zu sein. Jedenfalls lag kein Leichengeruch in der Luft, wie bei solchen Einsätzen stets zu befürchten stand, es roch lediglich ein bißchen nach Männerumkleide und Abfalleimer.

»Bitte warten Sie draußen«, mahnte der Streifenbeamte den Hausmeister. Er durchquerte den Flur und betrat die Küche. Ein mittelgroßer Berg schmutzigen Geschirrs, im Kühlschrank ein welker Kopfsalat, Joghurts, ein eingetrocknetes Stück Gouda, im Brotkasten ein leicht angeschimmeltes Brot. Seine Kollegin war ins Schlafzimmer gegangen. Kleidung lag herum, und eine dünne Staubschicht bedeckte die Möbel. Über einem Wäscheständer hing eine Jeans. Sie schaute ins Bad. Es schienen keine Toilettenartikel zu fehlen, insbesondere Zahnbürste und Rasierer waren da.

»Sieht nicht nach einer Reise aus«, stellte sie fest, als sich die beiden Polizisten im Wohnzimmer trafen. Auch dort herrschte mäßige Unordnung. Die Erde der einzige Pflanze, einer Yuccapalme, war trocken, aber noch nicht ausgedörrt. Auf dem Couchtisch stand ein flacher, viereckiger Karton mit vertrockneten Resten einer Pizza, daneben eine Weinflasche mit einem kleinen Rest Merlot und ein leeres Glas.

Die beiden gingen zur Tür, wo der Hausmeister noch immer brav und neugierig wartete.

»Also, ich hab den schon mindestens seit Mitte der Woche nicht mehr gesehen«, platzte der Mann ungefragt heraus. »Sein Fahrrad ist ja auch nicht da, oder? Das trägt er nämlich immer hoch in seine Wohnung.«

Die Beamtin schloß die Tür hinter sich. »Das werden Sie bitte alles noch einmal der Kripo erzählen. Würden Sie wieder abschließen?«

Der Polizeiobermeister und seine Kollegin gingen hinter dem Hausmeister die Treppe hinunter. Im dritten Stock stand eine alte Frau in einem ausgebleichten rosa Morgenmantel im Türrahmen und musterte die Polizisten mit unverhohlener Neugier. Hinter der gegenüberliegenden Tür hörte man Kindergeplärr und eine keifende Frauenstimme. Ein Kinderwagen stand auf dem Treppenabsatz, und der Hausmeister murmelte: »Der hab ich schon hundertmal gesagt, daß das Treppenhaus freibleiben muß.«

Im ersten Stock roch es nach angebratenen Zwiebeln, wodurch der Polizeiobermeister daran erinnert wurde, daß es schon bald Mittag war. Vor der Tür parkte der Streifenwagen halb auf dem Gehweg. Es regnete. Sie stiegen rasch ein, und der Polizist fragte seine Kollegin: »Gyros oder Pizza?«

Am Frühstückstisch vertrocknete der Schinken, und die Eier waren längst kalt. Barbara war sorgfältig frisiert und geschminkt, und trotz des trüben Wetters trug sie ein Sommerkleid. Die intakte äußere Hülle verlieh ihr Selbstvertrauen. Ich darf nicht zulassen, daß ich hier verbauere, hatte sie heute morgen vor dem Spiegel beschlossen. Schließlich hatte sie noch etwas vor mit ihrem Leben. Hannes war noch immer nicht zurück. Was mußte er auch in aller Herrgottsfrühe joggen gehen, noch dazu mit Merlin. Endlich. Das Tor ging auf, sein Wagen fuhr auf den Hof. Sie hörte, wie er aufschloß und seine Schuhe in eine Ecke schleuderte.

»Frühstück ist fertig.«

Er ließ sich auf einen Stuhl fallen. »Merlin ist abgehauen«, sagte er bedrückt.

»Ach wirklich? So was! Aber was regst du dich dabei so auf?«

»Ich hatte die Verantwortung.«

»Ich denke, die hatte Robin.«

»Ach, der«, sagte Hannes. Er blätterte in den Zeitungen, las die Artikel über den jugendlichen Serientäter. Dann fuhr ihm ein Adrenalinstoß durch den Körper. Im Regionalteil lautete die Schlagzeile: *Grausiger Leichenfund gibt Rätsel auf.* Nach wenigen Zeilen beruhigten sich seine Nerven wieder. Es war lediglich ein Bericht über den Brand in Wennigsen. In den Trümmern des Hauses in der Ökosiedlung hatte man bei den Aufräumarbeiten einen Toten gefunden, vermutlich den Sohn des Hauses, der aus den Ferien zurückgekommen und von dem Brand überrascht worden war. Die völlig verkohlte Leiche befand sich in der Gerichtsmedizin. Hannes verging dieser Tage beim Gedanken an Leichen jeglicher Art der Appetit. Er schob seinen Teller weg und sagte zu Barbara: »Es kann sein, daß demnächst die Polizei hier auftaucht.«

»Wieso?«

Hannes erklärte Barbara dasselbe wie vorhin Robin. Ihre Reaktion war jedoch ganz anders.

»Hah«, sagte Barbara hämisch. »Madame hatte einen Liebhaber, wer hätte das gedacht. Aber hör mal, der Typ war doch höchstens Mitte Zwanzig.«

»Sei nicht so spießig.«

Barbara schwieg, aber sie brachte es nicht fertig, ihr Grinsen zu verbergen. Hannes beglückwünschte sich erneut dazu, sein Vorhaben vom Morgen nicht in die Tat umgesetzt zu haben. Aber dennoch galt es, sie bei Laune zu halten, bis die Gefahr vorüber war. Er wiederholte, was er schon Robin gesagt hatte: »Wir müssen nur den Mund halten. Du weißt von nichts. Keine Leiche, kein Verbrechen.«

»Was habe ich davon?«

»Wie meinst du das?« fragte Hannes alarmiert.

Barbara sah ihn herausfordernd an. »Vor meiner Tür wurde ein Mensch erschossen, von *deinem* Freund. Er und seine Freundin, die dir seit neuestem sehr am Herzen zu liegen scheint, lassen die Leiche verschwinden, und du verlangst von mir, daß ich darüber schweigen soll. Und nicht nur das. Sogar lügen soll ich. Ich frage mich, wofür soll ich das tun? Was habe ich davon?«

Hannes sah sie an. Ihr Gesicht hatte einen Ausdruck angenommen, den er noch nicht kannte.

»Schade«, sagte er.
»Was ist schade?«
»Schade, daß es soweit gekommen ist. Heute morgen stand ich vor deinem Bett und dachte, wenn sie aufwacht, fragst du sie, ob sie dich heiraten möchte.«
Für ein paar Augenblicke war es ruhig im Zimmer.
»Und warum hast du nicht gefragt?«
Hannes lächelte ihr zu. »Du bist nicht aufgewacht. Und ich hatte Zweifel, ob das nicht zu nüchtern sei, ob ich nicht erst Ringe besorgen und ein Wochenende in einem romantischen Hotel buchen sollte. Naja, das war's dann mit der Romantik«, sagte er traurig.
Barbaras neue Selbstsicherheit schien einen Knacks bekommen zu haben, ihre Pupillen wanderten unruhig hin und her. Gerade noch mal die Kurve gekriegt, dachte Hannes, da stand sie auf und sagte: »Du hast wirklich was gelernt, Hannes. Aus dir ist ein echter Schauspieler geworden.«
»Es ist wahr, Barbara. Und es ist noch immer mein Ernst. Wenn du möchtest, dann heiraten wir im Sommer. Mit weißem Kleid und Kirche und Presse und einem Besäufnis für's ganze Dorf. Das ganze Hardcore-Programm.«
Barbara war aufgestanden. »Wenn ich möchte. Na, toll! Denkst du, ich will mein Leben lang das Gefühl haben, daß du mich nur heiratest, damit ich den Mund halte? Wahrscheinlich kommst du dir dabei auch noch wie ein Märtyrer vor. Hier hast du meine Antwort: Nein, danke!« Die letzten Worte sagte sie sehr laut. Ihre Wangen und ihr Hals hatten rote Flecken bekommen.
»Daran habe ich nie gedacht«, widersprach Hannes. »Ich dachte, du schweigst mir zuliebe. Und wegen Robin.«
»Nichts gegen Liebe, und Robin ist ein netter Kerl, aber ich muß mich auch um meine Zukunft kümmern.«
»Wenn du nicht heiraten willst, was willst du denn dann, verdammt noch mal?« Hannes war nervös und ebenfalls laut geworden.
»Du denkst wohl, für mich gibt es keine Zukunft ohne dich, was?« Hannes drehte sich auf seinem Stuhl erstaunt nach ihr

um. Sie stand am Fenster im Gegenlicht, das Gesicht im Schatten.

»Nein, das denke ich nicht«, sagte er mit fester Stimme. »Ich bin nur anscheinend von falschen Voraussetzungen ausgegangen. Entschuldige, wenn das auf dich machomäßig gewirkt hat.« Er wiederholte seine Frage: »Also, was willst du?«

»Ich will, daß du mir einen Job beim Fernsehen besorgst.«

»Was für einen Job beim Fernsehen?«

»Eine kleine Rolle. Eine Moderation. Einen Anfang.«

»Du willst Fernsehschauspielerin werden?« fragte Hannes ungläubig.

»Was ist daran so abwegig? Ich sehe gut aus, und ich bin noch nicht zu alt. Ich weiß, daß ich es schaffen kann. Ich werde mindestens so berühmt wie du. Ich brauche nur ein bißchen Vitamin B für den Start. Das hattest du schließlich auch.«

»Barbara, ich bin weder Produzent noch Programmdirektor und auch kein Casting-Chef. Und ich bin auch nicht Dieter Bohlen!«

»Die Reinecke hast du auch in deine Show gebracht.«

»Weil dafür Juristen gesucht wurden. Was willst du denn in meiner Show? Die ist kein Karrieresprungbrett. Noch keiner unserer Laiendarsteller hat es danach zum Star gebracht.«

»Ich will nicht in deine Show, ich möchte eine feste Rolle in einer Serie. Es ist mir scheißegal, wie du das anstellst.«

Hannes stand jetzt ebenfalls auf. »Nein, so läuft das nicht. Nicht mit Erpressung, nicht mit mir! Du kannst von mir aus der Polizei erzählen, was du willst. Ich werde dich als rachsüchtige Exgeliebte hinstellen, und kein Staatsanwalt wird dir ein Wort glauben. Du machst dich lächerlich, und ich würde dich wegen Rufmord in Grund und Boden klagen. Du kannst nichts beweisen. Es gibt keine Leiche.«

»Das stimmt nicht ganz«, sagte Barbara und ihre Stimme war auf einmal eisig.

»Wie meinst du das?«

Man konnte sehen, wie sie ihren ganzen Mut zusammennahm, ehe sie sagte. »Ich bin in der Nacht von Donnerstag auf

Freitag in den Keller gegangen und habe Fotos von der Leiche gemacht.«

Hannes sah sie ungläubig an. »Ausgerechnet du?«

»Ich habe die Bilder von der Kamera auf den PC überspielt. Sie liegen unter anderem mit dem entsprechenden Begleittext im Ausgangspostfach meiner E-Mail. Wenn du mich unter Druck setzt, geht die Mail in ein paar Tagen samt Anhang an die Presse und die Staatsanwaltschaft. Automatisch. Falls mir was zustößt«, fügte sie hinzu.

Hannes starrte sie an. Die ängstliche Barbara schlich nachts in den Keller und fotografierte die Leiche? Mit seiner Digitalkamera? Allein die Idee! Nein, es war sicher nur eine Finte.

»Zeig mir die Bilder«, forderte er.

Sie ging zur Treppe, betrat sein Arbeitszimmer und startete den Computer. Barbara besaß keinen eigenen PC, sie hatte auf seinem ein Verzeichnis für ihre wenigen Briefe und Bewerbungsunterlagen. Beunruhigt sah Hannes, daß sich unter dem nicht sehr subtilen Sammelbegriff »Leiche« drei Bilddateien befanden. Barbara klickte sie der Reihe nach an. Die Bilder zeigten den Toten am Boden des Kellers aus unterschiedlichen Perspektiven, wobei stets auch ein Teil des Raumes zu sehen war.

»Und die Mail? Wo ist die?«

»Die liegt auf einem Hotmail-Server. Denkst du, ich bin so blöd und rufe sie jetzt auf?« durchschaute sie ihn.

Hannes waren tatsächlich ein paar Gewaltphantasien durch den Kopf gegangen, aber dann ließ er sich erschöpft auf das kleine Sofa am Fenster plumpsen.

»Du hast gewonnen«, sagte er. »Meine Hochachtung vor so viel Kaltblütigkeit. Du wirst es noch weit bringen.«

»Und im übrigen wäre ich dir dankbar, wenn ich für's erste deine Hamburger Wohnung haben könnte«, sagte Barbara.

»Was willst du in Hamburg? In Hamburg ist außer *Prado-Film* nicht viel los. Wenn du zu einem Privatsender willst, mußt du schon nach Köln oder München ziehen.«

»Ich ziehe überall hin, wenn es sein muß. Ich möchte nur so schnell wie möglich weg hier. Ich habe genug vom Landleben.«

»Und wo soll ich dann wohnen, wenn ich drehe?« fragte Hannes perplex.

»Irgendeine willige Praktikantin wird sich schon finden, die dich mit offenen Beinen empfängt«, sagte Barbara und ging hinaus. Hannes saß fassungslos da und starrte auf seinen Computer. Der Bildschirmschoner hatte sich gnädig über die Leichenfotos gelegt. Wenigstens die würde er gleich löschen.

Es regnete und windete stark. Klara saß unter einer ausladenden Fichte auf einem umgestürzten Baumstamm und aß den ersten Bissen des Tages, als sie das Vibrieren des Telefons in ihrer Jacke spürte. Es mußte Hannes sein. Mit Trenz hatte sie vor einer Stunde gesprochen.

»Merlin ist abgehauen.« Hannes schilderte die Umstände.

»Du kannst nichts dafür«, beruhigte ihn Klara. »Er wird zurückkommen, oder eben nicht.«

»Ist Merlin eigentlich auch gechipt?«

»Alle Welpen haben einen Chip eingesetzt bekommen. Er sitzt unter dem Fell im Nacken.«

»Wenn du mir sagst, wie ich das System zu bedienen habe, könnte ich ihn suchen.«

Klara überlegte. »Ja, das kannst du machen. Aber warte bis morgen früh. Ich denke, daß er von selbst nach Hause kommen wird.« Sie erklärte ihm, wie er das Suchsystem aufrufen konnte. »Merlin hat die Codenummer 156.«

Hannes war froh, daß Klara ruhig blieb und ihm keine Vorwürfe machte.

»Was machen die anderen?«

»Sie ziehen ihre Kreise. Sie bekommen langsam Hunger und sind scharf auf meine Müsliriegel. Trenz meint, ich soll weiterwandern.«

Klara verlor die Tiere zwar gelegentlich aus den Augen, aber um zu verhindern, daß sie ihrem Wagen folgten, mußte sie eine größere Distanz zwischen sich und die Wölfe legen.

»Woher kennt Trenz eigentlich deinen Standort? Bist du auch gechipt?«

»Nein, so weit sind wir noch nicht«, antwortete Klara. »Ich habe ein Navigationssystem dabei und trage außerdem einen Sender bei mir. Gibt es sonst etwas Neues? Du klingst so bedrückt.«

»Ich mache mir Vorwürfe wegen Merlin. Und ich habe Robin gesagt, daß du den Mann kanntest. Es tut mir leid, daß ich es nicht mir dir abgesprochen habe, aber ich hielt es für sicherer, wenn er gewarnt ist.«

»Schon in Ordnung.«

»Und du, wie fühlst du dich?« wollte Hannes wissen.

»Heute morgen, als sie aus dem Auto kamen, sich neben mich setzten und mich so erwartungsvoll angesehen haben, da habe ich kurz das heulende Elend gekriegt«, gestand Klara. »Aber jetzt geht es. Die Einsamkeit tut mir gut. Sie rückt alles in ein anderes Licht. Vielleicht werde ich doch den Sommer in Finnland verbringen, irgendwo an einem See.«

Offenbar verloren einige Dinge in der Waldeinsamkeit an Bedeutung, dachte Hannes. Sie fragte nicht einmal, wie Robin die Nachricht von seinem Nebenbuhler aufgenommen hatte.

»In der *Süddeutschen* steht, jemand will in den Allgäuer Alpen einen Wolf gesehen haben.«

»Ja, es geht los«, sagte Klara, und ihre Stimme klang auf einmal so aufgeregt wie die eines Kindes. Hannes lächelte über ihre Begeisterung und versprach, sich zu melden, wenn er etwas über Merlin wußte.

Er hatte kaum aufgelegt, da sah er, wie ein Wagen die Auffahrt entlangfuhr. Das ging ja flott, dachte Hannes, noch dazu am Samstag. Gottseidank hatte er Robin Bescheid gesagt.

Eilig ging Hannes über den Hof und in Klaras Wohnung. Von dort aus rief er Robin an.

»Die Kripo ist da. Laß zuerst mich mit ihnen reden.«

»Zu Befehl, mein Führer.«

Sie hielten vor dem Tor. Hannes drückte auf den Toröffner, und der schwarze Audi fuhr auf den Hof. Ein ziemlich junger Mann und eine blonde Frau in Klaras Alter stiegen aus und kamen an die Tür, wo Hannes sie schon erwartete. Über die Schulter der Frau hinweg sah er, daß Barbara am Fenster stand. Sie war im Schlafzimmer und packte.

Die Dame stellte sich als Oberkommissarin Bukowski und ihren jüngeren Kollegen als Kommissar Bruckmann vor. Dabei hielten sie ihre Dienstausweise in die Höhe.

»Sie kenne ich doch. Sie sind Richter Johannes Frenzen, nicht wahr?« sagte Bruckmann. »Meine Frau sieht die Sendung ab und zu. Sie schwärmt für Sie.«

Hannes lächelte verbindlich. »Was führt Sie zu mir?«

»Wir möchten gerne zu Frau von Rüblingen«, sagte die Blonde, die dabei in den Hausflur spähte. »Sie wohnt doch hier, oder?«

»Ja. Sie ist aber gerade für ein paar Tage verreist. Ich gieße hier nur die Blumen, sozusagen. Ich wohne gegenüber. Darf ich wissen, worum es geht?«

Oberkommissarin Bukowski zog ein Foto aus dem Inneren ihrer schwarzen Lederjacke hervor.

»Kennen Sie diesen Mann?«

Hannes nahm das Bild entgegen. Dunkle, dicht bewimperte Augen, kräftige Nase, ein weicher Mund. Sein Gesicht war voller, als Hannes es in Erinnerung hatte. Es mußte ein Bewerbungsfoto sein, der junge Mann trug einen Anzug und ein Hemd. Man konnte es drehen und wenden, aber der Typ sah beim besten Willen ein bißchen schmierig aus. Was hatte Klara bloß an dem gefunden?

»Nein. Wer ist das?«

»Mario Goetsch, Student, zweiundzwanzig, wohnhaft in Hannover-Linden. Er wird seit etwa Mitte der Woche vermißt. Wir wissen, daß er Kontakt zu Frau von Rüblingen hatte. Wissen Sie, wie wir sie erreichen können?«

Hannes hatte sich vorbereitet. »Sie ist in Schweden, Freunde besuchen. Sie wollte aber Mitte der Woche, spätestens am nächsten Wochenende, wieder da sein.«

»Sie lebt allein?«

»Ja.«

»Kann man sie erreichen?«

Hannes war klar, daß sie die Nummer ihres Handys längst hatten. Vermutlich waren sie darüber erst an Klaras Adresse gekommen. Hannes gab den Ahnungslosen und sagte: »Ich befürchte, sie hat ihr Handy zwar dabei, aber nicht an. Sie wollte ein paar Tage in Ruhe und Abgeschiedenheit wandern und fischen gehen.«

»Wie schön«, sagte die Kommissarin mit ehrlichem Neid. Sie sah aus, als würde sie ihre Freizeit ebenfalls gerne draußen verbringen: gesunde Gesichtsfarbe, praktischer Haarschnitt, kaum Make-up. Nicht sehr feminin, dachte Hannes, eher der Typ »zum Pferde stehlen«. Aber wer wollte schon ein gestohlenes Pferd?

»Leider kenne ich die genaue Adresse ihrer schwedischen Freunde nicht, es ist irgendwo bei Göteborg. Aber Klara – Frau von Rüblingen – ruft fast jeden Abend hier an. Wenn sie sich wieder meldet, kann ich ihr gern ausrichten, sie soll Sie anrufen.«

Frau Bukowski nickte und gab Hannes ihre Karte. Sie war überhaupt nicht zufrieden, das sah Hannes ihr an, aber er wußte, daß sie im Moment nichts anderes tun konnte als warten. Eine Dienstreise nach Schweden oder ein Amtshilfeersuchen wegen der Kontaktperson eines vermißten Erwachsenen, die in ein paar Tagen ohnehin zurückerwartet wurde, kam nicht in Betracht.

»Hat Frau von Rüblingen den Namen Mario Goetsch mal erwähnt?« fragte der junge Kommissar.

»Nein, nicht, daß ich wüßte.«

»Wer wohnt sonst noch hier auf dem Gut?« fragte Frau Bukowski.

»Da drüben in der ehemaligen Scheune wohne ich, und in der Wohnung hier oben wohnt ein Freund von mir, er ist Schriftsteller.«

»Und wer ist die junge Dame, die vorhin am Fenster stand?« fragte die Polizistin und deutete hinter sich auf die ehemalige Scheune.

»Eine Freundin. Exfreundin«, verbesserte Hannes. »Sie zieht gerade aus.«

»Gut, Herr Frenzen, vielen Dank erst einmal«, sagte die Frau. Auf dem Weg zu ihrem Dienstwagen beriet sie sich flüsternd mit ihrem Kollegen, wobei sie einmal mit dem Kinn auf Robins Balkon deutete. Offenbar ging es darum, ob man die anderen Mitbewohner noch befragen sollte. Die Entscheidung wurde ihnen abgenommen. Robin polterte mit einem Müllsack in der Hand die Treppe herunter und trat mit einem flockigen »Moin, moin« auf den Hof.

Hannes verdrehte die Augen. Warum blieb der Idiot nicht in seiner Höhle da oben?

Kommissarin Bukowski stellte erneut sich und den Kollegen Bruckmann vor und fragte Robin nach seinem Namen. Er bekam wie Hannes das Foto gezeigt und die Frage gestellt, ob ihm der Name etwas sagte. Robin schlug sich nicht schlecht. Stirnrunzelnd betrachtete er das Bild, schien in seinem Gedächtnis nach dem Namen zu kramen und kam schließlich zum selben Ergebnis wie Hannes. Zum Glück fragten die beiden nicht nach dem Verhältnis zwischen Robin und Klara. Offenbar hielten sie ihn lediglich für den Mieter der oberen Wohnung.

»Wissen Sie etwas Genaueres über den derzeitigen Aufenthaltsort von Frau von Rüblingen?« fragte die Blonde. Hannes wurde flau. Er hatte versäumt, Robin in die Schweden-Geschichte einzuweihen. Sie war ihm erst vorhin eingefallen. Robin runzelte erneut die Stirn, als müsse er angestrengt nachdenken. Noch immer hielt er den grauen Müllsack in der Hand.

»Nein. Keine Ahnung. Aber die ist öfter unterwegs und sagt keinem Menschen Bescheid«, sagte Robin. »Sie ist überhaupt sehr verschlossen, was ihr Privatleben angeht«, fügte er hinzu.

»Gut, dann bedanken wir uns«, sagte die Kommissarin und die beiden stiegen ins Auto.

Hannes und Robin beobachteten, wie sie im Hof wendeten und davonfuhren.

»Warum bist du runtergekommen?«

»Ich dachte: Frechheit siegt. Aber du hättest diese Sache mit Schweden vorher mit mir abstimmen sollen, mein Alter.«

»Ja, verdammt«, sagte Hannes. »Ich bin ein Trottel. So was darf nicht noch mal passieren. Aber woher wußtest du ...«

»Ich habe selbstverständlich im Treppenhaus gelauscht«, verriet Robin.

»Gut gemacht. Ich denke, wenn Klara jetzt keinen Mist baut, dann haben wir gute Chancen, davonzukommen.«

In diesem Augenblick kam Barbara aus der Tür. Sie hatte ihre Handtasche umhängen und trug in jeder Hand einen Koffer.

»Was ist denn jetzt los?« fragte Robin.

»Sie verläßt mich«, sagte Hannes und warf Barbara einen wütenden Blick zu. Die bemerkte ihn nicht, denn sie hievte gerade die Koffer in ihren Polo, der genaugenommen auch Hannes gehörte. Aber man ist ja nicht kleinlich, dachte er bitter. Das Auto hatte gerade mal so viel gekostet wie die Lederausstattung seines Audi.

»Na, Jungs, alles gut gelaufen?« fragte Barbara.

»Schon«, sagte Robin. Er wartete, daß sich Barbara von ihm verabschiedete, aber statt dessen ging Hannes zu ihr. Robin sah sie kurz miteinander reden, der Mimik nach waren es keine Freundlichkeiten, die sie austauschten. Dann stieg Barbara in den Polo und fuhr los. Sie winkte Robin flüchtig zu. Der stand verlegen da und würgte den Müllsack. Das Tor stand noch offen vom Besuch der Polizei. Auf einmal lief Hannes dem Wagen ein paar Schritte hinterher und schlug heftig gegen die Seitenscheibe. Sie hielt an.

»Ist noch was?«

»Den Toröffner, der im Wagen liegt, kannst du hierlassen. Den brauchst du nicht mehr«, sagte Hannes, wobei er besonderes Gewicht auf das Du legte.

Hannes fuhr Klaras PC hoch und klickte sich bis zu ihrem Satelliten-Suchsystem durch. Er wählte die Karte Niedersachsens und gab Merlins Codenummer ein. Es dauerte eine knappe Minute, dann sah Hannes den Wolf als kleinen weißen Pfeil auf grünem Hintergrund. Er zoomte und erkannte die Umgebung anhand einiger markanter Punkte in der Karte.

»Hab ich dich«, sagte er und rief sofort Klara an.
»Merlin ist im Deister. Oberhalb vom Saupark bei Springe.«
»Gut. Das dachte ich mir. Beobachte ihn weiter.«
»Soll ich nicht versuchen, ihn zu kriegen?«
»Es ist fraglich, ob er sich kriegen läßt. Ich denke, er sucht mich und die anderen auf den gewohnten Strecken. Oder er möchte zu den Sauparkwölfen.«
»Vielleicht läßt er sich locken, wenn er erst mal tüchtig Hunger hat.«
»Möglich. Warte am besten bis morgen.«
»Die Polizei war da.«
»Schon?«
Hannes gab das Gespräch wieder.
»Gut«, sagte Klara. »Ich rufe Frau Oberkommissarin Bukowski am Montag aus Schweden an.«
Schweigen am anderen Ende.
»Du bist immer noch so komisch«, stellte Klara fest.
»Ein Kollege meines Alters hatte einen Schlaganfall, und Barbara ist weg.«
»Wie, weg?«
Er erzählte Klara alles, auch das mit den Fotos. Klara hörte ihm wortlos zu, dann sagte sie: »Donnerwetter. Die haben wir ganz schön unterschätzt. Dann sieh mal zu, daß du sie gut unterbringst.«
Hannes gab ein Knurren von sich.
»Hast du inzwischen was über die angebliche Nasrin rausgefunden?«
»Nein. Ich hatte bis jetzt einfach keine Zeit dazu. Ach, noch was: Wir sollten auf unseren Telefonen und Handys nicht mehr über gewisse Sachen reden.«
»Du meinst, sie hören uns ab?«
»Noch nicht, aber möglicherweise demnächst. Hör mal, vorhin, im Radio ... Sie haben eine Sturmwarnung für heute nacht und morgen rausgegeben.«
»Ja, hier oben zieht es ganz ordentlich.«
»Du willst doch nicht etwa auch bei Sturm im Freien übernachten?«

»Hannes, ich bin alt genug«, sagte Klara genervt und legte auf. Hannes fluchte.

Wasser stand in den Abdrücken, die die Reifen der Traktoren hinterlassen hatten. Dr. Linke trug Gummistiefel und einen Regenmantel. Trotzdem war der Spaziergang heute keine rechte Freude. Ein kühler Wind war aufgekommen, und es fing schon wieder an zu regnen. Es roch nach frischem Mist. Aber darüber durfte man sich nicht beschweren, wenn man auf dem Land wohnte. Moritz schien das Wetter egal zu sein. Im Zickzack fegte der Golden-Retriever-Rüde über die Felder, immer die Nase am Boden. Das war der einzige Vorteil, den dieses Sauwetter hatte: Es war kein Mensch unterwegs, der sich darüber aufregen konnte, daß der Hund nicht angeleint war. Seine Frau hatte diese Woche schon zweimal Rüffel einstecken müssen. Zwischen April und Juni galt Leinenzwang. Jedes Jahr eine schwere Zeit für das Tier, zumal sein Herr die Maßnahme nicht so recht einsah. Katzen liefen schließlich nach wie vor frei herum und waren mindestens eine ebensolche Gefahr für Bodenbrüter und junge Hasen wie ein Hund. Herr und Hund waren allein. Sie hatten das Dorf weit hinter sich gelassen und befanden sich auf der Höhe des Gutshofs, den dieser Fernsehrichter gekauft hatte. Dr. Linke war ihm ein paarmal auf einschlägigen Dorffesten begegnet. Ein sympathischer Kerl, leutselig und gar nicht eingebildet. Der Arzt bekam in seiner Praxis täglich eine Überdosis Dorfklatsch mit, und über die Wohngemeinschaft auf dem Gut kursierte immer mal wieder das eine oder andere Gerücht. Angeblich lebte dort incognito ein sehr produktiver Drehbuchautor, und eine menschenscheue Wissenschaftlerin hielt ein Dutzend Wölfe. Man sah die Tiere zwar nie, aber man hörte sie in der Nacht manchmal heulen. Vom Postboten wußte er allerdings, daß es nur zwei oder drei Wolfshunde waren, und wenn sein Moritz eine Polizeisirene hörte oder eine läufige Hündin witterte, erwachte in ihm ebenfalls das Erbe seiner Urväter. Dann gab der kreuzbrave Retriever Töne von sich, bei denen sich einem die Haare aufstellten. Das neueste Gerücht besagte, daß sie dort eine junge Ausländerin versteckt hielten, die von der eigenen Familie verfolgt wurde. Wahrscheinlich haben sie bloß eine türkische Putzfrau, dachte Dr. Linke, der die Phantasie seiner Patienten inzwischen einzuschätzen wußte.

Moritz rannte über ein kahles Feld. Die Zuckerrüben wurden erst im April eingesät und oft erst im November oder gar im Dezember geerntet. Zielsicher hielt der Hund auf ein knappes Dutzend Krähen zu, die sich mitten im Feld um etwas stritten. Als Moritz heranstürmte, stoben die Vögel mit zornigem Kreischen auf. Zwei flogen dicht über ihm und keiften, als würde sie einen Angriff auf den Hund in Erwägung ziehen, beschlossen aber dann, sich in einiger Entfernung niederzulassen und auf das Verschwinden des Störenfriedes zu warten. Sicher lag dort im Dreck ein Tierkadaver, oder sie machten gerade einem jungen Feldhasen den Garaus. Gräßliche Biester, diese Krähen, dachte Dr. Linke. Und riesig. Sie schienen Jahr für Jahr größer zu werden. Moritz hatte die Nase am Boden und schnüffelte aufgeregt. Eine Hasenspur? Das galt es sofort zu unterbinden. Dr. Linke pfiff. Moritz hob den Kopf, sah in seine Richtung und überlegte wohl gerade, ob er dem Kommando Folge leisten sollte.

»Hierher!« brüllte sein Herr. Der Hund lief auf ihn zu, seine Geschwindigkeit ließ zu wünschen übrig, aber immerhin, er kam. Etwas ragte aus seiner Schnauze. Hoffentlich kein verendeter Hase oder etwas ähnlich Unappetitliches, dachte Dr. Linke. Moritz war bei seinem Besitzer angekommen und stand abwartend vor ihm.

»Aus!«

Der Hund sah seinen Herrn von unten herauf mit flehendem Blick an. Aber der wiederholte in harschem Ton: »Aus!«

Moritz ließ seine Beute fallen und setzte sich hin. Sein Herr beugte sich über den Fund. Im ersten Moment war Dr. Linke erleichtert. Der Klumpen sah aus wie ein matschiges Stück Zuckerrübe, das von der letzten Ernte übriggeblieben war. Aber seit wann interessierte sich Moritz für angegammelte Rüben? Nichts Gutes ahnend, drehte er den Fund mit dem Schuh herum. Definitiv keine Rübe, auch kein Jungvogel und kein Stück verwester Hase. Es war ein Knochen mit einem Stück Fleisch daran. Und dort, am äußersten Zipfel hing etwas, das aussah wie ein Stück Haut mit einem Fingernagel. Wenn er sich nicht verdammt täuschte, dann war das, was da vor ihm lag, ein Stück einer menschlichen Hand.

Der Hund war wieder aufgestanden und näherte sich dem Klumpen. »Pfui!« schrie sein Herr aufgebracht. Er nahm den verschreckten Hund an die Leine und führte ihn ein paar Schritte weg.

Was jetzt? Den Hund an der Leine schaute er ratlos über das Feld. Was, wenn da noch mehr lag? Eine ganzes Leichenpuzzle womöglich? Ein ziemlich makabrer Gedanke. Jedenfalls war das Sache der Polizei. Mist! Warum hatte er nie sein Handy dabei, wenn er es brauchte? Aber er konnte das Stück Hand nicht einfach mitten auf dem Weg liegenlassen. Auch nicht am Feldrand, die Krähen würden sie sich sofort wieder schnappen, oder ein Bussard oder ein anderer Hund. Er wühlte in seinen Taschen. Er hatte immer eine kleine Plastiktüte einstecken, falls Moritz sein Geschäft an einem unerwünschten Ort verrichten sollte. Natürlich war diese Tüte nun verschwunden.

»Herrgott noch mal!« fluchte er. Er war drei Kilometer von seinem Haus entfernt, selbst bis zum Gut war es mindestens ein halber Kilometer, und alles, was er in seinen Taschen fand, war ein zerknülltes und schon mal benutztes Papiertaschentuch. Den Fund mit seinen bloßen Fingern anzufassen, kam nicht in Frage. Man sollte als Hundebesitzer nie ohne Latexhandschuhe aus dem Haus gehen, dachte er verärgert. Moritz winselte ungeduldig. Schließlich hatte der Doktor die rettende Idee. Er zog einen Gummistiefel aus und seine Socke. Barfuß glitt er wieder in den Stiefel. Mit dem gebrauchten Taschentuch ergriff er die Hand an dem Knochen und steckte sie in die Socke. Er atmete durch. Das wäre geschafft. Er befahl Moritz an seiner linken Seite »bei Fuß« zu gehen. Das tat Moritz auch, aber er schielte ständig nach der Socke, die sein Herr in der rechten Hand angewidert von sich gestreckt nach Hause trug.

Ohne Barbara kam Hannes das Haus plötzlich sehr still vor. Woher nur ihr plötzlicher Haß kam? Wie konnte sie ihn so eiskalt erpressen? Und dann diese naive Vorstellung, er brauche nur mit dem Finger zu schnippen, und sie wäre ein Star. Wenn er ihr bloß nicht gezeigt hätte, wie man die Fotos von der Kamera in den Computer lud! Er war selbst schuld. Nein, eigentlich war dieses verdammte Mädchen an allem schuld. Aber das half ihm jetzt auch nicht weiter. Er setzte sich an den Computer und rief die Seite der Polizei Niedersachsen auf. Er klickte sich durch den Kalender und begann mit dem Montag, dem 29. März, einen Tag bevor Barbara das Mädchen aufgegabelt hatte. Eine Überschrift fiel ihm sofort auf: *Straftäter flieht aus Maßregelvollzug*. Das würde irgendwie passen, dachte Hannes. Nur hieß es leider »Straftäter.« Dennoch war er neugierig geworden und las den Bericht.

Ein Straftäter ist am Montag während eines Arbeitseinsatzes in der Gärtnerei aus dem Maßregelvollzug des Landeskrankenhauses Wunstorf entflohen. Obwohl sofort die Polizei alarmiert wurde und eine intensive Suche unter Beteiligung einer Hundestaffel und dem Einsatz von zwei Helikoptern begann, konnte der Mann nicht gefunden werden. Der drogenabhängige Vierundzwanzigjährige war wegen Raubes verurteilt und befand sich wegen seiner Drogensucht in therapeutischer Behandlung. Aufgrund der akuten Raumnot im Maßregelvollzug in Niedersachsen war der Patient aus der Forensischen Klinik Moringen nach Wunstorf verlegt worden. In Moringen sind die Sicherheitsvorkehrungen auf Patienten mit schweren Persönlichkeitsstörungen zugeschnitten, während in Wunstorf nomalerweise eher »leichtere« Fälle behandelt werden. Die steigende Anzahl psychisch kranker Straftäter verlangt jedoch gelegentlich nach Kompromissen. Die Verlegung des Mannes war mit der Justiz abgestimmt. In wenigen Wochen sollte über seine Unterbringung in der Regelstation der Allgemeinpsychiatrie entschieden werden, die Prognosen der behandelnden Therapeuten waren durchweg positiv. Wie dem Mann die Flucht gelang, muß noch ermittelt werden. Er wurde bundesweit zur Fahndung ausgeschrieben.

Es gab ein Foto mit Personenbeschreibung und einer Warnung, bei Auffinden des Mannes auf jeden Fall die Polizei zu rufen. Das Foto zeigte einen jungen, blonden, recht sympathisch aussehenden Kerl namens Stefan Hinrichs, der beim besten Willen nichts mit Nasrin gemein hatte. Schade, dachte Hannes. Eine aus der Psychiatrie Entlaufene, das hätte irgendwie gepaßt.

Ansonsten gab es an diesem Montag nur noch einen Bericht über die vergebliche Jagd nach einem Autodieb, einen Bankraub in Laatzen und eine Massenschlägerei. Den Bankraub sah sich Hannes näher an, aber es waren wohl eindeutig männliche Täter am Werk gewesen. Er nahm sich den Dienstag, den 30. März, vor. An diesem Tag hatte Barbara das Mädchen aufgegabelt. Ein paar Jugendliche hatten einem anderen Jugendlichen den CD-Player geklaut, und in einem Mordfall im Drogenmilieu, der schon ein halbes Jahr zurücklag, gab es eine heiße Spur, die in die Türkei führte. Nicht sehr ergiebig, fand Hannes. Außerdem konnte man über den entlaufenen forensischen Patienten lesen, daß der Mann möglicherweise mit dem gestohlenen Opel Corsa eines Angestellten geflohen war, der in der Nähe der Gärtnerei geparkt gewesen war. Der Pfleger hatte Bereitschaftsdienst gehabt, weshalb das Fehlen seines Fahrzeugs erst später bemerkt worden war. Der Suchmeldung wurde das Kennzeichen des roten Opel Corsa hinzugefügt.

Am Ende der Berichte stieß Hannes auf eine Nachricht aus der Nachbarschaft.

> Aufmerksame Nachbarn verhindern Einbruch
> Wennigsen: In einem Haus in der sogenannten »Ökosiedlung« im Osten von Wennigsen am Deister ist es vermutlich der Wachsamkeit der Nachbarn zu verdanken, daß die Bewohner nach den Ferien keine böse Überraschung erleben werden. Der Besitzer des Nachbargrundstücks beobachtete am hellichten Vormittag eine vermummte Gestalt, die um das Gebäude herumschlich, offenbar war der Mann auf der Suche nach einer Einbruchsmöglichkeit. Der Nachbar sprach den Einbrecher an, woraufhin dieser über den Zaun sprang und zu Fuß die Flucht ergriff. Obwohl seine Frau sofort die Polizeistation Wennigsen

informierte, deren Streife wenig später ausrückte, und der Nachbar die Gegend mit seinem Fahrrad absuchte, konnte der Mann nicht gefunden werden. Der verhinderte Eindringling trug Jeans, einen schwarzen Pullover oder Jacke und eine schwarze Mütze. Das Gesicht des Verdächtigen konnte der Nachbar nicht erkennen. Er beschrieb die Gestalt als mittelgroß und eher schmächtig.
Erneut weist die Polizei darauf hin, daß Einbrecher besonders während der Ferienzeit aktiv sind. Tips, wie Sie Ihr Eigentum schützen können, finden Sie ....

Angefügt war ein Link, der zu Vorschlägen für Sicherheitseinrichtungen für Häuser und Wohnungen führte.

Hannes überlegte. Wenn jemand von der Neubausiedlung in östlicher oder südlicher Richtung über die Felder lief, landete er – oder sie – in Sorsum, Evestorf, Bredenbeck oder Holtensen. Dort sieht sie die Bushaltestelle, den herannahenden Bus, versucht ihn noch zu erwischen und rennt Barbara vor's Auto. So konnte es gewesen sein. Gegen diese Theorie sprach, daß das Gebiet zwischen den Orten sehr übersichtlich war: nur Felder und kein Hügel, kein Wald, keine Deckung. Für eine Flucht denkbar ungeeignet. Aber vielleicht hatte die Streife doch etwas länger gebraucht, als sie angaben, oder der Flüchtling hatte einfach Glück gehabt. Irgend etwas an dem Bericht irritierte Hannes, aber er kam nicht darauf, also las er erst einmal weiter. Der Mittwoch bot nichts, was irgendwie zu Nasrin gepaßt hätte, aber schon am Donnerstag, dem 1. April wurde es interessant:

> Wie erst heute bekannt wurde, wird im Zusammenhang mit dem aus dem Maßregelvollzug des Landeskrankenhauses Wunstorf geflohenen Stefan Hinrichs eine weitere Person vermißt. Es handelt sich um die einundzwanzigjährige Sharifa Zaimeh, die in einer Wohngruppe der Allgemeinpsychiatrie lebte. Die junge Frau machte gleichzeitig eine Lehre als Köchin in der Küche des Landeskrankenhauses. Zaimeh hatte sich am Montag, dem Tag des Verschwindens von Hinrichs, krank gemeldet, während man

sie in ihrer Wohngruppe auf Heimurlaub glaubte. Unklar ist, ob das Verschwinden der Patientin im selben Zeitraum nur ein Zufall ist, ob die Patientin dem Mann Fluchthilfe geleistet hat oder ob die junge Frau von Hinrichs möglicherweise als Geisel genommen wurde. Hinweise bitte ...

Es folgten die üblichen Telefonnummern, aber Hannes interessierte nur eines: das Foto. Er hielt den Atem an und beobachtete, wie sich abschnittsweise die Pixel füllten. Das Schwarzweißbild mußte älter sein, sie war darauf höchstens achtzehn, schätzte Hannes. Sie trug das Haar streng nach hinten gebunden, und das Gesicht sah voller aus. Aber sie war es, da bestand kaum ein Zweifel. Und noch etwas fiel ihm an dem Foto auf: Es war ein Bild, wie man es bei der erkennungsdienstlichen Behandlung anfertigte, auch wenn der typische Balken darunter fehlte. Er kannte solche Bilder zur Genüge aus Gerichtsakten, um sie sofort zu erkennen. Demnach war das Mädchen also irgendwann erkennungsdienstlich behandelt worden. Vielleicht hatte es sogar ein Ermittlungsverfahren gegen – wie hieß sie noch gleich – Sharifa Zaimeh – gegeben. Der Name klang irgendwie arabisch. Oder persisch? Wenn er sich das Foto jetzt so ansah ...

Hannes lehnte sich in seinem Schreibtischsessel zurück und wippte eine ganze Weile sanft vor sich hin. So einfach war das. Warum hatten sie nicht schon längst ein bißchen recherchiert? Robin, der sich immer auf die Zeitungen stürzte, hätte doch etwas mitbekommen müssen. Aber der war sich ja zu intellektuell für den Lokalteil, der las nur das Feuilleton, Barbara las nur die Klatschseiten über Promis und Hannes die Politik, den Wirtschaftsteil und die Klatschseiten über Promis. Klara las vermutlich überhaupt keine Tageszeitung. Wie einfach sie zu täuschen gewesen waren. Man glaubt gerne das, was man glauben will, stellte Hannes fest.

Er klickte sich weiter durch die Datei. Ein paar Tage lang stand nichts über Sharifa Zaimeh oder den entlaufenen Stefan Hinrichs in den Polizeimitteilungen. Beide schienen spurlos verschwunden zu sein.

Erst am Sonntag, den 4. April, kam wieder Bewegung in die Sache.

Spaziergänger findet ausgebranntes Auto
mit verkohlter Leiche

lautete die Überschrift.

In einem Waldstück bei Springe fand ein Spaziergänger gestern nachmittag ein völlig ausgebranntes Auto, in dem sich ein ebenso verbrannter menschlicher Leichnam befand. Es wird vermutet, daß es sich bei dem Wagen um den gestohlenen Opel Corsa handelt, der im Zusammenhang ...

Hannes schenkte sich den Rest und suchte weiter. An den Tagen darauf wurde er fündig. Am Montag war zu lesen: *Die kriminaltechnischen Untersuchungen haben ergeben, daß es sich zweifelsohne um den gestohlenen Opel Corsa handelt, mit dem der psychisch gestörte Straftäter Stefan Hinrichs am 29. März aus dem Landeskrankenhaus Wunstorf geflohen ist.*

Am Dienstag herrschte auch über die Identität der Leiche Klarheit. *Eine gentechnische Untersuchung sowie ein Gebißvergleich ergaben ohne Zweifel, daß es sich bei dem Toten im Wagen um den geflohenen Straftäter Stefan Hinrichs handelt.*

Die Gerichtsmediziner gingen davon aus, daß die verbrannte Leiche bereits seit etwa einer Woche im Wald lag. Am Schädel der Leiche waren außerdem Spuren stumpfer Gewalteinwirkung gefunden worden. Im Zusammenhang mit dem Fund der Leiche wurde erneut nach der noch immer verschwundenen Sharifa Zaimeh gefahndet. Die Polizei schloß eine Tötung aus Notwehr nicht aus.

Die Datei war bis zum vergangenen Donnerstag, dem 15. April, aktualisiert worden, doch die restlichen Tage brachten nur noch eine neue Erkenntnis: Die Leiche wies an den Handgelenken Spuren von verbranntem Kunststoff auf.

Hannes legte das Gesicht in die Hände und grübelte. Feuer. Immer wieder Feuer. Das verbrannte Auto. Das Osterfeuer.

Das Feuer, mit dem Nasrin Robins Hausrat verbrannt hatte ... Er sprang auf und rannte nach unten, wo die Zeitung noch immer auf dem Tisch lag, aufgeschlagen auf der Seite mit dem Bericht über den Brand und die verkohlte Leiche im Haus. Er las den Artikel erneut. Kein Wort über die Brandursache. Statt dessen stolperte er förmlich über das Wort: Ökosiedlung. Die Zeitung in der Hand, eilte er in sein Arbeitszimmer. In dem Bericht über den verhinderten Einbruch am 30. März stand ebenfalls etwas von einem *Haus in der sogenannten »Ökosiedlung«*.

Wieviele Häuser umfaßte diese Siedlung innerhalb des Neubaugebietes? Zwanzig, dreißig? Was, wenn es sich um dasselbe Haus handelte? Das hätte der Polizei doch auffallen müssen, warum stand darüber nichts in der Zeitung? Das hat nichts zu sagen, schlußfolgerte Hannes. Der Tote war am Freitag erst gefunden worden. Bis die Polizei der Presse Einzelheiten mitteilte, konnte leicht ein Tag vergehen. Genaueres würde man wohl erst in der Montagsausgabe lesen können.

Der zeitliche Zusammenfall der Vorkommnisse mit dem Auftauchen und Verschwinden des Mädchens war jedenfalls bemerkenswert.

Hannes schwirrte der Kopf. Es gab zwei Tote und zig Fragen.

Was sollte er tun, an wen konnte er sich wenden? Natürlich hatte er noch alte Bekannte bei der Staatsanwaltschaft und sogar bei der Polizei. Aber mittlerweile war es später Samstagnachmittag. Vor Montag würde er kaum etwas in Erfahrung bringen können. Außerdem mußte er sehr vorsichtig dabei sein. Hannes ging nach unten und machte sein Fahrrad flott. Etwas Bewegung würde ihm guttun, ein kleiner Ausflug über die Felder bis nach Wennigsen.

Arne und Robin saßen in Robins Küche und tranken Bier. Arnes Miene war düster.

»Hat dein Vater gemeckert, weil du nicht da warst?«

»Och, nee. Aber weißt du, diese Leute die da kommen ... Ich glaube, ich passe da nicht so richtig dazu.«

»Arne, du weißt hoffentlich, daß du überhaupt keinen Grund hast, dich vor irgendwelchen teetrinkenden Schafwollpullovern zu genieren, die stundenlang über Buddhismus und Schamanismus und weiß der Teufel was schwadronieren können. Das sind Typen, die wahrscheinlich noch keinen Tag in ihrem Leben so gearbeitet haben wie du.«

Arne mußte grinsen. »Woher kennst du Sinas Freunde?«

»Die gibt's überall.«

»Das sagt Sina auch. Aber trotzdem. Laß mal.« Er drehte die Bierflasche zwischen den Händen. »Du bist ein guter Kumpel«, sagte er, und prompt fühlte sich Robin mies. Er spielte einen Moment lang mit der Idee, den Freund in ihr Geheimnis einzuweihen. Schließlich betraf es ihn ja auch, es waren seine Schweine, sein Stall.

Da begann Arne mit dem herauszurücken, was ihn bedrückte. »Hast du in der Zeitung über den Brand in Wennigsen gelesen?«

»Ja, habe ich. Schlimme Sache.«

»Ja«, nickte Arne und sagte eine ganze Weile nichts.

»Kanntest du den Jungen?« fragte Robin

Arne schüttelte den Kopf.

Nach einem weiteren Schluck Bier fragte Arne: »Sag mal, wo ist eigentlich dein Fahrrad?«

»Mein Fahrrad?« wiederholte Robin, während ihm plötzlich heiß wurde. »Das ist weg. Es ist geklaut worden, in Linden. Typisch. So lange ich da gewohnt habe, kam nie was weg, aber dann fährst du einmal hin und trinkst in der alten Stammkneipe ein Bier, und wie ich um die Ecke komme: Rad weg. Schloß einfach durchgeschnitten, wahrscheinlich mit einem Bolzenschneider.«

»Hast du es der Polizei gemeldet?«

»Wozu? Ist doch sinnlos. Versichert war es auch nicht. Ist eben Risiko.«

»Dein Rad steht bei mir im Schuppen«, sagte Arne.

»Mein Fahrrad? Wie ... wie kommt es dahin?« fragte Robin verblüfft.

»Bei dem Brand in Wennigsen habe ich es gefunden. Es stand auf der Straße, nicht weit weg von dem Grundstück.«

»Bist du sicher, daß es mein Fahrrad ist?«

»Klar, ich kenn doch dein Rad. Stand doch oft genug auf unserem Hof rum, ich hab dir doch mal die verbogene Felge repariert.«

»Arne, ich weiß nicht, wie mein Rad dahin gekommen ist«, rief Robin erschrocken. »Du denkst doch nicht ... ich meine, du denkst doch nicht etwa ...?«

»Ich denke gar nichts. Ich wollte es dir bloß sagen. Wann war das überhaupt?«

»Irgendwann nach Ostern. Dienstag oder Mittwoch, glaube ich.«

»Am Dienstag warst du mit meinem Pickup bei Ikea, da stand dein Fahrrad doch noch auf unserem Hof.«

»Dann muß es wohl der Mittwoch gewesen sein«, sagte Robin, dem zusehends unwohl wurde.

Arne nahm noch einen Schluck Bier aus der Flasche und sagte. »Vielleicht sollte man der Polizei sagen, daß es dir in Linden geklaut worden ist. Immerhin geht es um Brandstiftung und eventuell sogar um Mord.«

»Was? Über Brandstiftung stand doch überhaupt nichts in der Zeitung.«

»Ich habe es auch eben erst vom Ortsbrandmeister erfahren. Die Täter haben Benzin als Brandbeschleuniger benutzt.«

»Lieber Himmel«, flüsterte Robin.

Sie nahmen beide einen ausgiebigen Schluck.

»Also, wenn ich ehrlich bin, Arne, möchte ich da lieber nicht mit reingezogen werden.«

Arne zuckte die Achseln. »Klar. Ist deine Entscheidung. Ich wollte es dir nur sagen.«

»Danke, daß du das Rad mitgenommen hast.«

Arne leerte die Bierflasche in einem Zug. »Man sieht sich«, sagte er und ging.

Robin sah ihm von Balkon aus nach, wie er in seinen Pickup stieg. Er hatte das Gefühl, daß ihre Freundschaft gerade einen Riß bekommen hatte.

An den Fenstern klebte buntes Zeug, in den Gärten standen Spielgeräte, und in den schamhaft begrünten Carports wurden gerade die Samstagseinkäufe aus den Vans geladen. Was an der Siedlung »Öko« war, erschloß sich dem Besucher nicht auf Anhieb. Wahrscheinlich das viele Holz an und vor den Häusern und die vielen Kompostbehälter.

Kleinkinder rumpelten mit Bobbycars über die teilweise noch unfertigen Straßen, größere kurvten mit Fahrrädern und Geschrei durch den Matsch. Familienväter hackten Holz für die Kachelöfen. Hier wurde offenbar alles getan, um die Kleinen artgerecht aufzuziehen. Manchmal wunderte sich Hannes, wie seine Generation ohne größere Verluste hatte überleben können: rauchende Eltern in Autos ohne Kindersitze und Sicherheitsgurte, Verkehrsberuhigung nur durch autofreie Sonntage, und die heimische Küche weit entfernt von Vollwert oder Bio. Ich werde alt, dachte Hannes.

Das abgebrannte Haus hatte zwischen einem Blockhaus, das Hannes unweigerlich an eine finnische Sauna erinnerte, und einem gemauerten Anwesen mit riesigem Bayern-Balkon gestanden. Das Gelände war mit einem rotweißen Band abgesperrt und wirkte wie eine häßliche Narbe, die das Idyll störte. Es gab wenig Zäune in der Ökosiedlung, aber das abgebrannte Haus hatte einen gehabt. Die Hälfte stand noch, den Rest hatte vermutlich die Feuerwehr entfernt. Auf dem Briefkasten stand der Name: Sieloff. Zwei Jugendliche in Feuerwehruniform paßten auf, daß niemand das Gelände betrat. Einer von ihnen rauchte. Bestimmt würde es dafür gleich einen Rüffel von einer Ökomama geben, dachte Hannes. Er blieb stehen und schaute sich den Brandort an. Verkohlte Balken, ein verschmorter Boiler, ein Ofenrohr. Nein, viel war nicht übriggeblieben, das war der Nachteil von Holzhäusern. Im Garten des Hauses nebenan befreite eine Frau ein Beet von welken Blättern.

Hannes trat an den nur kniehohen Lattenzaun. Es machte ihm keine Schwierigkeiten, ein Gespräch zu beginnen, und nachdem ihn die ungefähr gleichaltrige Frau erkannt hatte, war ihr Redefluß kaum noch zu bremsen. Ja, sie und ihr Mann hatten seinerzeit diesen Einbrecher beobachtet, gab sie Auskunft.

»Gut, daß Sie sofort die Polizei gerufen haben.«

»Das sage ich auch. Mein Mann wollte erst nicht, aber ich habe ihn schließlich doch überzeugen können. Aber bis die dann hier waren ... klar, daß der schon längst verschwunden war.«

»Sie als Nachbarn kannten die Familie doch sicher näher, oder?«

Die Frau schüttelte den Kopf. »Nicht besonders. Obwohl sie schon zwei Jahre hier wohnen. Wissen Sie, die ersten Besitzer dieses Hauses sind leider mit ihrer Firma pleite gegangen. Jedenfalls stand es eine Weile leer und wurde dann versteigert. Anders hätten die es sich gar nicht leisten können.« Dabei zeigte sie auf die verkohlten Reste des Sieloffschen Anwesens. »Komische Leute, mal grüßten sie, mal wieder nicht. Sie waren zur Kur an der Nordsee, mit ihrem jüngsten Sohn, der hat Asthma.«

»Und der Sohn, der umgekommen ist?«

»Der Boris. Der grüßte wenigstens immer. Aber er war schon mal im Knast, in Hameln.«

»In der Jugendstrafanstalt?«

»Ja. Einbruch und Hehlerei und solche Sachen. Hat man sich hier erzählt, das war, bevor sie hierher zogen. Aber im letzten Jahr sah es so aus, als würde er zumindest die Berufsschule regelmäßig besuchen. Deshalb ist er wahrscheinlich auch zurückgekommen.«

Hannes dachte nach. Ferienende. Hatte Nasrin gewußt oder gehofft, daß der Junge zurückkommen würde, wenn die Ferien zu Ende waren, hatte sie bei ihnen im Gästehäuschen gut versteckt die ganze Zeit nur darauf gewartet?

»War er zusammen mit seinen Eltern verreist?«

»Das glaube ich nicht. Der ging eigene Wege. Der war auch nicht immer hier.«

Hannes zog die ausgedruckten Fotos von Stefan Hinrichs und Sharifa Zaimeh aus der Tasche und zeigte sie der Frau. Die schien keine Sekunde zu überlegen, warum er ihr all diese Fragen stellte und ob er überhaupt das Recht dazu hatte. Ein Fernsehrichter durfte alles, und sie antwortete bereitwillig. Nein, den jungen Mann hatte sie noch nie hier gesehen.

Logisch, dachte Hannes. Der war die letzten Jahre ja auch weg vom Fenster.

Das Mädchen kannte sie leider auch nicht. Es war ihr anzumerken, daß sie das bedauerte.

»Sagen Sie Frau ...« Hannes blickte sich nach einem Türschild um.

»Schaub«, sagte sie.

»Frau Schaub. Wenn Sie an diesen verhinderten Einbrecher denken. Der trug eine Mütze, oder?«

»Ja. Deswegen kam er uns ja so verdächtig vor. Es waren die ersten Frühlingstage, und der trug eine dicke Mütze und einen dicken Pullover.«

»Hätte das auch eine Frau sein können?«

Frau Schaub dachte nach. »Jetzt, wo Sie es sagen. Das Gesicht haben wir ja nicht sehen können, aber groß war er nicht, und auch nicht sehr kräftig. Ja, eigentlich schon. Auf die Idee sind wir gar nicht gekommen.«

Hannes lächelte, machte noch ein paar freundliche Bemerkungen über den Garten und verabschiedete sich dann höflich. Natürlich würde morgen der ganze Ort wissen, daß er sich für die Familie aus dem abgebrannten Haus interessiert hatte, aber das ließ sich nicht ändern.

Er schaute auf die Uhr und fuhr los. Auf dem geteerten Feldweg blies ihm ein strammer Wind entgegen. Genaugenommen schon ein Sturm. Der Himmel hatte ein bedrohliches Lila angenommen. Hannes trat kräftig in die Pedale. Er hatte keine Lust, naß zu werden. Außerdem hatte er plötzlich einen Riesenhunger. Der Kühlschrank dürfte leer sein, spekulierte er. Die Geschäfte hatten längst zu, es war schon nach sechs. Tankstelle oder McDonald's überlegte Hannes gerade, als die ersten schweren Tropfen fielen. Also letzteres. Vor der Tür des schottischen Restaurants schaute er wieder auf die Uhr. Er hatte über fünfzehn Minuten gebraucht. Allerdings hatte er mit starkem Gegenwind zu kämpfen gehabt. Wenn Nasrin sich eins der Fahrräder der Kinder gegriffen hatte, hatte sie es bei windstillem Wetter womöglich in zehn Minuten geschafft. So lange hatten die Schaubs wahrscheinlich schon gebraucht, um sich zu überlegen, ob sie nun die Polizei rufen sollten oder nicht. Bis dann die Streife aus dem Zentrum des Ortes in der Siedlung gewesen war, sich informiert hatte und wieder ausgerückt war ...

Wenn man an den Teufel denkt, dachte Hannes, als er gerade sein Tablett an einen freien Tisch trug. Draußen fuhren zwei Streifenwagen durch den Regen. Der Audi, der ihnen folgte, war ein anderer als der von heute vormittag, sah aber dennoch verdächtig nach Kripo aus. Wahrscheinlich vom Kommissariat Ronnenberg. Die drei Fahrzeuge steuerten den *Drive-in*-Schalter an.

Irgendwie hat sich das Polizeiaufkommen in dieser Gegend während der letzten Tage gewaltig erhöht, dachte Hannes.

Klara lief längst nicht mehr auf den spärlichen Pirschwegen, sondern kreuz und quer durch das Gelände. Von den Wölfen hatte sie seit dem späten Nachmittag nichts mehr gesehen. Davor war Ruska kurz aufgetaucht und wieder verschwunden, nachdem Klara sie ignoriert hatte. Hoffentlich bleiben sie weg, dachte Klara und wünschte sich gleichzeitig, sie noch ein letztes Mal zu sehen. Die Trennung von den Tieren fiel ihr schwerer, als sie gedacht hatte. Es war acht Uhr und wegen des schlechten Wetters schon fast dunkel. Dürre Fichten bogen sich im Wind. Von einem lauen Frühlingslüftchen hatte der Nordostwind hier oben nichts mehr. Vorhin hatte es heftig geregnet, und nun troff alles vor Nässe. Klara war müde, aber noch lief sie, schon um nicht zu frieren. Die Nacht würde noch lang genug sein. Sie hatte ihre Position schon längere Zeit nicht mehr überprüft. Wozu auch, es war egal, sie würde auf jeden Fall zurückfinden. Diese GPS-Technik war schon genial, und gleichzeitig unheimlich. Vielleicht werden irgendwann alle Autos mit einem Chip ausgestattet sein, so daß die Behörden das Fahrzeug über Satellit nicht nur orten, sondern auch lahmlegen konnten, wenn es gestohlen oder sein Besitzer straffällig geworden war. Oder wenn die Steuer nicht bezahlt war. Vielleicht hörte irgendwo irgendwer jetzt schon alle Handygespräche ab, ein Computer, der alle Sprachen der Welt beherrschte, filterte gewisse Worte heraus und zeichnete jede Bewegung des Handybenutzers auf. Wer weiß, grübelte Klara, ob Huxleys schöne neue Welt nicht schon längst von der Wirklichkeit übertroffen worden war. Mit derlei Gedanken vertrieb sie sich die Zeit. Man kam auf die wildesten Ideen, wenn man so umherlief und sonst keine Ansprache hatte. Sie hatte das Telefon ausgeschaltet, um den Akku zu schonen. Mit Trenz hatte sie am Nachmittag gesprochen. Sie hatte gesagt, daß alles in Ordnung sei. Sie hatte nichts gesagt von ihren aufkommenden Zweifeln am Sinn der ganzen Aktion, nichts davon, daß sie Angst davor hatte, was sie zu Hause erwartete, und daß ihr davor graute, Robin in die Augen sehen zu müssen.

Wenn Mario bloß den Mund gehalten hätte. Aber als sie nach Robins Schuß bei ihm angekommen war, hatte er sich von seinem Schrecken schon wieder erholt gehabt. Er hatte noch immer am Boden gesessen und sich das linke Bein gehalten, aber schon wieder war eine Sturzflut von Unflätigkeiten über seine Lippen gekommen. Doch das provozierte sie inzwischen nicht mehr. Also hatte er die Strategie gewechselt und gefragt: »Sind das deine Tierchen da hinten? Ist so was eigentlich erlaubt?« und dabei gegrinst, wie man dreckiger nicht grinsen konnte. Klara hatte ihn mit einem Griff in die Bauchlage gebracht und ihm ihr Knie mit ihrem ganzen Gewicht darauf in den Nacken gebohrt. Mit beiden Händen hatte sie seinen Kopf umfaßt wie einen Schraubstock und ihn ruckartig nach hinten gedreht, wie man es bei Vögeln machte. Tatsächlich hatte es sich angehört wie ein brechender Hühnerhals. Das Ganze war eine Sache von zwei, drei Sekunden gewesen. Sie bereute die Tat nicht. Nur die Umstände, die sich daraus ergeben hatten. Die Sache würde nicht gut ausgehen, das spürte sie. Es gab inzwischen zu viele Unsicherheitsfaktoren. Erst Nasrin und jetzt auch noch Barbara.

Klara blieb stehen und kramte ihre Stirnlampe aus dem Rucksack, denn inzwischen war es völlig dunkel geworden. Es ging auf Neumond zu, aber vor lauter Wolken hätte man ohnehin nichts vom Mond gesehen. Es fing wieder leicht an zu regnen. Bei diesem Wetter konnte sie den Lichtschein riskieren, kein normaler Mensch trieb sich jetzt im Wald herum, und selbst wenn – die Wölfe waren nirgends mehr zu sehen. Mit der Lampe fühlte sie sich sicherer, schon zweimal war sie über Wurzeln oder Steine gestolpert, beim zweiten Mal war sie sogar lang hingeschlagen. Gott sei Dank war nichts passiert, aber sie mußte besser aufpassen. Einen verknacksten Knöchel konnte sie jetzt nicht gebrauchen. Nach einer Weile stieß sie auf einen schmalen Weg und folgte ihm. Sie hoffte, bald einen bequemen Platz für die Nacht zu finden, einen überdachten Hochsitz oder sogar eine Kanzel, in der sie vor dem Sturm geschützt wäre. Das Rauschen der Bäume nahm immer mehr zu, dazu kam ein kalter Regen. Die Temperaturen gingen sicherlich schon gegen Null, wenn sie Pech hatte, gab es sogar noch Schnee. Immer wieder suchte der Strahl der Lampe die Umgebung rechts und links des Weges ab, und tatsächlich: Da war eine Leiter an einer mächtigen Fichte, die am Ende einer kleinen Lichtung stand. Sie mündete in eine dem Anschein nach intakte Jagdkanzel mit verschließbaren Schußöffnungen nach drei Seiten. Da drinnen könnte es direkt gemütlich werden, dachte Klara erfreut. Die Leiter schwankte, als Klara die ersten Sprossen nahm. Sie mußte gewaltig aufpassen, denn manche der Sprossen waren morsch, ein Zeichen, daß die Kanzel nicht mehr regelmäßig genutzt wurde. Die schmale Tür war abgeschlossen, aber mit der kleinen Eisensäge an Klaras Multifunktionswerkzeug war das rostige Schloß in fünf Minuten durch. Sie lehnte ihr Gewehr in die Ecke, stellte den Rucksack hin und ließ sich vorsichtig auf die Bank sinken. Sie knackte ein bißchen, aber sie hielt, und es gab sogar ein bröseliges Schaumgummikissen. Wunderbar. Jetzt erst merkte Klara, wie erschöpft sie war. Sie zog die Tür zu und schaltete die Stirnlampe auf Sparfunktion. Jetzt ein heißer Tee, das wäre der Gipfel des Genusses. Aber sie hatte nur eine Wasserflasche und die Müsliriegel, die ihr längst zum Hals heraushingen. Sie aß trotzdem einen, sie mußte bei Kräften bleiben. Langsam wurde ihr wieder wärmer. Fast schon heimelig war es hier oben, wenn es bloß nicht schwanken würde wie in einer Schiffschaukel. Wenn es zu stark stürmt, überlegte Klara, muß ich wieder runter.

Dem alten Kasten ist nicht zu trauen, und wer weiß, wie gesund der Baum noch ist. Aber fürs erste legte sie die Beine auf den Rucksack und den Kopf gegen die Wand und war im nächsten Moment eingeschlafen.

Hannes war auf dem Heimweg naß geworden, außerdem war ihm nach dem Essen ein wenig schlecht. Er trank einen Schnaps, dann ließ er die Badewanne einlaufen. Er kippte eine halbe Flasche Heublumenbad ins Wasser und schaltete die Whirlpoolfunktion ein, damit es ordentlich schäumte. Dann stellte er ein Glas Rotwein an den Wannenrand und daneben das Telefon und das Handy, falls sich Klara melden sollte. Wo sie wohl untergekrochen war, bei diesem Sauwetter? Er durfte gar nicht daran denken. Ihr Handy war ausgeschaltet, wahrscheinlich wollte sie nicht bemuttert werden. Er streckte sich aus und registrierte, wie seine Glieder langsam wieder warm wurden. Für einen wehmütigen Augenblick vermißte er Barbara wirklich. Was für ein lächerlich riesiges Ding, diese Wanne, besonders wenn man allein drin saß. Das Telefon klingelte. Hannes stellte das Geblubber ab. Es war Thünken, der Programmdirektor. Das war nun wirklich eine Überraschung. Ohne große Umschweife rückte er mit seinem Anliegen heraus. Er habe gerade heute ein interessantes Konzept für eine Serie in die Finger bekommen.

Unfug, dachte Hannes, bestimmt hatte er das Ding schon seit Tagen in der Schublade.

»Genauer gesagt ist es ein Remake eines sehr alten, aber sehr erfolgreichen Formates ...«
Hannes hörte ihm fast eine Viertelstunde lang zu. Es handelte sich um eine Neuauflage von *Wie würden Sie entscheiden?* Natürlich poppiger und peppiger, mit einigen Promis und mit Ted-Abstimmung und Gewinnen. »Und Fälle mit viel *human touch*, natürlich.«

»Natürlich«, sagte Hannes, dem langsam kühl wurde.

»Natürlich sind Sie die Hauptperson, denkbar wäre, daß prominente Anwälte die Verteidigung übernähmen, sofern man sie dafür begeistern könnte.«

»Anwälte nehmen jede Chance für PR mit Handkuß wahr«, meinte Hannes.
»Vor allen Dingen brauchen wir aber eine knackige Vertretung der Staatsanwaltschaft. Es muß richtig zur Sache gehen, mit Leidenschaft und Biß.«
Das Wasser wurde langsam kalt, und er wollte nichts nachlaufen lassen, das hätte Thünken gehört.
»Haben Sie Frau Reinecke schon gefragt?«
»Nun, wir sind uns bewußt, daß es zwischen Frau Reinecke und Ihnen des öfteren Meinungsverschiedenheiten gibt. Wie gesagt, Sie sind die Hauptperson, wenn Sie sagen, Sie möchten nicht mit der Reinecke, dann ist das völlig in Ordnung. Wir finden schon jemand anderen. Aber eine Frau wäre dennoch nicht schlecht, vielleicht eine etwas jüngere.«
»Ich möchte die Reinecke«, sagte Hannes. »Sonst niemand. Sagen Sie ihr das bitte, genau so, wie ich es Ihnen gesagt habe.«
»Äh, ja schön, wunderbar«, sagte der Programmdirektor verblüfft. »Ehrlich gesagt, das überrascht mich jetzt.«
»Es ist eine alte Haßliebe«, meinte Hannes.
»Genau das, was die Sendung braucht«, frohlockte es am anderen Ende. »Wegen der finanziellen Seite ...«
»Darüber können wir nächste Woche sprechen«, sagte Hannes. »Tun Sie mir den Gefallen, und rufen Sie die Reinecke so bald wie möglich an.«
Als er aufgelegt hatte, beschloß er, gleich noch einmal Klara anzurufen und sie über seine jüngsten Erkenntnisse zu informieren. Danach würde er Robin fragen, ob sie den Abend nicht zusammen verbringen wollten, vielleicht bei ein, zwei Flaschen Wein. Er ließ das Wasser ab und duschte den Heublumenschaum vom Körper. Nach dem Abtrocknen fühlte er sich steinalt und müde. Nur ein Stündchen, dachte er und wankte wie ein Betrunkener in sein Schlafzimmer. Er kroch ins Bett und war innerhalb von wenigen Minuten eingeschlafen.

Robin starrte ins Kaminfeuer und blinzelte erst, als ihm die Augen tränten. Es hatte ein paar Stunden gebraucht, ehe er die

Botschaft von heute morgen ganz begriffen hatte. Er hatte also den Liebhaber seiner Freundin umgebracht.

So lange der Tote im Keller gelegen hatte, hatte Robin den Gedanken an ihn recht erfolgreich verdrängt. Er war eben »der Tote im Keller« und damit fast so unwirklich und so weit weg wie die Leiche in einem Fernsehkrimi oder in einer Nachrichtensendung. Eine abstrakte Größe. An den Schuß erinnerte er sich kaum noch, sein Gedächtnis setzte erst wieder an der Stelle ein, als Klara ihm einen Tee ans Bett gebracht hatte. Aber auch daran erinnerte er sich nur sehr schemenhaft. Den nackten Toten mit den rasierten Haaren im Schweinestall zu sehen, war ein Schock gewesen. Erst da war ihm die Dimension der Geschehnisse klargeworden, erst da war aus dem »Toten im Keller« wieder ein Mensch geworden. Ein junger Kerl, dem er das Leben genommen hatte. Er hatte gehofft, Nasrins Brief würde Aufklärung bringen und der Tat einen Sinn geben. Er hatte gehofft, daß aus dem toten Menschen ein toter Bösewicht werden würde. Ein Killer, ein Schläger, ein Terrorist. Er hatte gehofft, seine Tat würde nachträglich eine gewisse Rechtfertigung erfahren. Er wollte sich sagen können: Wenn ich den Kerl nicht umgebracht hätte, wäre Nasrin jetzt tot oder entführt worden.

Und nun das. Wo steckte da der Sinn?

Er hatte einen Kerl erschossen, der wie ein rolliger Kater ums Haus geschlichen war. Einen jungen Kerl, den Klara benutzt und fallengelassen hatte, aus welchen Gründen auch immer. Keinen fiesen Killer, keinen von zweifelhaften Ehrbegriffen getriebenen Messerstecher hatte er zur Strecke gebracht, sondern einen dummen Hitzkopf, der nicht hinnehmen wollte, daß er nicht mehr gefragt war, und deswegen ein bißchen Stunk machen wollte. Ein kleines, armseliges Arschloch.

Robin ging ins Bad. Im Spiegel über dem Waschbecken sah er sich an. Große, graue Augen, schmale Wangen, unrasiert.

Das Gesicht eines Mörders. Er rieb sich Rasierschaum auf die Wangen und rasierte sich gründlich. Schon sah er frischer aus, nur sein Haar hing ihm noch in wirren Fransen in die Stirn. Er kramte in dem kleinen Badezimmerschrank nach dieser Maschine, die er angeschafft hatte, um den Friseur zu sparen. Er setzte die Maschine an. Innerhalb weniger Minuten war sein Schädel kahl und die Haut schimmerte bläulichweiß durch die abrasierten Stoppeln hindurch.

Klara wurde schlagartig wach, als sie von der Bank rutschte. Es war ein Uhr. Immerhin hatte sie ein paar Stunden geschlafen. Leider hatte sie die Stirnlampe nicht gelöscht. Sie brannte zwar immer noch, aber sie hatte nur einen einzigen Satz Ersatzbatterien dabei. Die Kanzel schwankte bedrohlich. Klara holte ihr Regencape heraus, schulterte ihren Rucksack, hängte sich das Gewehr um und öffnete die Tür. Auch das noch. Der Regen war in einen nassen Schneefall übergegangen. Der Sturm fauchte durch die Kronen der Bäume, und Klara war versucht, die Tür wieder zu schließen und lieber das Risiko einzugehen, mitsamt der Kanzel vom Baum zu stürzen, als sich den tobenden Elementen auszusetzen. Ein alter Jägerspruch fiel ihr ein: Wenn der Wind jagt, bleibt der Jäger zu Hause. Wo wohl die Wölfe untergekrochen waren? Aber für die war das sicher kein Problem.

Das Geschaukel hier oben war Klara nicht länger geheuer, noch dazu, wo das Holz ächzte wie ein alter Kahn. Sie zog die Kapuze fest und machte sich an den Abstieg. Das nasse Holz war glitschig. Sie hatte die Hälfte der Leiter hinter sich, als es krachte. Die Sprosse, auf die sie gerade getreten war, brach unter ihr weg wie ein Streichholz, ein Ruck ging durch ihren Körper, dann hing sie nur noch mit den Händen an der Leiter und angelte mit den Füßen nach Halt. Als hätte der Sturm genau auf diesen Moment gewartet, schien er noch einmal alle seine Kräfte auf einen Punkt zu konzentrieren. Wütend klatschte er ihr eine eiskalte Bö ins Gesicht, und ihr baumelnder Körper mit dem Regencape bot gerade genug Angriffsfläche, um sie wie ein welkes Blatt von der Leiter zu fegen. Ihr Schrei wurde vom Wind zerrissen, dann kam der freie Fall. Mit einem dumpfen Schlag landete ihr Körper auf dem Waldboden. Sie fühlte, wie durch den Aufschlag die Luft aus ihren Lungen gepreßt wurde, aber es folgte kein Schmerz, es war dieses Gefühl, wie wenn man längere Zeit in der Hocke zugebracht hatte und dann zu schnell aufstand und sich kurz irgendwo festhalten mußte, nur daß der Schwindel diesmal nicht verging, sondern sie mit sich zog, und sie tauchte ein in diesen Strudel, von dem sie immer schon hatte wissen wollen, was sich dahinter verbarg.

Die viel zu große Uhr an seinem Handgelenk gab fiepsende Töne von sich, die ihm penetrant ins Ohr krochen. Hastig stellte Jonas das Ding ab. Er setzte sich auf und lauschte. Die anderen atmeten gleichmäßig. Einer schnarchte ein wenig. Er hoffte, daß sie heute ein wenig länger schlafen würden, sie hatten bis ein Uhr Geschichten erzählt und über ihre dummen Witze gekichert. Zum Glück mußte man bei Raphael wenigsten nicht ständig diese Pfadfinderlieder trällern. Er war hier, um der Natur nahe zu sein, nicht um zu singen. Von draußen hörte man es rauschen. Der Sturm. Am Abend hatten besorgte Eltern Raphaels Handy angerufen und ihnen eingeschärft, in der Hütte zu bleiben.

Jonas zögerte. Es war schon letzte Nacht sehr, sehr unheimlich gewesen. All diese Geräusche im Wald. Außerdem hatte es nichts gebracht, auf dem Hochsitz zu hocken und mit der Taschenlampe herumzuleuchten. Nur ein einziges Tier hatte er zu sehen bekommen, einen Fuchs, der verwundert in die Lampe gestarrt hatte und dann im Dickicht verschwunden war.

Er schälte sich aus dem Schlafsack, nahm seinen Parka und die Gummistiefel, kletterte von der Empore, auf der sich die Schlafplätze befanden, in den Aufenthaltsraum hinunter. Im Kamin glomm noch ein dickes Scheit Buchenholz und spendete einen schwachen Lichtschein. Er schlich an die Tür. Noch einmal horchte er und vergewisserte sich, daß seine technische Ausrüstung komplett war. Taschenlampe, Fernglas, Digitalkamera, alles zur Hand. Er zog den Riegel zurück und schlüpfte hinaus. Der Wind riß ihm die Tür aus der Hand und fegte in die Hütte. Rasch drückte er sie hinter sich zu. Er blieb eine Weile vor der Hütte stehen. Falls jemand wach geworden war und sein Fehlen bemerkte, konnte er jetzt immer noch sagen, er wäre nur pinkeln gewesen. Vor dem Plumpsklo in der Hütte ekelten sich nämlich alle, sie gingen lieber in den Wald. Niemand kam. Es war fünf Uhr nach der Sommerzeit. Also vier. Bald würde die Sonne aufgehen. Ihm blieben höchstens zwei Stunden, dann mußte er wieder in der Hütte sein. Er ging los, kam nur langsam vorwärts. Es wurde schon ein klein wenig hell. Als sich seine Augen an das Dämmerlicht gewöhnt hatten, konnte er die Taschenlampe ausschalten. Der Wind zerrte an seiner Kleidung und nahm ihm fast den Atem. Auf dem Waldweg war es besser. Die hohen Bäume hielten das Ärgste ab. Nur das Rauschen war sehr, sehr unheimlich. Er würde nur bis zu dem Holzstoß hinter der Biegung gehen. Das reichte schon. Ein Hochsitz war bei diesem Wind auch viel zu gefährlich. Der Wolf konnte überall sein, also war es ziemlich egal, wo er auf ihn wartete. Die Chance, ihn zu sehen, war sowieso gering, das wußte er. Aber er mußte es wenigstens versuchen. Ein richtiger Wolfsjäger müßte tagelang unterwegs sein und den Spuren folgen. Aber das erlaubten sie ihm ja nicht. Wütend stemmte er sich gegen den Sturm. Der Weg beschrieb eine Biegung, und als Jonas um die Kurve kam, sah er ihn. Den Wolf.

Er stand mitten auf dem Weg und schaute ihn an. Er schien genauso überrascht wie der Junge. So wie der Wind stand, hatte er ihn wohl nicht gewittert. Sie standen sich gegenüber, etwa zehn Meter voneinander entfernt. Der Wolf war grau und an Brust und Unterseite etwas heller. Die Beine waren dunkelgrau und erschienen dünn im Verhältnis zum Körper. Das Fell war sehr dick, vermutlich war es noch der Winterpelz. Seine Nase war tiefschwarz und seine Augen hell mit schwarzen Rändern und großen, dunklen Pupillen. Auch die Ohren waren schwarz, und sein breiter Backenbart hatte helle Spitzen. Der Wolf hatte Augen und Ohren auf den Jungen gerichtet. Dem stockte der Atem. Er wußte nicht, ob er Angst hatte oder ob es nur die Erregung war. Jedenfalls spürte er plötzlich, wie es ihm warm die Beine hinunterlief. Aber er kümmerte sich nicht darum, sondern besann sich auf seine Aufgabe.

»Bleib stehen, Wolf. Nicht weglaufen, Wolf.« Jonas mußte gegen den Sturm anschreien. »Ich tu dir nichts«, fügte er leiser hinzu.

Der Wolf legte den Kopf schräg, wie ein Hund, der ungewohnte Geräusche hört. Langsam ließ Jonas die rechte Hand in die Tasche seines Parkas gleiten und zog seine Kamera heraus. Das leise Schnurren, mit dem das Objektiv herausfuhr, wurde vom Sturm übertönt. Er hielt sie sich vor das Gesicht. Als er den Wolf so nah es ging herangezoomt hatte, drückte er auf den Auslöser. Es blitzte. Der Wolf zuckte zusammen und duckte sich erschrocken zum Sprung.

VII.

Als Hannes erwachte, lärmten die Stare vor dem Fenster. Er hatte zehn Stunden geschlafen, aber er fühlte sich dennoch nicht frisch. Er sah auch nicht so aus. Die Augen waren geschwollen und rot. Da kann man es deutlich sehen, dachte er: Ein Abend ohne Alkohol, und schon ist das smarte Aussehen dahin.

Er kochte sich Kaffee und fand dabei, daß sich der Sonntagmorgen auch ohne Barbara gut ertragen ließ. Er griff zum Telefon und wählte Klaras geheime Handynummer. Eine neutrale Stimme teilte ihm mit, der Teilnehmer sei im Moment nicht erreichbar. Er rief Robin an, der sich verschlafen meldete. Nein, er hatte nichts von Klara gehört, das sei auch nicht abgesprochen worden, sagte er und legte unwillig brummend wieder auf.

Hannes trank seinen Kaffee. Sicherlich kampierte sie nur in irgendeinem schroffen Tal, in das kaum ein Sonnenstrahl und erst recht keine Funkwelle vordrang. Ja, so mußte es sein. Dennoch hatte er ein ungutes Gefühl. War das eine Alterserscheinung, diese ständigen Sorgen?

Er aß ein angetrocknetes Vollkornbrot mit Margarine. Das mit der Haushaltsführung mußte er noch besser in den Griff bekommen. In Hamburg hatte es ja auch geklappt. Nur gab es da mehr Restaurants im Umkreis. Er wartete bis halb neun, dann hielt er es nicht länger aus, nahm erneut das Telefon und weckte die nächste Person.

»Du?« krächzte Sabrina Reinecke ins Telefon. Aber dann schien sie wach zu sein und begann sich wortreich zu bedanken, bis Hannes sie unterbrach: »Hör schon auf! Ich habe dich vorgeschlagen, weil du gut bist, auf deine Art. Aber unabhängig davon: Ich brauche deine Hilfe.«

Am anderen Ende war es kurz ruhig, dann sagte sie: »Dachte ich mir doch, daß du nichts umsonst machst.«

»Das hat damit nichts zu tun. Ich brauche trotzdem deine Hilfe. Ich bin, glaube ich, in eine ziemlich große Scheiße reingetreten.«

»Worum geht es?« fragte sie und klang sofort neugierig.

»Das möchte ich dir am Telefon lieber nicht sagen. Kannst du zu mir zum Frühstück kommen?«

»Woher willst du wissen, ob mir nicht gleich ein wunderschöner junger Mann ein Sektfrühstück ans Bett bringen wird?«

Soweit Hannes informiert war, war ihre letzte Beziehung mit einem Hauptkommissar der Kripo vor einem Vierteljahr in die Brüche gegangen.

»Schick ihn zum Teufel. Und wenn dir unterwegs ein paar frische Brötchen über den Weg laufen, dann bring sie mit.«

»Du bist echt unverschämt, weißt du das?«

»Ja. Es ist wirklich wichtig.«

»Gut, ich bin in einer Stunde da.«

Sabrina Reinecke wohnte in der Altstadt von Hannover und war sogar in weniger als einer Stunde da. Der Pferdeschwanz, das blaue Sweatshirt und die Jeans standen ihr besser als die Robe, und ohne das Fernseh-Make-up wirkte sie deutlich jünger.

»Du siehst so frisch aus«, sagte Hannes. Er hatte den Frühstückstisch, so gut es ging, gedeckt, aber reichlich war die Auswahl nicht gerade.

»Du nicht«, sagte sie. Sie hatte Brötchen mitgebracht und eine Flasche Champagner, die Hannes sofort öffnete.

»Erst mal: auf die Show«, sagte Sabrina.

»Auf die Show.« Er gab es nicht zu, aber nach dem ersten Glas Alkohol fühlte er sich gleich viel besser.

»Wo ist denn deine ... wie heißt sie zur Zeit?« fragte Sabrina.

»Barbara. In Hamburg. Wir haben uns im Guten getrennt, sie hat meine Wohnung besetzt und will ins Fernsehgeschäft einsteigen.«

»Wie nett!«

»Wie machst du das eigentlich, dieses Doppelleben?« fragte er.

»Welches Doppelleben?«

»Drei Tage solide Staatsanwältin und zwei Tage die Show. Wirst du nicht schizophren?.«

»Ich bin schizophren. So hat man mehr vom Leben.« Sie köpfte ihr Ei mit einem souveränen Messerhieb.

»Wenn du die Wahl treffen müßtest, unabhängig vom Geld – was von beidem würdest du aufgeben?« fragte Hannes.

Sie überlegte. »Also, unabhängig vom Geld ... ich würde am Gericht bleiben.«

»Echt? Warum?«

»Es ist irgendwie ehrlicher. Und nützlicher. Hast du mich aus dem Bett geholt, um mich das zu fragen?«

»Nein. Kannst du mir versprechen, daß du alles, was ich dir jetzt erzählen werde, für dich behältst?«

»Das muß ich wohl, wenn ich es erfahren will«, antwortete sie. »Du weißt genau, was für ein neugieriger Mensch ich bin.«

Hannes hatte die wichtigsten Einträge aus den Polizeimeldungen ausgedruckt. Er gab sie ihr zu lesen und erzählte dann, wie sie an das Mädchen geraten waren und daß sie in der Nacht von Mittwoch auf Donnerstag verschwunden war. Nur den Tod von Klaras Verflossenem ließ er weg.

»Ich will alles über die Herren Hinrichs und Sieloff wissen«, beendete er seinen Bericht. »Und natürlich über diese Sharifa Zaimeh. Du sitzt doch an der Quelle. Bei dir fällt es nicht auf, wenn du Nachforschungen anstellst, bei mir gibt es sofort Gerede.«

Sabrina Reinecke hatte bis jetzt geschwiegen und zugehört. Nun sah sie ihn mit zusammengekniffenen Augen an: »Sag mal, lest ihr hier draußen keine Zeitungen? Kriegt man hier nichts mit von der Welt?«

»Doch, schon. Robin ist unser Zeitungsleser. Aber so lange das Mädchen da war, hatte er wohl gar keine Zeit dazu, weil er jeden Tag eine Riseneinkaufsliste abarbeiten mußte. Dafür haben wir aber sehr gut gegessen. Und ich lese ...« Er unterbrach sich, als er ihren Blick bemerkte. »Was ist?«

Klara fröstelte. Der Sturm war einem kühlen Wind gewichen, der die Wolken vertrieben hatte. Die Sonne stand hoch, ihre Uhr zeigte zehn. Ihr Atem ging flach, als müsse die Luft auf dem Weg zur Lunge und wieder zurück viele Widerstände überwinden. Sie lag halb auf der Seite, halb auf dem Rücken, den Oberkörper gegen ihren Rucksack gestützt. Das war die Lage, die am wenigsten Schmerzen verursachte. So ganz genau erinnerte sie sich nicht mehr, was geschehen war, aber da sie nicht weit von dem Hochsitz entfernt lag, konnte sie es sich zusammenreimen. Jetzt, im Morgenlicht, sah Klara, wie vergammelt die Kanzel schon war. Bestimmt war sie seit Jahren nicht mehr benutzt worden. Niemals hätte sie da hinaufklettern dürfen, schon gar nicht bei diesem Sturm. Zu spät, erkannte sie. Die Natur verzeiht keine Fehler.

Sie versuchte aufzustehen, aber ein stechender Schmerz in ihrem linken Bein hielt sie davon ab. Er war so stark, daß er die Schmerzen im Brustkorb überstrahlte und ihr davon schlagartig übel wurde. Sie sank zurück und blieb hechelnd wie ein Hund liegen. Als sie sich ein wenig erholt hatte, suchte sie mit den Händen Halt am Boden und schob sich Zentimeter für Zentimeter in eine sitzende Position. Dabei stach es im ganzen Brustraum, als hätte sie einen Satz Stricknadeln verschluckt. Endlich saß sie in der Aufrechten. Obwohl ihr Körper von der Anstrengung des Hinsetzens nach Sauerstoff lechzte, atmete sie langsam und flach. Trotzdem mußte sie husten. Es war höllisch. Das waren keine Stricknadeln, das waren Skalpelle. Nicht husten und nicht niesen, schärfte sie sich ein. Und nicht lachen. Ganz langsam beugte sie sich vor und versuchte das Bein zu bewegen. Wieder zuckte der Schmerz wie ein Blitz durch ihr Bein. Sie tastete nach ihrem Messer. Der Hirschfänger hing noch am Gürtel. Sie schnitt ihre Hose auf. Das Kniegelenk war auf seine doppelte Größe angeschwollen, und ein riesiger Bluterguß machte sich breit. Die Haut darüber spannte wie ein Regenschirm. So viel stand fest: Von alleine würde sie keinen Meter weit kommen.

Der Zorn darüber ließ sie für einen Moment sogar die Schmerzen vergessen. Alles in ihr sträubte sich dagegen, aber sie mußte um Hilfe bitten. Sie mußte Hannes oder Michael Trenz anrufen, damit sie jemand aus dieser Lage befreite. Klara fluchte. Sie war die letzte, die von irgendwem gerettet werden wollte. Sie wußte jetzt schon, daß sie denjenigen dafür hassen würde.

Vorsichtig drehte sie sich um und zog den Rucksack neben sich. Wenn sie ihre Position bestimmen konnte, dann könnte sie auch einfach den Notruf wählen. Anonyme Retter erschienen ihr als das kleinere Übel. Sie fand den Organizer in der Außentasche und schaltete ihn ein. Zum Glück war der Akku noch nicht leer, aber als sie das Gerät bewegte, klapperte es verdächtig in seinem Inneren. Der kleine Bildschirm zeigte eine hell hinterlegte graue Wolke, es sah aus, als wäre da drin etwas ausgelaufen. Es half kein Schütteln und kein Fluchen, die Wolke auf dem Display blieb.

»Scheißding!«

Wütend warf Klara das nutzlos gewordene Gerät von sich. Sie überlegte. Gestern abend hatte sie sich am Nordhang des Andreasberges befunden. Wie weit war sie gelaufen? Sie lag am Rand einer Lichtung, eigentlich müßte man sie von einem Hubschrauber aus sehen können. Und was erzählte sie denen, wenn sie die Schrotflinte neben ihr fanden? Denn die Waffe lag etwa drei Meter hinter ihr unter der Kanzel. Sie würden ihr am Ende noch ein Verfahren wegen Wilderei anhängen, und außerdem eines wegen unerlaubtem Führen einer Waffe. Sie hatte die Wahl: entweder dem Konflikt mit dem Gesetz entgegensehen oder vor Hannes oder Trenz das in Not geratene Weibchen zu geben. Wobei es logisch erschien, Hannes zu benachrichtigen, denn bis Trenz aus dem Odenwald in den Harz fuhr, das konnte dauern. Außerdem wollte sie sich vor dem Organisator am allerwenigsten eine Blöße geben. Hannes – das ging noch einigermaßen in Ordnung. Apropos Trenz: Der hatte bestimmt schon versucht, sie anzurufen. Das war überhaupt die Lösung, fiel Klara ein: Trenz konnte ihre genaue Position feststellen, denn sie hatte ja immer noch den Sender im Rucksack. Sie würde ihm sagen, daß ihr Organizer kaputtgegangen sei. Er brauchte ja nicht zu erfahren, wie das passiert war. Danach konnte sie Hannes anrufen. Ja, so würde es klappen. Vor Aufregung mußte sie wieder husten. Ein Rest ihrer Erziehung veranlaßte sie, dabei die Hand vor den Mund zu halten. Der Schleim, den sie danach an den Fingern hatte, war blutig. Hellrot mit kleinen Blasen. Bei einem Stück Wild würde ich sagen: Lungenschuß, dachte Klara, deren Zynismus zuweilen auch vor sich selbst nicht halt machte. Aber ganz so schlimm konnte es dennoch nicht sein, sonst wäre sie schon längst hinüber. Wahrscheinlich waren nur ein paar Rippen gebrochen.

Sie suchte in der Seitentasche nach ihrem Mobiltelefon. Es klapperte nicht, das Display war in Ordnung, der Akku aufgeladen. Nachdem sie die PIN eingegeben hatte, erkannte sie jedoch, daß ihr die Wahl, wen sie um Hilfe bitten sollte, abgenommen worden war.

»Lieber Himmel«, flüsterte Klara. Denn nur von dort war jetzt noch Beistand zu erwarten. Die Meldung auf dem Display lautete: *kein Netz*.

Die Sonne blinzelte durch die Jalousie und vermittelte Robin ein sommerliches Gefühl, obwohl die Luft, die durch den offenen Spalt am Fenster hereindrang, kühl war. Robin mochte es, aufzustehen, ans Fenster zu gehen und die Jalousie wie einen Theatervorhang hochzuziehen. Es war jeden Tag aufs neue spannend. Welche Farbe hatte der Himmel, wie tief hingen die Wolken, wie hoch stand die Sonne, gab es Frost oder Tau oder gar Schnee, drehten sich die Windräder, bog der Wind die Baumkronen, oder standen sie still, gab es auf den Feldern Hasen, Krähen, Bussarde, Reiher oder Katzen zu beobachten, hockten die Turmfalken in den Bäumen, oder standen sie in der Luft, wessen Traktoren fuhrwerkten mit ihren diversen Gerätschaften herum, waren auf den Feldwegen Hundespaziergänger und Radfahrer zu sehen, fuhr gerade die S-Bahn vorbei, kreuzten sich zwei Bahnen, oder kam ein Güterzug, bei dem man die Aufschriften auf den Waggons lesen konnte: *Audi, VW*, skandinavische und russische Beschriftungen. Jeder Morgen bot eine neue Kulisse, und nur wegen dieses Überraschungseffektes ließ Robin am Abend überhaupt die Jalousien herunter. An diesem Sonntagmorgen wurde er wirklich überrascht. Die Felder, die an die S-Bahn angrenzten, waren mit gelbem Plastikband eingezäunt worden. Vier Streifenwagen und drei Zivilfahrzeuge parkten auf dem Weg. Menschen standen vor der Absperrung, manche hatten ihr Fahrrad dabei. Ein Trupp uniformierter Polizisten ging langsam über das frisch eingesäte und noch kahle Zuckerrübenfeld, ihnen voran jeweils ein Hund. Robin zählte fünf Schäferhunde und drei andere Hunde, die er keiner Rasse zuordnen konnte. Er holte sein Fernglas und beobachtete damit, wie sich die Hunde mit den Nasen am Boden voranbewegten, sie schienen es eilig zu haben, wurden aber von ihren Führern zurückgehalten, damit sie ordentlich in einer Linie vorrückten. Ab und zu setzte sich ein Hund hin, und der dazugehörige Mensch lobte das Tier, streifte sich einen Latexhandschuh über und hob etwas vom Boden auf. Unter den Schaulustigen erkannte Robin durch das Glas den alten Gamaschke, der mit unbewegtem Gesichtsausdruck dem Treiben auf seinen Feldern zusah. Es dauerte fast eine halbe Stunde, dann waren die Hunde über das Feld gelaufen und wurden zu den Fahrzeugen und in ihre Transportkisten gebracht. Die Männer in Zivil und in Uniform standen noch eine Weile herum und redeten miteinander. Gamaschke stand dabei. Ein Teil der Neugierigen fuhr davon, ebenso zwei der Streifenwagen. Die Männer in Zivil stiegen kurz darauf in ihre Wagen und fuhren in Richtung Dorf. Robin ließ die Jalousie wieder herunter und ging unter die Dusche. Er rasierte sich sorgfältig, und als er sich angezogen hatte, bemerkte er den fremden VW Golf auf dem Hof. Er registrierte gerade das Nummernschild aus Hannover, da kam Hannes mit einer blonden Frau aus der Tür.

Die Not muß groß sein, dachte Robin, die Frau paßte noch nicht einmal ins Beuteschema, altersmäßig jedenfalls. Oder war die Kripo schon wieder hier? Aber eine Kripobeamtin verabschiedete man nicht mit einem Wangenkuß, nicht einmal Hannes würde so weit gehen.

Robin ging nach unten.

»Morgen«, begrüßte er Hannes, der nachdenklich dastand und Sabrina Reineckes Golf nachschaute, der in einer Staubwolke die Allee entlangfuhr. Sie hatte Hannes versprochen, ihm so bald wie möglich Einzelheiten mitzuteilen. Sie selbst kannte nur ein paar oberflächliche Details, der Fall Sharifa Zaimeh wurde von einem Kollegen bearbeitet.

»Moin, moin«, sagte Hannes.

»Wer war das denn?«

»Wenn du öfter meine Sendung anschauen würdest, dann wüßtest du es«, sagte Hannes gespielt beleidigt. »Sie ist die schrille Staatsanwältin.«

»Hattest du nicht mal ein Prinzip: nicht mit Kolleginnen?«

»Wir arbeiten zusammen«, sagte Hannes, der es nicht fertigbrachte, Robin zu sagen, was er eben erfahren hatte: daß Sharifa Zaimeh mit Haftbefehl gesucht wurde. Wegen dringenden Mordverdachts.

»Die Polizei hat gerade Gamaschkes Rübenfeld abgesucht.« Der Satz sollte beiläufig klingen, aber Robins Stimme klang brüchig.

Hannes verlor die Beherrschung.

»Scheiße!«

Robin antwortete nicht, was Hannes ein schlechtes Zeichen schien.

»Hör zu, wir müssen uns um Klara kümmern. Da stimmt was nicht. Seit gestern abend habe ich keinen Kontakt mehr mit ihr gehabt.«

»Stell dir vor, ich habe keinen, seit sie abgefahren ist.«

»Für Eitelkeiten ist jetzt nicht der richtige Zeitpunkt. Du kennst sie doch, du weißt, wie sie ist.«

»Eben. Wir sollten sie einfach in Ruhe lassen. Bestimmt hat sie das Telefon abgestellt, damit wir sie nicht nerven.«

»Nein. Sie muß doch auch für diesen geheimnisvollen Menschen erreichbar sein.«

»Er heißt Trenz.«

»Du kennst seinen Namen!«

»Sie hat ihn mal erwähnt.«

»Wir müssen ihn benachrichtigen.«

»Und dann?«

»Klara trägt einen Sender bei sich. Er kann uns sagen, wo wir sie finden.«

»Wir haben keine Nummer von ihm«, sagte Robin. »Und wahrscheinlich ist Trenz auch nicht sein richtiger Name. Womöglich ist Klara selbst die graue Eminenz, die hinter all dem steckt.«

»Das kann doch wohl nur einem Schriftsteller einfallen!«

»Danke für die Blumen.«

»Ich fürchte, wir haben keine andere Wahl«, grübelte Hannes. »Wir müssen in ihre Wohnung und in ihren Sachen rumschnüffeln.«

»Dafür wird sie uns die Eier abreißen.«

»Das müssen wir in Kauf nehmen«, sagte Hannes.

Auch für Jonas hatte der Tag noch nichts Gutes gebracht. Atemlos hatte er die Hütte erreicht und war vor der Tür stehen geblieben, um zu verschnaufen. Ein Glück, hatte er gedacht, sie schlafen noch. Aber als er gerade durch die Tür hatte schlüpfen wollen, waren Daniel und sein Schatten Ole um die Ecke gekommen.

»Wo kommst du denn schon wieder her?« rief jetzt Daniel, und ehe Jonas antworten konnte, krähte Ole: »Ey, Alter, schau mal! Der hat sich in die Hose gepißt!«

Im Nu war die ganze Bande wach und amüsierte sich grölend über Jonas' Malheur. Zwar machte Raphael dem ärgsten Spott rasch ein Ende, und Jonas zog sich in der Hütte frische Sachen an, aber sobald der Gruppenleiter den Jungs den Rücken kehrte, zischelte es »Hosenpisser«, »Baby« und ähnliches.

Nach dem Frühstück, bei dem Jonas keinen Bissen hinunterbrachte, unternahmen sie eine kleine Wanderung. Entgegen sonstiger Gewohnheiten blieb Jonas die meiste Zeit dicht bei Raphael. Zum einen konnte er so dem Spott seiner »Kameraden« entgehen, zum anderen hatte die Szene von heute morgen etwas in ihm verändert. Er hatte das Gefühl, ein Stück erwachsener geworden zu sein. Es war eine Sache, über Wölfe zu lesen, sich Bilder anzusehen oder ihre Spuren zu entdecken.

Aber sie in Aktion zu erleben war ... er konnte es nicht beschreiben. Er konnte auch nicht darüber sprechen, auch wenn das den Hänseleien möglicherweise ein Ende bereitet hätte. Nein, dieses Geheimnis konnte er nicht teilen, nicht mit ihnen. Vielleicht würde er heute abend seinen Eltern das Bild zeigen und mit ihnen über alles sprechen. Aber erst mußte er die Bilder in seinem Kopf sortieren. Der graue Wolf, der erschrocken vom Blitz der Kamera in seine Richtung gesprungen war, sich dann aber plötzlich, fast noch in der Luft, umgedreht hatte, breitbeinig gelandet war, den Kopf gesenkt, die Nackenhaare gesträubt, ein dumpfes Knurren in der Kehle. Denn da stand noch einer. Ein weißer Wolf. Die zwei Tiere nahmen keine Notiz von Jonas. Sie umkreisten einander, zogen ihre Lefzen hoch, blitzendweiße, spitze Zähne traten hervor. Dann, wie auf ein geheimes Zeichen, sprangen sie sich an, Fetzen von Fell flogen durch die Luft, und sie gaben furchtbare Geräusche von sich. Plötzlich hatte der Graue den Weißen auf dem Rücken vor sich liegen und sein Maul an dessen Kehle. Im nachhinein bereute Jonas, daß er nicht mutig genug gewesen war, die zwei Wölfe bei ihrem Kampf zu fotografieren, aber als der Graue über dem Weißen gestanden hatte, drohend, knurrend, die riesigen Eckzähne bleckend, da hatte seine Angst die Oberhand bekommen, und er war gerannt. Ohne sich umzudrehen, war er nur noch gerannt, bis zur Hütte. Erst da hatte er keuchend innegehalten.

Gegen Mittag kam die Gruppe von ihrer Wanderung zurück und passierte dabei die Stelle in der Nähe des Holzstapels, an der es geschehen war. Und tatsächlich, Jonas sah noch ein paar ausgerissene Haare in den Grasbüscheln hängen, weiße und graue. Mehr weiße als graue. Die anderen bemerkten sie nicht. Er hob ein paar der Büschel auf und steckte sie in die Tasche. Seine Augen suchten das Gebüsch ab. Womöglich lag der weiße Wolf hier irgendwo, tot, oder im Sterben. Das war auch ein Grund, weshalb er nicht redete: diese schreckliche Gewißheit, den weißen Wolf im Stich gelassen zu haben. Er hätte einen Stock nehmen und den grauen Wolf damit schlagen und verjagen sollen, oder er hätte noch einmal den Blitz der Kamera betätigen sollen, um den Grauen zu erschrecken. Doch er hatte Angst gehabt. Ja, die anderen hatten völlig recht: Er war ein Hosenpisser, ein Angsthase, ein Baby. Nicht einmal jetzt wagte er es, sich von der Gruppe zu lösen und nach dem weißen Wolf zu suchen, sondern blieb brav und verängstigt an Raphaels Seite. Demütig ertrug er ihren Spott, er empfand ihn als vergleichsweise geringe Strafe.

Hannes und Robin standen in Klaras Küche, jeder eine Flasche Bier in der Hand. Sie zogen lange Gesichter. Klaras E-Mails waren mit einem Paßwort gesichert und weder im Schreibtisch, noch an anderen Stellen war etwas aufgetaucht, was ihnen hätte weiterhelfen können. Ihr Adreßbuch war unauffindbar. Zuletzt hatte Robin jedes ihrer Bücher vom Regal genommen, geöffnet und ausgeschüttelt, in der Hoffnung, daß der rettende Zettel herausflattern würde, während Hannes ihre nicht geschützten Computerdateien angesehen hatte. Seitenweise wissenschaftliche Texte, die ihm nicht viel sagten, Statistiken, Auswertungen, Diagramme. Es war die reine Beschäftigungstherapie, während der er hoffte, sein Handy würde klingeln, und sie wäre es, die ihn anriefe.

Robin warf einen Blick aus dem Fenster und sagte müde: »Da kommt deine schrille Staatsanwältin wieder.«

Hannes stellte die Bierflasche hin und ging zur Tür. Dann drehte er sich um und sagte zu Robin: »Am besten du hörst dir auch an, was sie zu sagen hat.«

Robin riß erstaunt die Augen auf.

»Ich? Wieso ich?« Aber er folgte Hannes nach draußen, wo der ihn Sabrina Reinecke vorstellte.

»Als erstes möchte ich jetzt was Anständiges zu trinken«, verlangte die Staatsanwältin. »Ich habe den ganzen Sonntag geackert wie ein Pferd.«

Sie gingen zu Hannes, dessen Bar am besten bestückt war. Er bereitete drei Wodka-Lemon zu, während sich die Staatsanwältin am Eßtisch niederließ und ein paar Notizen und Computerausdrucke aus ihrer Tasche zog. Als sie zu dritt am Tisch saßen, begann sie ohne Umschweife mit ihrem Bericht.

»Sharifa Zaimeh ist die Tochter einer Deutschen, Ute Sendler, mit einem Iraner, Zacaria Zaimeh. Die Zaimehs sind eine wohlhabende Familie, die den Iran nach der Vertreibung des Schahs verlassen mußte. Ihr Vater verdiente sein Geld hauptsächlich mit dem Import von iranischem Kaviar. Die Mutter war Geschäftsführerin in einem Lokal der gehobenen Klasse in Isernhagen.«

Sabrina Reinecke unterbrach sich, um zu trinken und in ihren Notizen zu blättern. Robin sah verwirrt von ihr zu Hannes. Hannes hing gespannt an ihren Lippen. Titus rieb sich klagend an seinen Beinen. Ich muß den Kater füttern, durchfuhr es ihn. An was man alles denken mußte!

Sabrina fuhr fort: »Der Vater war viel unterwegs. Das Mädchen blieb das einzige Kind der Familie. Eine kleine, wohlstandsvernachlässigte Prinzessin. Sie wurde von ausgewählten Kindermädchen betreut, spricht fließend Französisch, Englisch und Arabisch. Sie ging auf eine Privatschule und hatte noch dazu Privatlehrer. Sharifa wäre gerne Köchin im Lokal ihrer Mutter geworden, aber das duldete die Familie nicht. Sie sollte studieren. Sie verbrachte dennoch viel Zeit in der Küche. Als Sharifa siebzehn war, starb die Mutter. Der Vater holte seine Schwester, die seinerzeit mit ihrem Mann im Iran geblieben war, nach Deutschland. Diese hatte ein völlig anderes Weltbild, mit dem Sharifa, die recht frei erzogen worden war, nicht zurechtkam. Auch ihr Vater veränderte sich unter dem Einfluß der Schwester. Man weiß nicht, was bis dahin in der Familie vorgefallen war, aber eines Nachts brannte es in der Villa. Der Brand konnte gelöscht werden. Das Feuer war in Sharifas Zimmer ausgebrochen, sie selbst erlitt Brandverletzungen. Ihre Tante bezichtigte sie der Brandstiftung. Die Ermittler vermuteten jedoch einen Selbstmordversuch. Damals kam sie zum ersten Mal in Berührung mit der Psychiatrie. Sie verbrachte sechs Wochen in Wunstorf, danach hatte sie ambulante Therapiestunden. Sie machte das Abitur und zog mit achtzehn von zu Hause aus. Die Familie verweigerte ihr finanzielle Unterstützung, also schlug sie sich mit diversen Jobs durch. Unter anderem arbeitete sie als Aushilfsköchin im Maritim. Sie hatte ehrgeizige Pläne, wollte Betriebswirtschaft studieren und nebenbei eine Ausbildung als Köchin absolvieren. Dann zog sie zu ihrer Großmutter mütterlicherseits. Die alte Frau Sendler war zweiundachtzig, sie wohnte in einer Dreizimmerwohnung in der List.

Als Sharifa am 3. April 2002 gegen dreiundzwanzig Uhr nach Hause kam, fand sie, laut ihren eigenen Angaben, die Wohnungstür offen und die alte Frau bewußtlos am Boden liegend vor. Man hatte sie brutal niedergestoßen und geschlagen. Die Schränke waren durchwühlt, es fehlten Bargeld und der ganze Schmuck. Damals wurden die Täter nicht gefaßt. Erst später kamen die Ermittler auf die Spur eines gewissen Stefan Hinrichs.«

»Den kenne ich«, unterbrach Hannes den Bericht seiner Kollegin und wandte sich an Robin. »Das heißt, ich habe über ihn gelesen. Das ist ein Straftäter, der während eines Arbeitseinsatzes in der Gärtnerei aus dem Maßregelvollzug des Landeskrankenhauses Wunstorf geflohen ist.«

»Genau«, bestätigte Sabrina Reinecke und fuhr mit ihrem Bericht fort: »Im Zusammenhang mit dem Einbruch bei Sharifas Großmutter deutete zunächst gar nichts auf ihn. Er ist später von einem Kumpanen verraten worden, einem gewissen Boris Sieloff.«

»Der Tote aus der Ökosiedlung«, warf Hannes ein.

»Boris Sieloff war ein Mitläufer, das überbehütete Bürschchen, das auf der Suche nach dem besonderen Kick an die falschen Leute geraten war. Er war gerade beim Autoknacken erwischt worden, und anhand seiner Fingerabdrücke kam man auf den Einbruch bei Sharifas Großmutter. In der Vernehmung brach er zusammen, gestand den Einbruch und belastete dabei auch seinen Komplizen Stefan Hinrichs.«

Sabrina Reinecke machte einen großen Schluck, ehe sie weiterredete: »Die Polizei hatte Sharifa damals unterstellt, mit den Tätern unter einer Decke gesteckt zu haben. Es gab da nämlich einige Ungereimtheiten. Zum Beispiel hatte Sharifa Prellungen im Gesicht, deren Ursache sie nicht erklären wollte, und ein Nachbar sagte aus, er habe das Mädchen schon zwei

Stunden früher nach Hause kommen sehen. Es wurde vermutet, daß Sharifa bei dem Überfall sehr wohl anwesend gewesen war.«

»Aber die Großmutter hätte es doch bestätigen können, wenn es so war?« fragte Hannes.

»Die alte Frau Sendler hatte sich einen Bruch des Schlüsselbeins und eine Gehirnerschütterung zugezogen. Da sie gleich am Anfang bewußtlos geschlagen worden war, konnte sie nicht viel sagen. Nach dem Überfall ging sie kaum noch vor die Tür, war verängstigt und starb drei Monate später. Ihr Lebenswille war gebrochen worden. In dieser Zeit veränderte sich auch Sharifa. Sie begann bei der Arbeit zu fehlen, sie ließ ihr Studium schleifen, Freunde beschrieben sie als grundlos aggressiv. Es kam zu Szenen am Arbeitsplatz. Einen Koch, der einen rüden Witz machte, überschüttete sie mit Öl und versuchte ihn anzuzünden. Sie verlor ihren Job. Nach dem Tod ihrer Großmutter und einem fehlgeschlagenen Selbstmordversuch mit einem Gasherd landete sie wieder in Wunstorf, zunächst in der Geschlossenen, dann in einer offenen Wohngruppe. Sie hat mit den Therapeuten nie über den Überfall gesprochen, aber sie schien im Landeskrankenhaus besser klarzukommen. Sie fühlte sich offenbar beschützt dort. Sie hat sogar einen Selbstverteidigungskurs gemacht und betrieb aktiv Karate.«

»Man glaubt tatsächlich, daß sie ihre eigene Großmutter ausgeraubt hat?« meldete sich erstmals Robin zu Wort.

»Die Polizei zog es in Erwägung«, stellte Sabrina richtig. »Es gibt allerdings noch eine andere Theorie. Dieser Hinrichs war damals neunzehn und drogenabhängig. Er stammt aus katastrophalen Familienverhältnissen und war schon 2001 wegen Körperverletzung und versuchter Vergewaltigung verurteilt worden und auf Bewährung draußen. Möglicherweise kam es während des Einbruchs zu ähnlichen Vorfällen. Das würde auch zu den Prellungen in Sharifas Gesicht passen. Und gewisse Verhaltensweisen, die sie während der Therapie zeigte, deuten ebenfalls eher auf diese Variante hin. Aber sie hat immer wieder standhaft behauptet, sie sei während des Einbruchs nicht dagewesen. Man kennt das ja: die Scham der Opfer.«

»Darf ich ganz indiskret fragen, woher du das alles so detailliert weißt?« fragte Hannes und machte keinen Hehl aus seiner Bewunderung.

»Ich mußte dafür meine ganzen alten Affären mit der Kripo wieder aufwärmen.«

»Und das an einem Nachmittag!« Hannes tauschte ihr leeres Glas gegen ein volles.

»Die nächsten Wochen werde ich beschäftigt sein, die vielen Versprechungen zu erfüllen, die ich machen mußte, um an all diese Informationen zu kommen. Was die Psychiatrie angeht, ich bin mit einer Therapeutin, die dort arbeitet, zur Schule gegangen. Die hat mir einiges erzählt. Ich muß dich nicht darauf hinweisen, daß diese Mitteilungen strengst vertraulich sind. Ich mußte ihr schwören, sie für mich zu behalten und sofort zu vergessen, woher ich sie habe.«

»Alles klar«, sagte Hannes. »Ich wußte gleich, daß du die Richtige für so was bist.«

»Ja, wenn ich mich mal festgebissen habe, dann bin ich wie ein Terrier«, sagte Sabrina Reinecke und grinste Hannes über ihren zweiten Drink hinweg an, so daß dem ein bißchen unheimlich wurde.

Robin saß stumm am Tisch, die Hände um sein Glas gekrallt, schaute er ununterbrochen diese fremde Frau an, die so rätselhafte Dinge erzählte.

»Sharifa führte dann in der Küche des LKH ihre angefangene Kochlehre fort. Den Gedanken an ein Studium hatte sie aufgegeben. Sie wollte nur noch Köchin werden. Dann, vor etwa drei Wochen, muß es zu einer fatalen Begegnung gekommen sein. Du kennst ja die Platzprobleme mit Straftätern im Maßregelvollzug in Niedersachsen, und nicht nur hier. Hinrichs war zwei Jahre lang in der Forensischen Klinik in Moringen behandelt worden. Zuletzt hatte er an begleiteten Spaziergängen teilgenommen und sogar zweimal einen ganzen Tag lang freien Ausgang gehabt. Alles war ohne Zwischenfälle verlaufen. Seine Behandlungsfortschritte wurden positiv bewertet, der Patient galt als stabilisiert. Er wäre unter Umständen in einem halben Jahr auf Bewährung entlassen worden. Deshalb sah man kein Risiko darin, ihn nach Wunstorf zu verlegen, als der Therapieplatz in Moringen dringend gebraucht wurde. Und so begegnete ihm Sharifa Zaimeh wieder.«

Sabrina Reinecke wandte sich zum erstenmal an Robin. »In der Forensischen Klinik Moringen werden die schweren Jungs behandelt. Mörder, Sexualstraftäter und so in der Richtung. Das Landeskrankenhaus Wunstorf ist dagegen vorwiegend was für Suchtkranke und harmlosere Irre, die Klapse für den Hausgebrauch, sozusagen.«

Robin nickte wie ein braver Schüler, und sie fuhr fort: »Hinrichs kam also nach Wunstorf. Er arbeitete auf eigenen Wunsch in der dortigen Gärtnerei. Er war erst eine Woche da, als am Montagnachmittag sein Fehlen bemerkt wurde. Sharifa Zaimehs Abwesenheit fiel erst viel später auf, da sie ja nicht unter Aufsicht stand. Es war ihr vermutlich nicht klar, aber wenn sie noch am selben Tag zurückgekommen wäre, oder am nächsten Morgen, wäre es gut möglich gewesen, daß man sie niemals verdächtigt hätte. So aber wurde ein Zusammenhang gesucht und gefunden. Allerdings war nicht Sharifa die Geisel oder die Hilfe bei Hinrichs Flucht, sondern er ist aller Wahrscheinlichkeit nach von ihr entführt und getötet worden.«

»Getötet?« wiederholte Robin.

»Seine Leiche wurde in einem gestohlenen Wagen gefunden, er ist mit Klebeband an den Sitz gefesselt und bei lebendigem Leib verbrannt worden. Das hat die forensische Untersuchung ergeben«, erklärte Sabrina und sah ihn dabei freundlich an. »In dem verbrannten Opel Corsa konnten leider keine Spuren mehr festgestellt werden, auch nicht in der Umgebung des Wagens, dafür stand er schon zu lange, bis man ihn fand.«

»Bestimmt ist sie durch Hinrichs Anblick von ihrem Trauma eingeholt worden«, bemerkte Hannes.

»Das klingt plausibel«, räumte Sabrina ein. »Vor drei Tagen wurde auch sein Ex-Komplize Boris Sieloff tot aufgefunden, er wurde ebenfalls durch Brandstiftung getötet. Die Staatsanwaltschaft hat zwar noch keinen Beweis, daß sie es war, aber es liegt sozusagen auf der Hand. Zumal du sagst, sie sei in der

Nacht von hier verschwunden, als der Brand in der Ökosiedlung war.«

Sie unterbrach sich und sah von einem zum anderen.

Hannes rieb sich nachdenklich das Kinn. »Wie hat sie es angestellt, Hinrichs zu entführen? Sie ist ein Mädchen, und er ein kräftiger Kerl.«

»Vermutlich hat sie ihn in den Geräteschuppen gelockt, ihm dort aufgelauert und ihn niedergeschlagen. Man fand sein Blut am Blatt eines Spatens. In einer ruhigen Seitenstraße unweit der Gärtnerei stand eine Schubkarre mit ein paar leeren Säcken, alles aus der Gärtnerei. An einem der Säcke waren ebenfalls Blutspuren. Sie hat das Auto vom Parkplatz geklaut und dort abgestellt, wo es ruhig war.«

»Sie konnte auch Autos knacken?« fragte Hannes.

»Nein, das nicht. Sie kannte den Besitzer, es war ein Pfleger aus dem Krankenhaus. Sie wußte, wo sie die Schlüssel finden konnte.«

Hannes nickte. Immerhin schien das Verschwinden des Mädchens nichts mit dem Tod von Klaras Liebhaber zu tun zu haben. Sie wäre in dieser Nacht sowieso abgehauen, weil die Ferien vorbei waren und sie vermutete, daß Boris Sieloff, ihr zweites Opfer, zurück sein würde. Somit bestand die Hoffnung, daß sie aus dem Vorfall auf dem Gut kein Kapital schlagen wollte. Sie war eine verwirrte, fanatische Rächerin, aber keine kühle Erpresserin.

Aus Robins Gesicht war die Farbe gewichen, und ihm fehlten die Worte.

Die Staatsanwältin schloß ihren Bericht mit dem Fazit: »Das Mädchen ist eine Mörderin und Brandstifterin. Für euch kann ich nur hoffen, daß ihr nett zu ihr wart.«

Klara hatte zwischendurch geschlafen, ein leichter Schlaf, aus dem sie hochschreckte, wenn sie ein Geräusch vernahm. Dann hoffte sie, daß sich ein Spaziergänger zeigen und bei ihrem Anblick erstaunt stehen bleiben würde, malte sich aus, wie eine Familie mit kreischenden Gören durch den Wald lärmte und sie fand, oder wie der Hund eines Spaziergängers plötzlich durchs

Dickicht brach und unschlüssig kläffend vor ihr stehen blieb. Oder wie ein Jagdhund seinem Herrn den Fund einer waidwunden Beute lautstark anzeigte. Es gab so viele Möglichkeiten. Immerhin war Sonntag, ein schöner noch dazu, der erste warme Sonntag nach den kühlen Ostertagen. Was war los mit dem Tourismus im Harz? Aber es zeigte sich niemand, kein Mensch, kein Tier, nicht einmal ein Reh kam auf die Lichtung, kein Hase streckte seine Löffel aus dem Gras, nur ein Eichelhäher flitzte um die Fichten und ließ sein ordinäres Rätschen hören. Was für eine gottverlassene Gegend.

Jetzt stand die Sonne im Südwesten und schien Klara ins Gesicht. Erschrocken sah sie auf die Uhr. Schon gleich sechs. Sie mußte drei Stunden am Stück geschlafen haben. Allmählich konnte sie nur noch hoffen, daß Trenz von sich aus etwas unternahm. Aber vielleicht funktionierte der Sender in ihrem Rucksack ja ebensowenig wie das Telefon. *Verschollen im Funkloch.* Klang wie ein Hörspiel für Zehnjährige. Sie mußte kichern. Sofort meldeten sich die Stricknadeln. So etwas passiert, wenn sich der Mensch zu sehr auf die Technik verläßt, erkannte Klara.

Wenn nicht bald etwas geschah, würde sie hier eingehen wie ein verletztes Tier.

Wo war ihr Kampfgeist geblieben? Sie wandte den Kopf nach rechts, wo hinter der Leiter zur Kanzel ihre Schrotflinte lag. Gute drei Meter betrug die Entfernung. Eine mörderische Distanz. Sie unternahm erneut die Anstrengung, sich aufzusetzen. Es ging viel schwerer als beim vorigen Mal, daran merkte sie, wie ihre Kräfte schwanden. Im Rucksack fanden sich acht dreieinhalb Millimeter Schrotpatronen, ihre halbvolle Wasserflasche, und sie fand auch noch ein paar Aspirin. Sie löste drei davon im Wasser auf und trank in vorsichtigen, kleinen Schlukken. Bloß nicht wieder husten! Danach blieb sie möglichst entspannt liegen, um Kräfte zu sammeln und damit das Schmerzmittel wirken konnte. Nach einer Weile begann sie Zentimeter für Zentimeter rückwärts über den Waldboden zu rutschen. Ihr Knie schmerzte, aber es war zu ertragen, wenn man sich ein Stück Ast zwischen die Zähne klemmte. Die geballte Ladung

Tabletten schien doch ein wenig zu helfen. Vor Anstrengung brach ihr der Schweiß aus. Wenn sie merkte, daß sie husten mußte, wartete sie einige Minuten, ehe sie sich weiterschleppte. Ihren Rucksack zog sie mit sich. Es dauerte fast eine halbe Stunde, bis sie die Leiter erreicht hatte. Sie bildete eine willkommene Stütze für den Rücken, und Klara gönnte sich eine Pause. Dann bewegte sie sich um die Leiter herum, bis sie mit einer abgebrochenen Sprosse, die am Boden lag, ihre Waffe am Gewehrriemen zu sich heranziehen konnte. Sie streichelte das Holz des Schaftes und legte den kühlen Lauf an ihre Wangen. Obwohl sie nicht zu den Leuten gehörte, die sich im Wald fürchteten, fühlte es sich trotzdem beruhigend an, eine Waffe in der Hand zu haben. Sie steckte zwei Patronen in die Läufe. Auf Spaziergänger und Wanderer brauchte man um diese Uhrzeit nicht mehr zu hoffen, aber für Jäger waren die Abendstunden eine beliebte Ansitzzeit, denn dann trat auch das Wild aus der Deckung und suchte Lichtungen und Wiesen zum Äsen auf. Vielleicht hörte sie einer und wunderte sich über Schüsse in seinem Revier. Die Chance war nicht riesig, aber besser als nichts.

Punkt sieben Uhr gab Klara kurz hintereinander zwei Schüsse ab. Obwohl sie relativ stabil gegen die Leiter lehnte, war ihr, als ob sie der Rückstoß der Flinte zerschmettern wollte. Die Schüsse gellten in ihren Ohren. Die nächsten beiden würde sie in einer halben Stunde abgeben, die letzten kurz vor Einbruch der Dunkelheit. Und dann konnte sie nur noch warten und hoffen.

Sabrina Reinecke wollte trotz ihrer zwei Wodka-Lemon nach Hause fahren. Robin und Hannes begleiteten sie zum Wagen. Das Tor ging auf, der Golf verließ den Hof und fuhr weiter die Allee entlang. Gerade als sich die eisernen Flügel wieder schlossen, kroch etwas hinter dem Holundergebüsch hervor, das Klara vor dem Zaun gepflanzt hatte.

»Merlin!«

Das helle Fell war schmutzig. Beim Anblick der beiden wedelte er schüchtern mit dem Schwanz.

»Verdammt, wer hat dich denn so zugerichtet?« sagte Hannes und strich ihm über den Kopf. Er hatte etliche Wunden, davon einige tief und blutverkrustet. Er legte sich auf das Pflaster, seine Zunge hing ihm weit aus dem Maul, er hechelte.

»Wir müssen ihn zum Notdienst bringen. Die Wunden müssen genäht werden.«

»Ich hole seine Decke«, sagte Robin und rannte los.

»Und Wasser«, rief ihm Hannes hinterher.

Wenig später fuhren sie auf der Schnellstraße in Richtung Stadt. Robin schwieg. Er mußte das eben Gehörte erst verdauen, und da Hannes das wußte, hielt auch er den Mund.

In der Tiermedizinischen Hochschule wurde Merlin von einer jungen Veterinärin sediert, gesäubert, genäht und geklammert und mit Antibiotikum versorgt.

»Ein Prachtkerl. Was ist das eigentlich für einer?« fragte sie, nachdem Merlin wieder zusammengeflickt worden war.

»Ein sibirischer Wolfshund«, antwortete Hannes.

»Ich hätte auf Wolf getippt«, scherzte die Ärztin und lächelte Hannes an.

»Er ist lammfromm, ein Sofawolf, sozusagen«, sagte Hannes und lächelte zurück.

»Dafür hat er sich ganz schön gefetzt.«

»Sie sollten den anderen erst mal sehen«, kalauerte Hannes. Robin verdrehte die Augen. Sie trugen den schlafenden Merlin zum Auto.

Kurz vor ihrer Ankunft auf dem Gut sagte Hannes: »Wenn sich Klara bis morgen früh nicht gemeldet hat, alarmiere ich die Polizei.«

Robin schaute ihn kurz von der Seite an, dann sagte er: »Okay.«

»Jonas, sag uns bitte endlich, was vorgefallen ist! Seit du zu Hause bist, sitzt du da und sprichst kein Wort, und gegessen hast du auch kaum was. Was war los?«

»Ich habe die Wölfe gesehen.«

»Jonas!« seine Mutter verzog das Gesicht, als hätte sie Zahnschmerzen. »Nicht schon wieder. Jetzt sag doch auch mal was dazu!« forderte sie ihren Mann auf, der sich genötigt sah, seine Zeitschrift wegzulegen.

Aber Jonas war schon aufgestanden.

»Halt, mein Sohn! Wo gehst du hin?«

»Ich zeige es euch.«

Jonas kam mit der Kamera zurück. »Es ist das letzte Bild«, sagte er und beobachtete mit geheimer Vorfreude, wie sein Vater die Kamera einschaltete. Der betrachtete das Foto eine ganze Weile, dann fragte er seinen Sohn. »Wo hast du das her?«

»Heute morgen im Wald habe ich es gemacht!«

»Du hast es nicht aus dem Internet auf die Kamera...?« zweifelte sein Vater.

»Nein!« schrie Jonas wütend. »Schau doch hin! Da hinten, da ist so ein Haufen mit Holz. Den kann ich euch zeigen, wenn ihr mir nicht glaubt.«

»Schrei mich nicht an, bitte. Ich glaube dir ja.« Thielmann schob seiner Frau die Kamera zu. »Sieh es dir an.«

Seine Mutter sperrte den Mund auf und wurde dann blaß.

»Das ... das sieht wirklich wie ein Wolf aus.«

»Das *ist* ein Wolf«, sagte Jonas selbstsicher. »Und als ich ihn fotografiert habe, da ist er erschrocken und auf mich zu gesprungen, aber dann ist der andere herausgekommen, der weiße ...« Endlich berichtete von seinem Erlebnis, wobei er vor Aufregung erneut rote Wangen bekam.

»Jonas«, sagte sein Vater, als er geendet hatte. »Das alles stimmt wirklich, das hast du nicht erfunden?«

»Hier!« Er stand auf und langte in seine Hosentasche. »Hier sind ihre Haare.« Er knallte ein zerdrücktes Büschel weißer und grauer Haare auf den Abendbrottisch. Die Thielmanns sahen sich über den Kopf ihres Sohnes hinweg an.

»Was machen wir jetzt?« fragte sie ihren Mann.

»Ich drucke das aus und zeige es einem Kollegen, der sich mit so was auskennt. Und wenn das stimmt ... tja ... ich weiß auch nicht.«

Robin saß an seinem Schreibtisch. Er brütete über den Ausdrucken aus der Datei der Polizei, die Hannes ihm überlassen hatte, und verknüpfte sie gedanklich mit dem, was diese Reinecke erzählt hatte. Allmählich rundete sich das Bild. Danach konnte zwar sein Verstand, nicht aber sein Gefühl die Nasrin, die er kannte, mit Sharifa, der irren Mörderin, in Einklang bringen. Er hätte ihnen womöglich gar nicht geglaubt, wenn es nicht einen Beweis gegeben hätte, daß Nasrin alias Sharifa am Brandort in der Ökosiedlung gewesen war: sein Fahrrad. Vielleicht sollte er doch zur Polizei gehen? Immerhin war sie hier gesehen worden, von Arne, von Sina und von den Feuerwehrleuten am Ostersonntag. Irgendwer würde sich an ein ausländisch aussehendes Mädchen erinnern und reden, und dann würde die Polizei kommen und nach ihr fragen. War es nicht besser, gleich zuzugeben, daß sie hier gewesen war?

Er dachte auch an Klara. Wo, zum Teufel, steckte sie, während es hier drunter und drüber ging? Sie könnte sich wirklich mal melden, ehe diese Kommissarin Bukowski noch einmal auftauchte. In diesem Moment klingelte das Telefon. Robin erkannte die Stimme nicht sofort, so sehr war er darauf fixiert gewesen, Klaras Stimme zu hören. Es war Sina. Es klang, als ob sie weinte.

»Robin, es ist was Schreckliches passiert«, sagte sie.

»Sie haben Arne verhaftet.«

Etwa eine halbe Stunde später läutete das Telefon auch bei Hannes. Robin war am Apparat.

»Von wo rufst du an?« Hannes konnte im Hintergrund Fahrbahngeräusche hören.

»Ich habe dieses Handy dabei, das Klara mir mal geschenkt hat«, sagte Robin.

»Was ist denn los, wo bist du?«

»Auf dem Parkplatz der Polizei in Ronnenberg. Die haben dort auch eine Kripo. Sie haben Arne verhaftet, weil sie Leichenteile auf dem Feld und Spuren im Schweinestall gefunden haben. Nein, unterbrich mich nicht! Ich werde sagen, daß du und Barbara in der Tatnacht nicht hier übernachtet habt. Und ich werde nichts von Arnes Gewehr sagen, sondern daß ich mit dem Kerl gekämpft habe und er mit dem Kopf gegen den Sockel des Gargoyle gefallen ist. Nur damit du dich nicht verquatschst, falls sie dich auch fragen.«

»Robin, warte!«

»Nein, ich kann nicht warten. Arne sitzt im Gefängnis.«

»Er ist nicht *im Gefängnis*, er ist höchstens in der U-Haft und kommt sowieso nicht vor morgen früh raus. Ich besorge dir einen Anwalt, bitte sprich erst mit einem Anwalt.«

»Kannst du bitte morgen Klaras Fahrrad vom Parkplatz abholen, damit es keiner klaut?«

»Robin! Sei nicht hysterisch, so laß dir doch ...«

Es tutete.

Hannes fluchte und blätterte hektisch im Telefonbuch. Er kannte ein paar recht gute Strafverteidiger, und einer von denen mußte sofort da hinfahren und diesem Irren beistehen.

Der Sonntag nahm kein Ende. Barbara hatte gebadet, hatte ein wenig Gymnastik auf dem Fußboden gemacht und war spazierengegangen. Ab dem Nachmittag hatte sie nur noch ferngesehen. Der Tatort war längst vorbei, und sie zappte herum, als das Telefon klingelte. An der Nummer sah sie, daß es Hannes war.

»Hei.«

Hannes verlieh seiner Stimme einen frostigen Klang, als er zu ihr sagte: »Ich gebe dir Zeit bis morgen früh, neun Uhr. Dann bist du aus der Wohnung draußen, mit deinem ganzen Kram. Ich möchte alles ordentlich vorfinden, daß das klar ist.«

Einen Moment blieb es ruhig, dann sagte Barbara: »Du hast wohl vergessen, daß ich die Fotos ...«

»Vergiß es«, unterbrach er sie. »Robin hat sich der Polizei gestellt. Er hat alles erzählt und alles gestanden. Du kannst damit niemanden mehr erpressen.«

Barbara wechselte die Strategie.

»Ich finde, das habe ich nicht verdient, nach allem, was ich für dich getan habe!«

»Was du getan hast? Du hast mir eine per Haftbefehl gesuchte Mörderin und Brandstifterin ins Haus geholt, und du hast versucht, mich zu erpressen. Also tu mir bitte den Gefallen, und komm mir nicht mehr unter die Augen.«

Er wünschte ihr einen guten Abend und beendete das Gespräch. Barbara spürte, wie ihr die Wut in den Magen fuhr. Am liebsten hätte sie das Telefon an die Wand gepfeffert, aber sie beherrschte sich im letzten Moment.

Nein, mein Lieber, wir sind noch nicht fertig miteinander, dachte sie.

Klara hatte ihre letzten beiden Patronen vor einer halben Stunde abgefeuert. Es wurde dunkel. Sie saß an die Leiter gelehnt da und übte sich im positiven Denken. Immerhin gab es schlimmere Todesarten. Sie war an ihrem Lieblingsort, im Wald, ihre Schmerzen waren erträglich, so lange sie sich nicht bewegte, sie hatte ihr Vorhaben, die Wölfe auszusetzen, erfüllt. Die Qualen des Alters würden ihr erspart bleiben, sie würde jung sterben, wie James Dean oder Lady Di. Jetzt wirst du melodramatisch, kritisierte sie sich selbst. Ihre Mutter würde zur Beerdigung das kleine Schwarze zur langen Perlenkette tragen und zu allen sagen, sie habe schon immer geahnt, daß es mit dieser Tochter kein gutes Ende nehmen würde. Ihr Vater würde um sie trauern, aber letztendlich würde sich sein Leben nicht sehr verändern, wenn es sie nicht mehr gab. Robin würde vielleicht einen sentimentalen Nachruf auf sie verfassen und sich danach der bittersüßen Melancholie hingeben. Beim Gedanken an Robin fiel ihr ein, daß sie noch etwas zu erledigen hatte. Sie kramte in ihrem Rucksack und fand einen Bleistiftstummel. Selbstverständlich schleppte sie keinen Notizblock mit sich herum, aber die Not machte auch dieses Mal erfinderisch. Sie zog den Tabak aus der Hosentasche und klebte Zigarettenpapierchen aneinander. Fünfzehn Stück mußten reichen. Seltsamerweise überkam sie erneut die Lust zu rauchen. Das wäre dann definitiv die letzte, sagte sie sich und unterdrückte ein Lachen. Im Schein ihrer Stirnlampe schrieb sie auf die Blättchen, was sie der Nachwelt zu sagen hatte. Der Gewehrschaft diente ihr als Unterlage. Sie überlegte, wo sie das dünne Papier sicher und vor Witterungseinflüssen geschützt unterbringen konnte. Wer weiß, wann man sie finden würde. Sie schob es in die Plastikhülle, die die Landkarte schützte, die Trenz ihr geschickt hatte, der Mann, dem sie gerne einmal begegnet wäre.

Dann löschte sie die Lampe. Der kühle Wind des Morgens hatte während des Tages nachgelassen, die Bäume standen still. Ein fahler Rest von Licht glühte am Himmel, ein schöner Tag ging zu Ende. Ein Hustenanfall schüttelte sie. Danach fühlte sie sich, als hätte sie sich gerade den letzten Rest an Lebenskraft aus dem Leib gehustet. Die Hände im Schoß saß sie da und lauschte den nächtlichen Waldgeräuschen, die man tagsüber nicht wahrnahm. Dort ein Knacken, da ein Rascheln. Vielleicht ein Fuchs. Oder ein Luchs. Ein Kauz schrie, na toll, dachte Klara, geht's noch ein bißchen unheimlicher? Es ging. Wie ein leiser Wind setzte der Ton ein. Es kam von Westen, ein langer, sich immer höher schraubender, klagender Urlaut.

»Drago«, flüsterte Klara.

Erneut tönte sein Wolfsgesang durch den Wald, nun etwas lauter, dann setzte eine zweite Stimme ein, höher, etwas dünner, aber ausdauernder. Shiva. Sie mußte ganz in der Nähe sein.

Einen Augenblick blieb es still. Dann erklang, von Norden und am weitesten entfernt, der heisere Tenor von Ruska, in den die anderen beiden wenig später einstimmten. Nach und nach harmonisierten sie ihren Gesang, wie ein gut geführter Chor, so daß es sich manchmal anhörte, als heule nur ein Wolf aus verschiedenen Richtungen.

Sämtliche Waldgeräusche um sie herum waren verstummt, als hielte der Wald den Atem an. Sie redeten miteinander. Alleingelassen in diesem fremden Gebiet suchten sie den Kontakt zueinander. Ein schmerzhaftes Glücksgefühl überkam Klara, sie spürte, wie ihr die Tränen über die Wangen rollten. Vielleicht verabreden sie sich zur Jagd, dachte sie, oder sie teilen sich mit, wo Beute liegt, oder sie verkünden das Ende ihrer Anführerin. Sie schloß die Augen und lauschte ihrer Totenklage.

VIII.

Die *Bunte* erschien am Donnerstag darauf mit ihrer Homestory über Richter Johannes Frenzen. Viele Bilder, wenig Text, aber immerhin wurde berichtet, daß Johannes Frenzen und seine junge Lebensgefährtin Barbara Klein ganz in Weiß heiraten und mit dem alten Mercedes zur Dorfkirche fahren würden. Hannes mußte trotz allem grinsen, als er die zwei Doppelseiten betrachtete, besonders das Foto, auf dem sich Barbara und er über den Mercedes hinweg anschmachteten.

Am selben Tag berichteten die Tageszeitungen von einem Tötungsdelikt, welches ein Freund von Richter Johannes Frenzen auf dessen Gutshof südlich von Hannover begangen hatte. Die Gewalttat an sich stieß dabei auf ein gewisses Verständnis. Wer nachts auf fremden Grundstücken herumschlich, führte sicherlich nichts Gutes im Schilde, und es war das Recht eines jeden guten Bürgers, sich zu wehren. Die Leiche den Schweinen des Nachbarn zu verfüttern, war eine andere Sache. Man konnte das wohlige Gruseln zwischen den Zeilen spüren, die dieses Vorgehen als »abscheulich« und »bestialisch« beschrieben. Als einen Tag später bekannt wurde, daß Johannes Frenzen einer bundesweit gesuchten Mörderin und Brandstifterin Unterschlupf gewährt hatte, titelte die Bildzeitung *Deutschlands dümmster Richter*.

Mia Karpounis nahm die Sache zum Anlaß, einen Artikel über die Situation muslimischer Frauen in Deutschland zu verbreiten, in dem sie den Ehrbegriff männlicher Muslime ordentlich geißelte. Zwar kritisierte auch sie Richter Frenzens Naivität und »gefährliche Gutgläubigkeit«, jedoch strich sie an mehreren Stellen seine Hilfsbereitschaft und Courage lobend heraus. Mit ihm Essen zu gehen, lehnte sie aber weiterhin ab.

Robins Anwalt stellte einen Antrag auf Haftprüfung und sagte zu Hannes: »Ich habe fast das Gefühl, der *will* verurteilt werden. Wenn Sie sein Gesicht sehen könnten, dieses innere

Leuchten. Wie ein Verdammter, der auf seine Erlösung zusteuert.«

»Dem wird das innere Leuchten noch vergehen«, prophezeite Hannes, aber wider Erwarten hielt sich Robin tapfer in der U-Haft.

Programmdirektor Thünken legte die Pläne für die Gerichtsshow vorläufig auf Eis und ließ verlauten, es sei offen, ob die Nachmittagsshow mit Johannes Frenzen nach der Sommerpause weiterginge.

Am Montag der folgenden Woche hatte Hannes seinen Auftritt bei *Beckmann*. Obwohl ihm nicht danach zumute war, mobilisierte er seinen ganzen Charme, setzte sein ehrlichstes Gesicht auf und beantwortete alle Fragen mit treuherziger Offenheit.

»Selten kommt es zu einer solchen Anhäufung von Schicksalsschlägen, wie bei Ihnen in diesen Tagen«, stellte der Profi-Talker mit belegter Stimme fest und sah ihm dabei tief in die Augen. »Zu allem Unglück wird eine gute Freundin von Ihnen seit über einer Woche vermißt. Sie ist von einer Wanderung nicht zurückgekehrt, und man befürchtet das Schlimmste. Wie verkraften Sie das alles, Herr Frenzen, hilft Ihnen da Ihre Verlobte?«

Hannes schüttelte betrübt den Kopf. »Nein. Leider hat meine Lebensgefährtin die Vorfälle zum Anlaß genommen, die Verlobung zu lösen.« Dabei flatterten seine Lider, als müsse er die Tränen wegblinzeln.

Nach diesem Auftritt schlug die allgemeine Häme um in Mitgefühl und Anteilnahme. Mit Ausnahme von Barbara, die die Sendung in einem schäbigen WG-Zimmer in Hamburgs Schanzenviertel verfolgt hatte und vor Wut laut aufschrie.

Thünken ließ Hannes wissen, daß die Gerichtsshow im Herbst planmäßig starten würde, und selbstverständlich würde auch seine Nachmittagsendung weiterlaufen.

»Sie fallen wohl immer auf die Füße«, seufzte Renate Pichelstein erleichtert. »Das ganze Schlamassel hat Sie eher noch beliebter gemacht. Zumindest kennt Sie jetzt jeder. Soll ich Ihnen die Post der Damen nach Hause schicken?«

»Welcher Damen?«

»Der Damen, die Sie gerne über den Verlust Ihrer Verlobten hinwegtrösten und deren Stelle einnehmen wollen.«

»Gott bewahre«, lehnte Hannes ab.

Am Mittwoch wurde Robin gegen eine Kaution von 30.000 Euro, die Hannes vorstreckte, bis zum Verhandlungstermin im September aus der Haft entlassen. Sein Anwalt sagte, das sei ein gutes Zeichen in Hinblick auf das spätere Urteil. Robin nutzte die Aufmerksamkeit der Presse und kündigte seinen neuen, großen Roman an, den er während der zehn Tage Haft zu schreiben begonnen hatte. Drei Verlage meldeten sich daraufhin und wollten das Exposé haben.

Gegen Klara von Rüblingen wurde wegen Beihilfe zu einer Straftat ermittelt, sie galt jedoch seit dem 17. April 2004 als vermißt. Polizei und Feuerwehr hatten den Harz mehrmals durchkämmt. Man fand ihren Wagen, aber keine Spur von ihr.

Ebenso spurlos verschwunden blieb Sharifa Zaimeh.

In der Nacht zum 1. Mai, einem Samstag, wurde Hannes plötzlich wach. Merlin, der Barbaras Platz im Bett eingenommen hatte, scharrte wie verrückt an der Schlafzimmertür und winselte dazu. Hannes sprang auf. Noch ehe er das Knistern und Knacken hörte, roch er das Feuer. Er rief Merlin zurück und öffnete die Schlafzimmertür. Hitze schlug ihm entgegen und Rauch, überall Rauch. Bläuliche Flammen nagten an den Stützbalken der Galerie und an der Treppe.

Hannes mahnte sich zur Ruhe. Als erstes telefonierte er nach der Feuerwehr. Der Feuerlöscher? Der hing unten, das war ungünstig. Er rannte ins Bad, ließ Wasser in die Wanne einlaufen und warf zwei Laken aus dem Schrank hinein. Eines wickelte er um sich, das andere um Merlin. Eile war geboten. Die Flammen hatten den unteren Teil der Treppe erobert, einzelne züngelten zwischen den offenen Stufen. Noch widerstand das Holz. Hannes nahm das schwere Tier auf die Arme. Der Qualm biß ihm in den Augen, er sah fast nichts mehr und hustete.

»Also dann los, alter Junge«, ächzte er und bewegte sich die Treppe hinunter. Mit tränenden Augen, angehaltenem Atem und seinem nassen Paket auf dem Arm ging es nicht besonders schnell, außerdem mußte er aufpassen, daß er in seinen glatten Lederpantoffeln nicht stolperte. Auf den unteren Stufen spürte er die Hitze um die Fußknöchel, aber dann hatte er das Erdgeschoß erreicht. Im Flur qualmte der Läufer, doch der Weg zur Terrassentür war frei. Der Rauch brannte in der Lunge, als er Luft holte. Hustend erreichte er die Tür. Der Griff ließ sich nicht bewegen. Er setzte den zappelnden Merlin ab und versuchte es noch einmal. Die Tür war abgeschlossen.

Jetzt keine Panik. Er nahm Merlin wieder hoch, und rannte über den kokelnden Läufer auf die Haustür zu. Normalerweise ließ er den Schlüssel nachts innen stecken. Ansonsten schloß er nie etwas ab, nicht die Terrassentür und auch nicht die anderen Fenster. »Auf dem Land kommt nichts weg«, sagte er immer. Die Haustüre war abgeschlossen, der Schlüssel fehlte. Auch der Riegel am Küchenfenster ließ sich nicht umlegen. Schlagartig dämmerte es ihm: Man hatte ihn eingeschlossen. Ein Rumpeln aus dem Wohnbereich ließ ihn herumfahren. Ein paar Treppenstufen waren heruntergefallen, schwarze, qualmende Bretter. Stellenweise hatte das Feuer Löcher ins Bambusparkett gefressen, es glühte und qualmte. Dagegen brannten die Stützbalken der Galerie wie Scheite im Kamin. Bald würde die ganze Chose herunterkrachen. Hannes tastete sich durch den Rauch zurück zur Terrassentür. Er ergriff einen Stuhl und schlug damit gegen die Scheibe. Das Sicherheitsglas bekam davon noch nicht einmal einen Kratzer. Er ging zur Küche und riß den Feuerlöscher von der Wand. Seine Kehle brannte, ein schmerzhafter Husten schüttelte ihn, und der Sauerstoffmangel machte ihn schwindelig. Merlin jaulte und kratzte verzweifelt an der Terrassentür. Verdammt noch mal, wo blieb die Feuerwehr? Aber seit seinem Anruf waren bestimmt noch keine fünf Minuten vergangen. Was war mit Robin, hatte der den Brand überhaupt schon bemerkt? Noch während Hannes überlegte, ob er mit dem Feuerlöscher die Scheibe einschlagen oder erst das Feuer bekämpfen sollte, erschien vor dem Fenster, auf der Terrasse, im Schein der Flammen plötzlich eine Gestalt. Hannes hämmerte mit der Faust gegen die Tür. Merlin drehte sich panisch im Kreis und hechelte. Die Gestalt verschwand wieder. Hannes holte aus. Der Feuerlöscher brachte dem Glas immerhin einen Sprung bei. Aber es hielt. Hannes spürte, wie ihm die Luft wegblieb. Er wollte den Feuerlöscher noch einmal hochheben, aber er schaffte es nicht mehr. Er klappte zusammen, kauerte röchelnd auf dem Boden. Auf der Terrasse erschien wieder die Gestalt. Sie schien etwas sehr Schweres zu schleppen. Dann drehte sie sich einmal um die eigene Achse, es klirrte und etwas knallte auf den Boden. Ein Sog frischer Nachtluft ließ die Flammen im Inneren des Hauses fröhlich aufflackern und sorgte einen Moment lang für klare Sicht. Hannes konnte es nicht glauben: Vor ihm lag der Gargoyle am Boden. Die Figur wog über sechzig Kilo, sie hatte ein ordentliches Loch in die Glastür gerissen. Winzige Scherben lagen wie Hagelkörner auf dem Parkett.

»Los, raus mit euch!« hörte er Robins Stimme.

Merlin hüpfte als erster ins Freie. Hannes kroch durch das Loch hinterher.

Dann lagen sie auf dem frisch gemähten, feuchten Rasen. Durch die Fenster drang der Lichtschein des Feuers und erhellte den Garten. Der Garagenschuppen und das Gästehaus brannten offenbar schon länger, denn die Flammen schlugen bereits aus dem Dach.

Hannes lag auf dem Bauch und drückte seine heißen Wangen in das kühle, feuchte Gras. Er hatte noch immer das Laken um, das fast gar nicht mehr naß war. Darunter trug er nur eine Unterhose.

Merlin soff aus der Regentonne.

Aus dem Inneren des Schuppens hörte man den Knall einer Explosion.

»Das war wohl der Mercedes«, sagte Robin traurig.

»Ein Bier wär jetzt nicht schlecht«, krächzte Hannes und hustete.

Feuerwehrsirenen näherten sich. Der Wolf hörte auf zu saufen, spitzte die Ohren und stimmte in das Geheul mit ein.

Am Morgen nach dem Brand klingelte das Telefon in Klaras Wohnung, wo Hannes sich fürs erste einquartiert hatte. Er schleppte sich an den Apparat.

»Ich hab's gehört. Wie geht es dir?«

»Mein Hals fühlt sich an, als hätte ich einen Kaktus verschluckt. Woher hast du die Nummer?«

»Ich bin Staatsanwältin, ich kriege alles raus, wenn ich will. Wenn du Asyl brauchst, ich ...«

»Danke, ich bin hier gut untergekommen. Ich hab ja nun nicht mehr viel Krempel«, stellte er fest. »Eigentlich nur noch eine Unterhose.«

Während er mit Sabrina Reinecke redete, sah Hannes aus dem Fenster. Vier Fotografen schlichen vor dem Tor herum und knipsten die Ruine seines Wohnhauses, die schwarz in den Frühlingshimmel ragte. Das waren sicher nicht die ersten und nicht die letzten, dachte Hannes verdrossen.

Vor dem Schuppen lag Merlin und fixierte den Kater, der auf dem Sockel saß, auf dem nun der Gargoyle fehlte. Die beiden Tiere verband eine tiefe, gegenseitige Abneigung, aber aus dem Weg gingen sie sich dennoch nicht. Besonders der Kater legte es immer wieder darauf an.

»Wie ist das passiert? Hast du deine Zigarre nicht ordentlich ausgemacht?«

»Eher nicht. Es sieht mir schwer nach Brandstiftung aus.«

»Ich wollte dir eigentlich nur sagen, daß ich Neuigkeiten von Sharifa Zaimeh habe. Sie ist gestern freiwillig ins Landeskrankenhaus Wunstorf zurückgekehrt.«

»Gestern?« wiederholte Hannes.

»Ja. Am Nachmittag. Sie ist seitdem in U-Haft. Zwischenzeitlich war sie bei einer früheren Lehrerin in Hameln untergekrochen, und die hat sie schließlich dazu überreden können, sich zu stellen.«

»Danke«, sagte Hannes.

»Sie war es jedenfalls nicht.«

»Nein«, sagte Hannes. »Sie war es nicht.«

Im Schneckentempo tuckerte das Boot über den See, dessen Namen Hannes nicht aussprechen konnte. Der See war auf allen Seiten von Wald umschlossen. Wenn man mich hier aussetzte, dachte er, wäre ich verloren. Seit Stunden durchquerte er Wald, nichts als Wald. Zuerst mit dem Wagen, jetzt mit dem Boot. Er hatte schon den Glauben daran verloren, jemals wieder ein Anzeichen von Zivilisation zu Gesicht zu bekommen, als er die Hütte bemerkte. Sie lag in einer kleinen Schneise, die man extra dafür geschlagen hatte, etwa dreißig Meter vom Seeufer entfernt. Sie war ochsenblutrot gestrichen. Das *Mökki*. Ein Weg führte ans Wasser. Dort lag, angebunden an einen kleinen Steg, ein winziges Motorboot. Merlin begann zu zittern und zu jaulen, als sie sich dem Ufer näherten.

Sein Fährmann steuerte das Boot auf die freie Seite des Stegs. Hannes nahm seine Reisetasche aus dem Boot und stellte sie auf den Steg. Merlin sprang hinterher. Der Steg sah aus, als würde er jeden Moment zusammenbrechen, spätestens dann, wenn er ihn betrat.

»Auf Wiedersehen.«

»Wie? Wollen Sie nicht mitkommen?« wunderte sich Hannes, der von plötzlicher Schüchternheit übermannt wurde.

»Nein. Wir sehen uns die Tage, wir sind ja Nachbarn. Spätestens treffen wir uns nächste Woche, zur Sonnwendfeier.«

Eine Stunde Bootsfahrt galt also noch als Nachbarschaft. Na gut. Er mußte wohl in einigen Dingen gehörig umdenken. Das Boot tuckerte davon. Als Hannes sich umdrehte, war Merlin verschwunden. Er nahm seine Tasche auf und ging vorsichtig über die schwankenden Bretter. Alles war ruhig. Es roch nach Harz und nach gekochten Pilzen und nach Kaffee. Mücken tanzten in der Luft.

Er ging auf das Haus zu. Klara erschien in der Tür, neben ihr Merlin, der selbstvergessen vor Glück um sie herumtanzte. Sie trug leichte, helle Sommerhosen und ein blaues Herrenhemd. Sie hatte eine Kaffeekanne in der Hand, die sie nun auf einem Holztisch abstellte.

»Hei«, sagte Klara.

»Hei«, sagte Hannes.

»Kaffee ist fertig.«

Sie setzten sich nebeneinander auf die Bank.

»Dein Vater ist nett.«

»Ja.«

Sie tranken Kaffee. Er schmeckte und roch anders als zu Hause. Alles schmeckte und roch hier anders als zu Hause.

Sie ließen sich die Sonne ins Gesicht scheinen.

»Warm hier«, sagte Hannes und öffnete sein Hemd.

»Dreißig Grad. Du kriegst einen Sonnenbrand, wenn du nicht aufpaßt.«

»Und der See?«

»Sehr fischreich dieses Jahr. Wir werden nicht verhungern.«

»Kann man drin baden?«

»Sicher.«

»Es könnten ja irgendwelche Ungeheuer darin leben.«

»Was ist mit Barbara?« fragte Klara.

»Man kann es ihr nicht beweisen.«

»Ärgert dich das?«

»Den Mercedes nehme ich ihr schon übel.«

»Ja, schade drum«, seufzte Klara.

»Ich hätte sie vielleicht nicht so kühl behandeln sollen. Aber ich werde nun mal nicht gerne erpreßt.«

»Du hast Robin meinen Brief gegeben?« fragte sie übergangslos.

Er nickte

»Und?«

»Er hat ihn gelesen und verbrannt«, antwortete Hannes.

»Ich ertrage den Gedanken nicht, daß er für mich ins Gefängnis geht! So ein Opfer kann kein Mensch annehmen. Ich schon gar nicht.«

»Es bestehen gute Chancen, daß er Bewährung bekommt. Und selbst wenn nicht, werden es bei ihm nur ein paar Monate sein.«

»Ich fühle mich mies dabei.«

»Du mußt auch mal lernen, was anzunehmen«, sagte Hannes. »Oder möchtest du lieber selbst ein paar *Jahre* einsitzen?«

»Nein. Aber ... ach, verflucht noch mal ...« Sie öffnete ratlos die Hände.

»Ich kann dir versichern, daß es ihm nie so gut ging wie jetzt. Er schreibt wie ein Besessener und behauptet, eine Vorstrafe mache sich in der Vita eines Schriftstellers immer gut.«

»Dieser Spinner.«

»Versteh doch: Er fühlt sich endlich wichtig und nützlich. Bestimmt auch ein bißchen heldenhaft. Das darfst du ihm nicht nehmen, auf keinen Fall.«

»Gut«, sagte Klara nach einer Weile. »Ich werde ihm noch einmal alles aufschreiben. Er darf es nicht wieder verbrennen. Wenn sie ihn einsperren, kann er mein Geständnis jederzeit benutzen, und ich werde mich dann der Polizei stellen.«

»Wie die Monopoly-Karte: ›Du kommst aus dem Gefängnis frei‹?«

»Genau.«

»Das klingt nach einer guten Lösung«, sagte Hannes.

Sie sahen Merlin an, der zu Klaras Füßen lag, als wolle er sich nie mehr von dort wegbewegen.

»Was macht dein Bein?«

»Ich kann das Knie inzwischen wieder dreißig Grad abwinkeln. Mehr ist nicht drin. Die Rippen sind wieder heil. Nur wenn ich renne, sticht es.«

»Rennen?«

»Das war ein Witz.«

»Es war unverantwortlich von diesem Kerl, diesem ...«

»Trenz.«

»Dich selbst in der Gegend herumzukarren, anstatt sofort Hilfe zu holen! Er hat dein Leben riskiert, nur damit keiner hinter diese blöde Wolfsgeschichte kommt!« schimpfte Hannes.

»Ich wollte es so. Nachdem sie mich wieder zusammengeflickt hatten, konnte ich mich auf einem Bauernhof im Odenwald erholen.«

Hannes spürte, wie ihn ein Anflug von Eifersucht piesackte. »Was ist das bloß für ein Typ, der so was Verrücktes anzettelt?«

Klara grinste. »Nun, eigentlich dürfte ich dir das gar nicht sagen ...«

»Sag schon.«

»Michael Trenz heißt in Wirklichkeit Michaela.«

»Eine Frau?« staunte Hannes.

»Ja. Die Anrufe hat ihr Bruder für sie gemacht. Sie war der Ansicht, einer Frau würde in dieser Sache niemand vertrauen. Deshalb die Maskerade.«

»Und sie hat dich gefunden.«

»Sie und ihr Bruder. Sie haben mich unter den Personalien einer Verwandten nach Goslar in die Notaufnahme geschafft, und später nach Darmstadt ins Krankenhaus.«

Hannes schüttelte nur noch den Kopf.

Nachdem eine halbe Stunde ohne ein Wort vergangen war, sah Klara Hannes an und lächelte. »Gut, daß du da bist.«

»Ja«, sagte Hannes und griff nach ihrer Hand.

Sie schwiegen. Es war das Schweigen von Leuten, die wußten, daß ihnen sehr viel Zeit zum Reden blieb.

Nachtrag

In den Sommermonaten häuften sich die Berichte über Wölfe, die in deutschen Wäldern gesehen worden waren. Schafzüchter meldeten erste Verluste. Drei Wölfe wurden tot aufgefunden. Einer war in Bayern von einem Zug überfahren worden, der andere im Westerwald von einem Auto. Der dritte wurde in Hessen erschossen, wobei sich der Schütze nicht feststellen ließ. Als man entdeckte, daß die Wölfe gechipt waren, schaltete sich das BKA ein, konnte aber nichts herausfinden. Das »Wolfs-Komplott« war Topthema des Sommerlochs.

Naturschützer frohlockten über die Rückkehr der Wölfe. Im ganzen Land wurden auf Betreiben der Mütter die »Waldkindergärten« aufgelöst. Etliche Schäferhunde fanden den Tod durch die Waffen von Viehzüchtern und bewaffneten Wandergruppen.

Findige Touristikmanager boten geführte »Wolfstouren« mit kombinierten Hotelaufenthalten an, was besonders von zahlreichen ausländischen Touristen wahrgenommen wurde.

Jonas Thielmann und sein Wolfsfoto wurden in allen Zeitungen abgelichtet, er durfte seine Geschichte dem NDR erzählen und trat als Gast in diversen Fernsehshows auf, wo er wegen seiner Tapferkeit in den Himmel gelobt wurde. Niemand nannte ihn mehr einen Hosenpisser.

Schlußwort

Die Schauplätze dieses Romans sind größtenteils authentisch. Den Gutshof und Arnes Schweinestall sucht man jedoch vergeblich, sie sind aus begreiflichen Gründen frei erfunden, ebenso wie sämtliche Personen der Geschichte. Aus dramaturgischen Gründen wurde auch das Osterfeuer 2004 an den Platz vom Vorjahr verlegt.

Danken möchte ich den Holtenser Familien Jacob und Kreymeier für tiefe Einblicke in die Geheimnisse von Landwirtschaft und Schweinezucht. Dank gebührt auch Stephanie Jans für ihre respektlosen Kommentare zum Manuskript und meinem Lektor Thomas Tebbe.